CHRYSALIDE

VANNI SANTONI HG

TERRA IGNOTA

1 - RISVEGLIO

MONDADORI

www.ragazzimondadori.it

Pubblicato in accordo con
PNLA & Associati S.r.l./Piergiorgio Nicolazzini Literary Agency
Prima edizione settembre 2013
Stampato presso ELCOGRAF S.p.A.
Stabilimento di Cles (TN)
Printed in Italy
ISBN 978-88-04-63207-8

PROLOGO

Dalla valle alla montagna,
dalla montagna al monte,
cavallo d'ombra,
monaco cavaliere,
per neri dirupi,
dietro e di fronte,
segreti camminate.

F. Pessoa

Comparve attraverso i rami degli abeti profumati e carichi di resina, scintillante l'armatura e alto l'arcione, terribile a vedersi con le corna di cervo sull'elmo e la greve lancia ritta sul fianco della sella. Era giunta all'ultima fonte; dopo di essa non vi era che il mare, e poi l'isola, dove era diretta.

Aveva esplorato ogni paese e imparato la saggezza; visto misteri e conosciuto cose segrete. Era una dei Dodici, e i Dodici erano lei; il Sogno riverberava dall'Imperatrice in lei e nel mondo, e lei stessa dell'Imperatrice era l'occhio e la mano: era, mentre cavalcava, il mondo stesso e lo spazio e il tempo; nel passo del suo cavallo e nella linea del suo sguardo erano ogni orizzonte e strada, e il termine e l'inizio di tutte le storie; lei era ogni cavaliere ed eroe e uomo d'arme, ed era ogni viaggiatore e vagabondo e folle che percorresse la linea dal centro al fuori, e ogni donna, uomo, animale o cosa che portasse lontano dal pericolo un neonato dal grande destino.

Un tempo il mondo era stato come un disegno infantile nel suo palmo, ma adesso si faceva di giorno in giorno più grande e sconosciuto, mentre l'armatura risultava più fredda e pesante, le valli più lunghe e profonde, la strada meno chiara e più irta di pericoli.

Uscirono dai cespugli sui lati del sentiero. Erano cinque, avevano forconi e una picca. Mai, in passato, dei briganti o dei villici avrebbero osato muovere il legno o il ferro contro qualcuno par suo: contro uno dei Dodici.

Sollevò il fagotto dalla sella. Fece attenzione a prenderlo piano, perché il suo guanto era ferrato. L'armatura era il simbolo e il riflesso della purezza dei suoi intenti, e tuttavia ogni giorno diventava più simile al metallo di cui era fatta, un cumulo di acciaio che quando non si combatte è bene lasciare altrove o far portare a uno scudiero e al suo asino. I cinque briganti, o villici, si fecero avanti.

Reggendo il fagotto con una mano, con l'altra sfoderò la spada. Un tempo, al solo vedere lo scintillare dell'armatura, le corna sull'elmo, il destriero pronto all'assalto, sarebbero fuggiti. Adesso non bastava una lama snudata: eccoli farsi sotto, perché ciò che volevano era proprio la spada, l'armatura, l'elmo, il cavallo.

Guardò il fagotto, la neonata al suo interno, la conchiglia che aveva al collo. Se solo sapeste il valore di tutto questo, disse fra sé, ma subito le arrivò un colpo di forcone. Rimase in sella, il forcone non aveva penetrato la corazza e si era incagliato sul fianco. Lo spaccò con una gomitata. L'uomo che lo brandiva fece un passo indietro, e con lui i suoi compagni.

Voltò il cavallo verso l'uomo con la picca. Dopo un momento di titubanza, i villici si fecero avanti di nuovo, e proprio quello con la picca affondò per primo. Era un buon affondo, tirato con l'intenzione di uccidere. Lei deviò la punta dell'arma con la spada, mentre ai suoi ordini il cavallo impennava, e con gli zoccoli fracassava la testa del nemico.

Gli altri quattro, prima ancora di realizzare che il loro compagno era caduto, le furono sotto, tutti insieme. I forconi colpirono, ma l'acciaio era impervio e la posizione salda. Alzò la spada, e il sole vi si rifletté; poi l'abbassò, e un cranio fu spaccato in due. I superstiti fuggirono, lanciando insulti e maledizioni.

Si tolse l'elmo e lo poggiò sull'arcione, lasciando che i capelli si svolgessero; poi si sfilò uno dei guanti ferrati e con l'indice e il medio – le sue dita, che erano sempre state candide e lisce, mani di dama e di vergine, adesso cominciavano a mostrare i segni del guanto e delle armi – carezzò la neonata; la carezzò sul capo dai radi capelli castani, sulla guancia e sul mento.

— Ammazzare dei villani, così in basso siamo caduti. Ma del resto si dice che questa sarà l'era degli uomini. Tu che ne pensi, piccoletta?

La neonata le morse il dito.

PRIMA PARTE

— Vevi! Vevisa!

Vevisa sfiorò la cordicella che aveva al collo e infilò la conchiglia tra le pieghe della camicia, poi dischiuse gli occhi. Il sole era basso e arrossava la valle sotto di lei, che la nebbia già mordeva ai primi abeti in fondo, dopo la fine del pascolo. Gli alberi risalivano poi dalla foschia e coprivano il successivo fronte di montagne fino al crinale, e poi di nuovo, molto più lontano, oltre lo spazio di un'altra vallata, li si vedeva salire ancora, un manto scuro che arrivava a metà delle cime della catena, che era la spina dorsale dell'isola, e per lei e i suoi amici del Villaggio Alto, da sempre, l'orizzonte dell'Ovest e del Nord. A metà di quelle poderose montagne, la foresta lasciava il posto a irregolari denti di roccia, sopra i quali poteva veder dipanarsi in cielo un nastro di luce rosata, quel fenomeno primaverile che la gente chiamava "il limite del Sogno": adesso sembrava riflettere lo sguardo di Vevisa che, a contrasto con quel colore, poteva distinguere, in due punti scuri, due falchi che volteggiavano sopra la valle al di là del primo crinale, impegnati nell'ultima caccia della sera.

Alla sua sinistra, invece, sotto la roccia su cui era seduta, Breu, sporco di terra e con i capelli pieni di forasacchi e bacche uncinate, le lanciava dei ciottoli. Era cresciuto, quell'anno, e anche se continuava a comportarsi come un bambino era già quasi grosso quanto un uomo fatto.

— *Cosa c'è*, Breu?

— Che odori porta il vento?

— Mi hai disturbata per questo?

— No, no. Ascolta.

— Sentiamo.

— Sai che domani c'è il gioco del pozzo, non è vero?

— Lo so bene: non parli d'altro da giorni. Cos'è, anche Ailis si è stancata delle tue chiacchiere?

— Ailis è andata dietro a un cerbiatto. Non si è stancata di certo: giocherà. Ma con i Gialli.

— Con Duncairoth?

— Duncairoth si è fatto male, e Ailis ha detto che senza di lui i Gialli non hanno speranze, e siccome sono i nostri rivali principali – i Rossi e i Blu non valgono niente...

— Nei Rossi c'è Gael. È forte, Gael.

— Puah, Gael! Insomma, siccome i Rossi e i Blu non valgono niente, e i Gialli sono senza Duncairoth, Ailis ha detto che quest'anno giocherà nei Gialli.

— Ailis è della alta-ovest, non può giocare nei Gialli.

— È quello che le ho detto anch'io! Ma lei è già andata da tuo padre lo shultz, e gli ha detto che suo zio è della bassa-est e quindi può giocare nei Gialli.

— Drogo non è il suo vero zio, è solo un tale che dà una mano ai suoi genitori con gli animali.

— È quello che ho detto anch'io! Ma siccome neanche Malva e Bodo sono i suoi genitori, tuo padre le ha dato il permesso e domani Ailis giocherà nei Gialli.

— Il gioco sarà più interessante.

— Ma lei è troppo forte!

— Non sarà più forte di Duncairoth.

— Duncairoth lo avremmo affrontato insieme! E poi nei Gialli c'è Neal… Vevi, quello che volevo dirti è che, um… Non è che potresti…

— Potresti *cosa*, Breu?

— Darci, sai, una mano… — Il ragazzo abbassò lo sguardo ai propri indici che si toccavano l'un l'altro. — D'altronde anche tu, pur vivendo al palazzotto, sei della alta-ovest… Dico, non potresti aiutarci con…

— *Con?*

— Sai… Non so… Mandarle, non so, un…

— Non essere *sciocco*, Breu — disse Vevisa stringendo gli occhi, quegli occhi un tempo azzurri, che negli anni si erano fatti madreperlati.

— Cosa confabulate, voi due?

Una sagoma tanto larga da oscurare l'orizzonte, ma retta da due gambe muscolose, si stagliò sopra Breu.

— Ailis! Niente… parlavamo…

Ailis sbatté a terra il cerbiatto che teneva sulle spalle e guardò Vevisa. Il cerbiatto, ancora mezzo stordito, scattò in piedi e schizzò via, verso la foresta in fondo al pascolo.

— Sognavi?

— Finché questo sciocco non è venuto a lanciarmi i suoi sassi. Vorrebbe che intervenissi nel gioco del pozzo.

Ailis voltò gli occhi verso Breu, sorpresa, poi si rivolse di nuovo a Vevisa: — Ma, Vevi, tu non sei allenata. Va bene che non hai mai avuto paura di niente, ma ti romperebbero… cioè, ti romperemmo tutte le ossa.

— Non in quel senso.

— Ah, *con…?*

Vevisa annuì. Ailis mollò un pugno su una guancia a

Breu, trattenuto ma sufficiente a fargli perdere l'equilibrio: — Te la fai sotto per domani, eh?

— Neanche un po' — disse Breu tirando fuori il petto. — Chi ti credi di essere, Duncairoth?

— Mi credo di essere... — Ailis inspirò e si avventò a testa bassa contro di lui — quella che domani ti prenderà il pozzo — e, placcatolo al ventre, lo buttò a terra finendo giù insieme a lui, e sotto gli occhi perplessi di Vevisa rotolarono lungo il ripido prato, per trenta o quaranta metri, e li fermò solo un enorme cespuglio di agrifoglio — e te lo prenderà ancora e ancora, e ancora!

Vevisa si alzò in piedi sulla roccia, chiuse gli occhi e fece un breve inchino verso l'Ovest, poi disse: — Fareste meglio a muovervi, o ci puniranno.

— Non siamo più bambini — le gridò Breu da sotto, ma Vevisa era scesa dalla roccia e già camminava verso il sentiero che portava al villaggio.

— Andiamo di fretta, Ailis?

— Shhh! — Ailis si tolse una foglia spinosa dai capelli e indicò il bosco alla fine del pascolo, a duecento metri da loro. — Hai visto?

— La nebbia?

— Delle corna.

— Corna di cervo?

Ailis annuì.

— Sarà il padre di quello che hai preso prima — osservò Breu, e la tirò su per un polso, poi si avviò di corsa dall'altra parte, verso il crinale.

— Certo, suo padre — disse Ailis, e mentre correva dietro a Breu pensava che le sarebbe piaciuto poter fare dei sogni come quelli di Vevisa, e vedere di nuovo quell'elmo con le corna di cervo, capire se era il ricordo di un sogno o di cose vere.

— Primo! Ah-ah! Non di sola forza è fatto un giocatore — rise Breu, raccogliendo un ciottolo e scagliandolo verso Ailis.

Ailis lo prese al volo: — Non avevo accettato la sfida.

— Il destino non aspetta che tu dica sì.

— Questa dove l'hai sentita? — E, arrivata da lui, gli lanciò addosso il sasso.

Breu la guardò nell'ultima luce e, sotto quei capelli castani che sembravano tagliati a caso, non vide altro che la faccia paffuta, tutta graffi ed escoriazioni, della vecchia Ailis, il solito naso a patata e il solito spruzzo di lentiggini e le solite guance e le solite labbra rosse; e tuttavia, nell'ambra dei suoi occhi – sebbene non fossero belli come quelli di Vevi, proprio per niente – gli sembrò di scorgere uno spazio sterminato, come quando da piccolo si univa alle sue zie che andavano a valle a mietere e restava sommerso dalle spighe di grano nel mezzogiorno.

— Be'? — disse Ailis.

— L'ho sentita da mio zio. Era un guerriero, lo sai.

— Era un soldato.

— Uff... Sembri Vevi, con queste precisazioni. Faceva la guerra, no? Partì con una picca e uno scudo, e aveva una corazza e un elmo.

— Ma non una spada.

Ailis ripensò a quando avevano visto per la prima volta una spada (la spada del padre di Vevisa non contava, se la portava sempre in giro e ai loro occhi aveva perduto ogni valenza marziale), un aprile di cinque anni addietro: quello sì che era un ricordo di cose vere. Si erano spinti molto dentro la foresta per cercare funghi, anche oltre le rovine degli antichi (che erano poi delle semplici torricciole coniche, mezzo distrutte, nelle quali a volte giocavano all'assedio), e avevano sentito urla e rumori e li avevano seguiti e avevano continuato in quella direzione anche quando i rumori erano cessati, finché in una radura bagnata da un piccolo ruscello avevano trovato, appoggiato a un tronco, anche lui con un sottile ruscello di sangue che sgorgava dal fianco, un uomo.

Non lo avevano mai visto, ma poteva essere uno del Villaggio Basso: indossava zoccoli di legno e una giubba di feltro, ma davanti a sé aveva una bella spada, una lunga croce d'acciaio poggiata sull'erba umida. L'uomo, che aveva una faccia bianca come di cera e le labbra viola, li aveva visti arrivare e aveva spalancato gli occhi, come se avesse voluto chiamarli ma non avesse più voce, e quando erano andati da lui – Ailis era avanzata subito e Breu, che da piccolo era un gran fifone, aveva cercato di trattenerla, ma poi si era rassegnato ad andarle dietro – li aveva mossi di nuovo, verso la spada, e di nuovo li aveva sgranati, e loro avevano capito che voleva che la prendessero e gliela portassero, forse, perché quando l'avevano raccolta aveva annuito. Ma poi la sua faccia era rimasta immobile, e Ailis e Breu erano scappati, portandosi via quella spada, sulle spalle, come si porta il bastone a cui sono legate le lepri dopo la caccia, solo che il loro bastone non aveva lepri ed era una lunga croce d'acciaio lucente, con l'elsa liscia, priva di marchi o incisioni, e anche se veder morire quell'uomo li aveva un po' spaventati, erano felici, perché come Vevisa aveva la sua conchiglia, anche loro adesso avevano qualcosa che era senza dubbio speciale (in seguito la stessa Vevisa raccontò che suo padre parlava di uomini vissuti anticamente sull'isola che sarebbero stati grandi fabbri, e conclusero che non poteva venire che da essi). E quando erano arrivati al limitare della foresta, avevano nascosto la spada dentro il tronco di un salice ed erano corsi subito verso casa, perché era tardi e c'era già qualcuno sul crinale che li chiamava.

Da quel pomeriggio, quasi ogni giorno, da soli o assieme o con Vevisa, andavano a tirar fuori l'arma dal suo nascondiglio per giocarci, per allenarsi uno con la spada e l'altra con un bastone e viceversa, a turni, oppure tagliavano al volo le mele o degli stretti fasci di giunchi che preparavano apposta, con un ramo in mezzo come se fosse stato l'osso nel braccio o nella gamba di un uomo.

Svallarono; a sud-est, sotto di loro, il villaggio era già in ombra, ma lo illuminavano almeno due dozzine di torce nella piazza, dove andavano avanti i preparativi per la festa, e si potevano intravedere i profili spessi delle case di tronchi, con gli alti tetti a trapezio fatti di paglia. Il palazzotto dello shultz, illuminato dal basso da tutte quelle torce, sembrava quasi maestoso, così come i pietroni del tempio, con le betulle intorno e le oche sacre che zampettavano qua e là. Quasi tutte le case avevano le porte aperte, e ovunque si affrettavano donne e ragazzi che portavano sgabelli, stoviglie e grandi mazzi di trifoglio.

— Sento già odore di tâcc! — disse Ailis.

— Ma se il fumo dei comignoli va nella direzione opposta a noi!

— Ti dico che lo sento! Stasera ci sarà del tâcc — disse Ailis imitando il tono grave di Vevisa.

— Sai che profezia... Comunque Vevi ultimamente è strana. Hai visto che tocca sempre il ciondolo con la conchiglia?

Ailis pensò al collo di Vevisa, o meglio allo scollo di Vevisa, che quest'anno aveva preso a fiorire, allo sguardo di Breu che sempre più spesso vi indugiava, e ne fu un poco risentita.

— Cosa sarà poi quel ciondolo, eh, Ailis?

— Vevi è un po' speciale. Fattene una ragione.

Breu capì dal passo di Neal che non avrebbe tentato il pozzo: stava fintando una carica per portare i difensori su di sé prima di passare, e allora rallentò la corsa – non si fermò del tutto, per non dargli a intendere che aveva capito – e scandagliò i possibili destinatari, e vide Seia troppo indietro e l'agile Caol ben piazzato, ma era una scelta troppo ovvia e poi vide un'altra maglia gialla che andava a portarsi in buona posizione sulla sinistra, era proprio Ailis e allora aspettò che Neal lanciasse, una curva precisa, ma l'hai fatta troppo poco tesa, Neal, così ho il tempo di cambiare passo e direzione, Ailis neanche si è accorta che arrivo, è tutta presa dalla palla su in alto...

Ma Ailis sapeva già dove piazzarsi per ricevere e non guardava la palla, ma più in là oltre di essa, alla finestra del palazzotto dello shultz, perché aveva incrociato lo sguardo di Vevisa che guardava il gioco da lassù e le era tornato alla mente che quella notte aveva sognato: aveva sognato un cavaliere con lunghe corna sull'elmo...

Breu si lasciò scivolare con le suole sulla segatura di cui era coperta la piazza del villaggio trasformata in campo da gioco, scivolò torcendo il bacino fino a voltarsi verso Ailis, inspirò e scattò con tutte le forze; Ailis aveva saltato e agganciato la palla e stava per partire a sua volta, ma quell'attimo di distrazione aveva fatto sì che Breu fosse già dritto su di lei, e un pensiero, quasi una paura di colpirla così forte, si fece strada nella sua testa, ma lui la cacciò via – una volta tanto che ho l'occasione di prenderla piena – e *bam*!, la prese: tra il petto e il ventre col ginocchio, e sul viso col gomito, e la palla schizzò in alto mentre Ailis rotolava all'indietro, e Breu la afferrò con facilità, ma senza riuscire a togliere gli occhi di dosso dall'amica in giallo. Sono stato troppo duro, pensò, ma ecco che quella si rialzava, correva verso di lui e intanto si metteva le dita in bocca e tirava fuori un dente e sorrideva e sputava un piccolo fiotto di sangue.

— Che aspetti, Breu! Vai in pozzo! — gridò qualcuno dei suoi.

Breu si riscosse, si voltò e ripartì verso il pozzo, due Gialli stavano arrivando verso di lui dai lati, ma erano troppo lontani – che faccio, lancio o vado al pozzo? – ancora un momento di incertezza e Breu sentì il rumore della corsa di Ailis, la sentì come un fulmine già dietro di sé, sentì che saltava e lo placcava alla cintola, e sentì che perdeva l'equilibrio e sbatteva la faccia contro il bordo del pozzo; sentì il naso che si spaccava e la testa che gli girava mentre respirava sangue, e la palla che gli veniva strappata di mano e il rumore della palla nel pozzo e le urla della gente intorno, e provò a mettersi in piedi ma dovette appoggiarsi al pozzo per il capogiro e Ailis lo guardava dall'alto, in piedi sul bordo, e ancora più in alto anche Vevisa alla finestra lo guardava, e gli sembrò che scuotesse il capo, poi qualcuno dei suoi gli offrì un appoggio per uscire dal campo e digrignando i denti per la rabbia uscì e non appena il sangue si fermò se ne andò a casa senza neanche guardare la finale.

— Com'è andata la finale?

— Non ti sei ancora ripreso?

— Non sono mica come te, che quando ti rompesti un braccio, ti tornò a posto in una settimana.

— È così strano?

— È una cosa anormale. Ma un naso non è un braccio. Fa male, ma non mi impedisce di far niente. Sono a letto perché voglio dormire. Insomma, com'è andata?

— Allora non vuoi dormire — ridacchiò Ailis. — Hanno vinto i Rossi.

— Come!

— Abbiamo dato tutto nello scontro con voi, mentre la loro partita con i Blu è stata una passeggiata...

— Ti sei fatta mettere sotto da Gael!

— Anche da Leod, se è per questo. Non dimenticare che hanno vent'anni, e noi dodici.

— Sono scarsi.

— Gael ha fatto anche il soldato...

— Ma se ha servito solo al castello dello sceriffo! Tutte quelle storie sul continente, sulla Capitale, sull'Est... Balle!

— Be', hanno giocato bene, e nei nostri c'era diversa gente uscita malconcia dalla semifinale. Tu dici che sono balle?

— Vevisa mi ha spiegato che quando tre anni fa il Re ha lasciato l'isola per andare a combattere la stregoneria nell'Est, si è portato solo i suoi cavalieri. — Breu si sistemò seduto sul letto, poi guardò Ailis. — E poi mi ha detto che quando suo padre è andato alla Capitale ci ha messo tre mesi. Cosa vuoi che abbia fatto Gael in meno di un anno? Mica tutti quelli che si arruolano vengono mandati nel continente. E poi ho sentito dire che il primo permesso per tornare a casa te lo danno dopo tre anni. Secondo me si è solo arruolato negli uomini dello sceriffo, poi ha fatto qualche stupidaggine e lo sceriffo l'ha rispedito al villaggio a calci nel sedere.

— È così lontana, la Capitale?

— Non hai mai visto la mappa a casa di Vevi? Quell'arazzo in sala da pranzo?

— Non ci ho mai fatto caso...

— Be', *io* ci ho fatto caso, e dal punto in cui c'è scritto "Villaggio Alto"...

— Lo hai letto da solo? Che bravo!

— ... Da quel punto a dove inizia il continente, c'è dodici o tredici volte la distanza che c'è da qui alla Torre dello Sceriffo. E la Capitale sta in mezzo al continente.

La porta della baracca si aprì ed entrò prima l'odore aspro, di liquidi per la conciatura, del padre di Breu, e poi la sua sagoma enorme. Diede un'occhiata alla faccia pesta del figlio, senza fermarsi nel percorso verso il cassone dove teneva gli attrezzi che usava più raramente.

— Stupido testone. Finirai stecchito, prima o poi.

— Non è niente, pa'.

— Chi è stato ad accopparti?

— Ailis, pa'.

— Stupida bestia — disse l'uomo ad Ailis con un sorriso. Poi si volse verso il figlio e si adombrò: — Vedi di rimetterti in piedi, dobbiamo preparare quindici pelli.

— Adesso?

— Al castello dello sceriffo è arrivata una truppa imperiale, e quel maiale ha imposto una decima di benvenuto per quei parassiti. Mai una volta che prendano un fennag dai cacciatori della foresta, eh no, troppa fatica! Vengono sempre da chi è più facile da mungere.

Una scintilla scoccò tra gli occhi di Breu e quelli di Ailis.

— Una truppa imperiale? — chiese Breu. — Quella di stanza al Villaggio del Porto?

— Macché. Cavalieri. Una compagnia, saranno una dozzina. Vuole fare bella figura con le nostre pelli e la nostra carne, quel maiale... E poi sul petto non hanno le lepri passanti, ma...

— Il Cerchio d'Acciaio? — chiese Ailis con le farfalle che già le vorticavano nello stomaco e fece per tirare Breu giù dal letto, ma lui la fermò. Le indicò con lo sguardo suo padre, che stava scegliendo dei coltelli dal cassone, e le fece cenno di aspettare.

— Proprio quelli. Tutti a cavallo, poi. Mi domando quanta biada consumino. Dicono che il capo sia un principe, addirittura. Come se un principe potesse aver bisogno delle nostre pelli! Bah...

Ad Ailis ora sembrava di dover trattenere Breu a letto con tutte le sue forze, mentre insieme guardavano suo padre uscire dalla baracca. Quando la porta si chiuse, si abbracciarono e cominciarono a saltare.

— Dobbiamo partire, adesso. Subito!

— Aspetta, Breu, devo prendere le mie cose, e...

— Muoviti, allora!

— ... E salutare i miei genitori!

— Ma sei matta? Non ti lasceranno partire. Dobbiamo andare. Torneremo armati e bardati! Torneremo a cavallo!

— Se non mi lasciano, scapperò. Ma non posso partire senza salutarli. Inoltre è meglio aspettare che faccia buio. E poi...

— Cosa?

— C'è Vevisa.

— La saluteremo prima di uscire dal villaggio. Passeremo dalla finestra che dà sul noce, come sempre.

— La lasciamo qui?

— Cosa vorresti fare, Ailis? Lei non è tagliata per la vita militare. E poi suo padre è lo shultz. Troverà un altro modo per girare il mondo.

— Comunque dobbiamo passare a salutarla.

— Va bene, ma muoviti! Hai visto che luna c'è in queste notti? Perfetta per viaggiare.

Ailis corse giù per il vallo che separava le case dei conciatori dalla strada per il villaggio, guardò in distanza la luce sulla bassa torretta del palazzotto dello shultz, là dove c'era la stanza di Vevisa, e poi si precipitò giù per la strada e su per i pascoli, fino alla sua capanna. Sbirciò dalla finestra aperta; la casa era buia. Scavalcò appoggiandosi appena al muro.

Si sentì un rumore di paglia smossa, dal quale venne fuori un sussurro: — Bodo?

— Ma'!

— Ah, Ailis. Tuo padre è ancora alla festa?

— Madre, io parto.

La madre di Ailis si rizzò in piedi e la prese per una spalla. La luce della luna che entrava dalla finestra le illuminava il viso, ma Ailis notò che l'espressione, più che di contrarietà o apprensione, era di rassegnazione.

— Aspetta almeno tuo padre...

Ailis rimase sorpresa di incontrare così poca resistenza: non aveva neanche detto dove stesse andando.

La madre notò la sua sorpresa e si fece più dura: — Ma cosa sto dicendo... Mi hai proprio presa nel sonno, eh? Tu di notte non vai da nessuna parte. Dove vorresti andare, poi?

— Alla Torre dello Sceriffo.

— Te lo raccomando, quello. E a far cosa, sentiamo.

— Ci sono dei cavalieri. Io e Breu ci vogliamo arruolare.

La madre gettò lo sguardo alla piccola edicola sacra sopra il bordo del caminetto, poi disse: — Voi non andate da nessuna parte.

— Vogliamo vedere il mondo! Andare dove le valli e i villaggi sono così tanti che hanno nomi come le persone!

Se Malva in qualche modo si aspettava quello che stava succedendo, non sapeva però come reagire: — Tu non andrai da nessuna parte... e poi... e poi tutti sanno che bisogna avere sedici anni per entrare nell'esercito imperiale.

— Mentiremo! Non preoccupatevi, madre! Siamo forti, io e Breu.

In quel momento si aprì la porta e si stagliò la sagoma barcollante di Bodo.

— Malva? Ailis! Che festa, ragazzi. Peccato per il gioco del pozzo, eh, bambina?

— Di' qualcosa a tua figlia. Vuole arruolarsi, questa scema.

Bodo venne avanti, ma inciampò sul legno sconnesso dell'impiantito e cadde con un gran tonfo. Mentre si metteva in ginocchio, Ailis fece in tempo ad avvicinarsi, dargli un bacio sulla fronte mezzo pelata e scappare di nuovo fino al bordo della finestra: — Non preoccupatevi, padre! Siamo forti! Torneremo fra tre anni, e con i fennag che avrò risparmiato costruiremo la casa di pietraforte! Vi voglio bene! — Saltò fuori e si lanciò di corsa giù per il pascolo.

— Che aspetti, stupido beone! Riprendila!

— Ma era più veloce di me già a nove anni, e adesso sono un po', come dire... — E prima di finire la frase, Bodo cadde di nuovo con la faccia sul legno e prese a russare.

Non appena fu uscita dalla vista dei suoi genitori, Ailis deviò dalla strada per il villaggio e si diresse verso l'albero della spada. Vi trovò Breu, l'arma in pugno, che mollava fendenti nell'aria.

— Lo sapevo che eri qui.

Breu vibrò un colpo al tronco dell'albero, facendo schizzar via un tocco di corteccia.

— Per forza! Faremo grandi cose, con questa.

— Dici che ce la lasceranno?

— Certo che no, Ailis. Alle reclute danno una picca. Ma noi la porteremo in segreto, e la tireremo fuori quando ci sarà da combattere!

— Posso tenerla?

Breu tirò fuori la lingua: — Sono arrivato prima io! — Ma Ailis gli si gettò addosso e in breve riuscì a sopraffarlo e a strappargli la spada di mano.

— Te ne approfitti perché sono ferito! — E Breu le si lanciò di nuovo contro. Si azzuffarono ancora un poco, poi la rinfoderarono e partirono.

— Tienila tu, se vuoi — disse Ailis.

— No, va bene, puoi tenerla tu. Ma contro i nemici la useremo a turno. Adesso andiamo.

Poi, fatto qualche passo: — Va bene, magari la tengo un po' io, e poi te la do. La portiamo un po' per uno, eh, Ailis?

Ailis gliela passò con uno sbuffo e Breu si legò il fodero alla cintola e prese a camminare tutto baldanzoso.

Quando arrivarono in vista del villaggio ancora illuminato a festa, proprio là dove il sentiero dei pastori si allargava in una breve radura prima di scendere ancora più stretto e ripido, videro sotto un cipresso una piccola figura, ammantata in un tabarro scuro. Teneva con la mano le redini di un pony e li stava aspettando.

— Spiegatemi quest'ultima sciocchezza — disse Vevisa tirandosi giù il cappuccio e guardandoli con quegli occhi di madreperla.

— Ci arruoliamo! — esclamò Breu.

Ailis annuì, poi le vennero le lacrime agli occhi e abbracciò Vevisa. Quando si strinse a lei, sentì un calore sul petto, come se Vevi avesse al collo, sotto il tabarro, un tizzone acceso, e si scostò. Vevisa non disse niente. Come si aspettava, non piangeva: Vevisa non piangeva mai. Ailis però vide che si mordeva le labbra e non smetteva di arricciolarsi una ciocca di quei capelli tanto neri e lucidi da essere quasi blu.

— E dai, Vevi! Su con lo spirito! — rise Breu. — Torneremo cavalieri, e allora chiederò a tuo padre lo shultz la mano di sua figlia, che ne pensi?

— Neanche in mille anni — replicò Vevisa alzando il mento con fare scherzoso.

— Il capo di un villaggio così piccolo non direbbe certo di no a un cavaliere del Cerchio d'Acciaio...

— Basta, voi due — intervenne Ailis, e mollò uno

schiaffo a Breu, che la guardò perplesso. Poi disse a Vevisa: — Sei sicura che non vuoi venire con noi?

— Io? Nell'esercito? Suvvia, Ailis... — Vevisa guardò a terra, si morse ancora più forte il labbro, quindi puntò lo sguardo prima su Ailis, poi su Breu: — Vi auguro buona fortuna — disse, un'ombra che le tagliava il viso.

— Potrai almeno mandarci qualche sogno? — chiese Ailis sottovoce, trattenendo a stento le lacrime.

— Non so — rispose Vevisa — non è una cosa da fare senza motivo. Mio padre dice che a causa mia ha perduto il sonno, e in effetti senza il laudano del Villaggio Basso non riesce più a dormire. Magari, se un giorno mi porterà davvero nel continente per studiare da un precettore...

Ailis le teneva le mani mentre parlava, e ormai piangeva come una fontana.

— Falla finita, Ailis! — disse Breu, e ne approfittò per renderle lo schiaffo.

Ailis gli saltò addosso, lo inchiodò a terra e prese a cazzottarlo, ma Vevisa le fermò il braccio. Adesso il suo viso non aveva ombre: — Mi mancherete.

Andò al pony, staccò una borsa dalla sella e la porse a Breu. Poi montò e si avviò al trotto verso il villaggio.

Ailis sbirciò nella borsa da sopra la spalla di Breu. Dentro c'era del pane, un bel pezzo di carne secca, una fiasca di sidro delle cantine dello shultz e un piccolo coltello affilato, con la testa di un cervo intarsiata alla buona nel manico. Afferrò il coltello.

— Ecco, potrai tenere quello — ghignò Breu.

— Oppure entrambi — disse Ailis puntandoglielo alla gola.

— Che scemi, non avevamo neanche pensato alle provviste. Per fortuna ci ha pensato Vevi.

Felici del dono, ma ancora tristi per l'addio, stabilirono che non c'era più ragione di inoltrarsi nel villaggio e, una volta sceso il sentiero, presero la strada "segreta", un percorso poco usato, che da sempre era uno dei luoghi dei loro giochi.

Ben presto l'idea del mondo che finalmente si stendeva davanti a loro scacciò la malinconia per la separazione da Vevisa e dalle loro famiglie. Ridevano e fantasticavano e avanzavano sotto la luce della luna quasi piena che illuminava il sentiero nel bosco.

Dopo un paio d'ore di cammino, quando ai lati della strada cominciava a prendere corpo e forza la foresta, e oltre il primo sottobosco le dolci querce e i bassi ogma lasciavano posto a bui corridoi di abeti, Ailis notò che Breu aveva rallentato il passo: — Che succede?

— Niente... È che... Sai, Ailis... — Breu ora stringeva con la destra l'elsa della spada e con la sinistra il sacco con il cibo — tutte quelle storie sulla foresta... Sul non andarci di notte...

— Non avrai paura di qualche lupo! Sono cose che ci dicevano quando eravamo piccoli. Siamo forti, non dimenticarlo — disse Ailis. — Se arrivasse qualcosa... — e mentre pronunciava queste parole le sembrò in effetti di vedere qualcosa, una volpe, forse, che li sbirciava da dietro un mucchio di rovi.

— Cosa c'è, Ailis?

— Niente. Dicevo: se arrivasse qualcosa, lo sconfiggeremo! Oppure scapperemo! Andiamo.

Camminarono per altre due ore, e se dalla foresta, i cui alberi ora erano douglas dal tronco poderoso, con abeti alti e allampanati in distanza, arrivavano continuamente rumori, nulla turbò il loro viaggio. Giunsero infine alla Cuccia, una casupola di roccia diroccata a metà strada tra il Villaggio Alto e la Torre dello Sceriffo. Anche di giorno era capitato loro solo di rado, e mai da soli, di spingersi più in là.

— Credi che avranno mandato qualcuno a cercarci, Breu?

— Forse mio padre o i tuoi sono andati dallo shultz. O forse no. Siamo grandi, ormai. In ogni caso è bene che ci muoviamo, non diamogli tempo di recuperare terreno, se davvero stanno venendo a prenderci.

— Potrebbero venire col cavallo dello shultz...

— È l'unico del villaggio, e sai quanto lui ci tiene. Ricordi come si infuriò quando scoprì che Vevi ce lo faceva montare di nascosto?

In quella, lo sbuffo di un cavallo. Breu e Ailis si guardarono e subito si tuffarono nei cespugli sul lato della strada.

— Ahia!

— Zitto!

— Ma è pieno di spine!

— Shhh!

E da dietro la curva non uscì un cavallo, ma molti. Camminavano in file di tre, e i loro zoccoli non emettevano suono sulla terra. Sembravano fluttuare, come basse e scure nubi: si sentiva solo qualche rado sbuffo e il tintinnare delle armature dei loro cavalieri, che erano tredici, bardati con schinieri e bracciali e spallacci d'acciaio brunito, e le loro cappe, sotto le quali scintillava una cotta di maglia, erano nere e recavano un motivo composto da tre lepri che si rincorrevano in cerchio, circondate da un anello e unite in modo che ogni orecchio apparteneva allo stesso tempo a due di esse: lo stemma del Cerchio d'Acciaio.

Gli elmi pure erano d'acciaio, e le celate avevano la visiera tagliata a tripla croce; sui lati avevano due corna mozze. Portavano lunghe lance fissate al lato della sella, dritte verso l'alto e con una punta d'acciaio anche sull'estremità rivolta al suolo; alcune avevano una drappella con lo stemma del Cerchio d'Acciaio in mezzo e la runa ᛟ sull'angolo. Tutto in loro esprimeva una potenza e un rigore straordinari; curiosa visione, tra quei destrieri e quegli uomini d'arme, era un quattordicesimo cavallo, un pony pezzato e ben pettinato, con nastri candidi alle orecchie e una sella di camoscio, privo di cavaliere.

Da dentro il cespuglio spinoso, Ailis e Breu non stavano più nella pelle.

— Chi va? — sussurrò Breu, e subito il cavaliere di testa, quello che cavalcava leggermente più avanti, al centro della prima fila, alzò il palmo e la colonna si fermò. Ailis fece per scattare fuori, ma il tabarro le si impigliò nel cespuglio e Breu fu più veloce. Lo vide che balzava fuori e avanzava verso i cavalieri: — Lunga vita al Cerchio d'Acciaio! A-ehm! Salve, potenti signori! Io sono Breu, il figlio del pellaio. Sono giovane e forzuto, né mi manca il coraggio...

Nessuno dei cavalieri proferì parola. Il loro capo sollevò la celata e guardò Breu.

Ailis restò paralizzata: era l'uomo più bello e nobile che avesse mai visto, molto più bello dell'eroe dipinto nella lunetta della casa dove viveva il druido. La sua pelle era chiara e gli occhi riflettevano la luce della luna in una miriade di stelle, e allo stesso tempo avevano una profondità buia che inquietava. Dai lati dell'elmo si srotolavano due trecce, che gli sfioravano appena le spalle, e i capelli biondi di cui erano fatte parevano più leggeri dell'aria e più splendenti dell'oro zecchino. In mezzo alla fronte aveva una piccola cicatrice: una croce a tre bracci come quella della visiera. Era impossibile dargli un'età, e il suo volto era circonfuso da qualcosa di simile a un'aura di luce. Ailis pensò che non poteva esistere al mondo un uomo più nobile e bello.

— Mostrami quella spada — disse il cavaliere a Breu, con una voce che era a un tempo fresca come il vento di marzo e profonda come la notte intorno a loro.

Breu era eccitatissimo e cercò di imitare una scena vista nella sacra rappresentazione, alla festa del villaggio. Si abbassò su un ginocchio e con le due mani porse la spada al cavaliere. Questi si piegò di lato con straordinaria agilità e la prese. Poi tirò via il fodero di iuta e ne ammirò la lama.

— *Claidhim*. Non se ne vedono spesso — disse tra sé. — Dove l'hai trovata?

— Un uomo... Era di un uomo morto, molti anni fa, noi... — borbottò Breu, ma il capo dei cavalieri l'aveva già passata a quello alla sua sinistra, che era più snello e alto degli altri e sullo spallaccio aveva lo stemma di un giglio. Poi aveva di nuovo dato il via al cavallo.

— Ehi! — Breu aveva dimenticato anche Ailis dietro di sé: seguiva solo la spada, e con essa la testa della colonna che ripartiva. — Ehi, signore!

— Sparisci. — Gli disse un cavaliere della seconda fila mentre gli passava davanti, e da dietro la tripla croce della celata la voce uscì roca e sibilante come qualcosa che provenisse dal più oscuro abisso.

Adesso il capo dei cavalieri era poco più avanti di Ailis, nascosta nel cespuglio, e lei voleva gridare a Breu di venir via, ma non riusciva a distogliere gli occhi da quel volto: era incantata, eppure per la prima volta in vita sua sentiva davvero paura.

Breu fece due passi di corsa cercando di riportarsi al pari del capo, gridò ancora "ehi", ma quello non si fermava, e allora raccolse un sasso da terra e glielo scagliò contro. Lo colpì dietro l'elmo; l'acciaio squillò. La fila rallentò fino a fermarsi. Il cavaliere che stava alla destra del capo staccò dalla sella una balestra doppia e ne armò uno degli archi. Il capo annuì senza voltarsi.

Il dardo prese Breu in mezzo al petto. Ailis lo vide cadere all'indietro con un breve gemito, e gridò, non sentiva niente, neanche le proprie grida, ma già stava schizzando fuori dal cespuglio con il coltello dello shultz stretto in mano e il capo adesso era proprio davanti a lei e lo colpì alla coscia con il coltello, ma la lama si spezzò all'impatto con la cotta. Il cavaliere si staccò Ailis di dosso con un manrovescio e poi la centrò con un terribile calcio tra la fronte e la tempia, facendola volare all'indietro nel cespuglio.

Ailis fece in tempo a sentire le voci del cavaliere e del suo secondo: — Controlla se hanno la conchiglia.

— Ma Maestro, sono maschi...

— Controlla lo stesso. Andiamo, noi.

Poi il freddo si fece strada nel suo corpo finché non sentì nemmeno un punto di sé, solo uno spacco pulsante sul lato della fronte e il sangue che ne usciva e poi neanche quello, soltanto il buio e il gelo.

— Sei fortunata, hai la pelle dura.

Ailis si rizzò a sedere sulla pelliccia: — Dov'è Breu?

— E chi è? — Aveva davanti un uomo barbuto, magro ma dalle spalle larghe, sebbene una fosse più alta dell'altra, con un grosso livido sullo zigomo e un cappellaccio di pelle sul capo. Dietro di lui, il sole che entrava da una finestrella quadrata illuminava pareti di legno tappezzate di pelli di volpe, di cervo e di lupo. Fuori si sentiva il latrato di più di un cane, e la baracca stessa puzzava di cane. Ailis intuì di essere nella casa di uno dei cacciatori della foresta. Ricordò che Bodo ne parlava sempre con disprezzo, diceva che erano ladri, anche se non quanto lo sceriffo e i suoi. Il padre di Breu, poi, non li poteva vedere, diceva che erano diventati come le bestie che cacciavano, un vero cacciatore deve abitare in un villaggio e andare nella foresta, ripeteva sempre, non stare là in mezzo come gli animali...

— Il ragazzo che era con me! Capelli rossi, faccia un po' così... — Ailis gonfiò le guance e fece una smorfia che nelle sue intenzioni avrebbe dovuto imitare l'espressione di Breu.

— Non c'era nessuno con te.

— Ma lo hanno colpito nel petto con una balestra e...

— Se lo hanno preso nel petto con un colpo di balestra sarà morto di certo, poveretto. Magari qualche animale se lo è portato via.

— Non è possibile!

— Allora se lo saranno portato via quelli che lo hanno colpito... Lì sul sentiero non c'era nessuno. Tu eri nascosta dentro un cespuglio e avevi un brutto spacco sulla fronte... Non toccare! Ho messo una fasciatura. Sembravi morta, ma i miei segugi non si sbagliano mai, eh no. Hai dormito tanto. Vieni dal Villaggio Alto?

— Quanto?

— Cosa?

— Quanto ho dormito?

— Tre giorni — rispose l'uomo. — E per fortuna che ti sei svegliata, avevi cominciato ad agitarti, non facevi altro che sognare. A un certo punto ho creduto che avrei dovuto chiamare il vecchio druido che vive alle Pietre Nascoste. Per fortuna non ce n'è stato bisogno, quello è matto, eh sì... Alla fine ti sei ripresa, ma pensa che ieri mi hai tirato anche un pugno mentre cercavo di calmarti dal delirio. Sei forte, per la tua età... — Mentre il cacciatore parlava, Ailis era schizzata in piedi e si stava rivestendo col suo tabarro e diceva che doveva cercare Breu, che doveva tornare al villaggio, che i cavalieri lo avevano colpito, che erano malvagi, ma sentì che era debole e dovette appoggiarsi al letto.

— Mangia qualcosa, bestiolina. Poi ti lascerò andare. Non mi piace la compagnia, e il cibo lo divido solo con i miei cani. Ma devi mangiare un po' di zuppa, o morirai. — Ailis vide che sul tavolo c'era una tazza di legno, fumante. Si rimise in piedi, prese la tazza e scolò la zuppa in un colpo, masticando giusto gli ultimi pezzetti di carne. Poi scrocchiò il collo, si sfiorò la crosta sulla fronte e disse: — Vado.

— Aspetta, prendi questo — Il cacciatore le porse un bastone.

— Meglio quella, allora — disse Ailis, e prese un'accetta da un angolo della stanza. — Te la riporterò — aggiunse, e uscì dalla finestra con un balzo.

— La strada è a sud! — gridò il cacciatore.

— Grazie! — rispose lei mentre cambiava direzione e si buttava nel bosco dalla parte giusta, i cani che le abbaiavano dal loro stabbiolo.

La fronte le pulsava, ma non voleva perdere tempo: corse cercando di tenersi il più possibile su una linea retta, tra rami che le graffiavano il viso e rocce e fossi e radici che la facevano incespicare, finché non incontrò la strada. Guardò sui due lati, notò la posizione del sole e si indirizzò verso nord-ovest.

Poco dopo trovò il punto dove avevano incontrato i cavalieri. Come gli zoccoli dei loro cavalli non facevano rumore, così non avevano lasciato segni sulla terra, ma poteva riconoscere i cespugli in cui lei e Breu si erano nascosti. Un po' più avanti, gettato nel primo sottobosco, scorse il coltello dello shultz. Lo raccolse e se lo infilò in tasca. E se i cavalieri fossero stati al villaggio? Era possibile che stessero andando lì? La strada non portava che al Villaggio Alto, o al massimo al Villaggio Basso, nella valle accanto, un posto tanto piccolo che neanche aveva un suo shultz. Forse venivano a parlare proprio con lo shultz. Cosa avrebbe fatto se l'avessero riconosciuta? Qualunque fosse la situazione, pensò Ailis, se Breu era riuscito a fuggire, era di certo andato al villaggio. E se invece non ci era riuscito, lei doveva avvertire subito suo padre, e forse anche lo shultz, di quello che era successo. Si mise a correre, e non si fermò neanche quando la testa cominciò a pulsare tanto da farle male, né quando la strada lasciò il passo ai primi, ripidi pascoli.

Arrivò all'ultimo crinale che era ormai scesa la sera, ma dietro di esso scorse dei bagliori. Per un attimo pensò che il cacciatore le avesse mentito, che doveva essere rimasta addormentata solo un giorno, se la festa del villaggio era ancora in corso, finché non capì e accelerò ancora la corsa.

Appena fu oltre il crinale vide le case del villaggio, alcune intatte, altre ridotte a carcasse fumanti. Il palazzotto dello shultz era tutto annerito e aveva il portone sfondato, mentre il cerchio di pietre del tempio era stato raso al suolo: come spazzati da una forza incontenibile, i monoliti erano sparsi tutto intorno, e anche la casetta del druido era distrutta. In mezzo alla piazza del villaggio si potevano vedere dei corpi. Ailis crollò con le mani a terra e pianse. Il dolore alla testa adesso sembrava sparito, sostituito da una febbre che la faceva tremare e ribollire. Si lanciò giù per l'ultima discesa, ma l'erba era umida e scivolò; si era lanciata con tanta forza che non riuscì a fermarsi e rotolò fino a valle.

Si fermò sbattendo contro un alberello. Alzò la testa dolorante e vide una lancia, una lunga e spessa lancia piantata al suolo, che sulla sommità aveva conficcata una testa mozza, gli occhi ribaltati e le mosche sulla lingua. Si scostò inorridita, poi in quel viso trasfigurato riconobbe quello di Gael e di nuovo scoppiò in lacrime.

Né le lacrime smettevano mentre si riprometteva di togliere di lì quella testa e seppellirla: prima però doveva trovare i suoi genitori. E Vevi!

Corse al palazzotto, che stava lì, un paio di centinaia di metri davanti a lei.

Pure l'albero di noce da cui salivano fino in camera di Vevisa era stato bruciato, così entrò dal portone, che era spaccato e aperto. Due servitori giacevano morti nella corte interna. Il primo decapitato, l'altro bocconi sul bordo della fontana, con un dardo conficcato nella schiena. Ailis li superò e imboccò le scale sulla sinistra.

— Vevi! — Saliva gli scalini cauta, l'accetta in pugno, e intanto chiamava Vevisa, ma le rispondeva solo l'eco della propria voce.

Fu in sala da pranzo che trovò lo shultz. Era seduto in una pozza di sangue nero, la schiena appoggiata al muro, e con le mani si teneva il ventre aperto. Un braccio pure aveva uno squarcio, tanto largo e profondo da scoprire il bianco dell'osso, e aveva due dardi conficcati nel petto e uno nell'occhio destro.

Ailis trattenne l'orrore e provò ad alzargli il mento e scuoterlo, e mentre lo faceva ebbe la sensazione di aver già visto quella scena. Di più: come un fortissimo ricordo, di qualcosa che tuttavia non aveva vissuto. Lo shultz era in piedi, proteggeva Vevisa dietro di sé mentre i dardi lo colpivano. Ailis realizzò che era il ricordo di un sogno: di un sogno fatto nei tre giorni trascorsi nella capanna del cacciatore; sommerso dalle febbri della convalescenza, solo adesso che i particolari corrispondevano tornava a galla, anzi l'impressione era più quella di una visione, quasi che le ombre di coloro che qui avevano combattuto, ora dal sogno riverberassero nella sua testa, e da lì di nuovo nella sala.

Il capo del Cerchio d'Acciaio, la celata alzata a scoprire il bel viso crudele e la spada di Ailis e Breu in pugno, superava ridendo i due balestrieri, e colpiva lo shultz già ferito a morte, in basso, sul ventre, con un profondo fendente. La pancia si squarciava e le budella si srotolavano al suolo. Il cavaliere rideva: — Vi è caduto qualcosa... — e, senza smettere di ridere, di nuovo lo colpiva al braccio: al braccio con cui ancora teneva dietro di sé Vevisa.

— Quello che mi spiace — adesso il cavaliere era mellifluo, perfido — è che potevate evitare tutto questo.

— Lo avreste fatto ugualmente... — diceva lo shultz con la voce ridotta a un filo, cercando di tenersi le interiora con l'altro braccio.

— Niente è più detto, in quest'epoca — e lo trafiggeva al collo, e lo shultz cadeva all'indietro e il cavaliere afferrava la ragazzina terrorizzata, la traeva a sé avvolgendosi quei lunghi capelli al polso con un secco giro della mano, e mentre quella gridava e si agitava, le scostava un lembo della camicetta, scoprendo il pendaglio che recava appeso al collo. Poi annuiva e lanciava Vevisa a uno dei suoi scherani.

Ailis aprì gli occhi e si accorse di non aver mai smesso di tenere la testa senza vita dello shultz, di avere le mani e i polsi sporchi di sangue, e realizzò di essere sola e insanguinata in un palazzo pieno di morti, e avrebbe voluto piangere ancora, ma non aveva più lacrime e doveva trovare i suoi genitori e Breu e Vevi, e non capiva cosa fosse successo e se quelli potessero essere veramente cavalieri, se quelli potessero essere i nobili cavalieri del Cerchio d'Acciaio di cui parlavano a volte i vecchi. Ci fosse stato almeno Breu a spiegarle cosa stava succedendo! L'unica certezza era che quello era uno dei sogni di Vevi: quei sogni, o meglio visioni di cose vere, che sapeva mandare a chi le era vicino.

Andò alle stalle, ma il cavallo dello shultz giaceva in

mezzo alla paglia con la testa spaccata. In fondo, esso pure in una pozza di sangue, riconobbe il pony di Vevisa. Anche gli asini erano stati massacrati. Fu lì che un'idea la fulminò: corse fuori dal palazzotto e su per il sentiero dei pastori, lottando con qualcosa dentro di lei che le diceva che era meglio non andare; che era meglio non vedere. Ma andò, anche quando vide che le capanne che incontrava via via lungo il percorso erano bruciate come quelle al villaggio, e continuò quando vide la testa di Guldo, il loro vicino, conficcata in una di quelle orribili lance, e continuò ancora fino alla propria casa, e a ogni passo verso quella nera carcassa si sentiva più morta e più sola. Alte colonne di fumo si alzavano dai dintorni e dai pascoli dietro la capanna.

All'interno di ciò che restava della casa non c'erano corpi. Chiamò suo padre e sua madre e ancora strillò i loro nomi e rimase lì a singhiozzare sul suolo annerito.

Un rumore: Ailis strinse l'accetta, si alzò e si voltò verso quello che rimaneva della finestra. Vide, qualche centinaio di metri più in basso, nel prato, un vecchio che gettava rami su una pira. Era Drogo! Ailis saltò fuori dalla finestra e corse verso di lui e abbracciò i fianchi di quell'omaccione, al quale a vederla erano spuntate le lacrime.

— Ailis! Sapessi quanto ho cercato il tuo corpo...

— Ma cosa... Come...

— Ailis, poveri noi, che disgrazia — seppe solo borbottare il vecchio.

— Breu?

— Non l'ho visto...

— I miei genitori?

— Lì — disse Drogo, e indicò la pira.

Ailis guardò il fuoco. Dentro si potevano scorgere alcune zone più scure, diverse dal reticolo dei tronchi. Perse i sensi.

Quando si riprese, si trovò sotto un albero poco lontano; Drogo era lì che continuava ad alimentare la pira. Ailis chiuse gli occhi e le lacrime, quelle lacrime che credeva di aver finito, le solcarono di nuovo le guance. Vedendo che si era alzata a sedere, Drogo la raggiunse.

— Povero Bodo. Era un brav'uomo. E povera Malva. Ti volevano bene. Spero che dalla veglia possano vedere che almeno tu sei viva.

— Ma come è possibile — disse lei, e nei suoi occhi arrossati adesso brillava un fuoco irato che diede un brivido anche a quel vecchio, coriaceo montanaro.

— Che ti devo dire, Ailis. Da sempre gli uomini d'arme si approfittano della povera gente. Qua sull'isola siamo fortunati che il Re si è portato tutti i cavalieri a Est, alla guerra... Ma di certo un massacro del genere non si era mai visto.

— Erano del Cerchio d'Acciaio, eh, Drogo?

— Come ti viene in mente, bambina? Il Cerchio D'Acciaio è composto dai più nobili cavalieri dell'Impero.

— Li ho visti! Hanno ferito Breu e mi hanno colpita! Avevano l'insegna con le tre lepri in cerchio.

— Avevo sentito che c'erano degli imperiali al castello dello sceriffo; che quel ladro aveva chiesto una decima per onorarli. Ma da qui a pensare che vengano a sterminare dei poveri pastori...

— Li ho visti, ti dico!

— Forse erano briganti, o cavalieri sbandati, che ne avevano rubato le insegne...

— Dovevi vedere come stavano a cavallo! Dovevi vedere le armature!

— È impossibile...

— Chiunque siano, perché lo hanno fatto?

— Non so che dirti, bambina. Ero a caccia alla Macchia Larga e avevo pernottato là. Quando all'alba sono tornato, ho trovato la mia baracca bruciata. Sono salito su e ho trovato quella di Bodo e Malva nelle stesse condizioni, e loro... Povera Ailis, due volte orfana! Sono corso al villaggio: molte case bruciavano ancora e non c'era più nessuno vivo, neanche nel palazzo.

— Aspetta!

— Cosa c'è? — disse Drogo, ma Ailis si era già lanciata di corsa verso il villaggio.

Entrò di nuovo nel palazzotto. Salì le scale e raggiunse la sala da pranzo. Proprio sulla parete dopo il corpo dello shultz, ecco l'arazzo.

La parte azzurra doveva essere il mare. Si poteva allora capire quale fosse l'isola, in alto a sinistra, e quella massa più grande in basso a destra doveva essere il continente. Sia sull'isola che sul continente c'erano dei puntini, ognuno affiancato da una scritta: dovevano essere le città.

E così questo è il mondo, pensò Ailis. E Vevisa, e forse anche Breu, sono lì da qualche parte. Tentò di leggere qualche parola, ma non riusciva neanche a sillabare. Si maledì per non aver trascorso una sola lezione al tempio senza scappare dalla finestra, staccò l'arazzo e lo arrotolò. Se lo caricò su una spalla e tornò a quel che rimaneva della sua capanna.

Cercò di pensare: di capire se il suo dovere fosse rimanere lì, se il fatto di essere figlia di Malva e Bodo la obbligasse a ricostruire quella casa, a prendersi cura di quegli animali. Non trovò una risposta, ma l'idea le metteva addosso una tristezza terribile.

Mentre rifletteva, arrivò Drogo con un secchiello di latte: — Tieni, bevi. È delle vostre... insomma, delle tue mucche. Qualcuno deve pur mungerle.

— Io vado via, buon Drogo.

— Dove pensi di andare, Ailis? E cos'hai lì sulle spalle?

— Una cosa di Vevisa. Adesso serve a me. Ma quando la troverò, gliela renderò.

— Faresti meglio a stare qui. Ci sono di certo dei sopravvissuti, gente che come me era fuori a caccia o al pascolo, o che è riuscita a scappare e ora si nasconde nel bosco o nella valle. Dobbiamo trovarli, e poi seppellire i morti, rimettere in funzione il mulino...

— Non ci riesco. E poi devo trovare Vevisa. E Breu: sono sicura che è vivo, quelli devono aver portato via anche lui. Andrò dallo sceriffo.

— Lo sceriffo non ha mai fatto nulla per la nostra gente.

— Gli dirò di cominciare.

— Se fossero stati davvero degli imperiali a fare tutto questo, lo sceriffo potrebbe essere d'accordo con loro...

— Allora lo ammazzerò — disse Ailis, e gli mostrò il coltello.

Drogo scrollò la testa e le scompigliò i capelli corti e arruffati: — Povera Ailis — disse, ma lei gli tirò via la mano, si rimise il coltello alla cintola e fece due passi verso quel che rimaneva della propria casa: — Qui non ho più niente.

— Le mucche e le pecore di tuo padre...

— Le affido a te! Vado a vedere se ci sono provviste. Domattina all'alba partirò. Non temere, sono forte!

La casa vuota e bruciata le metteva nel cuore una gran desolazione, ma era sempre meglio che dormire all'addiaccio lì fuori, con la rovina comunque davanti agli occhi. I paglięricci erano mezzi bruciati, così scelse l'angolo che le parve più riparato dal vento, si avvolse nell'arazzo e si preparò a dormire a quel modo, le stelle che la guardavano dal tetto sfondato, il pensiero agli innumerevoli giorni con Bodo e Malva, a Malva che la chiamava dal crinale e Bodo che la portava al pascolo fin da quando sapeva a malapena camminare, giorni di zuppa di pane e di formaggio, di duro lavoro con i suoi genitori e di giochi su per i pascoli con Vevisa e Breu, giorni dei quali solo adesso si manifestava tutta la lucente, impossibile felicità. Di nuovo si chiese se non avrebbe dovuto, in nome almeno di ciò che era stata, ricostruire la casa, prendersi cura degli animali, rimanere con chi era sopravvissuto della gente del villaggio. Di nuovo pianse, stringendosi nell'arazzo.

Si svegliò, rabbrividendo, alle prime luci. Le sembrò di aver sognato qualcosa di importante, qualcosa che aveva a che fare con Vevisa, ma era come se fosse rimasto lì, coperto da un sonno troppo greve per trovare uno spiraglio da cui uscire. Provò a togliersi la fasciatura che le aveva messo il cacciatore. Il sangue si era coagulato e non voleva staccarsi, così si limitò a tagliar via col coltello i lembi intorno al punto ferito. Lo toccò: la crosta era dura.

Sulla mensola del caminetto, stava da sempre una catenina di rame con piccoli pendagli a forma di foglia di edera, che Malva portava prima di sposarsi. Ailis la prese e se le mise al polso in tre giri. Nella madia trovò il biscotto – pane cotto due volte per non farlo ammuffire, che Bodo portava con sé quando andava ai pascoli più lontani – e lo mise in una sacca. Prese con sé anche una mezza forma di cacio, poi arrotolò l'arazzo e se lo sistemò sulle spalle facendoci passare in mezzo una corda. Poco fuori vide Belfa, una delle mucche, che si aggirava spaesata. La portò presso quel che rimaneva della stalla e la munse fino a riempire di latte un terzo del secchio; poi se lo bevve tutto, zuppandoci un tocco di biscotto tagliato via con l'accetta.

Andò ai resti della pira. Non vide che un mucchio di cenere e neri carboni, e intorno qualche tronco consumato a metà. Pensò a Malva e Bodo, e guardò il cielo: non c'erano nuvole né segni, dell'Imperatrice o di qualunque altro dio. Lo fissò come non aveva mai fatto, come se volesse cavarne fuori un'indicazione o una parola di conforto, ma lui restava lì, muto, azzurro e perenne.

Raggiunse il villaggio in un solo fiato. Non le piaceva quello che stava per fare, ma pensò che un giorno si sarebbe riscattata vendicando tutti.

Entrò nelle case intorno al palazzotto, dove vivevano gli artigiani, e recuperò delle salsicce, un otre e una corda, e ancora una maglia di lana e un farsetto di pelle, a entrambi le quali tagliò via le braccia, troppo lunghe per lei. In casa del fabbro trovò una cotta di bronzo, ma le stava larga; c'erano anche dei coltelli, ma nessuno le parve migliore di quello che aveva già. Considerò i pozzi del grano, ma pensò che avrebbe trovato facilmente anche del pane già fatto. Entrò nuovamente nel palazzotto, e adesso dei corvi piluccavano i cadaveri nella corte interna; salì fino alla stanza di Vevisa. Su uno scaffale c'era la piccola collezione della sua amica: una serie di oggetti bizzarri, alcuni dei quali avevano trovato assieme. Una pietra trasparente, un cervo volante, una conchiglia pietrificata, una fibbia con l'incisione di una mano, una zampa di lepre, un vetro attraverso il quale le cose si vedevano più grandi, un nido di vespe... Tra di essi riconobbe l'acciarino che Vevisa aveva comprato con suo padre, una volta che l'aveva portata al Villaggio del Porto perché provasse a far fare un sogno allo shultz di laggiù, e se lo ficcò in tasca. Nell'armadio trovò gli stivali di daino che Vevisa usava per andare a cavallo e ricordò che avevano più o meno la stessa misura. Mentre se li infilava, notò anche il vestito di cotone con i ricami che l'amica metteva per andare al tempio nei giorni di festa, un vestito che era stato già di sua madre quando era ragazzina, sua madre Vala dai neri capelli, la donna più bella delle due valli e secondo alcuni anche una maga, Vala morta di febbre maledicendo il cielo quando lei e Vevisa avevano solo cinque anni, e le venne voglia di provarselo, ma riuscì a trattenersi. Nella stanza dello shultz trovò una cassetta di legno chiusa a chiave; la spaccò con l'accetta e vi trovò ventitré kroner e un centinaio di fennag. Non aveva mai visto tanti soldi, né sapeva bene quanto potessero valere, ma ricordava che quando Bodo vendette una delle mucche – Barda, la bianca – tornò a casa con sette kroner e con quel denaro ci rifecero il tetto e le pareti, e con quello che avanzò comprarono due caprette. Divise i kroner dalle monetine di rame e li mise in un fazzoletto che legò con un lacciuolo. Si nascose il sacchetto dentro la camicia e si ficcò in tasca una manciata di fennag, poi scese nelle cucine e riempì un sacco di pane e carne secca, e quando uscì di nuovo nel cortile e da lì nel villaggio straziato pensò che adesso davvero non c'era più nulla, per lei, in quel posto.

— Cacciatore! Cacciatore!

L'uomo posò il cucchiaio di legno nella tazza e sbuffò. Fino all'ultimo aveva sperato che i cani stessero abbaiando a qualche animale di passaggio.

— Cacciatore! Sono io, Ailis! La ragazza di ieri! Apri!

L'uomo sbuffò ancora, si alzò, andò alla rudimentale porta fatta di assi coperte di pelliccia e la scostò: — Che succede, bestiolina, ti sei persa di nuovo? Cos'hai lì in spalla? — poi notò l'accetta alla cintola di Ailis: — Ah, sei venuta a riportarmela, brava.

— Puoi prestarmi un cane? — disse Ailis mentre entrava, appoggiava l'arazzo arrotolato al tavolaccio di abete e si piazzava a sedere.

— Tu scherzi.

— Mi serve! — disse Ailis, e prese una cucchiaiata di zuppa. — Hai detto che i tuoi cani non sbagliano mai.

— Stai lontana dalla mia cena!

— Devo trovare una mia amica! — insistette Ailis senza smettere di mangiare. — E un mio amico.

Il cacciatore andò da lei e le prese il polso della mano

che reggeva il cucchiaio. Fece per tirarle via il braccio, ma incontrò una resistenza inaspettata. Provò a tirare ancora, ma il braccio non si muoveva di un millimetro. Anzi, Ailis prese un'altra cucchiaiata di zuppa.

— Certo che sei proprio forte, per la tua età.

— Me lo dicono... Cioè, me lo dicevano sempre tutti — fece Ailis con un'ombra di tristezza sul viso, mentre finiva la zuppa. Scolò il fondo della tazza e chiese, nuovamente gaia: — Come ti chiami, cacciatore?

L'uomo fu colto di sorpresa dalla domanda e guardando a terra rispose: — Claust.

— Cacciatore Claust, mi presti uno dei tuoi segugi? Lo tratterò bene! Devo trovare la mia amica.

— Le tue amiche sono tutte stupide come te? Non dovreste andare in zone di foresta che non conoscete.

— Non si è persa. L'hanno rapita.

— Ma senti questa. I tuoi cavalieri, magari.

— Esattamente!

— E dove l'avrebbero portata?

— Venivano dal continente. Ma forse sono ancora dallo sceriffo. Erano suoi amici.

— Puah! Quel grasso serpente non ha amici. Pensa che vive da solo, in quel castello. Neanche i suoi uomini vogliono stargli vicino.

— Lo sceriffo voleva fare dei regali a quei cavalieri. Magari sa dove sono andati.

— Ti caccerà dalla torre a calci nel didietro con i suoi grossi stivali.

— E allora anch'io lo prenderò a calci. Posso andare a scegliere il cane? — Ailis si era già indirizzata verso la porta.

— Chi ti ha detto che te lo darò? — borbottava Claust e intanto la seguiva mentre usciva, aggirava la baracca e si dirigeva sicura al gabbiotto dei cani. Ailis fece per aprirlo, ma Claust disse: — So io qual è quello giusto per te.

Fece scattare il cancello di legno e i cani uscirono e iniziarono a ruzzare intorno a loro, poi ne acchiappò per il collare uno, piccolo e bigio, dalle orecchie flosce e dallo sguardo perplesso.

— Questo è Aidan. Avete anche il nome simile.

Aidan scodinzolò, la lingua che penzolava dalla bocca. Non sembrava troppo sveglio, ma aveva un muso simpatico. Ailis lo tirò su dalle zampe anteriori e lo guardò negli occhi, muso contro muso, poi sorrise e disse: — Grazie cacciatore Claust! — E si mise a giocare con Aidan mentre il padrone faceva rientrare gli altri nel gabbiotto, borbottando qualcosa tra sé.

— È bravo? — chiese poi Ailis tenendo Aidan in braccio.

— Aidan conosce tutte le strade della zona, fino alla Valle Lunga e anche oltre. Hai qualche oggetto della tua amica?

— Questi — disse Ailis, e mostrò gli stivaletti.

— Da quanto li porti?

— Da ieri.

— Vanno bene. Aidan seguirà la traccia. Ma faresti meglio a stare lontana dalla Torre dello Sceriffo.

— Andrò dove mi porterà Aidan.

— Se davvero venivano dal continente, significa che sono venuti con una barca.

— E allora prenderò una barca anch'io e li seguirò!

Il cacciatore sorrise: — Ne hai di fantasia. Be', se per caso lo farai davvero, l'accetta puoi tenerla ma prometti che lascerai andare Aidan. Conosce la strada di casa, non è vero, bestiaccia? — E lo carezzò rudemente sul capo.

La strada di casa. Ailis si rattristò di nuovo. Pensò alla

pira con i corpi di Bodo e Malva, e pensò che lei non aveva alcun posto in cui tornare.

— Lo prometti? — disse ancora il cacciatore.

— Lo prometto! Grazie cacciatore Claust! — Ailis stampò un bacio sulla guancia irsuta dell'uomo, che subito si pulì col dorso della mano.

— Vedi di trattarlo a modo, bestiolina.

Ma Ailis era già schizzata verso il limitare del bosco, Aidan che la seguiva tra scatti e saltelli.

— Ci vediamo presto, cacciatore! — gridò prima di sparire nella notte.

— Bah — disse Claust, e rientrò a prepararsi una nuova cena.

Ailis correva come una lepre lungo la strada ancora illuminata da una luna calante. Corse senza stancarsi per oltre un'ora, Aidan che teneva il passo senza problemi, finché arrivarono a un bivio. La strada aveva la stessa larghezza in entrambe le direzioni.

Ailis si fermò e guardò il segugio. Ansimava felice, ma per il resto sembrava piuttosto spaesato. Fece un giro su se stesso e andò a fare pipì contro un albero.

— Dai, Aidan!

Aidan si grattò con la zampa posteriore.

— Su! Su!

Aidan ansimò e fece un saltello, come se chiedesse di giocare. Ailis lo prese da sotto le zampe anteriori e lo poggiò a terra proprio di fronte al bivio.

— Da che parte, Aidan? Da che parte?

Il cane scodinzolò, le passò sotto alle gambe e si mise a raspare la terra a bordo strada.

Ailis si tolse uno stivale e lo agitò sotto il naso di Aidan, che non diede segni di interesse.

— Stupido cane... — disse Ailis tra sé, ma mentre lo

diceva vide che alzava il muso, faceva un altro giro su se stesso e cominciava ad annusare il suolo e l'aria; lo vide portarsi sulla strada a sinistra, annusare a terra, poi spostarsi su quella a destra e iniziare ad avanzare, prima piano, poi sempre più veloce, e allora Ailis prese a seguirlo e lo seguì mentre correva, e lo affiancava e lo superava, finché, dopo oltre un'ora di corsa, il cielo che si faceva violaceo per l'alba imminente, da un'alta curva videro, appoggiata su un terrapieno, la Torre dello Sceriffo. Era un cono largo e tozzo, con la cima merlata e la stalla di legno su un lato. Di fronte aveva una dozzina di capanne, tutte al buio, ma la finestra al piano più alto della struttura era illuminata. Aidan fece un uggiolio.

— Shhh! — disse Ailis e ripartì più veloce di prima, per la strada che prendeva ora a scendere.

Cinque curve dopo, sul lato della via trovarono una specie di grossa garitta. Si nascosero dietro un albero. Nella garitta c'erano due uomini, e altri due stavano arrivando dalla direzione opposta, ognuno con una picca sulle spalle. Tutti avevano giubbe di cuoio borchiato ed elmi di bronzo. Le due coppie si salutarono e parlarono brevemente, poi quelli che occupavano la garitta raccolsero le loro picche, che tenevano lì appoggiate al muro esterno, e lasciarono il posto agli altri.

Ailis attese un po', poi avanzò lungo il bordo della strada sfruttando la copertura degli alberi e, quando fu prossima alla casupola, si allargò nel bosco per superarla. Appena captò le parole "Villaggio Alto" si fermò, fece cenno a Aidan di aspettarla lì e si avvicinò per sentire meglio i discorsi delle due guardie.

— ... Per quale ragione: questo non capisco.

— Stregoneria, pare.

— Ma non è all'est, la stregoneria?

— Se sono venuti fin qua dal continente...

— Ma... proprio tutti?

— Così pare.

— Anche il bestiame?

— Non so. Ti ho detto quello che ho sentito dallo sceriffo.

— Avevano delle belle bestie, lassù. È un peccato lasciarle ai lupi...

— Lo sceriffo ha proibito di andare su. Né possiamo chiedere nuovi ordini, visto che da due giorni non smette di bere.

— Come sempre.

— Questa volta è peggio. Non so quante botticelle abbia già fatto fuori. Si sente in colpa.

— Lui? Figurarsi...

Ailis era già ripartita e continuò lungo il bordo del bosco, finché gli alberi non cominciarono a diradarsi e incontrò una prima baracca. Un cane abbaiò. Aidan rispose.

— Zitto! — sibilò Ailis, e gli prese il muso tra le mani. Poi arretrò fino a portarsi di nuovo nella vegetazione. Cercò di memorizzare la distanza del castello e aggirò la zona abitata passando lungo il limitare del bosco.

Quando fu di fronte al lato est della Torre dello Sceriffo, solo qualche albero e una trentina di metri la separavano dal terrapieno su cui sorgeva l'edificio. Il sole stava per sorgere e il cielo virava sull'indaco. Ailis si lanciò a corsa verso la torre, fuori dagli ultimi alberi e lungo la spianata e poi su per i pochi metri di ripida salita. Si piazzò aderente al muro e guardò Aidan: — Tu aspetterai qui — disse, e prese a scalare la rozza struttura, le pietre sporgenti che rendevano semplice l'ascesa. Quando era quasi giunta all'altezza del piano più alto, una prima lama di luce bianca già spuntava all'orizzonte. Ailis sentì il sole sfiorarle le guance, poi guardò giù e vide quanto era salita: Aidan scodinzolava, piccolo, laggiù in fondo. Di certo la torre era più alta di quanto non sembrasse da sotto. Pensò che se fosse caduta si sarebbe sicuramente rotta tutte le ossa.

— Caspita! — ghignò tra sé, poi cominciò a muoversi in diagonale come un ragno, fino alla finestra illuminata.

Nella stanza, sotto la luce di un candelabro a ruota attaccato al soffitto con quattro catene, un uomo corpulento e dai baffetti ispidi, il volto unto e gli occhi chiusi, stava mezzo accasciato su un seggio. Aveva un farsetto verde scuro, il cinturone sganciato sulle brache verdi e grossi stivali con le fibbie d'argento. Era lo sceriffo. Accanto a lui, su un tavolo di legno scuro, una coppa, un barilotto di sidro ribaltato su un fianco e una sottile spada senza il fodero, appoggiata in diagonale. Altri barilotti giacevano sfasciati sul pavimento di pietra. L'uomo ruttò e borbottò qualcosa.

Ailis si maledisse per non aver pensato prima a cosa fare. Di certo non posso rimanere qui, pensò, e saltò dentro la stanza: — Dov'è Vevisa? — disse ad alta voce, non troppo sicura di star facendo la cosa giusta.

Lo sceriffo aprì gli occhi e si riscosse. E quello chi era? Mise subito mano alla spada.

— No, fermo! — gridò Ailis, ma lo sceriffo puntò l'arma contro di lei e avanzò, barcollante ma minaccioso. Ailis non poté fare altro che impugnare a sua volta l'accetta.

— Non so chi sei o come sei arrivato qui, ma faresti meglio a posare quell'affare, ragazzo — borbottò lo sceriffo.

— Non sono un ragazzo — disse Ailis, e ricordò quando Fein, il fratello maggiore di Duncairoth, sei anni prima, aveva osato fronteggiare lo sceriffo brandendo un'ascia da boscaiolo. Fein era il più forte del villaggio dopo il padre di Breu, ma prima che potesse fare qualcosa, lo sceriffo lo aveva già colpito a un polso con la sua sottile spada. L'ascia gli era caduta e come Fein si era piegato per recuperarla, lo sceriffo gli aveva infilzato una coscia da parte a parte come un fagiano. Poi aveva sfilato la spada, l'aveva pulita sulla spalla del ragazzo piegato a terra che urlava e si teneva la ferita, l'aveva rinfoderata e gli aveva mollato un gran calcione in bocca. Da allora nessuno al Villaggio Alto si era più sognato di contestare le tasse o le decime.

È forte lo sceriffo, pensò Ailis spostandosi di lato, alla ricerca di una posizione più favorevole. La luce del sole ormai sorto, fino a quel momento coperta dalla sua sagoma, abbagliò per un attimo il suo avversario. Ailis, cresciuta nella casa di Bodo del Villaggio Alto, conosceva bene la lentezza di riflessi degli ubriachi: scattò in avanti, voltò l'ascia dal lato senza lama e sferrò un colpo sul fianco del suo avversario. Quello incassò e non cadde, anzi le indirizzò un fendente, un po' scomposto ma sufficientemente ben portato per prenderla sul braccio. La ferita, benché non profonda, era lunga e slabbrata. Ailis, incurante del dolore, gli andò sotto per colpirlo in testa ma lo sceriffo bloccò il manico dell'ascia con la sinistra. La pressione esercitata da Ailis era tremenda e gli avrebbe sicuramente piegato il braccio, così fu costretto a mollare la presa e fare un goffo balzo all'indietro. Ailis avanzò di nuovo, e di nuovo alzò l'ascia, ma adesso lo sceriffo era in buona posizione per un affondo.

In buona posizione per un colpo mortale, e tuttavia esitò, forse perché aveva notato come la sua avversaria stesse ancora combattendo con l'ascia voltata dal lato senza lama. Ailis lo colpì in pieno sulla testa, facendolo crollare a terra. Raccolse la spada al volo, gli salì sopra, un piede sulla pancia e uno sul petto: — Dove sono Breu e Vevisa?

— Guard... — provò a gridare lo sceriffo, ma la parola gli morì tra le labbra quando Ailis gli puntò la spada alla gola: — Vevisa. Breu. Dove sono.

— Vevisa? Breu?

— La figlia dello shultz e il figlio del pellaio.

— Ah, lei... L'hanno presa...

— Chi erano?

— Ehi, lasciami parlare... Il Cerchio... Il Cerchio d'Acciaio.

— Quindi erano veramente loro?

— Scherzi? Sai chi era quello? Era Åydric Reinhare, un Maestro, e per di più il Primo dei Dodici. Un pezzo grosso. Io non potevo certo...

— Hanno preso anche Breu?

— Non so, hanno detto che cercavano una bambina...

— Perché?

— Non...

Ailis premette la spada: — *Perché?*

— Il loro Maestro diceva... diceva che tramite certi mercanti che bazzicavano il Villaggio del Porto gli era giunta all'orecchio notizia di una bimba dagli strani poteri... con una conchiglia al collo...

— Dove l'hanno portata?

— Non saprei...

— Dove?! — disse Ailis, e avrebbe voluto premergli la spada sul collo ma aveva paura di spingere troppo, così ci appoggiò anche l'accetta.

— Sono approdati al Villaggio del Porto...

— Approdati?

Avevano una cocca...

— Cos'è?

— Una nave. Venivano dalla Capitale, quelli.

— Sono stati loro a uccidere i miei genitori?

— Intendi quello che è successo al Villaggio Alto? Io non potevo farci niente...

— Sono stati loro?

— Sì, io...

— Non c'entri, quindi?

— Io non potevo... non ero... — Come un lampo di luce nella risacca alcolica, lo sceriffo notò l'espressione seria e ingenua di Ailis ed ebbe un'intuizione. Si fece serio, contrito: — Non c'entro niente. Te lo giuro.

Ailis tirò via la spada e l'accetta dal collo dello sceriffo. Quello allora si alzò fulmineo e afferrò con la destra il manico dell'accetta e con la sinistra la mano di Ailis che stringeva la spada. Trovò tuttavia una resistenza di ferro. La sorpresa lo fece quasi mollare, ma abbassò il baricentro e, con tutte le sue forze, spinse, finché la sua avversaria non cominciò a cedere a causa del braccio ferito, ma per lo sforzo lo stomaco dello sceriffo si ribaltò in un tremendo rutto al sidro e Ailis ne approfittò per mollargli un calcio in mezzo alle gambe che lo fece accasciare, il rutto che si spegneva in un gorgoglio.

Ailis gli puntò di nuovo la spada al collo: — Sei proprio cattivo, tu. — Poi si tolse di dosso l'arazzo con la mappa e lo srotolò a terra con un piede, senza smettere di tenergli la spada puntata. — Indicami il Villaggio del Porto.

— È... È questo punto qui. C'è anche scritto...

— Indicami il Villaggio Alto, e questa torre.

Lo sceriffo indicò i puntini che segnavano i due luoghi nella mappa.

— Così vicini? E la Capitale?

— Non c'è.

— Come, non c'è?

— La mappa è troppo piccola. Starebbe più o meno qui — e indicò un punto, mezzo braccio fuori dal lato destro.

Ailis guardò stupita l'arazzo e la mano dello sceriffo.

— Tu hai un cavallo, vero?

— Sì, ma...

— Come si chiama?

— Cosa?

— Ti ho chiesto come si chiama il tuo cavallo.

— Gaoth.

— Prometti di non muoverti se tolgo la spada?

— Certo! — disse lo sceriffo con l'espressione più umile e innocente che riuscì a venir fuori dalla sua grassa faccia corrotta, e di nuovo Ailis tolse la punta dalla sua gola. Lui le rese il calcio. Un calcione in mezzo allo stomaco che la sollevò da terra e le fece cadere di mano le armi. Lo sceriffo non perse l'attimo a recuperarle e le mollò un'altra pedata che la fece rotolare attraverso la stanza. La ferita al braccio ora sanguinava molto.

Lo sceriffo raccolse la spada da terra e si avvicinò: — Brutta monellaccia, mi farò una cintura con la tua pelle...

Ailis si spostò di lato, a sinistra dello sceriffo che avanzava, fino a portarsi dietro il tavolo. Lui mollò un affondo; Ailis lo schivò e saltò sul ripiano. Prese il barilotto con l'idea di scagliarlo al suo avversario, ma quello, veloce, lasciò partire un altro affondo che lo trapassò mentre era ancora tra le sue mani. La punta della spada uscì dall'altro lato e per poco non le sfiorò la guancia. Ailis non mollò il barilotto, ma saltò giù dal tavolo facendolo scorrere lungo la spada e sfruttando la spinta della discesa mollò una testata sul naso dello sceriffo, che fece due passi all'indietro, stordito. Poi Ailis sollevò il pesante seggio di noce e glielo fracassò in testa.

— Eri proprio cattivo — disse all'uomo lì svenuto, poi recuperò l'accetta, se la mise alla cintola e imboccò le scale, la spada in pugno e il sangue che le gocciolava dal braccio ferito.

— Buono Gaoth, buono...

Ailis abbassò le redini fino a costringere il riottoso cavallo grigio a piegare le zampe. Gli parlò all'orecchio: — Ti tratterò meglio dello sceriffo, vedrai — e senza attendere cenni gli saltò sopra. Gaoth cercò di scrollarsela di dosso, ma Ailis si teneva ben aggrappata alla criniera, e le sue gambe stringevano il dorso del cavallo in una morsa d'acciaio. Gaoth scrollò e scrollò la schiena, la scosse e la agitò in tutti i modi e girò su se stesso e cercò di schiacciare Ailis al muro della stalla, ma dovette arrendersi.

— Piano ora, usciamo.

Ailis scese dal cavallo, lo sellò e aprì il cancello esterno della stalla. Gaoth ne approfittò per tentare uno strattone, ma non riuscì neanche a muovere il muso, tanto strettamente lei teneva le redini. Subito arrivò Aidan tutto scodinzolante e Ailis si abbassò per accarezzarlo. Solo allora il dolore le ricordò della ferita. Si pulì dal sangue con una manciata di paglia, stracciò un lembo di camicia e se lo legò attorno al braccio aiutandosi coi denti.

Montò di nuovo a cavallo e si prese Aidan in grembo. Fuggirono al galoppo dalla Torre dello Sceriffo; solo una guardia, che in quel momento faceva capolino da una baracca, tentò un "ehi" poco convinto.

Alcuni minuti più tardi, la fortezza dello sceriffo, e con essa gli ultimi lembi di foresta, scomparvero alle loro spalle: sotto di loro si apriva adesso l'imbocco della Valle Lunga, una discesa di prati punteggiata di ammassi di cespugli di scopa e prugnolo, tagliata solo dalla strada che da lì in poi diventava una sottile lingua bianca che il primo sole del mattino faceva brillare come quarzo. Pensò a Malva e Bodo e alla sua gente, ma non le venne nostalgia del Villaggio Alto: a ogni passo si convinceva sempre più che vendicarli, e ritrovare Vevisa e Breu, fosse il suo vero e unico dovere verso tutti loro, e l'unica possibile continuazione della decisione presa con Breu quel giorno.

Le faceva male la ferita, ma per il resto non sentiva granché la stanchezza: anzi, la luce del sole che le colpiva il viso sembrava caricarla di nuove energie. Ogni tanto si fermavano, e Aidan ogni volta confermava che stavano andando nella direzione giusta.

Quando arrivarono al bivio per il Villaggio Grande, Aidan lo ignorò e puntò il muso ben dritto sulla strada. Ailis un po' se ne dispiacque: aveva sempre desiderato vedere il Villaggio Grande, dove a volte Bodo andava a vendere il bestiame, ma il pensiero di Vevisa era più importante. A volte, quando girava per una curva o superava un'altura, immaginava di trovare Breu, ferito e impegnato a cercare la via di casa; e scoprendosi a pensare questo, realizzò che nelle parole dello sceriffo si nascondeva una probabile verità: Breu non era con Vevisa e i cavalieri. Ma la strada la chiamava, e le era impossibile ormai immaginare di tornare indietro, di mettersi a perlustrare l'isola per trovare Breu, o aspettarlo nella desolazione del Villaggio Alto. E se davvero ero morto e se lo fossero preso i lupi, come diceva il cacciatore Claust? Le sembrava un'evenienza impossibile. Troverò anche lui, prima o poi, pensò Ailis, troverò Vevi e poi insieme torneremo a cercarlo.

Continuò a cavalcare senza smettere di gingillarsi con pensieri di successo, Aidan che ansimava eccitato con la lingua fuori dal lato della bocca, finché, sul lato sinistro della strada, non scorse una struttura che attrasse la sua attenzione.

Era in effetti una singola pietra, constatò Ailis, che era scesa di cavallo e vi si era avvicinata. Una sola pietra eretta, ma ben più alta di una casa. Non alta quanto la Torre dello Sceriffo, ma quasi: un enorme dente in mezzo al prato; come i monoliti del tempio, su al villaggio, però molto più grande. Le girò intorno portandosi dietro Gaoth, e vide che un lato era levigato, e vi erano disegni e scritte intrecciate.

Ricordò che anche tra quelli al villaggio ce n'era uno simile, ma quando il druido spiegava cosa significasse, lei stava giocando con le oche del tempio. A differenza di quella, però, la grande pietra che stava ora di fronte a lei attraeva il suo interesse, in un modo sottile e profondo che lei stessa non riusciva a spiegarsi. Si avvicinò e appoggiò la mano sulla superficie levigata.

Ebbe l'impressione che le rune sulla pietra si illuminassero. Aidan guaì e schizzò via, e anche Gaoth sarebbe fuggito se il braccio destro di Ailis non ne avesse trattenuto le redini con fermezza immutata. Ailis sgranò gli occhi, anche lei un poco spaventata, ma non tanto da togliere la mano. Ora non c'era traccia di quella luminescenza, e anzi si chiese se non fosse stata solo la sua immaginazione. Tuttavia, più teneva lì la mano e più sentiva una sensazione rassicurante farsi strada nel suo petto. Quasi le sembrava di percepire un vago tepore, come se la pietra nascondesse un cuore vivo e caldo, e alle sue orecchie parve di captare un mormorio, un lontano canto di terra e pietra. Aidan si riavvicinò.

Ailis staccò la mano e ve la poggiò di nuovo: le iscrizioni non si illuminarono, né ci furono echi di quel calore o di quella musica. Tolse la mano e ce la rimise, ma la pietra era muta e fredda. Si grattò la testa. Provò a toccare ancora la pietra, invano. Allora prese Aidan in braccio, montò a cavallo e ripartì, un poco perplessa. Guardò la pietra un'ultima volta mentre già galoppava oltre, attraverso il breve fronte di alture rocciose che preludeva alla Valle Lunga vera e propria.

La giornata era limpida al sole del primo pomeriggio, e di fronte a lei si stendeva adesso un'amplissima e dolce vallata. In basso nella morbida conca, molto lontano da dove si trovava, poteva scorgere il Villaggio Doppio, dove a volte le donne delle montagne scendevano per la mietitura, e i campi coltivati a raggiera intorno ai suoi due poli. Ma soprattutto, ancora più lontano, poteva veder scintillare l'orizzonte in una linea d'oro, e capì che doveva trattarsi del mare.

Aidan continuava a guaire e girare in tondo lì sul pontile, mentre Ailis, il vento che le scompigliava i corti ciuffi, reggeva muta le redini di Gaoth.

Aveva attraversato tutta la valle e poi il Villaggio del Porto senza scendere di cavallo, ignorando anche quei villici che, alla strana visione di una ragazzina su un destriero, le avevano gridato qualcosa; aveva traversato la cittadina portuale senza far troppo caso agli odori ignoti che uscivano dalle casupole con le porte dipinte di giallo o ai pesci argentei che con l'arrivo della sera venivano tolti dalle bancarelle, e soprattutto aveva ignorato il dolore al braccio e il sonno che adesso sopraggiungeva sempre più pesante, sperando fino all'ultimo che il segugio la portasse in una casa, in un castello, in una segreta, e non lì, dove solo poche assi di legno marcio separavano la terra dall'acqua.

E così l'hanno portata via. Ailis guardò il mare piatto di fronte a sé, poi rivolse lo sguardo al cane, si abbassò, lo tirò su da sotto le zampe davanti e lo baciò sul muso:
— Grazie, Aidan. È tempo che tu torni a casa, l'ho pro-

messo al tuo padrone. Ma prima dormiremo, e con questo vento che tira mi farai comodo.

Scelse una fratta riparata, lungo la spiaggia, vi fece adagiare Gaoth e si sistemò con la testa appoggiata al suo ventre, prese Aidan in braccio e avvolse entrambi con l'arazzo.

Sognò, Ailis, quella notte: e fu un sogno chiaro come raramente ne aveva fatti.

Sognò Vevisa legata, assetata, smagrita, le corde che le mordevano i polsi e le caviglie, buttata nell'angolo di una stanzetta tutta rivestita di legno e piena di tappeti, cuscini e mappe. Sognò che la stanzetta ondeggiava e Vevi che diceva il suo nome.

— Ailis! — diceva Vevisa.

La luce del sole la svegliò a mattino ormai maturo. Era un po' infreddolita per l'umido ma si sentiva bene, e la ferita sembrava già ben sigillata da una crosta, sebbene il braccio fosse ancora livido e gonfio. Anche la testa le pulsava meno.

Mentre Gaoth brucava dagli sparsi ciuffi d'erba che spuntavano dalla sabbia, Ailis raggiunse la battigia assieme a Aidan, si spogliò e provò a mettere un piede nell'acqua, con grande cautela. Aidan invece si lanciò subito fra le piccole onde che increspavano il fronte del mare; così, per non essere da meno di un cane, Ailis superò la propria diffidenza e fece il bagno. Il morso dell'acqua salata sul taglio la fece sussultare, ma subito si trasformò in una sensazione corroborante, di frizzante vitalità. Anche la testa le pizzicava, e dopo un po' vide galleggiare nell'acqua di fronte a sé il pezzo di benda che fin lì aveva avuto ancora attaccato. Aidan saltava come un matto e pareva voler andare dove l'acqua era più profonda; Ailis era una buona nuotatrice, ma aveva sempre e solo nuotato nel fiume, e non si fidava di quella massa d'acqua tanto grande, così preferì uscire sulla battigia. Lo guardò ancora un po' saltare mentre il sole la asciugava, poi si rivestì e lo chiamò, lo prese in braccio, risalì il costone di scogli e lo poggiò sul pontile.

— Vai, Aidan.

Aidan si scrollò l'acqua di dosso con una vibrazione della schiena.

— Devi andare, Aidan.

Aidan scodinzolò e si diede un'altra scrollata.

— Vai, Aidan — disse Ailis ancora più forte. Aidan saltò e andò a strofinarle il muso umido sulle gambe. Ailis lo sollevò di nuovo, lo piazzò in direzione della terraferma e gridò: — Vai, Aidan! Torna da Claust! Vai — e le vennero le lacrime agli occhi mentre il cane prendeva a camminare, prima poco convinto e voltandosi più di una volta verso di lei, che con la mano continuava a fargli cenno di andare, poi sempre più veloce, finché non lo vide scomparire nel sentiero che tagliava il villaggio per salire nella valle.

Si guardò intorno. Attraccate al pontile c'erano solo barche di legno, alcune vuote, altre ricolme di vecchie reti giallastre, ma a quello successivo, una ventina di metri più in là, era attraccata una piccola nave dall'aria malmessa, dalla quale arrivava un tramestio. Si avvicinò: — C'è qualcuno?

Proprio quando fu giunta di fronte alla nave, un uomo salì la scaletta di corda che lo collegava al pontile. Portava un paio di brache bianche e azzurre stracciate sulle caviglie, e i suoi grossi piedi erano scalzi. La camicia, pure, era stracciata all'altezza delle spalle. Era alto quasi il doppio di Ailis, e le sue braccia erano abbronzate e muscolose. Il naso era prominente sul viso florido e la larga mascella era coperta da un filo di barba, ma i suoi occhi, di un azzurro chiaro, erano grandi, acquosi e femminei, con lunghe ciglia nere, il che gli dava un aspetto sordido. Guardò la bambina e scoppiò a ridere: — E tu chi sei? — il marinaio allungò la mano destra. Ailis notò che aveva sei dita. — È vera quella spada? Fai un po' ve...

Ailis non attese oltre: memore di quanto accaduto col Cerchio d'Acciaio, estrasse la spada dello sceriffo e la puntò al marinaio, che alzò le mani divertito: — Mettila giù, non volevo mica rubartela. Anche quel cavallo è tuo?

— Non sono affari tuoi.

— E su, e su. Io mi chiamo Morven — e le tese di nuovo la mano.

Ailis lo guardò con diffidenza, poi rinfoderò la spada e senza ricambiare il gesto disse: — Io Ailis.

— Fai bene a essere diffidente. Specialmente qui: i porti sono posti pericolosi, per un bambino.

— Non sono un bambino.

— E va bene: per un ragazzo.

— Sono una ragazza.

— E va bene — rise Morven. — Dimmi allora, *ragazza*, cosa fai a Cuain?

— Cuain?

— Sì, insomma, il "Villaggio del Porto". Dall'accento sei una montanara. Cos'è, hai del cacio da vendere?

— Devo andare alla Capitale.

— Addirittura! — ridacchiò quello. — Ma lo sai quanto è lontana?

— Ho i soldi per pagarmi il viaggio — disse Ailis, e infilò la mano nel farsetto. Morven sgranò gli occhi acquosi, ma Ailis si fermò e guardò su, alla salita che preludeva al villaggio: c'erano delle tettoie di legno, sotto alle quali vecchi pescatori con i piedi scalzi rammendavano reti e biascicavano rametti di féar. — C'è troppa gente in giro.

— Io viaggio su questa tonda con i miei compagni — disse il marinaio. Vieni alla taverna: proporrò loro di portarti.

Ailis guardò Morven.

— Andiamo — disse ancora lui — è qui dietro.

— Finalmente ti sei deciso a trovarti una donna, Morven! — ghignò il più vecchio degli uomini seduti al tavolo, e gli altri scoppiarono a ridere sguaiatamente.

Ailis, poco dietro a Morven, si guardava intorno. Le faceva piacere che quel vecchio avesse riconosciuto in lei una femmina, ma non era mai stata in un posto come quello e sentiva di dover essere guardinga. La taverna era buia e aveva un basso soffitto di travi mangiate dalla salsedine; vi ristagnava un odore di muffa e pesce secco. Dietro a un banco lercio si indaffarava una donna dai grossi seni e dall'aria volgare. C'erano quattro tavolacci illuminati da lanterne penzolanti, e soltanto uno era occupato. Erano i compagni di Morven, che quello presentò, ridacchiando come se trovasse la cosa incredibilmente divertente.

Ailis li guardava con diffidenza mentre Morven li introduceva. Del vecchio non disse il nome, ma solo che era il capitano. Aveva pochi capelli grigi e profonde occhiaie simili a bisacce; al posto dell'occhio destro aveva una pietra bianca e i suoi denti erano tutti guasti. Naive era il nostromo: portava una cuffia di lana grezza e aveva il mento storto, come se qualcuno glielo avesse spaccato e non fosse mai tornato a posto. Tra tutti, pareva il meno interessato a Ailis e alle parole di Morven. C'era poi Torathar, un grosso, obeso marinaio dalla pelle candida. Non aveva capelli né ciglia, e una cicatrice rosata gli scendeva dalla sommità del capo fino a dove avrebbe dovuto avere il sopracciglio sinistro, e poi giù lungo la guancia, fino quasi al collo, ma la cosa terribile era la sua bocca: le labbra erano state tagliate via, fissandola per sempre in un ghigno da teschio. Non portava camicia e ai polsi aveva dei bracciali di cuoio. Infine, seduto scomodamente all'angolo del tavolo, un ragazzo di qualche anno più grande di Ailis, gli occhi spenti ma aggressivi e il viso pieno di lentiggini, impegnato a masticare del féar. Morven lo presentò solo come "il ragazzo" e Torathar gli mollò uno scappellotto che gli fece sputare il rametto: — Saluta, mentecatto!

Il ragazzo guardò il suo glabro compagno con un lampo d'odio e fece un mezzo sorriso a Ailis.

— Questa ragazzina, qui, vorrebbe un passaggio fino al continente — disse Morven. — Vuole andare alla Capitale!

I marinai scoppiarono nuovamente a ridere.

— Hai idea di che posto lontano e spaventoso sia, la Capitale? — disse Torathar.

— Ho i soldi! — protestò Ailis.

— Adesso puoi mostrarli, non c'è nessuno qui — disse ancora Morven. — A parte Slursa, ma di Slursa ci possiamo fidare, non è vero? — e fece l'occhiolino alla serva, che in tutta risposta sputò per terra.

Ailis fece due passi fino al tavolo e tirò fuori il fazzoletto con circospezione.

— Aprilo — disse il capitano. — Per quel che ne sappiamo, potrebbe essere pieno di ciottoli.

Qualcuno ridacchiò. Ailis era irritata da come tutti sembrassero trovare la cosa così divertente, ma appoggiò il sacchetto sul tavolaccio e lo svolse, rivelando i ventitré kroner d'argento, che sfolgorarono alla luce della lanterna. I cinque marinai si guardarono tra loro, e anche lo stesso Morven era molto sorpreso di vedere tutti quei soldi. Il capitano artigliò il mucchietto con la sua manaccia adunca. Appena Ailis scattò verso di lui, Morven la fermò per una spalla, ma lei rispose con una gomitata che lo colse all'inguine, facendolo piegare in due, e si avventò sulla mano del capitano: — Ma siete *tutti* ladri? — e gliela alzò con facilità, ma intanto Torathar si era sollevato in piedi – era alto quasi quanto Morven, ma molto più grosso – e le mollò uno schiaffone che la fece rovinare su uno sgabello, che si disfece per l'impatto.

I marinai scoppiarono a ridere e il ragazzo si alzò a sua volta, con l'intento di afferrarla per i capelli, ma appena la sua mano li sfiorò, Ailis la bloccò per il polso. Il ragazzo rimase interdetto nel sentire la forza con cui gli teneva il braccio; cercò di divincolarsi, ma ormai Ailis si era alzata in piedi e costringeva lui a piegarsi, cosa che suscitava ancor più l'ilarità dei marinai.

— Sapevamo che eri scarso, ragazzo — disse il nostromo — ma non al punto di farti mettere sotto da una bambina — e giù risate.

— Quando ripartiamo diamolo ai pesci, capitano — disse Torathar.

— Non piacerà neanche a loro, questo grumo di sugna — disse il vecchio, mentre Morven, ripresosi dalla botta, si sedeva accanto al glabro compagno e gli appoggiava il braccio sulla spalla: — Slursa, porta da bere! Abbiamo qui uno spettacolo che neanche alle arene di Hadakand!

Il ragazzo cercava in ogni modo di divincolarsi, era rosso per lo sforzo e aveva le lacrime agli occhi per l'umiliazione e per il dolore che Ailis, torcendogli il braccio, andava infliggendogli. Quando non ne poté più, i suoi occhi ebbero un guizzo ostile e con l'altra mano tirò fuori dalla cintola un corto pugnale. Cercò di portare l'affondo al viso di Ailis con tutta la sua forza, ma lei si abbassò bruscamente, senza smettere di tenergli il polso, anzi spingendo verso l'alto: si sentì un rumore secco e il braccio destro del ragazzo si disarticolò all'altezza del gomito, rimanendo piegato in direzione opposta a quella normale. Il ragazzo cacciò un urlo e buttò il pugnale per tenersi il braccio, bloccato in quella posizione orribile a vedersi.

I marinai non ne potevano più dal ridere, ma quando Ailis di nuovo si avventò sulle monete si alzarono tutti e quattro insieme, e le loro intenzioni erano chiare. Non c'era spazio per sguainare la spada, così Ailis estrasse l'accetta, e riuscì anche a mollare un colpo sulla spalla di Torathar, ma poi i pugni e i calci cominciarono a fioccare da ogni direzione. La mischia fu furibonda, e nessun marinaio ne uscì indenne, tuttavia in qualche minuto riuscirono ad avere ragione della ragazzina, specialmente dopo che qualcuno la colpì sulla fronte dove, sotto la ferita recente, l'osso era ancora incrinato.

Adesso Morven la teneva sollevata per una caviglia, pesta e piena di segni, il viso ridotto a un pezzo di carne frolla. Del sangue le gocciolava dalla bocca, ma non era completamente svenuta.

— Che figlia di un demone.

— Mai visto niente del genere — disse il capitano massaggiandosi il bozzo che Ailis gli aveva fatto spaccandogli un boccale di legno sulla fronte. Torathar, intanto, si teneva la spalla ferita.

— Slursa, porta dell'acquavite, e un ago e del filo — disse Morven.

Il ragazzo, trattenendo a stento le lacrime, recuperò il pugnale da terra e disse: — Adesso le faccio vedere io.

— Fermo lì, idiota — intervenne il nostromo, che se l'era cavata con un occhio nero, e gli mollò un calcio nel didietro. — Questa bambina non è normale. Forte com'è, varrà un bel po' di argento, per gli schiavisti di Savé.

SECONDA PARTE

Si svegliò al buio. Tutto il corpo le faceva male. Il suolo si muoveva e intorno a lei riverberava un rimbombo basso e costante. C'era un odore acidulo di féar che pareva pervadere ogni cosa. Tutto ondeggiava, come ondeggiava la stanza nella quale aveva visto Vevisa, nel sogno fatto sulla spiaggia del Villaggio del Porto. Era sulla tonda? Doveva essere sulla tonda, e quel rumore doveva essere il rumore del mare, che lì sotto arrivava attutito. Dunque anche Vevisa era su una nave, almeno stando al sogno. Al sogno... Come vi pose la mente, realizzò che anche quella volta, in quel sonno imparentato con lo svenimento da cui era appena emersa, aveva sognato.

Aveva sognato Vevisa, ancora in catene, e stavolta non si trovava nella cabina di una nave, ma a cavallo. Stava sul pony pezzato che aveva visto assieme ai cavalieri, i polsi legati alle redini, e davanti e dietro di lei cavalcavano gli uomini del Cerchio d'Acciaio. La carovana procedeva su una strada dal fondo rossastro, ampia e polverosa, e in testa c'era lui, Åydric Reinhare. A volte, da bordo strada, villici vestiti di stracci e bambini luridi e smagriti li guardavano passare tenendo la testa bassa e le cuffie tra le mani.

D'un tratto, quando la strada si trovava a passare in mezzo a quella che appariva come una foresta, ma fatta di funghi enormi come Ailis non ne aveva mai visti, alti anche quattro o cinque metri, i gambi color crema spessi come tronchi di querce, la carovana veniva attaccata. Ecco che da dietro i gambi, da entrambi i lati della strada, uscivano uomini con mantelli grigioverdi e spade in pugno, i volti coperti da panni di canapa. Altri erano appostati sulle cappelle dei funghi e avevano degli archi.

— Åydric Reinhare, vergogna delle Terre Occidentali! — Dal fungo più vicino si alzava un fiero uomo dai capelli lunghi, gli occhi grigi che scintillavano alla luce del mattino. — Pagherai per tutto quello che hai fatto!

Mentre già cominciavano a piovere frecce sui cavalieri del Cerchio d'Acciaio, e altri uomini armati uscivano sulla strada per affrontarli, il loro capo, la spada sguainata, balzava giù dal fungo direttamente addosso a Reinhare, seguito da tre dei suoi. Ma il Primo dei Dodici alzava la mano destra e sussurrava delle parole, e a Ailis sembrava di vederle comporsi nell'aria di fronte a lui: sebbene non sapesse leggere, aveva l'impressione, nel sogno, di veder chiaramente tracciarsi nell'aria le rune

ᛖᚲᚠᛇᛟ

ᛈᛇᚱ

ᚠᚺᚱ

E gli aggressori, ancora a metà del balzo, ancora a mezz'aria, venivano avvolti da un guscio vorticante di fiamme e gridavano, e atterravano in malo modo, il fuoco che li consumava, e Reinhare rideva e sguainava la spada e si lanciava nella mischia mentre i cavalieri ingaggiavano battaglia con gli altri assalitori e Vevisa atterrita si faceva piccola sul dorso del pony, e si copriva la testa con le mani...

Ailis provò ad alzarsi in piedi, ma sentì che una catena le tratteneva il piede. Si avvicinò carponi all'attacco, ma scoprì al tatto che era solo un buco in cui la catena entrava per salire poi verso l'alto, altrove sulla nave. Provò a tirarla, ma non si muoveva di un dito – lei, d'altronde, affamata e pesta com'era, non aveva più forze. Almeno, spostandosi, l'aveva svolta e ora poteva alzarsi in piedi.

Il soffitto era tanto basso che doveva tenere la testa piegata, mentre il pavimento si muoveva in un modo che le dava la nausea, con l'odore acuto del féar che contribuiva ai suoi capogiri.

Cercò la spada e l'ascia, ma non c'erano. Non aveva più neanche il tabarro, la sacca, l'acciarino o il coltello. Le avevano tolto pure la catenina di Malva dal polso. Ebbe un conato, ma il suo stomaco era vuoto. Sentì il sapore del sangue misto a quello della bile, e tutto il suo corpo, e specialmente il lato della fronte, riverberava dolore al minimo movimento. Pensò a Gaoth, lasciato lì al porto, e le venne da piangere. Pensò a Bodo e Malva, i loro corpi in cenere su al Villaggio Alto, a Vevisa, rapita e portata lontano, a Breu, ucciso o rapito o finito chissà dove. Come me, del resto, pensò, e scoppiò in un pianto singhiozzante.

Stava ancora piangendo quando si aprì una porticina e un cono di luce illuminò la stiva, svelando le scure pareti di legno e le forme di cera d'api e di formaggio, i barilotti di pesci-serpe salati e le casse piene di rametti di féar e quelle, imbottite di paglia, con le bottiglie di laudano del Villaggio Basso. C'era anche il suo arazzo, buttato in un angolo e ancora arrotolato. Subito Ailis si terse le lacrime mentre la porta si spalancava ed entrava Torathar, piegato fino a metà per riuscire a passare. Reggeva una ciotola piena di una sbobba biancastra, che portò fin lì: — Tiè — e si voltò per risalire sul ponte.

— Siete cattivi — disse Ailis — mi avete fatto lasciare Gaoth. Era un bravo cavallo.

— Ah, quello — disse Torathar mentre risaliva gli scalini che separavano la stiva dalla porta. — Lo abbiamo dato a un pescatore per soli quattro kroner. Lo userà per tirare le reti, noi del resto non potevamo portarcelo sulla nave. Speriamo che tu frutti qualcosa di più. — E si sbatté la porticina dietro le spalle, lasciandola nell'oscurità. Ailis afferrò l'arazzo e lo tirò a sé, quasi le venne da abbracciarlo.

Le visite di Torathar erano l'unica cosa che le permetteva di mantenere una minima percezione del tempo in quel buio e in quell'infinito ondeggiare: pranzo e cena, due ciotole di sbobba che segnavano il passaggio di una giornata. Ma Ailis non era brava con i numeri o i calcoli, e sebbene l'idea di ricordare il numero di giorni trascorsi le fosse balenata in testa, aveva subito perso il conto. Dormiva avvolta nel suo arazzo quando aveva sonno, e aspettava al buio i pasti. A volte pensava al proprio fallimento, alla stupidità della pretesa di andare da sola per il mondo grande e terribile a riprendere Vevisa, e piangeva. A volte pensava a tutti quelli che aveva perduto, e piangeva ancora più disperatamente.

Doveva essere passata una settimana, forse anche di più, quando, in una notte in cui il mare pareva particolarmente placido, Ailis sognò.

Sognò Åydric Reinhare che passava oltre un primo ordine di mura, simile a un terrapieno, e poi un secondo, e ancora un terzo, alto e merlato, attraverso una enorme porta di pietra scura, sulla cui lunetta erano dipinti personaggi dalle forme più diverse e dalle teste aureolate, seduti attorno a un tavolo su cui stava in piedi una bambina.

Superata la porta, chiamava a sé il cavaliere con lo stemma del giglio e gli diceva di condurre gli altri alla Casa del Capitolo. Poi dava un colpetto di speroni e ripartiva al passo. Tra le mani, oltre alle redini, Reinhare reggeva una corda. Solo allora Ailis si rese conto che stava vedendo dagli occhi di Vevisa, e che quella corda era legata attorno al collo di lei. Ebbe l'impressione che Vevi cavalcasse a testa alta, con dignità.

Superavano il portone e imboccavano una strada grandiosa, lastricata di pietra grigia, sulla quale si affacciavano grandi palazzi, essi pure di pietra, con grandi stemmi scolpiti sopra ogni portone, e finestroni da cui pendevano, nessuno escluso, drappi neri con in bianco il simbolo delle tre lepri in cerchio, e colonnati che trasformavano i piani alti in terrazzi; alcuni terrazzi ospitavano addirittura dei giardini, con cespugli di mirto e statue e cipressi che svettavano verso il cielo. Tuttavia non c'era nessuno in giro, neanche un gatto o un cane randagio, e tutte le finestre e tutti i portoni erano chiusi.

Svoltavano a destra, attraverso un quartiere di case bianche, con travi scure che si incrociavano sulla facciata, e le più basse erano comunque più alte di qualunque casa Ailis avesse visto sull'isola; alcune di esse avevano insegne con diversi simboli – una candela, un'ampolla, una chiave, una coppa – ma anche quelle porte erano tutte chiuse e non c'era nessuno intorno. Dietro il tetto dell'ultimo edificio della strada spuntavano alte e scure guglie, come gli aculei di una qualche enorme bestia da incubo.

Appena svoltati, si trovavano di fronte la costruzione più grande che Ailis o Vevisa avessero mai visto, fatta di pietra scura e tagliata da lunghe e strette finestre, tutte chiuse da persiane: aveva i tetti di nera ardesia ed era composta da una prima struttura lunga e coronata di guglie, da un corpo centrale rotondo sormontato da una cupola e da una torre stretta e aguzza, collegata alla cupola da un sottile ponte di ferro. Intorno al corpo centrale, si addossavano archi rampanti. Non c'era nessuno in giro e niente, da nessuna parte, pareva emettere un suono.

Giravano intorno all'edificio fino a raggiungere il portone principale, sul lato corto della struttura. Aveva di fronte un piazzale di bianca ghiaia, delimitato da un cerchio di cipressi. Il portone, chiodato, era la bocca di un viso di pietra scolpito nell'archivolto, con due finestre più piccole, sbarrate, che facevano da occhi. Appena Reinhare e Vevisa vi arrivavano davanti, da dentro si sentiva la voce di una terza persona che annunciava l'arrivo di Lord

Åydric Reinhare, Primo dei Dodici. Reinhare restava fermo di fronte al portone, con Vevisa accanto, finché, con un rumore di ruote e catene, le ante cominciavano ad aprirsi.

Reinhare strattonava la corda al collo di Vevisa ed entravano nell'androne, nel quale due file di bracieri spandevano fumi grigi, che scendevano al suolo e lì ristagnavano, rendendo invisibile il pavimento. Vi era nel salone deserto, e nell'edificio stesso, una inesprimibile tensione, un senso profondo di terrore, che scossero Ailis e la fecero svegliare, come quando a volte nei sogni sta per accadere qualcosa di così pauroso da non poter essere visto.

Si ritrovò immersa nel buio e nello sciabordio della stiva. Saltò a sedere. Si vergognò moltissimo di se stessa: si era svegliata per la paura, ed era solo un sogno, mentre Vevisa era lì veramente. Cercò di riaddormentarsi ma non ci riusciva. Ebbe paura: paura di perdere indizi essenziali. Doveva dormire. Cosa fare? Scelse un punto nel muro della stiva e ci sbatté la testa con tutte le sue forze. Cadde a terra con la testa dolorante e si sentì enormemente stupida. Poi ricordò che Vevisa diceva sempre che suo padre pativa d'insonnia, e per questo si faceva mandare il laudano dal Villaggio Basso. Prese una bottiglia da una delle casse, la stappò – la tintura aveva un odore vegetale denso e amaro – e diede una grossa sorsata.

Adesso erano in un'altra sala, anch'essa deserta e ancora più grande, fredda, buia e silenziosa, sorretta da due ordini di pilastri lobati, in mezzo ai quali si distendeva un tappeto di velluto porpora, decorato sui bordi da intricati disegni a filo d'argento. L'impiantito era formato da innumerevoli tombe, tutte piene di iscrizioni; alcune in mezzo avevano le tre lepri passanti, una sopra l'altra, come nelle vecchie bandiere imperiali; altre, le tre lepri in cerchio. In fondo, rialzato di tre scalini e illuminato da un raggio fioco e iridescente che arrivava dal soffitto, stava un trono di pietra, vuoto, con l'esterno scolpito: c'erano volti umani e mostruosi, scene di guerra e di caccia e di vita quotidiana; addirittura vi era rappresentato quello stesso palazzo mentre veniva costruito, e poi la città, ma piena di gente, e intorno i campi e chi li lavorava, nelle quattro stagioni; e scolpiti con fine dettaglio si potevano vedere anche il cielo e il mare, il sole e la luna, con in mezzo un volto di fanciulla sormontato da una bilancia, e tutto intorno quattro serpenti alati che si mordevano l'un l'altro la coda, e ancora un quinto serpente, lungo e stretto, a bordare la base del trono; lo schienale invece aveva scolpite le tre lepri passanti, e sopra di essere una croce, con una rosa incisa all'incrocio dei bracci.

Ai due lati stavano due troni più piccoli, rialzati di un solo scalino, e dietro i tre troni era tutto un fiorire di drappi e panneggi neri e porpora. Ancora più indietro, di fronte a una porta di servizio di legno scuro stava, quasi invisibile nell'oscurità, una figura, che si faceva avanti appena Reinhare arrivava di fronte ai troni. Indossava una tunica nera con ricamato al centro, in porpora, il disegno di una mano con un occhio sul palmo, ma la cosa impressionante era che aveva gli occhi cuciti.

— Bentornato alla Capitale, mio signore.

— Salute, Pierre. Come sta il tiranno?

— Vi prego di non parlare in questi termini del Gran Maestro, mio signore. Sua Grazia è stata messa al corrente del vostro arrivo e si sta preparando per incontrarvi.

Reinhare si dirigeva verso una panca di legno addossata alla parete a destra: — Siediti — diceva a Vevisa. — Ci sarà da aspettare.

E in effetti le campane del Palazzo-Cattedrale scoccarono ben tre volte prima che qualcosa si muovesse nell'enorme e buia sala del trono. A volte Vevisa si voltava verso il suo rapitore, ma quello stava completamente immobile, gli occhi stellati, incantevoli, ma fissi, come persi in un sogno remoto e precluso agli uomini. Si muoveva, infine, solo quando dalla porta di servizio spuntava nuovamente l'uomo con gli occhi cuciti, seguito da altri tre, nelle stesse condizioni e vestiti con la medesima tunica; recava un cuscino porpora, decorato lungo il bordo con motivi di lepri, mentre gli altri avevano uno scopino dall'impugnatura d'avorio, un panno preziosamente ricamato e un turibolo fumigante d'incenso: il trono a sinistra di quello principale veniva prima spazzolato con lo scopino, poi spolverato col panno e infine vi veniva fatto ondeggiare sopra il turibolo. Solo a quel punto il primo adagiava il cuscino sulla seduta.

Reinhare si alzava, strattonava Vevisa e si piazzava di fronte al trono con un'espressione insofferente dipinta sul viso, mentre gli uomini tornavano da dove erano venuti, eccetto il primo, che si fermava alla porta di servizio e la manteneva aperta.

Da essa compariva un uomo in armatura. Era poco più alto di Reinhare, ma molto più magro. L'armatura era simile alla sua, ma più decorata sugli spallacci, e se da un lato appariva più vetusta, dall'altro recava molte meno tacche e segni. Le corna mozze sull'elmo avevano il moncone rosso, come se vi fosse rimasta una stilla di sangue. Non portava schinieri o bracciali, e anche le mani erano scoperte, bianche come di cera. All'anulare della destra brillava un anello d'argento con un sigillo a N. Avanzava fino al trono senza degnare di uno sguardo Reinhare o Vevisa, e vi si sedeva. Poi sollevava la celata, rivelando un volto esso pure cereo, che dava un brivido a Vevisa, e ad Ailis con lei: non era orribile, anzi, non era neanche brutto – avrebbe potuto avere cinquant'anni, il naso lungo, dritto, gli occhi grandi con leggere occhiaie, la bocca sottile, larga, la mascella tagliente, un ciuffo di capelli castani che si intravedeva dall'elmo – ma aveva una qualità per niente umana, come se quello non fosse un volto, ma una ignobile maschera di carne.

— Cosa rechi al Gran Maestro, e dunque all'Imperatrice, Åydric Reinhare, Primo dei Dodici?

— Un tempo, un cavaliere che fosse tornato alla Capitale portando con sé la Coppa avrebbe goduto di ben altra accoglienza — diceva Reinhare con un tono tra lo sprezzante e il divertito.

— Un tempo il mondo era semplice. Oggi anche l'opportunità di comunicargli che una Cerca è compiuta è cosa da valutare con attenzione — diceva il Gran Maestro. — Mostramela.

Reinhare estraeva dalla bisaccia che aveva alla cintura un cofanetto di legno. All'interno c'era un fagotto fatto con un fazzoletto di seta. Stando attento a non toccare il contenuto, lo svolgeva, rivelando la conchiglia strappata a Vevisa. Gli occhi del Gran Maestro si illuminavano mentre Reinhare gli porgeva il tutto.

— Meriti il tuo rango e la tua fama, Åydric Reinhare, Primo dei Dodici. — Sollevava la conchiglia per la cordicella e la rimirava alla luce del rosone. Sembrava in tutto e per tutto una normale conchiglia, dalla normalissima opalescenza, ma gli occhi del Gran Maestro si assottigliavano come quelli di qualcuno che guarda il sole. — Adesso l'Imperatrice e la Coppa saranno di nuovo una. Nessuno potrà più porre questioni di legittimità.

— A Est sta andando tutto in malora, eh?

— Åydric Reinhare! Sei nella sala del trono imperiale, al cospetto del tuo Gran Maestro. Al cospetto della Coppa! Riconosco i tuoi meriti, ma è troppo chiederti di esprimerti in modo adeguato?

Reinhare sbuffava: — Sì, mio signore.

— Dell'Est parleremo più tardi. Siamo appena all'inizio e come ben sai, pur con tutto il potere che possiamo mettere in campo, molto di questa guerra è nelle mani dei banchieri delle Terre Franche.

— Quei maiali.

— Arriverà anche il loro momento — diceva il Gran Maestro guardando la conchiglia, come a cercare nel suo riflesso una visione del futuro. Poi chiudeva il cofanetto e puntava gli occhi verso Vevisa: — Avvicinati.

Vevisa procedeva fin davanti al trono, guardando in faccia quell'uomo: — Siete una specie di re? — diceva. Era la prima volta che parlava da quando era stata catturata. Il Gran Maestro e Reinhare si scambiavano uno sguardo stupito.

— Hai coraggio, bambina — diceva il primo. — Sono il Gran Maestro dell'Ordine del Cerchio d'Acciaio. E sì, sono anche un re, ma di una terra lontana da qui, retta per mio conto da un sottoposto, così come io reggo per conto dell'Imperatrice questo Trono di Giustizia, il Palazzo-Cattedrale sopra di esso, la Capitale dominata dal Palazzo e l'Impero tutto intorno.

— Costui ha ucciso mio padre — e indicava Reinhare.
— Chiedo giustizia.

Il Gran Maestro scoppiava a ridere: — Ha anche personalità. Tuttavia — diceva, alzandosi e carezzandole il mento con le lunghe e fredde dita della mano — è debole.

E le spostava le dita gelide lungo il collo, che nonostante il pallore naturale di Vevisa era abbronzato, tant'è che vi si intravedeva il segno più chiaro lasciato dalla cordicella della conchiglia.

— Non è mai semplice stimare il potere — continuava il Gran Maestro — giacché ve ne può essere sempre di occulto, ma questa fanciulla è debole. Hai già sanguinato, bambina?

— Sì, signore.

— Debole per essere una figlia del rito; debolissima per essere una figlia del rito adulta, che per di più si è abbeverata alla Coppa. Dimmi — diceva ancora, con una voce fattasi irresistibilmente suadente — hai mai giocato a mettere dell'acqua in quella minuscola Coppa e berla?

— Molto spesso — rispondeva Vevisa.

— Questo è naturale... — diceva Reinhare.

— Guardami bene in volto — diceva il Gran Maestro a Vevisa. Subito Reinhare distoglieva lo sguardo.

Ailis vide arrivarsi addosso, con la forza che hanno solo gli incubi più terribili, l'immagine di un volto scarnificato, bruciato, più simile a un teschio rivestito di cuoio ulcerato che a un viso umano, che sembrava, anzi *era*, con quella verità ineffabile che hanno in sé a volte i sogni, l'incarnazione stessa della paura e del male, e si svegliò con un grido. Non perse tempo: trattenendo la nausea che le dava quel sapore amarissimo, diede un altro sorso di laudano.

Adesso il Gran Maestro aveva di nuovo la celata dell'elmo abbassata e Vevisa, pallida e immobile, improvvisamente esangue, stava accanto a Reinhare, come in trance. Lui diceva: — Questo prova qualcosa?

— Non molto. Il fatto che sia sopravvissuta è la conferma che non si tratta di una persona ordinaria, ma il potere ricavato dalla Coppa potrebbe essere stato sufficiente a difenderla.

— Potremmo mostrarla a Morigan.

— Naturalmente, Åydric Reinhare, Primo dei Dodici — diceva il Gran Maestro.

— Volete che me ne occupi io? È molto che non la vedo.

— Non ti perdi molto. È diventata più irrispettosa, né si applica nello studio.

— A me piace molto lo studio — diceva Vevisa, ancora mezza sconvolta. Il Gran Maestro e il suo secondo si guardavano, uno stupefatto, l'altro quasi divertito, poi il primo riprendeva a parlare: — No, lo farò io più tardi. Per te ho altri programmi. La situazione a Diomira è complessa. I reggenti non riescono a sedare le rivolte, per non parlare dell'attività arcana. Sai bene invece quanto sia vitale avere una Diomira stabile.

— L'avamposto.

— Esattamente. E adesso sei tu il governatore di tale avamposto. Prendi i tuoi Dodici e fagli radunare i loro centoquarantaquattro. Avrai pieni poteri. Quando arriverai sul posto, i reggenti ti passeranno tutte le informazioni di cui avrai bisogno.

— Quando devo partire?

— Domani mattina. Sii duro.

— Sarà difficile essere più duro di qualcuno che premia con una missione nel lontano oriente il cavaliere che ha appena completato la Cerca della Coppa.

— L'ozio non ti si addice, Åydric Reinhare. È anche questo che ti differenziava dal tuo popolo.

— Vi prego di lasciar stare il mio popolo — diceva Reinhare, e guardava il Gran Maestro con durezza. — Ma è vero: non mi si addice. Tuttavia, visto il mio successo con la Coppa, auspicavo di venire assegnato alla Cerca della Spada. Non mi risulta che Galhad abbia conseguito chissà che risultati.

— Ora servi a Diomira. Occorre un pugno d'acciaio, ma anche intelligenza. Carisma. Confidenza con la magia.

— Credete che l'adulazione possa rendere meno noioso un simile compito? Non temete. Partirò domani stesso. Ah, un'altra cosa: mentre venivo qui, ho subito un'imboscata da alcuni uomini del Nord-ovest.

— E?

— L'agguato è avvenuto in un bosco *di funghi*. Grandi come pini.

Il Gran Maestro aggrottava il volto cereo: — Capisco. E quelli?

— Come se tutto fosse normale. È chiaro che l'Imperatrice è agitata, se sorgono simili cose in giro per le Terre Occidentali.

— Eppure non c'è più un solo gerofante che non dipenda direttamente da me.

— Probabilmente non ha abbastanza sfogo...

— Non dimenticare il vero significato del Cerchio, Åydric Reinhare, Primo dei Dodici. Contenere, prima ancora che proteggere.

— Ne sono consapevole. Tuttavia può essere meglio fare due passi indietro in aree e momenti stabiliti da noi, che uno solo in luoghi e tempi imprevedibili. Forse potremmo socchiudere un'altra porta. Quella dell'Ovest, magari.

— Piuttosto la Sud-est. Broceliande è comunque fuori portata, almeno per ora. Farò le mie valutazioni. Ancora un ordine riguardo Diomira, Åydric Reinhare: i suoi veggenti utilizzano un particolare filtro, per potenziare le loro arti magiche.

— Quello che chiamano Soma?

— Precisamente. Proibiscilo. Sequestralo. Distruggilo. Uccidi chi ne conosce la formula.

— Mi sembrano cose che rientrano nella generale attività di contrasto alla stregoneria...

— Vi rientrano. Ma sii particolarmente accurato. Quando ne trovi, non cedere alla tentazione di tenerne una scorta. Non ne deve restare traccia. Il mondo esige ordine, è cruciale ridurre il numero di variabili.

— Sarà fatto. Per la bambina...

— Effettuerò le mie indagini.

— Pensavo che potreste anche portarla...

— Al cospetto dell'Imperatrice? Sì, l'ho pensato. Vedremo. Se poi si rivelerà solo un indegno contenitore del potere della Coppa, significherà che hai commesso un errore.

— In quel caso potrete usarla per la vostra cura di bellezza — sogghignava Reinhare. — La sua carne, se non altro, sembra piuttosto fresca.

— Non dovresti scherzare su questo argomento, Åydric Reinhare, Primo dei Dodici. So bene che non tutti i tuoi cavalieri seguono la Regola quanto dovrebbero.

— Non è colpa mia — diceva Reinhare facendosi mellifluo. — Quello che per voi uomini può essere un elisir di vita e potere, per uno come me è qualcosa di basso e rivoltante.

— Per te magari, Åydric Reinhare. Ma non per i tuoi uomini.

— Se il capo non dà l'esempio, non è scontato far rispettare una simile regola. Ma vi assicuro che ve ne sono almeno quattro o cinque che nonostante ciò la seguono con grande rigore. In ogni caso, la ferocia di tutti loro è superiore a quella di qualunque dozzina altrui.

— Hai l'occasione giusta per dimostrarlo. Adesso vai, Åydric Reinhare, la gran torre di Diomira attende la bandiera con le tre lepri in cerchio.

Il giorno successivo i marinai dovevano aver pescato qualcosa di grosso, perché portarono anche a lei una ciotola di zuppa di pesce, ma Ailis quasi non ci fece caso, perché pensava solo alla notte che stava per arrivare. Il sonno, e con esso i sogni che Vevisa poteva mandarle, erano l'unica cosa che le dava la volontà di andare avanti. Aveva provato a bere il laudano anche di giorno, ma la stordiva senza farla addormentare. La distraeva nell'attesa soltanto un ragno che aveva scovato in un angolo e aveva nutrito di moscerini e zanzare fino a farselo, per così dire, amico.

Giunta finalmente la sera, si coricò e assecondò la discesa con ancora un po' di laudano.

— Seguimi, piccina — diceva il Gran Maestro.

Scendevano di scala in scala, di stanza in stanza, superando sale e magazzini, cantine e corridoi che davano su profonde segrete. Vevisa, e Ailis con lei, non immaginava che un castello potesse avere così tanti piani sotterranei. Superata una sala dalla quale si alzavano lamenti e veniva un brutto odore di carne bruciata, il Gran Maestro diceva: — Non hai paura?

— Un perfido cavaliere ha ucciso mio padre e ha sterminato il mio villaggio, mi ha rapita e imprigionata, portata in catene fino a un luogo lontanissimo dove mi ha consegnata a un uomo ancora più spaventoso che mi sta conducendo nelle viscere della terra attraverso prigioni e sale di tortura. *Certo* che ne ho. Ma cosa devo fare? — diceva con un'espressione seriosa.

Al maestro compariva su quel volto cereo qualcosa che assomigliava alla orribile caricatura di un sorriso: — Come ti chiami?

— Vevisa. Voi?

— Io sono il Gran Maestro del Cerchio d'Acciaio, non...

— Avrete un nome con cui vi chiamano i vostri amici — diceva Vevisa, con una fermezza e una ingenuità che lo facevano di nuovo sorridere.

— Una volta i miei pari mi chiamavano H.H.; ma era un'epoca molto lontana.

La scala giungeva a un mezzanino dal quale si divideva in due direzioni. Prendevano quella alla loro destra e scendevano a lungo, senza incontrare piani, giù e giù, fino a profondità inimmaginate, finché non accadeva qualcosa di strano: se prima via via che scendevano l'aria diventava più umida e fredda, ora la temperatura ricominciava a salire; a ogni scalino faceva più caldo e ben presto stavano sudando. Inoltre si percepiva qualcos'altro, connesso a quel calore, come una presenza diffusa, incombente, minacciosa.

H.H. apriva un portone rivettato e scopriva un'area interamente ricavata da una caverna, fatta di una pietra bruna e grumosa. Dopo la porta e la cornice su cui era incardinata, l'unico altro elemento di architettura erano gli scalini tramite i quali si scendeva nella grotta, illuminata da un barbaglio arancione: in mezzo a essa scorreva infatti un piccolo fiume di lava, e il caldo era sopportabile solo perché la grotta si estendeva di molto e aveva forti correnti d'aria.

In una zona sgombra di rocce si potevano vedere una rastrelliera con delle spade, un fantoccio in armatura fissato a un palo di legno e un cerchio tracciato al suolo con polvere rossa, pieno di rune e simboli. Più in fondo, sparsi qua e là per la caverna, giacevano una mezza dozzina di corpi carbonizzati, calcificati, circondati da un alone di nerofumo.

H.H. perlustrava la caverna con lo sguardo e pareva infastidito; prendeva poi Vevisa per il polso e rinfilava le scale. Salivano nuovamente fino al piano da cui erano partiti e poi ancora su di tre piani, e da lì su un corridoio volante che univa la parte centrale del Palazzo-Cattedrale a un'altra struttura più bassa dietro di esso. In mezzo al corridoio incontravano un cavaliere. Doveva essere un Maestro come Reinhare, perché l'armatura era simile. Teneva l'elmo sul fianco con la sinistra e aveva un mantello pesante, decorato con motivi di peonie. Il volto era largo e pieno di cicatrici ma non privo di bellezza, coronato com'era da ciuffi chiari e illuminato da due occhi grigio-azzurri. Abbassava il capo in segno di rispetto, poi diceva: — Percy e T.C. vi attendono nella Sala dello Scacchiere, Maestro.

— Vi sono questioni più rilevanti, come del resto saprai.

— Ho sentito che Åydric ha trovato la Coppa. E una delle ragazzine, addirittura. — E tirava uno sguardo a Vevisa.

— Mentre tu, Galhad, non mi hai portato ancora niente.

Mio signore, io

— Forse dovrei dispensarti dalla Cerca. A Est ci sarebbe bisogno anche di te. Specialmente adesso che possiamo muovere guerra a tutto campo.

— Vi prego di non farlo, mio signore. Ho una traccia. Come sapete ho in programma di partire già dopodomani per una nuova Cerca.

— La Coppa era con la ragazzina. — E guardava Vevisa. — Dunque, questa era effettivamente la loro tattica; anche la Spada sarà con una delle due rimanenti.

— È ciò che vi dissi in prima istanza. Datemi fiducia, sarete ricompensato.

— Sarà bene. Se non sei più Galhad-portatore-della-Coppa, che tu possa essere Galhad-portatore-della-Spada.

— Posso chiedervi chi è quella damigella? — E accennava un inchino scherzoso a Vevisa.

— Lo avrai compreso. Tuttavia, cosa che forse ti renderà lieto — diceva H.H. — Åydric su di lei potrebbe essersi sbagliato: stiamo andando a effettuare un primo controllo — e già continuava per il corridoio.

Le pareti della seconda struttura erano più rudi, fatte di blocchi di roccia e inframezzate di reggitorcia di ferro battuto. Lì H.H. e Vevisa salivano ancora una scala e imboccavano un corridoio, nel quale stavano tre donne con grembiuli e cuffiette, che appena compariva il Gran Macstro si raggelavano, si facevano da parte e attendevano a testa bassa che passasse.

Entravano in una stanza con un tavolo, un caminetto e una scaffalatura piena di vecchi rotoli di pergamena. Seduto al tavolo c'era un uomo attempato ma dal volto solido, con pochi capelli bianchi sulla zucca, profonde occhiaie e un saio nero, intento a controllare delle pergamene con una lente. Lo si sarebbe detto un individuo dall'aria truce, ma al confronto col terrore che ispirava H.H. appariva come un innocuo vecchietto. Alzava lo sguardo con aria svagata, ma quando vedeva che era il Gran Maestro dell'Ordine schizzava in piedi.

— La signorina è in camera? — diceva H.H.

— Sì... sì, mio signore.

— Questa è l'ora dell'addestramento con le armi. Dov'è il maestro?

— Lo ha ucciso questa mattina — diceva l'uomo a capo basso.

— Un altro. E va bene — diceva H.H. guardando la porta decorata che c'era dall'altro lato della sala. — Ma se è nella sua stanza, per quale ragione non stai facendo il tuo dovere? Hai precise disposizioni. La sua preparazione è ancora miserevole.

— La... La signorina... Non...

— La signorina non vuole, certo. — H.H. voltava lo sguardo d'improvviso verso il precettore, e a Vevisa, e Ailis con lei, pareva di nuovo, per un attimo, di scorgere quel volto scarnificato. H.H. faceva un passo verso di lui, fissandolo nel mezzo degli occhi e mormorando qualcosa. L'uomo si stringeva le mani al cuore e iniziava a boccheggiare.

— Magia! — diceva Vevisa.

H.H. però si fermava. L'uomo cadeva a sedere, il volto bianco e imperlato di sudore, e tirava il fiato sospirando con affanno.

— Visto come si comporta Morigan, non posso sprecare precettori. Ma alla prossima intemperanza non sarò così generoso.

Poi, tirandosi dietro Vevisa, andava verso la porta decorata e la spalancava.

Dava su una stanza meravigliosamente allestita: le pareti erano interamente coperte di arazzi con disegni di cerbiatti, cacciatori e grandi banchetti nel bosco, e lepri nascoste ovunque nel disegno, e in mezzo stava un grande letto rivestito di broccato rosso a fiori d'oro (l'unico broccato che Vevisa avesse mai visto era quello dell'abito di sua madre, e quanto era più misero!), pieno di cuscini rivestiti di seta di ogni colore e ricamati a filo d'argento. Tutto era impregnato di essenze fresche e deliziose, il cui odore Vevisa non aveva mai sentito in vita propria. Languidamente sdraiata su quel letto stava una ragazzina più o meno della sua età, con capelli rossi brillanti, tanto lunghi da essere sparsi sul letto e continuare fino a terra. Aveva occhi verdi, affilati, gelidi in mezzo al fuoco dei capelli, e grattava annoiata la nuca di un giovane levriero grigio che però, sentita la presenza del Gran Maestro, guaiva e schizzava a nascondersi in un angolo.

— A quest'ora dovresti essere impegnata nei tuoi esercizi — diceva H.H.

— Senza bersagli umani mi annoio. — Con la coda dell'occhio la ragazza notava Vevisa, ma subito se ne disinteressava.

— Quando non ti addestri alla spada o al Canto, dovresti comunque essere impegnata nello studio.

— So già tutto quello che mi serve.

— Non farmi ripetere — diceva H.H. con una voce che sembrava quella di qualcuno tornato dall'oltretomba, e la ragazza, pur tradendo un'espressione di supremo fastidio, si alzava in piedi, andava verso un armadio in fondo alla stanza, accanto al quale stava una rastrelliera dove riposavano le parti di una splendida armatura fatta a sua misura e prendeva a bardarsi: — Mandate due serve a farmi le trecce allora. Serve! Serve! — strepitava.

Dal corridoio accorrevano due fantesche.

— Dimmi, Morigan — diceva H.H., mentre le due donne prendevano a intrecciare i lunghissimi capelli rossi in quattro sistemi di trecce da avvolgere sul capo.

— Cosa c'è ancora? — diceva lei guardando il Gran Maestro dal riflesso dello specchio.

— Questa ragazza — e si voltava verso Vevisa — non ti dice niente? Non ti fa sentire niente?

Morigan, sempre attraverso lo specchio, puntava lo sguardo su Vevisa e faceva una smorfia di disprezzo: — Niente.

Fu allora che Vevisa si accorgeva che in cima all'armadio c'era una gabbietta d'oro. E dentro la gabbietta un piccolo essere alato, come una minuscola bimba dai capelli turchini, con ali di libellula. La bocca spalancata per la meraviglia, Vevisa non si rendeva neanche conto di aver fatto un passo dentro la camera per guardare meglio quella creatura incantata. Come superava la soglia, ecco che Morigan mormorava qualcosa e una favilla di vivo fuoco si materializzava a un metro dal volto di Vevisa, sfarfallava di fronte ai suoi occhi meravigliati e poi schizzava a morderle la guancia: — Ahia! — Vevi si prese la gota ustionata con la mano, e Ailis si svegliò.

Passarono altri tre giorni, rotti solo dalle visite di Torathar, nei quali Ailis giocava col ragno e non smetteva di pensare a Vevisa, là in quel luogo terribile. Provava una grande ammirazione per il coraggio della sua amica, e pensava che doveva farsi forza, dato che, in fondo, la sua situazione era molto migliore.

Un giorno l'ondeggiare della nave si fece più intenso, sempre più intenso di minuto in minuto, finché Ailis non ebbe l'impressione che la tonda stesse letteralmente saltando sull'acqua. Anche il ragno fuggì dalla tela e si rintanò nel suo buco. I barili e le forme di cera rotolavano qua e là nella stiva, e Ailis, attaccata alla sua catena, rotolava con loro. Due casse di féar si erano slegate, fracassandosi sulle pareti e spargendo rametti tutto intorno. Fuori si sentiva l'ululato furioso del vento e un rumore di pioggia scrosciante.

— Bambina!

La porticina della stiva si spalancò e Ailis vide sbucare il nostromo, tutto grondante acqua. La nave ondeggiò pesantemente a sinistra e lui dovette aggrapparsi al lato dell'apertura, dalla quale entrò una quantità d'acqua, appena un po' schiumosa. — Vuoi morire? — disse lui.

Ailis lo guardò. Era prostrata per i tanti giorni trascorsi lì sotto e non capiva cosa stesse succedendo, ma se adesso la volevano uccidere, era pronta a lottare per la propria vita.

Tuttavia il nostromo non intendeva quello: — Se non vuoi morire, devi aiutarci.

Ailis lo guardò con diffidenza.

— Adesso ti libero... La nave è in mezzo a una tempesta e Morven è finito fuori bordo.

— Lo avete ripescato?

— Ripescarlo! Questa è buona. È andato, poveraccio.

Ailis pensò a Morven sott'acqua, a cosa avessero visto quei suoi occhi acquosi là sotto, e provò dispiacere per lui.

— Torathar è ferito alla spalla e non può tirare da solo. Sei stata tu, ricordi? Morven era l'unico con una forza paragonabile alla sua, a parte...

La nave parve sollevarsi in aria e ricadere di lato. Il nostromo rotolò e sbatté su una parete, mentre Ailis fu fermata a mezz'aria dalla catena, che sentì morderle la caviglia.

— Insomma — disse il nostromo rialzandosi e tirando fuori una chiave di ferro dal portamonete che aveva legato alla cintola — l'unica persona a bordo che può sferire la maestra sei tu.

Ailis lo guardò senza capire.

— Devi togliere la vela grande. La cima si è incastrata e c'è da tirare. Con forza. Se non lo facciamo, finiamo male.

La nave ondeggiò di nuovo e dalla porticina, che sbatteva contro la parete, arrivò anche una grossa, pesante ondata. Il Nostromo si resse allo stipite per non cadere.

— Ti libero — disse poi strizzando la sua cuffia dall'acqua e rivelando un marchio ◇ impresso a fuoco sulla fronte. — Vedi di non fare stupidaggini, tanto siamo in mezzo al mare e non puoi andare da nessuna parte; — Si ficcò la cuffia in testa. — E poi, adesso che conosciamo la tua forza, non ci faremmo problemi ad affrontarti con le armi.

Ailis non disse niente e attese che il nostromo le liberasse il piede. Poi, trattenendo la nausea, lo seguì sul ponte.

Appena mise la testa fuori, una folata carica d'acqua le schiaffeggiò il viso e le scompigliò i capelli. Il cielo era tutto nero e il vento così forte che bisognava sempre tenersi a una corda per non scivolare; onde furiose percuotevano la tonda da tutti i lati, sballottandola sulla superficie impazzita del mare come se fosse stata un mezzo guscio di noce. Il capitano e gli altri marinai, quelli incontrati alla taverna, ma anche altri che non aveva mai visto, erano disposti in giro per il ponte e si tenevano afferrati chi a una fune, chi al bordo dello scafo. Per Ailis era la prima volta sul ponte di una nave, ma poteva capire lo stesso quanto la situazione fosse critica, e fu impressionata dal mare, da quel mostro nero e urlante che si agitava tutto intorno a lei. Gli spruzzi d'acqua erano tanti e tali da rendere impercettibile la pioggia, pur fittissima, che cadeva su di loro.

Subito si trovò Torathar accanto: — Presto, bambina, all'albero!

Lo seguì mentre raggiungeva l'albero aiutandosi con una fune; la vela era gonfia e tendeva le corde zuppe fino a mordere il legno. Torathar le indicò un punto in cui le corde giravano intorno a un perno ricurvo. Le afferrò da un lato e Ailis fece lo stesso dall'altra parte.

— Sei pronta? Tira su con me!

Riuscirono a togliere in tempo la cima così da permettere al nostromo di sferire la vela: subito la nave, per quanto ancora sballottata, tornò docile, anche troppo: in effetti le onde, non senza sorpresa da parte di Torathar e degli altri marinai, andavano rapidissimamente diminuendo.

Il capitano già veniva lì a dar loro altri compiti: — Che fate voi due? Credete che siamo già salvi? Il mare si sta comportando in modo strano. Torathar, mettiti là. E tu, ragazzina, vai a recuperare quella cima laggiù.

Il nostromo passò di lì per dare una pacca a Torathar, e si spostò al timone, e le onde si placarono completamente. Proprio quando l'equipaggio si andava rilassando per lo scampato pericolo, e qualcuno faceva il nome di Morven, e proponeva di onorarlo, la realtà impazzì. Fu come se una montagna – di più, un'intera catena montuosa – sorgesse dal mare, in un'altezza che superava di mille e più volte quella dell'albero della tonda, che si piegava su un lato, spinta dall'onda anomala creata da quel sorgere; i marinai, e Ailis, si reggevano aggrappati agli alberi e alle corde e non riuscivano a distogliere gli occhi da quel miracolo, le bocche spalancate.

— Copritevi gli occhi! — gridò il capitano.

Il nostromo lo guardò senza capire; poi, come fulminato dal ricordo di qualcosa, si portò il braccio sul viso: — Avete sentito? Non guardate!

Tutti eseguirono l'ordine e il mare parve acquietarsi improvvisamente. Nel buio in cui tutti i membri dell'equipaggio erano sprofondati, era sceso ora anche un angosciante silenzio, che veniva rotto solo dalla voce del nostromo: — Non aprite gli occhi! Pregate l'Imperatrice per le vostre vite! Pregate!

Ailis, aggrappata all'albero maestro, aveva obbedito e teneva la mano destra sugli occhi, ma sentiva qualcosa che la attraeva irrimediabilmente, come già le era accaduto col monolito sulla strada per il Villaggio del Porto, ma in un modo più urgente e selvaggio.

Aprì una fessura tra il medio e l'indice.

Le sembrò che i colori intorno a lei avessero una grana differente, e che il contorno stesso delle cose vibrasse, come se volessero uscire dalla loro forma. C'era un'energia nell'aria e sul bordo di ogni oggetto e persona, che rendeva il mondo diverso: che lo trasfigurava. Vide il nostromo, aggrappato al timone e piegato sopra di esso, che si copriva gli occhi col braccio. Vide Torathar lì accanto, stretto a una corda, con gli occhi serrati e rivolti verso il basso, e il ragazzo, che aveva infilato la testa in un secchio. E vide il capitano, in piedi sul ponte, la testa alta, l'unico occhio spalancato, sgranato, puntato verso l'alto, e sopra di lui, più alto delle più alte montagne, in mezzo al mare che si apriva in due, un incomparabile serpente, o pesce, o drago: più forme si agitavano in esso, come diversi aspetti che esistessero in diversi mondi e lì trovassero una miracolosa, instabile sintesi.

— Chi guarda il Jormungand muore! — gridò il nostromo, ma Ailis sentiva che non sarebbe morta, anche se percepì un'esorbitante energia traversarla, mentre di fronte a lei il capitano vibrava come se la sua stessa anima fosse percorsa da una corrente incontenibile, l'unico occhio che si sgranava più di quanto fosse umanamente possibile e versava spesse lacrime, finché non cadde all'indietro, stecchito. La scena, l'orizzonte parvero illuminarsi: tutto, anzi, si illuminò fino a essere abbagliante, e anche Ailis dovette chiudere gli occhi.

Quando li riaprì, il mare era calmo e i colori del mondo erano tornati normali, anche se qua e là, ai limiti del suo campo visivo, le pareva di scorgere lo svolazzo di minuscole figure luminose. Restava un'indefinibile corrente, qualcosa di simile a quella impalpabile energia che balla nell'aria dopo che un albero è stato colpito dal fulmine. Steso sul ponte, un'espressione di gioia stampata per sempre sul volto rigato di lacrime, giaceva il capitano.

Anche i marinai piangevano. Copiose, inarrestabili lacrime. Il nostromo teneva la sua cuffiaccia tra le mani giunte e piangeva. Piangevano gli occhi senza ciglia di Torathar e quelli degli altri marinai sconosciuti a Ailis; piangeva il ragazzo, che non aveva capito bene perché si doveva piangere, di certo non per quel bastardo del capitano – poco dopo loro stessi lo avrebbero seppellito in mare senza troppe cerimonie – ma visto che lo facevano tutti si sforzò anche lui, e ben presto prese addirittura a singhiozzare.

— Tutti ai propri posti — disse poi il nostromo asciugandosi le lacrime, e prima che si piazzasse al timone, Ailis vide che la guardò; che ne scrutò il viso, baciato dal sole che faceva capolino tra le nubi che andavano aprendosi.

Da allora il trattamento di Ailis a bordo cambiò. Dormiva sempre nella stiva, ma senza catena, e stava alle sartie quando c'era vento, e ai remi con la bonaccia. Continuava a mangiare là sotto, ma riceveva le stesse razioni degli altri. Dopo la tempesta e l'apparizione del Jormungand, i venti rimasero sempre favorevoli. Passarono ancora due settimane di tranquilla navigazione sotto il controllo del nostromo, quando Torathar si presentò nella stiva a un orario inconsueto: — Stiamo per arrivare. Il nostromo ha dato ordine di metterti la catena.

Ailis si sollevò in piedi e guardò Torathar con gli occhi che si facevano lucidi.

— Non essere stupida ed evitiamo un'altra rissa. Guarda che cicatrice mi hai lasciato — e mosse la spalla.

Ailis iniziò a singhiozzare.

— Cos'è, credevi che ti avremmo lasciata libera? — Il glabro, enorme marinaio rise con la sua bocca senza labbra, ma fu una risata breve e nervosa. — Questa spedizione è stata una disfatta, abbiamo perso due uomini; non vogliamo che diventi anche un fallimento economico.

— Siete cattivi!

— È il mondo che è cattivo — e le strinse il ferro intorno alla caviglia.

— Fatemi almeno prendere il mio arazzo!

— Non ti servirà. Muoviti, piuttosto.

Dalla porticina fece capolino il ragazzo: — Ha detto il nostromo di legarle insieme mani e piedi. Strettamente.

— Hai sentito — disse Torathar.

Ailis non rispose e si lasciò legare; il suo ultimo sguardo nella stiva fu per il ragno, lì fermo nel suo angolo.

— Almeno venti kroner, mastro Murad.

— Non siate sciocco, Naive. È così piccola. Né sembra forte come dite.

— Non sembra forte...? Maledizione, vi dico che ci siamo fatti pestare in quattro per metterla sotto. Ha spaccato un braccio al ragazzo come si rompe un rametto di féar. E non l'avete vista al remo! È un prodigio, ve lo dico io.

Il mercante dallo strano accento e dalla pelle ramata scrutò Ailis con i suoi occhi di mercurio e si avvitò il pizzo. Si avvicinò per toccarle il braccio, ma lei scattò con la bocca e cercò di morderlo. Quello tirò via la mano appena in tempo e le mollò un calcio nel ventre. Ailis non fece una piega.

— Ehi, piano! Non l'avete ancora comprata — disse il nostromo, e Murad in tutta risposta ne fece partire un altro, ma Ailis gli serrò il piede tra il braccio e il fianco. Murad non si scompose, anzi sorrise e mantenendo l'equilibrio sfilò dall'astuccio che aveva sotto l'ascella un pugnale ricurvo e lo poggiò sulla gola della ragazzina, che mollò la presa.

— Sei kroner.

— Voi scherzate. Lo avete visto, che forza che ha. Sedici è il minimo.

— Posso arrivare a otto, e rischio di rimetterci.

Alla fine Murad pagò al nostromo, che se ne andò un po' deluso, nove kroner. Con una corda fece una specie di guinzaglio che però era anche un nodo scorsoio. Dopo averglielo messo al collo, allentò i legacci ai piedi di Ailis appena quel poco che le bastava a mettere un piede davanti all'altro e la guardò come a dire "ci siamo capiti". Poi la portò alla propria nave.

Da lontano, con il suo lato da due ordini di dodici remi ciascuno e l'albero unico, sembrava un gigantesco millepiedi sul quale fosse stato infilato uno spiedo, e tuttavia era nulla al confronto del Jormungand, pensò Ailis, e il pensiero le rese un po' di morale.

Murad fece un fischio a un ragazzino sul ponte, che subito si affrettò negli alloggi. Ne emerse dopo poco, seguito da un uomo tarchiato e spesso che portava davanti a sé un braciere a tre zampe, carico e fumigante. Il volto dell'uomo era coperto da una maschera di ferro simile a un elmo, ma tutto d'un pezzo, senza aperture né celata, solo tre linee di tre buchi ciascuna. Ma ciò che più avrebbe stupito Ailis, se fosse stata dello stato d'animo di stupirsi per qualcosa, era il fatto che la sua pelle non era del colore di quella degli uomini che aveva visto fino a quel momento, ma di un colore tra il blu e il grigio scuro. Il corpo era un nodo di muscoli che sembravano fatti di viva pietra, ed era coperto qua e là da una peluria ispida. Poggiò il braciere sul ponte con un gran tonfo.

— Piano, maledizione — disse Murad.

Il ragazzo porse all'essere con la maschera un ferro di un metro e mezzo, dritto, brunito, con la punta a forma di ◇. Ailis, che non aveva ancora capito cosa stesse accadendo, lo guardò mentre lo ficcava tra le braci e lo girava e rigirava con cura. Quando poi Murad la voltò e quello si fece avanti brandendo il ferro, la cui cima ora sfolgorava di bianca incandescenza, capì che tutto quello che poteva fare era chiudere gli occhi, mentre con un lungo sfrigolio il simbolo veniva impresso sulla sua spalla destra. La fronte le si imperlò ma non gridò né pianse.

— Forse qualcosa di buono ce l'hai — disse Murad, e le diede uno schiaffetto sulla guancia.

Fu lì che Ailis scattò e gli azzannò profondamente il polso. Murad gridò. Ailis gli si gettò addosso e lo sbilanciò fino a farlo cadere assieme a lei. Era sopra di lui: staccò la bocca dal polso e stava per azzannarlo al collo quando si sentì afferrare da dietro, sotto le ascelle. Era l'essere con la maschera, e la sua stretta era più forte di qualunque stretta Ailis avesse mai sentito. Cercò di divincolarsi, e mollò anche una testata all'indietro che ammaccò la maschera di ferro e le fece uscire del sangue dalla nuca, ma la posizione era svantaggiosa e non c'era modo di liberarsi.

Murad si alzò e si scrollò i vestiti: — Temo che tu non abbia capito con chi hai a che fare. Tienila ferma, servo.

Il mercante di schiavi scese negli alloggi e ricomparve con una grossa frusta, composta da una corta impugnatura e cinque lunghe strisce di cuoio. Le strisce erano coperte di qualcosa di grigiastro, che brilluccicava alla luce del sole.

— Questo è lo knutr. Le sue code sono state intinte nella colla e poi nella polvere di ferro...

Ailis guardò l'oggetto ed ebbe un brivido.

— Il segreto sta nel colpire duramente, e poi, invece di alzare il braccio, tirarlo via, in modo che si porti via tanta bella pelle prima, e la carne poi. Toglile la camicia, servo.

Quando si riprese dalla flagellazione, Ailis fu legata e buttata in una stanza della stiva piena di vecchie cime. Dopo una settimana di febbre e dolore, la schiena le si era già rimarginata, così la tirarono fuori e la incatenarono a un remo assieme agli altri schiavi. Ogni tanto uno degli esseri con la maschera di ferro – erano cinque, ebbe modo di capire via via che i giorni scorrevano – li faceva sgranchire o allentava le catene che passavano tra i loro piedi per permettergli di rannicchiarsi e dormire, ma per il resto non potevano spostarsi. Se qualcuno si azzardava a parlare con un altro, subito uno degli csseri arrivava a mollargli una frustata. Si remava e si dormiva, lì all'aria. In tutto quel periodo non sognò mai, e si chiedeva che fine potesse aver fatto Vevisa.

Accanto a lei remava un ragazzo muscoloso, sui vent'anni, col labbro superiore diviso in due come quello di un coniglio: quando la incatenarono le disse di farsi coraggio, e subito si beccò una frustata. Davanti e dietro aveva uomini grossi e dalle schiene segnate, che parlavano in una lingua diversa dalla sua, e la guardavano con compassione. La zuppa, almeno, conteneva dello stoccafisso, e se ne poteva prendere quanta se ne voleva, e lo stesso valeva per le gallette: era l'unica concessione che Murad faceva ai suoi schiavi, che voleva forti e in salute, e ogni volta Ailis stupiva quegli uomini nerboruti riempiendo la ciotola anche cinque o sei volte, quando i più grossi di loro raramente arrivavano a quattro.

Dopo qualche giorno di navigazione, il ragazzo col labbro da coniglio iniziò ad accusare una febbre sempre più violenta, e se ne lamentava, ma nessuno gli dava retta. L'unico che andò a parlargli fu proprio Murad, che gli fece qualche domanda, ne ponderò il colorito e gli spalancò un occhio con le dita. Poi sbuffò, gli tolse le catene e lo fece buttare in mare. Ailis rimase al remo da sola, piangendo per quel poveraccio, e subito Murad poté vedere che il nostromo non aveva mentito. Gli schiavi intorno a lei guardavano con stupore quella ragazzina piccola così che mulinava da sola un remo del genere.

Quella notte, Ailis sognò. Da molti giorni sperava di fare uno di *quei sogni*, di avere qualche notizia da Vevisa. Ma il sogno fu molto diverso da quello che si aspettava.

Sognò un salice, che cresceva di traverso a un largo ruscello e specchiava le sue foglie nella corrente vitrea, e nell'acqua, solo il volto e le mani che spuntavano, mani dalle quali si andava disfacendo una ghirlanda, sparpagliando ranuncoli, ortiche, margherite, quei lunghi fiori color porpora che al Villaggio Alto le ragazze chiamavano "dita-di-morto", e più in là, già portati via dalla corrente, papaveri, viole e petali di rosa, stava Vevisa. La bocca socchiusa e gli occhi aperti, e ancora un residuo di rossore sul volto, ma fissa, congelata, morta: certamente morta.

Morta! Ailis si svegliò con un urlo, che subito si trasformò in un pianto dirotto, nel buio della notte, in mezzo ai corpi addormentati degli altri rematori. Il giorno successivo Ailis, pesta per il dolore e per la notte insonne, devastata dalla consapevolezza ultima del proprio fallimento, macinò quel remo con furia mai vista, e così fece per tutti gli altri giorni, senza pronunciare più una parola, tanto che il ragazzo che stava accanto a lei non venne sostituito; e tuttavia la cosa non le portò vantaggi nel trattamento, anzi spesso Murad la faceva frustare senza motivo.

Navigarono per oltre un mese, prima sempre più a sud, il sole che cuoceva la pelle di Ailis e la rendeva bruna durante le infinite sessioni ai remi – sessioni che eseguiva con energia immutata, sorda a ogni stimolo – e poi, lungamente e languidamente a est, portati da un vento caldo e docile che Murad chiamava habb, e che tuttavia non gli bastava, perché ogni volta che la vela si afflosciava, ecco che rimetteva tutti a remare, menando frustate a destra e a manca.

In quelle settimane Ailis si accorse che i suoi seni erano cresciuti, e sanguinò per la prima volta, ma la consapevolezza di questi fatti, per un motivo che lei stessa non riusciva a capire, la faceva pensare a Vevisa, e acuiva soltanto il suo dolore. Così non pensava a niente, remava soltanto.

Non ci furono intoppi alla navigazione, a parte quando, dopo un placido costeggiare la zona di Odmimir, dalle cui sterminate pinete arrivava un aspro odore di resina, più forte e persistente di quello dei normali pini, ci fu la necessità di evitare un'isoletta rocciosa, intorno alla quale, a sentire tanto gli schiavi quanto i marinai al servizio di Murad, c'erano gorghi mortali.

Quando attraccarono e la slegarono dal remo, Ailis sembrava aver dimenticato anche solo come si pronunciava una parola.

Attraccarono in una città portuale, piena di gente con strane infule sul capo e animali simili a piccoli cavalli cornuti col pelo lungo e bruno. La città odorava di pesce secco e sabbia, e alla mattina e alla sera dalle sue torri si levavano canti lamentosi.

Murad incontrava i clienti direttamente sulla nave. Ailis, rasata e spidocchiata, stava seduta, legata assieme a tutti gli altri, e assisteva alle trattative, nella lingua di laggiù, e alla vendita prima di un gruppo di ragazze più grandi di lei che il mercante teneva nascoste nella stiva, poi di buona parte degli schiavi più tosti, e anche di un paio di rematori. Non usavano monete, lì, ma una specie di sale, rosso, che Murad e gli acquirenti pesavano con attenzione su bilance dai larghi piatti di bronzo. Il mercante dagli occhi di mercurio si liberò anche di quelli che erano usciti male dal viaggio, svendendoli in blocco a un omino col naso storto e le mani nodose, arrivato su un ciuco spelato che puzzava di zolfo.

Gli schiavi e le schiave in vendita, e con essi i clienti, si fecero via via più radi. Nessuno sembrava interes sato a quella ragazzina, o forse Murad aveva fissato un prezzo troppo alto. Ailis lo vide gesticolare e infiammarsi più volte, se qualche cliente si interessava a lei, ma quando una settimana più tardi gli esseri con la maschera cominciarono a caricare a bordo barili di derrate, lei era ancora invenduta.

Fu allora che tornò sulla nave un uomo grasso e piuttosto anziano, dai capelli bianchi come il latte e gli occhi sottili, vestito con una tunica dalle ampie maniche, che già il primo giorno aveva acquistato degli schiavi. Era accompagnato da un giovane alto e stempiato, che a parte la stazza gli assomigliava. L'uomo grasso guardò Murad sorridendo con i soli occhi e gli disse qualcosa, indicando Ailis con espressione beffarda. Trattarono per un po', Murad che gesticolava e si arrabbiava, l'uomo che sorrideva e faceva no col capo. Alla fine l'uomo grasso e Murad andarono verso una delle bilance e pesarono una quantità non troppo grossa di sale rosso. Poi l'uomo fece un cenno al suo accompagnatore, che prese dalle mani di Murad le catene di Ailis.

L'uomo grasso e il suo accompagnatore avevano due ciuchi; Ailis li seguì a piedi, muta. Procedettero con calma sotto il sole fino ad arrivare in quella che doveva essere una grande fattoria, o meglio un complesso di fattorie, che si irradiavano attorno a una casa più grande, posta al centro della valle.

L'uomo grasso aveva sette figli (quello che lo accompagnava era il maggiore), e ognuno gestiva una fattoria con la propria famiglia. Al lavoro sui campi c'erano animali, schiavi e contadini che vivevano lì, in casupole ammassate attorno agli edifici centrali. I figli dell'uomo giravano indolenti sulle loro terre, seduti sui ciuchi, e distribuivano incoraggiamenti o insulti, e a volte qualche pigra frustata; tuttavia il terreno era fertile e grasso, e la produzione era tale e tanta che anche gli schiavi potevano mangiare una buona quantità di quel pane piatto, di quella crema di latte lasciata inacidire e di quei legumi grigi che usavano laggiù, e poi le mandorle e il coriandolo, e ancora arance e limoni aspri e deliziosi, tutta roba che Ailis non aveva mai visto, e che era meglio di qualunque cosa avesse mangiato da quando era stata catturata al Villaggio del Porto.

La prima notte che dormì con gli altri schiavi nella stalla, un uomo dai denti marci le si avvicinò e la prese per un polso, cercando di trascinarla verso il suo giaciglio. Ailis gli spaccò il braccio in due, gli si avventò addosso e gli staccò il naso con un morso, e fu solo grazie all'intervento degli altri schiavi, che per fermarla dovettero picchiarla con i manici delle zappe, se non gli strappò via anche il resto della faccia.

Il figlio che gestiva quella fattoria punì sia lei sia l'uomo senza più il naso con cinque frustate (frustate che erano carezze, paragonate allo knutr di Murad), ma non si diede pena di spostarla a dormire altrove. Fu così che Ailis cominciò a essere evitata dagli altri schiavi, che la soprannominarono Ref-af, che nella loro lingua, avrebbe poi scoperto, significava "cane rabbioso".

Solo un ragazzo, che doveva aver avuto motivo per odiare a sua volta l'uomo che aveva cercato di molestarla, la prese in simpatia, e a volte faceva in modo di lavorare vicino a lei, e le parlava in quella strana lingua soffiata. C'era anche un gatto nero, che si aggirava sempre nei pressi del dormitorio degli schiavi, e ogni volta che entrava nella baracca sceglieva di mettersi in braccio a Ailis, e allora gli altri dicevano: — Guarda, il cane e il gatto hanno fatto amicizia — e scoppiavano a ridere.

La forza di Ailis era notevole, ma la sua capacità di apprendere lavori complessi appariva assai ridotta, perché quando qualcuno che non fosse il ragazzo le diceva qualcosa lei rispondeva sempre ringhiando, con la stessa faccia abbrutita. Fu così che venne messa all'aratro, e videro che da sola faceva quasi il lavoro di una coppia di buoi. Dopo qualche settimana, la beccarono a mungere di nascosto una mucca per berne il latte e allora le fu assegnato anche quel lavoro, che le provocava qualcosa di simile a una vaga nostalgia di casa, e con essa una volontà di vendetta, sorda e ormai spogliata di senso e possibilità. Alla sera lei e il ragazzo si spidocchiavano, e pian piano Ailis cominciò a capire la sua lingua. — Siamo fortunati, siamo proprio fortunati — ripeteva sempre il ragazzo.

In questo modo visse Ailis del Villaggio Alto per cinque mesi.

Arrivò un giorno alla quinta delle Sette Fattorie un uomo su un cavallo dalle bardature multicolori. Aveva i capelli rossi – non arancio come Breu, proprio rossi – e una lunga barba, pure rossa, dalla quale penzolavano tre piccoli sonagli. La sua pelle era scura e dorata, più scura di quella di Murad, e i suoi occhi erano del colore delle nocciole. Portava un farsetto rosso e calzoni larghi, di una stoffa bianca e luccicante, come quelli indossati dalla gente importante di quella terra. Alla cintura aveva una spada, e la luce del sole fece sfolgorare al suo dito un anello con un topazio. Lo accompagnava il capofamiglia.

— È dunque vero che avete con voi un ragazzo fortissimo — disse l'uomo dai capelli rossi nella lingua di là — anche se a occhio sembra più una ragazza.

— Sì, mastro Sarkar. E, sì, è una ragazza — rispose il capofamiglia, mentre il figlio mediano, vedendo che Ailis si era fermata, andò a mollarle una frustata.

— Cosa guardi? Ara, cane rabbioso!

— Cane rabbioso? — disse Sarkar grattandosi divertito la barba, che tintinnò.

— Sì, mastro Sarkar. Il primo giorno ha morso via il naso a un altro schiavo...

— Non è la prima volta che mi giunge notizia di ragazzini dotati di una forza fuori dal comune. Per questo, quando ho sentito dire che ve ne era uno alle vostre dipendenze, mi sono affrettato. Quanti anni ha?

— Che ne so... Ne avrà undici, dodici.

— Non parla?

— Pare di no.

— Spero non l'abbiate danneggiata.

— È sana come un vitello.

Sarkar guardò Ailis che tirava l'aratro: — Che ne dite di mezzo staio?

— Non so, signore, è molto utile qui, non è vero?

Il figlio annuì.

— Non l'avrete pagata più di cinque prese.

— Non di solo sale abbisogna il capo di una famiglia come quella delle Sette Fattorie...

— Cosa intendete? — disse Sarkar carezzandosi la barba.

— Il figlio del mio figlio maggiore ha già tredici anni, è forte...

— Volete vendermelo? — sorrise Sarkar.

— No, no, che dite... Scherzate... Quello che intendo — disse il grasso padrone — è che quando compirà i quattordici potreste prenderlo con voi.

— Facciamo così, signore di sette fattorie: vi darò un terzo di staio e la metteremo alla prova. Se si dimostrerà adatta alle nostre esigenze, completerò il pagamento addestrando vostro nipote.

Sarkar caricò Ailis sul suo cavallo senza slegarla e la piazzò per traverso, di pancia, come selvaggina.

Da quella scomoda posizione, rimbalzando a ogni

passo e con il sangue che le andava alla testa, Ailis vide come la terra diventava ben presto arida, una volta finiti i campi delle Sette Fattorie e quelli, già più magri e asciutti, delle poche altre che si estendevano oltre di esse. Il sole picchiava duro, ma la sua pelle si era fatta ormai da tempo bruna e resistente, e Sarkar stesso pareva patirlo più di quanto non lo patisse lei, tant'è che sudava continuamente e continuamente si asciugava con un fazzoletto.

Dopo due ore di cavalcata, quando il sole fu nel punto più alto del cielo, si fermarono sotto un grosso albero di fico. L'uomo dai capelli rossi scese da cavallo col solito tintinnio di campanellini e la guardò con occhi sarcastici: — Non mi morderai, vero? — E la mise giù dalla sella con gentilezza. La appoggiò all'albero, poi le slegò una mano e si mise a mangiare. Le passò una grossa borraccia e Ailis bevve. Le passò delle strisce di una dolce carne essiccata, e qualcosa che assomigliava al pane, solo che era bianco, e Ailis mangiò tutto così rapidamente che Sarkar si mise a ridere. — Ce l'hai un nome? — chiese.

Ailis non rispose e lo guardò con ostilità.

L'uomo rise ancora: — Che c'è, sei arrabbiata perché ti porto via dalle Sette Fattorie? È vero, non è un cattivo posto per uno schiavo. Ma di tutti gli schiavi che esistono al mondo, solo di un tipo si raccontano le storie. — Le fece l'occhiolino, la tirò su e la mise nuovamente sul cavallo.

Attraversarono una piana irta di piante che avevano spine invece che foglie, e tutta punteggiata di sassi grigi, e gialli, e rossi, in un'aspra distesa che ben presto riempì l'intero orizzonte.

Quando il cavallo rallentò, la prima cosa che Ailis vide fu uno scorpione, nero, che zampettava tra i sassi sotto di lei; poi Sarkar la tirò su e la mise a sedere davanti a sé.

All'orizzonte poteva scorgere un pugno di case di terra cruda contornate di palme, e dietro di esse una struttura più grossa, con una cupola di incannicciato come tetto.

Arrivati al primo muricciolo che delimitava il villaggio, uno zoppo spuntò da una casupola. Sarkar gli lasciò il cavallo e procedette a piedi, tirandosi dietro Ailis. In giro per le stradine polverose del piccolo agglomerato non c'era che un gruppetto di bambini, uno dei quali si fermò, ma solo per un attimo, e fissò Ailis negli occhi prima di raggiungere i suoi amici.

Quando entrarono nel portone dell'edificio più grande, un uomo calvo e possente, sebbene appesantito sui fianchi e sul ventre, con anelli d'argento ai capezzoli, andò verso Sarkar e lo abbracciò vigorosamente. Poi guardò Ailis: — Sarebbe questo?

— Esattamente. Si tratta di una ragazza, in ogni caso. Vogliamo metterla alla prova?

— Pronta? — Sarkar le tagliò le corde ai polsi e alle gambe, poi le fece cenno di andare giù. Ailis lo guardò. Lui la spinse; lei non fece resistenza e si lasciò cadere nel cerchio coperto di segatura.

Come i palmi delle sue mani toccarono il suolo, le tornò alla mente la piazza del villaggio nei giorni della festa, coperta di segatura per il gioco del pozzo, e un piccolo calore le sbocciò nel petto dopo molto, molto tempo.

Si voltò verso Sarkar. Il suo compare calvo si stava spalmando dell'olio sul capo e sulle braccia. Sarkar puntò l'indice di fronte a sé, come a dirle "guarda".

Dall'altro lato del cerchio venne aperto un cancello di legno, e da esso spuntò un ragazzo sui sedici anni: la testa mal rasata era dipinta con strisciate di argilla, e a parte una specie di perizoma di pelliccia e degli schinieri di cuoio non aveva indosso altro. Il suo petto era stretto e magro, ma teso di muscoli; sulla spalla aveva lo stesso marchio che avevano fatto a lei. Armato con un gladio spuntato e senza filo, si avvicinava digrignando i denti. Ailis notò che gli gocciolava il naso. Le botte, il rapimento, la tempesta, il serpente, la vendita, le frustate, il remo, la sete e quegli interminabili viaggi da prigioniera, tutto ciò aveva via via congelato la sua capacità di pensare, di reagire: di capire cosa fare. Ma cosa ci fosse da fare adesso le appariva molto chiaro.

— Non le hai dato neanche un'arma, Sarkar? Mi spiace conciarla subito male — disse l'uomo pelato, mentre il ragazzo raggiungeva Ailis.

Sarkar sorrise.

Il ragazzo col moccio al naso le arrivò di fronte e sollevò il gladio. Ailis subito gli si fece sotto e lo colpì con una gomitata in bocca prima che quello potesse sferrare il colpo. Lui barcollò all'indietro, sfiorandosi le labbra spaccate.

Fu come se per un momento quel ragazzo col gladio in mano, schiavo come lei, dal quale come da lei ci si aspettava che attaccasse chi si trovava davanti, che sicuramente *era costretto* ad attaccarla, rappresentasse suo malgrado tutte le ingiustizie che Ailis aveva patito fino a quel momento, e quell'arena fosse il primo luogo in cui da molti mesi le si concedeva di dire la propria: saltò in avanti e gli afferrò il braccio che reggeva l'arma, glielo girò dietro le spalle con facilità e lo buttò a terra con una tale forza che prima ancora che la mano lasciasse il gladio si sentì il rumore della spalla che si slogava, seguito dal gemito soffocato del ragazzo.

Sarkar guardò sornione l'uomo rasato.

— Accidenti — disse quello — niente male. Davvero l'avevano presa da Murad?

— Per una volta quel vecchiaccio aveva un buon affare. Era sprecata, all'aratro. Mettiamo in campo qualcuno di meglio, Caleb, ragazzo mio... Chiomo vale poco.

— Per la sua età non è male, invece. Ma temo che per

questa ci voglia un adulto — disse Caleb. Poi gridò: — Mandate Urmin!

Ailis aveva già raccolto il gladio da terra; Sarkar fece di no col capo, prese un bastone dipinto di rosso da una rastrelliera e glielo buttò, mentre dal cancello adesso sopraggiungeva un giovane di una ventina d'anni, con la pelle scura come Ailis non aveva mai visto: nera quanto la buccia di una castagna abbrustolita. Era alto quasi quattro braccia e piuttosto corpulento. Vestito solo con delle brache di lino, portava tuttavia spallacci e bracciali di ferro, e reggeva un grosso bastone di legno scuro, a sezione ovale.

Ailis guardò il suo avversario, e nel momento in cui lo fissava negli occhi, nel momento in cui erano solo loro due e non esisteva il recinto fuori dall'arena, Sarkar o l'uomo rasato, gli schiavisti, i marinai, il mare, il Jormungand o le isole, si sentì a proprio agio, lì in mezzo: come liberata. Si infilò il gladio alla cintola e brandendo il bastone che le aveva buttato Sarkar avanzò a testa alta verso quel colosso e subito provò a colpirlo al viso con un affondo. Lui lo schivò con un movimento di gambe e vibrò una randellata laterale che Ailis riuscì a parare solo tenendo il bastone con entrambe le mani e ben accostato alla spalla.

— Ti faccio a pezzi — disse Urmin, e Ailis, profittando di quel momento, lo colpì sul lato del ginocchio con l'estremità inferiore del bastone, come fosse stato una lancia. Quello si piegò un poco per il dolore e lei gli sferrò una legnata a due mani, tutta portata di schiena, sul lato della faccia, tanto forte da spaccare in due il bastone. Non attese neanche che il suo avversario barcollasse: gli strappò di mano lo spesso palo e senza smettere di avanzare gli mollò uno, due, tre colpi al volto con la punta piatta, imprimendogli per tre volte quella forma ovale sui lineamenti. Urmin crollò all'indietro in una nuvola di segatura.

Caleb si passò la mano sulla testa lucida d'olio e guardò incantato Sarkar: — Questa è come...

— Brigid? Proviamo — sorrise Sarkar.

Uno schiavo zoppo portò via Urmin trascinandolo per le caviglie. Ailis strinse il palo che aveva sottratto all'avversario. Non arrivava nessuno, così guardò verso Sarkar, che le fece cenno di aspettare.

Ailis si voltò verso il cancello aperto e pensò che forse non sarebbe arrivato nessuno, finché dal buio non emerse una nuvola di capelli crespi di un colore simile a quello della crema di uova, latte e farina che sua madre faceva d'inverno, quando si festeggiava il Primo Sonno. Quasi nascosto da quella massa riccia, il volto di una ragazzina. Non sembrava molto più vecchia di lei: uno, due anni al massimo. La pelle era nera come quella di Urmin e contrastava col colore dei capelli, ma sotto il bruno delle guance si poteva intuire un vivido rossore. Aveva gli zigomi alti e affilati, mentre la forma del viso e del naso era dolce, stondata, così come quella delle labbra; gli occhi erano tanto neri da rendere l'iride indistinguibile dalla pupilla. Portava addosso vecchie parti di armatura: un bracciale, uno spallaccio, un guanto d'arme, gli schinieri. Erano tutte ammaccate e troppo grandi per il suo corpo, ma le indossava con la naturalezza di un veterano e con una grazia che Ailis immaginò potesse essere quella di una principessa. La ragazza le rivolse un'occhiata indecifrabile, si tolse un lacciuolo dal polso e con straordinaria economia di movimenti si legò dietro quella massa di ricci.

Ailis esitava. La ragazza si voltò leggermente verso gli spalti sopra il cancello e alzò appena il braccio sinistro. Lo schiavo zoppo, che adesso stava seduto lassù, le lanciò una spada che lei afferrò al volo con la mano protetta dal ferro. Senza interrompere il movimento si volse verso l'avversaria e assunse la guardia. La spada era spuntata e senza filo, come il gladio del ragazzo sconfitto poco prima da Ailis, tuttavia nelle sue mani aveva l'apparenza di un'arma mortale.

— Oggi Brigid sembra proprio in forma — disse Caleb. Sarkar non rispose.

Ailis strinse il grosso bastone. Brigid la stava avvicinando con un movimento semicircolare. Avanzava con la levità con cui passeggerebbe la più delicata delle dame, eppure era evidente quanto pronta fosse a colpire: la precisione del semicerchio che andava tracciando era quella di un falco che si prepara alla picchiata. Ailis si spostò a sua volta di lato, in cerca di un varco per farsi avanti, ma Brigid rispondeva a ogni suo spostamento con impercettibili assestamenti che la facevano apparire sempre preparata, sempre inattaccabile.

Non sapeva cosa fare, Ailis, e allora fece ciò che più di ogni altra cosa le veniva naturale: si lanciò all'attacco, incurante di quanto la sua avversaria fosse ben piazzata per colpire.

E colpì: come Ailis le entrò nella guardia, Brigid assestò un fendente laterale che la colse in pieno sulla spalla destra. Tanto ben portato e forte era il colpo, che morse ugualmente la carne di Ailis, nonostante la spada non avesse filo. Lo slancio della ragazza del Villaggio Alto però fu tale che il colpo, pur ben assestato, non ne arrestò l'attacco, e Brigid fu costretta ad abbassarsi su un ginocchio per schivare l'affondo.

Il sangue gocciolava dalla spalla livida di Ailis e andava ad aggiungere nuove macchie su quel letto di segatura, ma il dolore, piuttosto che fermarla, la caricò: sferrò un colpo dall'alto in basso, con stupefacente velocità, che tuttavia Brigid parò sfruttando l'elsa della spada. Subito la gladiatrice dalla pelle nera afferrò il bastone con l'altra mano e, piazzandole il piede sul petto, spinse Ailis all'indietro, costringendola a mollare l'arma.

— È finita — disse l'uomo calvo mentre Brigid portava un fendente impeccabile all'altezza del collo di Ailis. Un colpo che anche senza filo poteva uccidere.

Ma la ragazza del Villaggio Alto fu lesta a estrarre il gladio sottratto al primo avversario. Le due armi si scontrarono con un clangore mozzo, e la lama spezzata di quella di Ailis schizzò poco lontano sulla segatura. Brigid ancora reggeva il pesante palo con la destra, e prima che Ailis potesse muoversi, le vibrò un colpo tra la spalla e il collo, e poi subito, come in un unico movimento, portò un nuovo affondo di spada al suo volto. Ailis non poté fare altro che buttarsi all'indietro, spargendo ancora un po' di sangue sulla segatura e lordandosi di quell'impasto mentre completava la capriola. Quando alzò la testa, si rese conto di non aver evitato del tutto il colpo, e che adesso le usciva sangue anche da un piccolo sbrego sul polso sinistro, e Brigid era già su di lei, già indirizzava la punta dell'arma verso il suo viso. Voleva veramente sfondarle la faccia, o era solo il suo modo per dichiarare vittoria? Ad Ailis non importava e si lanciò contro di lei.

Sugli spalti Sarkar si era alzato in piedi e gridava: — Basta, Brigid!

Ma quella portò ugualmente l'affondo. Sarkar imprecò, e la spada in effetti era già di qualche centimetro dentro la bocca di Ailis, quando lei serrò la mandibola e bloccò la lama tra i denti. Brigid, incredula, spinse, ma la lama non si muoveva; spinse ancora, ma l'altra non mollava, la mascella e la mandibola strette intorno al ferro, finché, ancora sorpresa per quella mossa, a Brigid non restò che dare uno strattone all'indietro e sfilare la spada. Ailis non perse l'occasione: si fece sotto e la colpì al volto con un gran pugno, reso più terribile dall'elsa mozza del gladio che ancora stringeva nel pugno. Lo zigomo di Brigid si aprì, e ancora di più si aprirono i suoi occhi per la sorpresa di venire colpita. Forse per la prima volta: di certo per la prima volta dopo molto tempo, e già Ailis le si avventava addosso, la buttava a terra, faceva seguire un altro pugno al primo, e stava per sferrarne ancora un altro, ma Brigid l'avvinghiò alla vita con le gambe e con una torsione del busto ribaltò la posizione, la afferrò per i capelli e le sbatté la testa a terra, poi la prese per la gola e, resistendo ai suoi tentativi di togliersela di dosso, le strinse l'avambraccio sul collo, in più strattoni, finché non le fece perdere i sensi.

Ailis si svegliò dopo poco. Era al buio e sentiva pulsare la ferita alla spalla. Stava su un pagliericcio. Provò a tirarsi a sedere, ma ebbe un capogiro. Si mise di nuovo distesa, il mondo che girava e pulsava, e in pochi minuti si addormentò di nuovo. Andò avanti così per molte ore, finché la luce non la svegliò definitivamente. La sua stanza assomigliava a un recinto di legno col soffitto. Oltre a quel mucchio di paglia e spighe e alla pelle di pecora che faceva da coperta, c'erano una rastrelliera con sopra tre bastoni e una cassetta di un legno leggero, simile a quello delle canne che crescevano nei ruscelli vicino al suo villaggio, ma più spesso. Davanti all'entrata vide un piatto di terracotta. Era pieno di brodo. Lo prese e se lo portò al pagliericcio. Guardò la rastrelliera, si alzò di nuovo, prese il bastone che le sembrava più solido e se lo portò accanto al letto. Poi si dedicò al brodo: sentì con le mani che era ormai freddo; lo bevve, ed era fatto di pesce e latte ed erbe amare, e su tutto il sapore acuto di spezie che non conosceva.

Stava leccandone il fondo quando udì aprirsi il cancello. Due piedi scalzi, piccoli e scuri, si fecero strada leggerissimi nella stanza. Vestita solo di una corta toga di lino, Brigid avanzava verso di lei, guardandola negli occhi. Era difficile riconoscere in quella ragazzina la gladiatrice implacabile che era stata a un passo dall'ammazzarla: senza l'armatura e la spada sembrava ancora più esile, e anche se era più alta di Ailis di un paio di dita, senza contare quella massa di capelli crespi, adesso le si sarebbe dette della stessa età. Lo zigomo destro era gonfio e sulla pelle scura si vedeva bene il segno dei due colpi di Ailis: una croce irregolare circondata da un alone violaceo.

— Ciao — disse, e allargò appena la bocca in un sorriso sottile.

Ailis posò il piatto e afferrò il bastone. Brigid parve non farci caso e avanzò nella stanza col suo incedere morbido e controllato, nonostante Ailis ora impugnasse il bastone e glielo puntasse contro.

— Non è una cattiva stanza, questa, è poco esposta al sole e al vento — e abbassandosi in uno scatto frontale le entrò nella guardia, fino a trovarsi col naso quasi a contatto col suo. — Sei un po' forte — disse. — Era ora che mi portassero un'amica!

Ailis fece un passo indietro e guardò Brigid stupita. Avrebbe voluto dire qualcosa, ma da troppo tempo la sua lingua si era rintanata chissà dove, e tenne la bocca chiusa in una smorfia.

La gladiatrice aveva già fatto un mezzo giro della stanza e adesso stava uscendo: — Rimettiti presto, non vedo l'ora di combattere ancora. Io sono Brigid — disse voltandosi e sorridendo di nuovo.

"Ailis" pensò Ailis, ma la sua bocca rimase muta.

Alla mattina presto svolgevano i lavori necessari al sostentamento della comunità, dai quali neanche Brigid era esentata; oltre a Caleb e Sarkar, a Madrash vivevano anche un terzo maestro, "il vecchio Geb", che non partecipava quasi più alle lezioni se non come supervisore, due anziani schiavi (lo zoppo e sua moglie, la guercia) e diciotto allievi, che andavano dai ragazzini di dodici anni ai giovani di venti; alcuni erano schiavi come Brigid e Ailis, ed erano destinati alle arene; altri erano figli di famiglie guerriere dei dintorni, ed erano lì solo per l'addestramento. Una volta terminato il lavoro, si allenavano sotto la guida di Caleb fino all'ora di pranzo. Usavano bastoni, oppure spade senza filo, ma si allenavano anche alla lotta.

Al pomeriggio, Brigid e Urmin facevano da maestri ai ragazzi più inesperti, insegnando loro le posizioni di base e il modo per tenere i piedi ben piantati a terra, mentre quelli a un livello medio di addestramento combattevano fra loro.

Benché molti fossero più avanti di Ailis nelle tecniche, solo Brigid riusciva a tenerle testa; quando poi durante una prova di lotta, alla seconda settimana da quando era arrivata, Ailis riuscì a mettere sotto il maestro Caleb, l'atteggiamento di tutti nei suoi confronti cambiò completamente, e presero a trattarla con una riverenza quasi pari a quella riservata alla "regina della gabbia" (questo il nomignolo di Brigid che circolava tra i ragazzi). Questo fatto, unito alla considerazione che riceveva da Brigid stessa, felice finalmente di avere qualcuno in grado quasi di tenerle testa, e alla gioia pura che traeva dal combattere, la portò a spiccicare prima qualche parola, e poi – specialmente quando la sua amicizia con Brigid, che si basava su una sola, semplice cosa, la pratica costante del combattimento, si consolidò – a ritrovare prima la parola e poi la gaiezza.

Alla sera Sarkar raccoglieva a sé i più esperti e insegnava loro tecniche avanzate di parata, schivata, finta e contrattacco, il modo per portare i colpi con tutta la forza della schiena o per trasmettere loro tutto il peso del corpo e le tecniche per respirare nel modo giusto, raccogliere la forza e liberarla quando si sferra il colpo. A volte Caleb prendeva il suo posto e insegnava ai ragazzi i trucchi per far guarire prima un ematoma o uno strappo, oppure come fare massaggi che scioglievano i muscoli bloccati o doloranti.

Una volta alla settimana c'era anche la teoria, in cui Sarkar descriveva la posizione degli organi all'interno del corpo, utile per sferrare colpi mortali, e spiegava perché nella loro scuola non si usasse lo scudo come gli zotici d'Occidente; a volte li interrogava: — Quali sono le virtù dello spadaccino?

— Disciplina! — gridò Urmin.

— Quella è la regola. La disciplina governa tutto il resto. Senza disciplina, senza la pratica quotidiana, semplicemente non si è spadaccini. Brigid?

— Rapidità.

— Quella è una. Ce ne sono altre tre. Ve le ho elencate solo un paio di giorni fa. Ailis?

— Mmm...

— Forza! — disse Chiomo.

— Bene. Altro?

— Spietatezza? — intervenne Brigid.

— La spietatezza è un vizio, non una virtù. Ailis?

— Possiamo allenarci?

— In effetti... — disse Brigid.

— Silenzio! Brigid?

— Audacia?

— Bene. C'è poi la velocità. E chi mi sa dire qual è l'ultima?

Nessuno rispose.

— L'ultima è la prudenza — disse Sarkar.

Ailis scoppiò a ridere e lui con un solo movimento sfoderò la spada e le sfiorò la guancia con la punta. Una goccia di sangue crebbe sul taglietto e si staccò come una lacrima.

— *Prudenza* — disse Sarkar. — Ma veniamo alle parti della spada.

— Sappiamo benissimo quali sono! — replicò Ailis.

— Sentiamo.

— Allora, la lama, poi il manico... — Ailis si mise a ridere.

— Visto? Non sai niente. Brigid, tu le ricorderai.

— Quello che conta è la pratica del combattimento — disse lei.

— Ma sentila. — Sarkar rinfoderò la spada. — Non fate altro che darvelo dalla mattina alla sera: un po' di teoria non vi farà male.

Brigid sbuffò: — Pomolo... — e lo indicò col dito.

— Uffa! — disse Ailis.

Sarkar le si avvicinò spostandosi lateralmente, le afferrò il polso dell'arma e con l'altra mano mimò un colpo in mezzo al viso col pomolo: — Il pomolo, in certe configurazioni, può diventare un'arma. Tienilo bene a mente, o ne pagherai le conseguenze. Vai avanti, Brigid.

— Allora, c'è il codolo, che in realtà è la parte di lama che sta dentro il manico, poi l'impugnatura, la guardia...

— Queste parti insieme cosa formano?

— L'elsa. Poi ci sono il forte, il medio e il debole, che compongono la lama.

— Uhm. E... — Sarkar mollò un fendente controllato verso il collo di Brigid, che lo parò con la parte di lama più vicina all'elsa. — Come si para?

— Col forte. Di piatto.

— Va bene. Esercitatevi. Tra qualche giorno interrogherò te — disse ad Ailis prima di andarsene.

I ragazzi si rimisero a dare di scherma sotto lo sguardo spento del vecchio Geb, e Ailis li guardò per un po' prima di riaccoppiarsi a Brigid. Poi volse la spada di legno verso di lei e disse, piano: — Chi ti piace?

Brigid la guardò: — In che senso?

— Qui, dei ragazzi di Madrash.

— I ragazzi sono deboli — rispose Brigid avviando il duello.

— Tu perché vuoi diventare forte?

— Che domanda è? La disciplina della lotta è fine a sé, come dice sempre Sarkar.

— Va bene... Ma ci sarà una cosa che vuoi fare, con la tua forza.

— Non saprei, vincere il Torneo di Hadakand... Anzi, meglio ancora: diventare una mercenaria, girare il mondo e conquistarlo! Una volta, vennero qui dei mercenari, che erano stati amici di Sarkar e Caleb da giovani, e avevano armi bellissime e strane bardature e sembravano invincibili...

— Io voglio diventare forte per vendicarmi. Per questo sono felice che il maestro Sarkar mi abbia comprata.

— Di chi vuoi vendicarti? — chiese Brigid aumentando l'intensità della scherma.

— Degli imperiali — rispose Ailis mentre sbuffava per tener testa alla compagna. — Quelli con le tre lepri sul petto. Li odio. E soprattutto odio il Cerchio d'Acciaio.

— Cos'è? — domandò Brigid infilandole una stoccata alla spalla.

— Sono cavalieri. Malvagi. Il loro comandante, Åydric Reinhare, è l'uomo che voglio uccidere — disse Ailis tornando all'attacco con foga rinnovata.

Brigid parò col piatto e la colpì al fianco: — È forte, questo Reinhare?

— Molto forte — rispose Ailis voltandosi e menando un colpo alla cieca, e facendosi ancora sotto. — Quando andrò a ucciderlo, verrai con me?

— Va bene — disse Brigid, e schivandola di un mezzo passo sulla sinistra la colpì con una legnata a due mani sulla schiena, facendola rotolare a terra. — Sai dove si trova?

— In una città chiamata Diomira — disse Ailis rialzandosi mentre l'altra si faceva ancora sotto, senza ridurre la pressione.

— *Diomira?* Che nome strano.

— È un nome antico. Ma anche il tuo nome non sembra di qui.

— Me lo dicevano sempre, ai tempi in cui vivevo alla Città della Notte Rossa. Come fai a saperlo?

— Perché è un nome del Nord. Anche al Villaggio Alto, dove sono cresciuta, c'era una ragazza chiamata Brigid.

— Era forte?

— Ah ah, no, sapeva solo portare al pascolo le capre...

Brigid guardò Ailis di sbieco e mollò un fendente micidiale che lei parò, ma senza riuscire a evitare di finire di nuovo a terra.

— La verità è che ho saputo di Diomira in un sogno — spiegò Ailis scrollandosi la polvere di dosso. — Ma come fai a mettermi sempre sotto così?

— Fatti avanti e te lo mostro di nuovo.

Diceva ogni volta così, Brigid, e sorrideva.

In questo modo passarono molti mesi, e Ailis e Brigid, nella pratica della disciplina prima, e poi per una naturale affinità che cresceva nella sempre più chiara consapevolezza di essere diverse da tutti gli altri, divennero inseparabili. A volte salivano sull'incannicciato che formava i tetti di Madrash e combattevano in equilibrio sui cornicioni, tra lo stupore degli altri ragazzi; oppure si nascondevano negli angoli tra i tetti e le travi portanti, e stavano lì sospese a spiare gli altri allievi o l'intimità dei maestri. Altre volte Brigid si metteva in piedi all'incrocio delle travi più alte, e chiudeva gli occhi, e diceva di poter sentire le parole del vento, e Ailis ci provò a sua volta, ma non sentì mai niente di particolare.

La maggior parte degli allievi erano, come loro, proprietà di Sarkar e Caleb, ma la vita a Madrash non assomigliava a quella di una prigione: il cibo non mancava e anche se c'era una "cella di punizione" (una buca scavata in un angolo del cortile), difficilmente Caleb, che si occupava di mantenere l'ordine, ci ficcava qualcuno, e quando lo faceva non aveva mai il cuore di tenercelo per più di un paio di giorni.

Un giorno, Ailis e Brigid si fermarono più a lungo del solito sulla porzione di tetto che dava sulle stanze dei maestri, perché quelli, sdraiati sul loro mucchio di cuscini, bevevano e parlavano: e parlavano di loro.

— Sono troppo piccole.

— Piccole? Caleb, hai già dimenticato come Brigid ha sconfitto quel guerriero di Zamora? Era un uomo fatto, un reduce di due guerre. Lo ha calpestato come una pelle di cane.

Brigid mollò una gomitata ad Ailis, appollaiata come lei dietro l'incannicciato che faceva da soffitto, e sorrise trionfante.

— Brigid, magari. Ma Ailis...

— Ailis è più grezza, per carità: di Brigid ce n'è una sola. Ma non è meno forte.

Ailis rese la gomitata all'amica e le mostrò la lingua. Brigid fece uno sbuffo sarcastico.

— Però, se aspettassimo il prossimo torneo...

— Sono tre anni! Tre anni, Caleb. È vero, se potessimo attendere il prossimo torneo, se in questi tre anni continuassimo ad addestrarle, se facessimo venire qualche maestro dall'Est, la vittoria finale sarebbe certamente nostra. Ma da quando Brigid ha tagliato l'orecchio a quel ragazzino arrogante e la voce si è diffusa tra le famiglie dei satrapi e dei signori, non c'è più un grano di sale, senza parlare di quanto abbiamo dovuto pagare di risarcimento.

— Ringrazio ancora l'Imperatrice che fosse solo il figlio di un vassallo.

— Esatto! L'unico allievo nuovo è il nipote di quel maiale delle Sette Fattorie, e non ci porterà un grano di sale. Abbiamo bisogno di soldi, fratello, o dovremo chiudere la scuola.

— Be', in quel caso potremmo riprendere con...

— Con gli spettacoli? Rimettersi a girare su un carro puzzolente? Tu scherzi, Caleb. Non abbiamo più vent'anni. E c'è la guerra. L'Impero freme, punta le Cinquantaquattro Città. Già molte terre lì intorno sono state abbandonate, e vi sono colonne di profughi che cercano pace al Sud. A Beimeni ho sentito dire che nei villaggi dell'Ovest, lasciati senza guarnigione e depredati del cibo, si moltiplicano le rivolte. Senza contare le compagnie mercenarie. Non si fanno certo scrupolo di assaltare una colonna di viandanti, quelli. Se anche Brigid e Ailis non vinceranno il torneo, sono certamente in grado di passare almeno un paio di turni. E quest'anno, al di là delle scommesse, la decima parte del giocato va a chi vince. Quanto basta per riempirci le tasche. E non c'è solo questo...

Caleb guardò il socio con aria interrogativa. Sarkar abbassò la voce, un atto tutto d'istinto, non sufficiente però a far sì che le due ragazze, appollaiate lì sopra, non sentissero: — Se Brigid e Ailis decidessero di ribellarsi, saresti in grado di fermarle?

Caleb si toccò la gola e deglutì. Sarkar gli pose un braccio intorno alla spalla, e con un tintinnio di campanellini accostò la bocca al suo orecchio. Ailis e Brigid cercarono di schiacciarsi al cannicciato per riuscire a captare almeno qualche parola.

— Non puoi tenere ferma in gabbia troppo a lungo una bestia feroce. Brigid è qui da quasi trenta mesi. Ailis da sedici. Hanno bisogno di assaporare l'aria e il vento. Di alzare gli occhi ai centoundici ordini di posti dell'arena. Di sentire le urla del pubblico infoiato che le incita. Di versare il sangue del nemico: di assaporarlo.

— Uhm. Tanto facciamo sempre come vuoi tu...

— E bravo Caleb! Mi piaci perché sei ragionevole, ragazzo mio — e Sarkar si staccò dalla sua spalla per versare due coppe di vino.

Il carro era trainato da quattro cavalli e diviso in due sezioni: la prima era più grande, con quattro ruote, e ci stavano Sarkar e Caleb. La seconda era una specie di carrello quadrato, con solo due ruote, collegato alla prima da uno snodo. Aveva le pareti di tronchi incrociati, come una gabbia: in effetti *era* una gabbia, col pavimento di assi e drappi sul soffitto per fermare il sole, ed era il posto di Ailis e Brigid, oltre che di una capra da latte e quattro galline, con tanto di foraggio e mangime. Gli altri ragazzi, e in particolare Urmin, avevano insistito per accompagnarli, ma Sarkar aveva detto che poteva andare solo chi avrebbe partecipato al torneo, e nessuno di loro era in grado di sopravvivere neanche al primo turno, così li avevano lasciati a Madrash col vecchio Geb, e per consolare Urmin lo avevano incaricato di comandare le lezioni nel periodo in cui loro sarebbero stati in viaggio.

Il carro sobbalzava sulla pista sassosa e il caldo era a tratti insopportabile, ma l'eccitazione delle due ragazze era tale che non pativano alcun disagio: avrebbero combattuto! Pure quando c'era da pulire lo sporco degli animali lo facevano a cuor leggero, anche perché per la prima volta Sarkar e Caleb davano loro da mangiare latte e uova in quantità, soddisfacendo pure le continue richieste di bis da parte di Ailis. Aggrappate alle sbarre della gabbia, guardavano scorrere davanti a loro quella landa brulla e sabbiosa, spezzata a tratti da un'agave e, più raramente, da un verdissimo sbuffo di cespugli a foglia larga. Una volta incrociarono dei cavalieri, vestiti con tuniche blu che coprivano anche il capo e il viso, i quali salutarono Sarkar e il suo carro con grida acute, a cui lui rispose allo stesso modo; un'altra, un branco di cani selvaggi, che si fecero poi rivedere alla notte e Sarkar dovette andare a scacciarli col fuoco.

Procedettero per quaranta giorni, accampandosi in avvallamenti o alture che portavano il segno di mille fuochi prima del loro, alzandosi all'alba per dedicare almeno due ore agli allenamenti e fermandosi a volte ad acquistare provviste e foraggio nei villaggi che incontravano. Finché una sera, dopo una serie di alture sormontate da fortificazioni in rovina, il carro si fermò anzitempo.

Sarkar aprì la porta della gabbia. Ailis e Brigid scesero, e all'orizzonte videro un fronte larghissimo di casupole e torricelle, ravvivato in basso da punti di colore che dovevano essere tende, e poi, dietro, mura rosse di mattoni intervallate da torrette che seguivano l'andamento del terreno, e dopo di esse un infinito ammucchiarsi di case gialle oppure lattee, sul profilo del quale spiccavano alcune grandi e tozze costruzioni con la sommità a cupola, brillante di turchese, e in mezzo un'enorme struttura bombata, di legno e incannicciato, simile a uno spropositato alveare. Il vento portava odore di stalla e di grasso bruciato.

— Hadakand, la prima delle Cinquantaquattro — annunciò Sarkar. — O almeno tale era un tempo.

— Ora è solo un postaccio puzzolente — sorrise Caleb.

— Ci accampiamo adesso — disse Sarkar. — Non è il caso di arrivare in un posto come quello alla sera, e peggio che mai montare il campo al buio. E poiché per il nostro bene dovete essere forti... — e agguantò una gallina per il collo, mentre con l'altra mano sfoderava la spada.

— C'è da rimanere a bocca aperta, eh? Scommetto che non avevate mai visto tanta gente tutta insieme — disse Sarkar volgendosi dietro le spalle di Caleb, che teneva le catene al collo di Ailis e Brigid.

Ovunque intorno all'arena, e sotto le mura della città decorate di lance e bandiere in un delirio di colori e fumi di arrosto, di fritto, d'incenso, di cylum, si affastellavano bancarelle di ogni ordine e forma: da padiglioni panneggiati a luride tende, fino a quegli ambulanti che, non avendo nient'altro, disponevano le loro merci per terra, su un tappeto o una stuoia. Cani piccoli e grandi, e a volte anche maiali, schizzavano tra le gambe della gente in una continua tempesta di polvere.

Caleb comprò un furetto arrostito su uno spiedo per sé e due, più piccoli, per Brigid e Ailis, che in effetti non smettevano di guardarsi intorno a bocca spalancata. Di fronte a una bancarella con un lettuccio, un omone dagli occhi gonfi e arrossati decantava le proprie doti taumaturgiche; dentro una tenda rivestita di pelli di pecora e invasa di fumi purpurei una vecchia lanciava ossicini in una ciotola mormorando frasi incomprensibili. Un omuncolo con un occhio tatuato sulla fronte andò davanti a Sarkar e gli aprì un vaso di terracotta sotto il naso: — Loto nero. Il migliore.

Sarkar sorrise e lo superò, mentre Caleb pescava una presa dal vaso e se la ficcava tra il labbro e le gengive; intanto che pagava, Sarkar tornò a prendergli di mano la catena e procedette, tirandosi dietro le due ragazzine; passarono intorno a una grossa pietra scura e cilindrica, smussata, dove erano incise rune affatto diverse da quelle dell'isola, e Ailis fece in tempo a sfiorarla e sentire forse un debolissimo mormorio, ma Caleb le strattonò via e continuarono attraverso quel suq; superarono un padiglione dove si vendevano schiavi e Ailis si adombrò, ma subito, svoltati che furono dietro di esso, li investì un profumo intenso e volgare, come di sapone e spezie, che veniva da un padiglione più piccolo, l'accesso semicoperto da veli, al cui interno, distese su vecchi cuscini ricamati dai quali uscivano qua e là sbuffi di paglia, stavano cinque donne seminude, i corpi languidi, sciupati e bianchi.

— Che succede là? — disse Caleb, e indicò un punto oltre quella tenda, su uno dei tanti sentieri formatisi per l'accumularsi delle bancarelle, dove andava accalcandosi sempre più folla.

Fecero qualche passo in quella direzione e, appena girarono attorno a una tenda più alta delle altre, che impediva loro di scorgere cosa stesse accadendo, sentirono un puzzo di selvatico di un'intensità tale da soverchiare tutti gli altri odori dell'accampamento. Una figura grigia emergeva dalla folla, sovrastandola. Le teste degli uomini più alti le arrivavano al massimo al busto, e sopra le spalle grosse e possenti, sopra il collo largo quanto un barile e cinto da uno spesso laccio con quattro anelli, da ognuno dei quali si dipartiva verso il basso una catena, stavano due teste di animale immonde e colossali, grigie, luride, allungate, con un corno ricurvo sulla punta di ciascun muso, e fuse tra loro: fuse al punto da avere tre occhi, due laterali e uno, centrale, in comune; quel volto doppio e indiviso era pieno di tagli e abrasioni, ma comunque ribollente di una potenza spropositata e brutale. Gli occhi mostruosi esprimevano qualcosa tra la furia e il terrore – specialmente quello centrale, più fisso e sgranato e cisposo degli altri – ma allo stesso tempo apparivano velati, come sedati, mentre sei schiavi, tutto intorno, tenevano le quattro catene fissate al collo del mostro, più le due che stavano avvolte ai suoi polsi. Una settima catena, molto più sottile, gli passava attraverso le quattro narici ed era retta da un vecchio canuto e ghignante, con i capelli dipinti di rosso e ai lobi dei cerchi d'argento tanto pesanti da averli allungati più del doppio.

Ailis e Brigid si guardarono eccitate, e Caleb si lasciò scappare un'imprecazione nella sua lingua, ma Sarkar parve riconoscere il vecchio e disse soltanto: — Valtari, che gli spiriti ti divorino — mentre si faceva strada tra la folla fino a raggiungerlo. — Che storia è questa?

Il viso di Valtari si illuminò: — Ah, Sarkar, amico mio. — E rise. — Stava nell'isola di Elam. Ci ho perso tre uomini per stanarlo, ma guarda che roba — e toccò il braccio del mostro, un grosso fascio compatto e grigio al cui confronto anche la coscia del più possente lottatore di Hadakand sarebbe sembrata un fuscello. La pelle segnata da innumerevoli tacche appariva ben più spessa del più spesso cuoio.

— Non è lecito portare mostri.

— Conosci la legge. Se è in grado di chiamare la vittoria, può scendere in campo. — Al che il vecchio strattonò la catenella ai nasi del mostro, e quello muggì con le due bocche qualcosa che in effetti assomigliava a un "dichiaro la vittoria".

Sarkar si girò verso Caleb, che alzò spalle e sopracciglia.

Valtari venne a mettergli una mano sulla spalla e gli parlò nell'orecchio: — Che ti prende, vecchio gladiatore? Scommetti i tuoi soldi sul mio ragazzo e andrà tutto bene — e scoppiò a ridere.

— È chiaro che c'è sotto un trucco maledetto.

— La capacità di apprendimento di certe bestie è sorprendente... Quelle chi sono, le tue figlie? — ghignò il vecchio. — Hai fatto bene a mettere su famiglia. L'arena non faceva per te.

— Andiamo via — disse Sarkar a Caleb.

— Ma quali eliminatorie, stupido servo!

— Potente signore, vi garantisco che...

— Fai venire il tuo padrone, miserabile — e lo spinse via. Il servitore si affrettò nel tunnel. Sarkar fece cenno di aspettare ad Ailis e Brigid, che stavano contemplando gli affreschi sul soffitto dei sotterranei dell'arena, raffiguranti gladiatori nudi, dipinti a colori intensi, di rosso e di nero, che si colpivano a morte su uno sfondo di stucco. Caleb si ficcò in bocca un rametto di féar.

Un uomo grosso con un'infula bianca sul capo e una barba nera striata di grigio emerse dal buio del tunnel. Aveva un'espressione grave e pomposa, che subito si trasformò in un sorriso ipocrita alla vista di Sarkar.

— Sarkar, carissimo. E tu sei...

— Caleb.

— Caleb, certo. Ricordo ancora quel tuo quarto posto... Cos'era, il terzo anno del Nuovo Computo? Gran cosa, gran cosa. — L'uomo si fece avanti, nel gesto quasi di abbracciare Sarkar, ma si fermò prima di toccarlo. — Che problemi ci sono?

— Yardrat, per il cielo, i gladiatori di Madrash non hanno mai fatto eliminatorie. Hai forse dimenticato che abbiamo il sigillo imperiale di prima classe?

— Il sigillo imperiale... Quanto tempo è che un messo imperiale non si presenta al torneo? Le regole adesso le faccio io, Sarkar, non gli antichi decreti. E ho stabilito che da quest'anno le eliminatorie le fanno tutti. Abbiamo fin troppi condannati da smaltire. Dove sono i tuoi gladiatori?

— Sono qui.

— Caleb? Non credevo praticassi ancora.

Caleb tirò in dentro la pancia.

— Sono *loro* — disse Sarkar.

— Ah, loro. — Yardrat soppesò Ailis e Brigid. Troppi prodigi aveva visto nella sua vita per stupirsi che due ragazzine come quelle potessero partecipare al torneo, tuttavia finse meraviglia. — Dove credi di arrivare, con queste fanciulle? A maggior ragione devono fare le eliminatorie.

— Facciamole! — esclamò Ailis.

Sarkar subito le mollò un nocchino col dito anellato: — Silenzio. — Brigid rise mentre Ailis si massaggiava il capo. Sarkar mimò un nocchino anche verso di lei, poi si volse a Yardrat: — Mastro Yardrat, sai benissimo cosa significa fare le eliminatorie, la gente vede...

— ... E voi invece avete qualche sorpresa in serbo. Mi spiace, faranno le eliminatorie, come tutti. Consolati almeno nel sapere che ho bandito le armi. Non voglio spargimenti di sangue quando non c'è pubblico a scommettere.

— Vai Brigid, tocca a te. Mi raccomando. Piano.

Brigid salì sulla pedana di legno. Sarkar si guardò intorno e vide che per fortuna non c'era molta gente, e i più stavano seguendo l'incontro tra un paio di energumeni allacciati nella lotta a due pedane di distanza.

— Piano — ripeté Sarkar — e *veloce* — fece in tempo ad aggiungere, mentre dall'altra parte della corta pedana, a non più di dieci braccia da lei, veniva fatto salire un uomo magro ma piazzato, dall'aspetto afflitto, che tuttavia alla vista della propria avversaria ebbe un sorriso compiaciuto. Ailis si sentì stringere il cuore nel vedere il petto e la schiena dell'uomo, segnati da innumerevoli colpi di knutr. Ma non ci fu tempo per la pietà: Brigid gli era già entrata nella guardia.

— Piano! — gridò Sarkar, ma Brigid aveva fatto un salto e, catturata strettamente la testa dell'uomo col braccio sinistro, ora gli atterrava alle spalle, portandoselo dietro, tutto sbilanciato. Quando arrivarono a terra – l'uomo di schiena, Brigid lunga distesa, con ancora il braccio stretto intorno alla testa – si sentì un brutto schiocco.

— Per l'Imperatrice, gli ha spezzato il collo! — gridò un ometto con la zucca piena di marchi e tatuaggi. — Quella bambina gli ha spezzato il collo!

Brigid non fece in tempo ad alzarsi che Sarkar era già salito in pedana: — Stupida! — disse scavalcando il corpo dell'avversario, le cui gambe erano scosse da un ultimo fremito, e la tirò via per un braccio, portandola fuori dalla vista della gente che, all'entrata dei servitori, già cominciava a spostarsi verso quella pedana. Poi si volse ad Ailis: — Voi due mi volete rovinare. Ailis, mi raccomando, almeno tu. Capisci quello che voglio dire? La vostra forza, tenetela per il torneo.

Ailis cercò di controllarsi il più possibile e sconfisse il proprio avversario, un prigioniero dai capelli grigi e le spesse mani segnate, con un pestone sulla caviglia che gli frantumò l'osso ma che sembrò abbastanza casuale da non attirare l'attenzione di nessuno.

— Vieni, Ailis, conosco un punto da cui si vede bene. Caleb sarà già lì. Ehi tu, togliti di mezzo!

Ailis, la catena al collo, seguiva Sarkar che camminava veloce attraverso le scalinate e gli spalti di legno montati sulla struttura fondante dell'arena, di solido giaietto, e spingeva via chiunque gli capitasse a tiro, finché, in mezzo a quella folla multicolore e già urlante benché l'arena fosse vuota, non scorse la testa lucida di Caleb, impegnato a comprare del féar da un ambulante.

Dal giorno in cui erano arrivati a Hadakand, l'atteggiamento di Sarkar nei confronti di Ailis e Brigid, ma più in generale nei confronti di ogni cosa, era mutato: l'eco di giorni antichi riverberava nei colori, nei profumi e nei tanfi di quella città, si manifestava nei tratti di un volto, nel grido di un mercante, e lo riportava a una giovinezza nella quale, senza dubbio, aveva almeno per qualche stagione pensato di avere in pugno il mondo, il che lo faceva più allegro e spavaldo, ma anche, in un suo modo, più gentile. Spostò un nano con un calcio e andò ad abbracciare Caleb: — Vecchio mio! Come andiamo? Che giorni, che giorni...

Caleb sembrava quasi in imbarazzo. Pagò il rametto con un grano di sale, poi disse: — Come ti senti, Ailis? Puntiamo molto anche su di te.

Ailis fu felice, ma non sapeva cosa rispondere e si limitò ad annuire.

— Guardate, hanno aperto gli ingressi! — gridò Sarkar. Poi abbassò la voce verso Caleb: — Quanto le hai messo sopra?

— Due stai e mezzo.

— Ma è quasi tutto quello che abbiamo.

— Il tizio è forte. Ha una reputazione, o almeno pare. È un veterano, poi stava in non so che gilda, nelle settimane scorse ha alzato un po' di soldi combattendo negli scontri clandestini...

— Quanto la davano?

— Cinque contro uno. Se non crediamo in Brigid al primo turno, potevamo anche rimanere a Madrash...

— Hai ragione, hai ragione — disse Sarkar, e con una mossa fulminea gli prese il rametto di féar dalla mano e se lo ficcò nella bocca ghignante.

In quella, si sentì un gran colpo di gong e dai due opposti archi, distanti una quarantina di braccia l'uno dall'altro, uscirono i contendenti. Dal lato sud, vestito con una corazza di maglia consunta e a tratti stracciata, completata da uno spallaccio e da un elmo aperto nello stile degli armigeri di Hadakand, un uomo coriaceo, dal volto affilato reso più arcigno da una benda nera sull'occhio sinistro e da una cicatrice che dal sopracciglio saliva sotto l'elmo. Era armato con una spada lunga, leggermente ricurva. Dall'altra parte, Brigid. Vista da lassù sembrava proprio piccola. Si era legata i capelli dietro con più giri della sua cordicella, e non aveva altro che il suo equipaggiamento di ogni giorno alla scuola: il guanto d'arme, uno spallaccio e uno schiniero. Il bracciale che portava all'altro braccio era rimasto fuori dal conto delle tre parti di armatura previste dalle regole, mentre in mano aveva la più leggera delle due spade d'acciaio in possesso della scuola.

— Potevi anche forzarla a mettere un corpetto e un elmo.

— Lo sai com'è fatta, Caleb. Speriamo che non esageri, piuttosto. Se riuscisse a dare l'idea di aver vinto per caso, al prossimo turno ce la giocheremmo anche meglio...

— Credo proprio di sì.

— Cosa intendi?

— Non hai visto il tabellone? Lo hanno messo fuori poco fa. Al prossimo turno incontrerà il vincente tra un condannato che si è qualificato alle selezioni e...

— E...?

— Quel mostro del satrapo Valtari. Chissà a quanto lo daranno; certo non sembra tipo da capire che il primo turno va passato con discrezione.

Sarkar si grattò la barba, facendo tintinnare i campanellini. Ailis si sporse dalla ringhiera di legno: giù, oltre la folla di teste sotto di lei, lo scontro era cominciato. L'uomo con la benda sembrava controllarsi, forse per rispetto dell'età e della piccola stazza della sua avversaria, e tuttavia stava mettendo Brigid in difficoltà. Tirava di scherma con calma e senso della posizione, costringendola ad arretrare.

Brigid fintò un disimpegno sul lato, si spinse avanti correndo un rischio non da poco, e portò un affondo al viso dell'uomo, che si rese conto troppo tardi di quanto bene fosse portato e lo evitò per un pelo, abbassando le ginocchia. La spada di Brigid scalfì con forza la cima dell'elmo, facendolo schizzar via e scoprendo la testa dell'uomo: aveva i capelli neri, un po' brizzolati, lunghi fin quasi al collo, e oltre alla cicatrice che gli saliva dal sopracciglio destro ne aveva un'altra, piccola ma netta e ben centrata in mezzo alla fronte: una croce a tre bracci.

— Ahi, ahi, per poco... — borbottò fra sé Caleb, mentre Ailis fu come traversata da un fulmine, si voltò di scatto verso di lui e poi di nuovo verso l'uomo nell'arena. — Che ti prende? Guarda lo scontro... — Ma Ailis corse via. Caleb neanche stava reggendo la catena; cercò di fermarla, però rimase bloccato tra la folla, mentre quella sgattaiolava tra le gambe della gente vociante, e allora si limitò a gridarle: — Dove vai? Ti voglio qui prima del tuo incontro!

Brigid intanto si inseriva come per caso nella guardia dell'uomo che aveva tentato di colpirla con un manrovescio, una mossa decisamente troppo avventata, e difatti lei, fingendo di scivolare e cadere in avanti, allungò un affondo basso, abbastanza decentrato rispetto alla gamba da sembrare casuale, ma anche abbastanza profondo nella carne della coscia da aprirgli una delle grandi vie del sangue.

L'uomo non ebbe un gemito, anzi sorrise a Brigid, lasciò cadere la spada e, tenendosi la ferita con una mano, alzò l'altra.

— Tu non sei una bambina normale, eh? Avrei fatto meglio a usare da subito tutta la mia abilità — disse, mentre tra i fischi della folla si toglieva la cintura, se la stringeva alla coscia e zoppicava via.

Quando arrivò nello spogliatoio, vi trovò Ailis, la catena al collo e il gladio in pugno.

— Sei tu il cerusico? Piuttosto giovane. Ma del resto non era anziana neanche quella che mi ha quasi ammazzato — sorrise, pallido, la gamba che continuava a buttare sangue nonostante la cinghia. Poi, constatato che non sembrava arrivare alcun vero cerusico, prese un ferro da uno dei bracieri nell'angolo, sussurrò tra sé qualche parola e poi lo accostò alla ferita. La sua fronte si imperlò mentre il ferro rovente faceva sfrigolare la carne e dovette lasciarsi cadere seduto. Ailis si avvicinò.

— Sei ancora qui? Non lo vedi come sono messo? Quella ragazzina mi ha fatto un bel servizio.

— Si chiama Brigid.

— È tua amica? — L'uomo si asciugò con la mano le stille sulla fronte. — Se fossi stato una persona normale sarei già morto, o avrei perso la gamba. E in ogni caso ho perso tutti i miei soldi, che avevo puntato su me stesso.

— Sei del Cerchio d'Acciaio?

L'uomo ebbe un bagliore nell'occhio, poi disse: — Lasciami in pace — e quando nella sala entrò un eunuco, si volse a lui: — Alla buon'ora! Volevate lasciarmi crepare?

Ma l'eunuco si diresse subito da Ailis: — Tu che ci fai qui? — disse con la sua voce stridula, e fece per spingerla via.

— Conosci Åydric Reinhare? — gridò Ailis mentre l'eunuco cercava di spingerla fuori.

L'uomo si toccò la benda ed ebbe un sorriso amaro: — Lasciami in pace, ragazzina.

Ailis percorse il tunnel che portava all'arena con spavalderia, come se fosse stata la strada che conduceva a una festa di paese; tuttavia, quando dall'arco ornato di teschi umani uscì nel grande cerchio coperto di segatura mista a sabbia, e il sole alto sopra l'arena l'abbagliò, e il grido di migliaia di persone assiepate sui centoundici ordini di posti l'assordò, e l'odore speziato che usciva dai due bracieri che ornavano gli stipiti dell'arco la inebriò, ebbe un momento di smarrimento e cercò Brigid, Caleb e Sarkar sugli spalti, ma era impossibile scorgerli in mezzo a quella moltitudine urlante.

Urlavano a lei? No: a una quarantina di braccia, appena uscita da un portale identico al suo, una figura lunga e snella salutava la folla con gesti cerimoniosi. Portava un turbante azzurro e una maschera d'argento raffigurante i tratti di un fanciullo, che lasciava scoperta solo la piccola bocca, dipinta di un lucido color blu. Nella sinistra reggeva una falce; nella destra, una spada la cui lama assomigliava a un pettine. Ailis strinse l'impugnatura del gladio e si fece avanti. L'uomo pure si avvicinò, sovrastando l'avversaria, la boccuccia che si torceva in un sorriso.

La luce, gli odori, le urla, l'aspetto bizzarro del suo rivale confondevano Ailis, che reagì schizzando in avanti e mollando un fendente.

Quello però, con uno scatto secco, da insetto, bloccò la lama tra gli stretti denti della sua spada a pettine. L'impatto del colpo fu comunque considerevole, e quasi sbilanciò l'uomo, che tuttavia fu abile a incanalare l'urto in un movimento laterale della schiena, e spezzare la lama catturata con la forza del suo stesso fendente.

Prima ancora che Ailis potesse reagire, la falce fischiava verso il suo collo, e lei fu costretta a pararla col braccio sinistro. La lama morse il bronzo del bracciale. Subito Ailis ne approfittò per agguantare il polso dell'uomo. Lui sferrò un colpo con la spada-pettine, ma riuscì solo a farsi intercettare anche l'altro braccio. Ora Ailis teneva per i polsi quel lungo e magro uomo mascherato, e lo costringeva a piegare le ginocchia, ad abbassarsi al suo livello. Lui cercava di resistere, ma la forza di Ailis era superiore: come una formica che riuscisse a sottomettere una mantide, lo costrinse in ginocchio. Tuttavia, quando i loro volti tesi dallo sforzo furono vicini, lui schiuse la bocca e le sputò una nuvola di polvere turchese sul viso.

Ailis sentì un fuoco maligno e aromatico divorarle gli occhi e la gola, e la reazione istintiva fu di lasciare i polsi dell'avversario per portarsi le mani al volto. Prima ancora che potesse rendersi conto che la polvere aveva anche l'effetto di minare il suo equilibrio, avvertì il morso della falce sulla coscia sinistra. Schizzò all'indietro in modo scomposto e solo per poco evitò un altro fendente: la mantide incombeva, anche con gli occhi chiusi Ailis poteva intuire la sua ombra su di sé. D'un tratto, tra le migliaia di voci che arrivavano dagli spalti, ne spiccò una, squillante: — Ailis! Finiscilo!

Era quella di Brigid, che era saltata giù fino al primo ordine di posti e si sporgeva sull'arena per incitarla. Nonostante Ailis fosse disarmata, accecata, ferita, prossima a ricevere altri colpi, le si rivolgeva come se fosse in vantaggio: come se le mancasse giusto il colpo di grazia. Era mai possibile?

Ailis smise di cercare di aprire gli occhi, anzi li serrò più profondamente, cavandone un poco di sollievo. Inspirò come le aveva insegnato il maestro, e sentì qualcosa di più che una semplice energia che covava sotto il diaframma: sentì qualcosa di grande e segreto, verde e oscuro come il cuore di un bosco o della terra, e questa energia si mosse, si svolse, le invase l'addome, le salì attraverso il petto e lungo la gola e nella fronte e si diffuse in tutto il corpo, e Ailis torse la schiena, mentre uno, due, tre colpi di falce le tagliavano la carne della spalla, dell'avambraccio, del viso, ma non erano che eventi esterni, irrilevanti; scaricò il colpo, un pugno portato con una potenza ulteriore, fin lì sopita, là dove sentiva il nemico, il suo centro e fuoco, un pugno in mezzo al petto dell'uomo mantide, e quello volò all'indietro, e qualcosa dentro di lui si era rotto, perché si alzò in ginocchio, strinse i denti per lo sforzo, tremò e cadde di nuovo con le spalle sulla segatura, e Ailis si scoprì a temere per la sua vita, ma vide che pur esanime respirava ancora, e allora disse: — Dichiaro la vittoria — con un gran sorriso, mentre il suo corpo sgocciolava sangue dappertutto.

— Dov'è Brigid?

— Le ho detto di stare giù con Ailis. Non voglio che si impressioni.

— Impressionarsi, lei?

— Guarda, adesso entra.

E tra le grida impazzite della gente, ecco il mostro del satrapo Valtari alzare le braccia colossali e lanciare un urlo doppio e straziante, un urlo tutto odio e dolore e volontà omicida, al cielo e agli spalti, mentre pure il suo odore orrendo saliva fino ai più alti ordini di posti. All'altro ingresso, uno schiavo del Sud, tosto, pieno di cicatrici e di tatuaggi che da quelle parti erano il premio per le vittorie. Un valido contendente, che tuttavia al cospetto di quell'essere sembrava inerme e fragile; un uomo coraggioso, che andò incontro al proprio destino a testa alta, ma con già il velo della morte a tagliargli il viso: e il suo destino fu breve e feroce.

— Per lo spirito dell'Imperatrice — disse Caleb toccandosi il capo — ha strappato la testa a quel disgraziato come si stacca una bacca dallo stelo.

— Infilata lì sul corno fa un certo effetto.

— Brigid ce la farà?

— Se non si impressiona, ce la farà.

— Sulle quote hai saputo niente?

— Questo disgraziato lo davano cinquanta contro uno, dopo una scena del genere Brigid sarà anche a settanta... Ci giochiamo tutto qui. Vittoria finale a parte, si capisce.

Scesero nelle celle dei lottatori, dove Brigid e Ailis ridevano e rievocavano le mosse dello scontro appena conclusosi.

— Lo avete guardato, eh? — disse Caleb.

— Certo! — risposero in coro.

— Se non altro siete di buon umore — osservò Sarkar.

— Perché siamo forti! — esclamò Ailis.

— O matte — disse Caleb, e tirò fuori una fiaschetta di olio. — Non è molto, domani usatelo tutto. E, Ailis, attenta a non slogarla quando la massaggi. Come ti senti, Brigid?

Brigid annuì.

— È molto forte quel mostro? — chiese Ailis.

— Zitta e massaggia — disse Sarkar.

Il mostro mugghiò, facendo volare via le mosche dalla testa del precedente avversario che aveva ancora conficcata sul corno del naso sinistro, mentre Brigid si legava i capelli crespi col suo lacciuolo.

Si sentirono delle risate. — Com'è piccola! Il mostro riuscirà a vederla? — gridò qualcuno.

Il mostro alzò la testa al cielo e i muggiti delle due bocche si unirono in un grido lancinante.

Brigid si passò la lama della spada di piatto sul braccio nudo, come a ungerla con quel che restava dell'olio, abbassò il baricentro, chiuse gli occhi, inspirò, raccolse le energie con velocità e precisione, li aprì di nuovo, ardenti di concentrazione, e avanzò di slancio. Il mostro sollevò il braccio per schiacciarla, ma Brigid gli mise il piede sul ginocchio, schivò la mano enorme che arrivava su di lei, si aggrappò al corno del naso destro, gli salì sulla spalla e girò su se stessa in una rapida piroetta. Aveva vibrato un fendente? Era stato tutto troppo veloce: nessuno, neanche Ailis, era riuscito a vedere bene cosa fosse successo.

— Dichiaro la vittoria — gridò Brigid in piedi sulla spalla del mostro, e subito il pugno di quello la colpì come un maglio. La botta fu tanto forte da farla schizzare fino alla parete di legno dell'arena. Di più: tanto forte da sfondare la parete e farla rotolare qualche braccio fuori, tra le bancarelle. Il pubblico rise: "Dichiaro la vittoria"! Si era mai visto niente di più buffo?

Ailis saltò giù dagli spalti: Caleb perse di nuovo la catena e di nuovo cercò inutilmente di fermarla, ma non poté far altro che guardarla balzare giù attraverso un ordine dopo l'altro, entrare nell'arena e infilarsi nel buco.

Sarkar e Caleb si guardarono. Valtari lanciò loro un sorriso sardonico e si toccò il lato della testa come a dire: "Siete diventati scemi?", ma subito dopo il mostro si toccò la gola, la mano enorme macchiata di vermiglio.

Caleb strinse il braccio di Sarkar: — Guarda!

Uno spruzzo straordinario eruttò dalla gola del mostro, che si accasciò mentre gli si spalancava una terza bocca sul collo, anche più grande e mostruosa delle due che già aveva.

— Ha dichiarato! Ha dichiarato! Suona quel gong!

Sarkar saltò di spalto in spalto come Ailis, ma verso l'alto; raggiunse l'eunuco: — Ha dichiarato! Non hai sentito, brutto animale?

L'eunuco, tra uno strattone e l'altro, sbatté la mazza sul bronzo. Il campo visuale di Sarkar si riempì di una pioggia immaginaria di kroner e goulder. Caleb arrivò ad abbracciarlo.

— Ma dov'è finita? — gridò qualcuno, mentre altri si dirigevano verso Sarkar e Caleb e si preparava una rissa furibonda.

TERZA PARTE

E altra miseria ho veduto
sotto il sole.

Qohélet

Ailis e Brigid si guardarono, baciate dalla luna che dominava il cielo crepuscolare fuori dall'arena; poche braccia dietro di loro, il buco, da cui arrivavano le urla del pubblico e il tonfo del mostro che cadeva sulla pietra coperta di segatura. Già qualcuno scendeva dagli spalti, forse per raggiungerle e acciuffarle.

— Hai dichiarato? — disse Ailis.

— Sì.

— Allora i maestri hanno già fatto una montagna di soldi.

— Ma è solo il secondo turno e il torneo... — Brigid non finì il discorso. Ailis la guardava negli occhi, e da lì entrambe puntarono lo sguardo oltre le ultime tende, all'orizzonte infinito, al blu del cielo che iniziava a essere bucato dalle stelle.

Ebbero ancora un brevissimo momento di esitazione, poi si infilarono di corsa tra le bancarelle, sempre più veloci, tra animali e tende, fino al punto in cui il campo si diradava, lasciando spazio ad aree più vaste e polverose dove si azzuffavano i cani.

Accanto a una tenda a righe viola e bianche, ecco quattro cavalli.

— Sono pure sellati! — Ailis con un balzo montò il primo e tagliò la corda di quello accanto. Con stupore di Brigid, i due cavalli non fuggirono né si spaventarono, ma sembravano pendere dalle labbra di Ailis quasi la conoscessero da sempre. — Avanti, sali!

Brigid sembrava perplessa.

— Che aspetti?

Si avvicinò un poco alla bestia e provò a metterle un braccio intorno al collo, ma quella sbuffò e scrollò.

— Ma cosa fai? — bisbigliò Ailis.

In quella, da dentro la tenda si alzò una sagoma d'uomo. Prima che potesse dire qualcosa, Brigid si era sporta verso di lui e gli aveva conficcato la spada nel petto, attraverso la tela.

— No!

— Cosa?

— Non puoi ammazzare la gente così!

— Perché?

— Non puoi!

— Come!

— Andiamo via!

— Aspetta, se ne stanno alzando altri.

Una voce d'uomo, roca: — Che succede là? Ehi...

Brigid tagliò un'apertura nella tenda e irruppe all'interno. Nel buio, il suono di uno, due, tre corpi che cadevano.

— Ailis! Vieni dentro!

— No!

— Vieni! Avranno cibo e soldi! Aiutami a trovarli!

— Prendi quello che hai a portata di mano e sali sul cavallo!

Brigid uscì dalla tenda spada in pugno, reggendo un

mucchio di vestiti e coperte col braccio, un sacco con l'altra mano, mentre al collo aveva una borraccia ricavata da una zucca.

— Sali, che aspetti?

— Ailis...

— Muoviti!

— Non ci riesco.

— Cosa non riesci?

— A stare a cavallo.

Ailis rise e la tirò sul proprio.

Attraverso la pelle scura di Brigid si intuiva un rossore più intenso del solito: — Se ridi un'altra volta, ti uccido.

— Se mi uccidi, andrai a piedi — replicò Ailis. — Vai! — disse poi in un orecchio all'animale, e con un colpo di calcagni lo scagliò in avanti. Il cavallo scalpitò e partì fortissimo, facendole quasi cadere; poi trovò un suo passo, sotto la guida istintiva della ragazza del Villaggio Alto.

— Li hai scannati! — disse Ailis a Brigid aggrappata dietro di lei, mentre cavalcavano fuori dalla città, attraverso i primi cespugli della steppa.

— Che dovevo fare?

— Non puoi ammazzare la gente così.

— Bah.

— Dico sul serio! — Ailis si voltò con una faccia serissima, che riuscì a instillare un vago dubbio nella mente di Brigid.

— Perché?

— È sbagliato!

— Siamo gladiatrici, quindi è giusto.

Ailis ci pensò un po' su: — È giusto se sono nemici.

— Ma quelli erano nemici!

— Erano nemici perché gli stavamo rubando i cavalli. Non erano nemici *prima* — ribatté Ailis mentre il cavallo scartava, evitava un muro di cespi spinosi, ripartiva ancora più veloce.

— Chi è più forte decide della sorte del più debole.

— Chi lo dice?

— È sempre stato così.

— Hai quattordici anni, cosa ne sai di come è sempre stato?

— *Anche tu* hai quattordici anni.

— Infatti non dico come era una volta. Dico che è sbagliato.

— Ci hanno addestrate per questo.

Ailis non insisté e indicò il cavallo: — Lo chiamerò Nemico, ti piace? — rise.

— Fai quello che vuoi...

Cavalcarono per tutto il giorno, tentando di inquadrare il nord in base alla posizione del sole. Il profilo di Hadakand scomparì presto alle loro spalle, e la città lasciò come unico segno di sé una zona come di aria più spessa all'orizzonte, mentre tutto intorno si stendeva una piana brulla, ma non deserta quanto quella che avevano visto dalla gabbia, arrivando: c'erano infatti, sebbene lontani l'uno dall'altro, degli alberi, bassi e ritorti, e ovunque cespugli simili a globi spinosi.

Quando il sole calò, si accamparono sotto uno di quegli alberi. Nella tasca della sella trovarono un coltello e un acciarino, e la coperta che stava sotto non era male, di lana e neanche troppo pidocchiosa. I vestiti erano quasi tutti grandi per loro, ma ricavarono due giubbe tagliando via un pezzo di maniche. Il cibo rubato nella tenda consisteva in sfoglie di pane non lievitato e delle polpette verdoline.

Andranno cotte? — chiese Ailis, e se ne ficcò una in bocca.

Brigid la guardò poco convinta: — Com'è?

— Mmm.

— Meglio non accendere fuochi, che ne pensi? — disse mentre ne prendeva una anche lei e la masticava mezzo disgustata.

— Per me è uguale — rispose Ailis, e si ficcò in bocca una di quelle sfoglie.

— Chissà dove stiamo andando.

— A nord, no?

— A me pare che stiamo andando a caso.

— Quello che conta ora è solo andare lontano da Hadakand — disse Ailis. Poi sistemò la sua giubba sotto l'albero e si addormentò all'istante.

Si svegliarono alle prime luci, piene di energie nonostante il poco sonno; intorno a loro si stendeva la steppa e in alto, quasi invisibili nel cielo dalle nubi alte e sottili, volavano stormi di uccelli neri. L'aria era tersa e la zona dove stava Hadakand era ancora intuibile all'orizzonte dietro di loro. Valutarono di essere troppo vicine per fermarsi e allenarsi, così slegarono Nemico e ripartirono attraverso quella terra piatta e aspra, cercando di mantenersi in linea retta.

Procedevano e gustavano quell'aria, la prima da persone libere dopo molto tempo, trovando motivo di meraviglia anche nel solo fatto di cavalcare senza una meta precisa. Via via che procedevano, però, cominciarono a rendersi conto che il mondo intorno a loro era infinito e sconosciuto, e che se non avessero deciso dove andare sarebbero potute rimanere in quella landa brulla per sempre. Un altro problema era che non avevano alcun punto di riferimento se non il sole o le stelle sopra di loro.

— Che ne dici se andiamo subito a Diomira, dove sta l'uomo di cui devo vendicarmi? — disse Allis.

— Dov'è?

— Non lo so, però se qui siamo a sud, sarà a nord!

— È una grande città?

— Certo! — rispose Ailis senza averne la più pallida idea. — Poi magari, se non la troviamo, chiediamo.

— Ailis.

— Che?

— A *chi* vuoi chiedere? Abbiamo cavalcato per ore e non abbiamo incontrato nessuno. Qui non c'è anima viva.

— Va bene, intanto partiamo! — e spronò il cavallo.

— Ailis.

— Cosa c'è?

— Se il sole è lì, il nord è di là.

Cavalcarono al passo per sei ore filate, Ailis che dosava, come sentendola attraverso il contatto dei corpi, l'energia da far spendere al cavallo. Non incontrarono nessuno e anche il territorio attorno a loro restava immutato: terra piatta, erba secca e cespugli, e uno di quei bassi alberi ogni due tiri d'arco. Quando si accamparono, realizzarono di aver quasi finito l'acqua.

— Ce n'è ancora un po' — disse Ailis, e scosse la zucca vicino all'orecchio di Brigid. Dal rumore non era più di un sorsetto.

Brigid le prese la borraccia di mano e se lo bevve. — Adesso è finita. Il cavallo creperà. E poi creperemo noi.

— Vedrai che troveremo un fiume — dichiarò Ailis, e si addormentò.

Brigid mollò una spadata all'albero e si mise giù a sua volta, guardando storta l'amica.

Il giorno successivo, quando il sole non era ancora alto, ci fu la prima variazione nel panorama. L'orizzonte si fece ondulato, come se stessero andando verso una zona di piccoli colli, mentre a terra erano sempre più frequenti le buche, tane di cani selvatici o di chissà che altro animale; anche l'erba a volte aveva degli spruzzi verdi, e ben presto incrociarono un ruscello.

— Visto? — disse Ailis tutta soddisfatta.

— Come lo sapevi?

— Non lo sapevo.

— Non è una cosa normale — osservò Brigid mentre riempiva l'otre e poi si abbeverava. — I maestri ripetevano sempre che questa è una terra arida, impossibile da attraversare senza esperienza.

— Forse lo dicevano per non farci scappare — disse Ailis, ma Brigid non sembrava convinta.

Raggiunsero le prime collinette nel pomeriggio. Ciascuna non era alta più di sei braccia e larga poco più del doppio; negli spazi tra di esse la vegetazione non mutava, ma nessun albero vi cresceva sopra.

— Che strane — disse Ailis. — Ci saliamo? — E indicò una delle alture, e prima di aver finito di parlare stava già correndo verso la sommità.

Brigid scosse la testa e rimase lì sotto col cavallo.

— Guarda! — gridò Ailis dalla cima della collinetta. — Ce ne sono tantissime!

Brigid non rispose e avanzò a piedi, tirandosi dietro Nemico.

— Brigid!

— Cosa vuoi ancora? — disse lei senza smettere di camminare.

— Ce n'è una con un buco. Anzi, lo hanno tutte! Capisci? Dentro sono cave! Andiamo a vedere? — E saltò giù, e si indirizzò verso un'altra di quelle montagnole.

Brigid non rispose, ma Ailis era già partita di corsa, e non le restò che legare il cavallo a un albero e raggiungerla lì sopra. Il buco era piuttosto in alto, tra la metà del lato est e la cima.

— Che faccio, mi calo?

— Aspetta, sciocca, e poi come esci? Prendo la corda.

— Secondo te cosa sono? — chiese Ailis con la testa infilata nel buco, mentre Brigid piazzava Nemico sull'altura. — Uh, senti che eco! Saranno case?

— Sono tombe.

— Allora ci saranno tesori!

— Come no.

— Io devo anche procurarmi un'arma... — disse Ailis, e si lanciò giù senza aspettare che la corda fosse predisposta. — Non si vede niente!

Brigid non rispose, ma recuperò l'acciarino dalla sella, raccolse un po' di erba secca e rametti, predispose la corda e scese a sua volta. Quando accesero il fuoco, videro, illuminate dal fioco chiarore rossastro, le pareti di roccia del tumulo. Per terra, ammucchiate, delle ossa mezzo rosicchiate.

— Tutto qui? — esclamò Ailis.

— Cosa ti aspettavi, dei mostri? — disse Brigid, e risalì in superficie.

Si accamparono tra due tumuli molto vicini e mangiarono quel che restava del cibo. Alla sera la temperatura si abbassava di molto, così si addormentarono appiccicate, dividendo la coperta; l'ultimo sguardo di entrambe andò al cielo stellato, che a sua volta le guardava con occhi fissi e tuttavia, sembrò loro, anche se nessuna delle due lo disse all'altra, partecipi.

— Che fate, disturbate il sonno dei morti?

La prima a svegliarsi fu Brigid, e subito mollò una gomitata ad Ailis che dormiva accanto a lei.

Ailis aprì gli occhi e, mentre la compagna impugnava la spada e si alzava in piedi, vide che in mezzo ai sassi che avevano usato per il fuoco ardeva di nuovo una fiamma, e un uomo era intento ad arrostire due animali scuoiati, conigli o lepri. Dietro di lui, un destriero baio con due sacche al collo e un grosso involto di pelle sul lato della sella, chiuso con delle cinghie, copriva in parte il sole dell'alba, che lanciava i primi strali attraverso il panorama di tumuli.

L'uomo sollevò il viso: — Buongiorno!

Era il guerriero con la benda, quello che Brigid aveva sconfitto al torneo.

— Vuoi vendicarti? — disse Brigid, e avanzò verso di lui con la spada in pugno.

— Se avessi voluto farvi del male, vi avrei sgozzate nel sonno — replicò il guerriero alzandosi in piedi. Il vento gli scarmigliava i capelli brizzolati e a vederlo così ap parivа più grande e nobile di quanto non fosse sembrato all'arena. — Io mi chiamo Kai. Voi?

— Ailis — disse lei, contenta di rivederlo perché sperava di sapere qualcosa in più su Reinhare. Brigid non disse niente e avanzò minacciosa verso di lui.

— Vedo che qualcuno qui parla una sola lingua — disse il guerriero, e sfoderò la sua spada ricurva.

Brigid gli fu subito addosso, ma stavolta l'uomo combatteva in modo diverso. La pressione della ragazzina, che lo incalzò con una serie di fendenti, lo costrinse ad arretrare, e per di più zoppicava per la ferita alla gamba, ma appena riuscì a disingaggiarsi e liberarsi dall'assalto facendola andare a vuoto su un affondo, fu lui a passare all'attacco, e i suoi colpi non avevano niente della scherma cauta e formale con cui aveva combattuto nell'arena; adesso ogni sciabolata sibilava come un colpo di frusta e seguiva curve inaspettate, che rendevano difficile capire dove sarebbe atterrata: erano colpi assassini, portati senza scrupoli di forza o di destinazione. Brigid ne parò due, ma il terzo le fece schizzar via la spada di mano. Ailis allora corse a raccoglierla, ma Kai sollevò la spada, e anche l'altra mano, e disse: — Calma. Voglio solo parlarvi. Tu, come ti chiami?

— Si chiama Brigid — disse Ailis.

— Ho visto gli altri vostri incontri, all'arena. Quello contro l'uomo con la bocca blu. E quello contro il mostro.

— Hai visto che brave? — esclamò Ailis mentre Brigid andava a recuperare la spada da terra e la ripuliva col bordo della camicia. — Mi dispiace solo di non aver potuto fare l'incontro successivo.

— *Troppo* brave — disse Kai assottigliando l'unico occhio — anche se tu...

— Cosa?

— Tu non dovresti usare un gladio, ma qualcosa di proporzionato alla tua forza.

Il guerriero si alzò, carezzò il collo del proprio cavallo e slacciò le cinghie che tenevano chiuso l'involto sul lato della sella. Srotolandosi rivelò una serie di armi, ciascuna fissata a sua volta con due lacciuoli. C'erano una spada a lama larga col pomolo a forma di zampa di lupo, una mazza ferrata con la testa irta di punte, due pugnali gemelli rivolti uno verso l'altro e un'ascia da battaglia col manico di legno rossastro. A prima vista assomigliava a un'ascia da boscaiolo più grossa del normale, ma la lama era inclinata e allungata verso il basso. L'impressione era rozza ma poderosa.

Kai slegò l'ascia e la lanciò ad Ailis. Era quasi grande quanto lei, ma il peso non la sbilanciò. Anzi, la afferrò al volo e si mise in guardia con un sorriso a trentadue denti. Poi si voltò verso un albero e sferrò un gran colpo, con la lama parallela al terreno.

— Posso tenerla? — chiese, sbloccandola dal legno dov'era penetrata profondamente.

— È tua — rispose il guerriero.

— Perché ci fai dei regali? — intervenne Brigid.

— Per difendervi.

— Non ci troveranno mai! — disse Ailis.

— Non parlo dei vostri padroni o della gente di Hadakand.

— Perché vuoi difenderci? Neanche ci conosci — disse Brigid.

— In un certo senso vi conosco. Non so bene neanch'io cosa mi ha spinto a cercarvi e seguire la vostra pista. Forse un desiderio di riparare a tanto male fatto — rispose l'uomo guardando l'orizzonte, senza che Ailis e Brigid capissero cosa intendesse. — Venite però, non lasciamo bruciare la carne.

Tirò fuori dalla sella dei tocchi di pane secco e li appoggiò vicino al fuoco; poi tolse le due lepri dalle fiamme e ne tagliò una a mezzo col pugnale. — Prendete — disse, e azzannò la propria.

— Neanch'io so bene come stanno le cose, a quel tempo ero appena entrato nel Cerchio Interno e non venivo messo a parte di tutto.

— Cos'è il Cerchio Interno? — chiese Ailis pulendosi i denti con un rametto.

— Il Cerchio Interno sono i Dodici. I Maestri del Cerchio d'Acciaio.

— Quindi Åydric Reinhare è uno di loro.

— Il Primo dei Dodici.

— Il capo?

— Il capo sta sopra di lui, ed è il Gran Maestro.

— E tu invece?

— Ero uno degli altri undici, ma non lo sono più. Entrai nell'Ordine proprio nei giorni in cui avvenne il... fatto, e l'ho lasciato da tempo.

— Che fatto? — chiese Ailis.

— Quello che vi riguarda, o almeno credo — rispose Kai. — C'era di mezzo una bambina, anzi più di una. Quattordici anni fa. È solo un'intuizione, ma scommetto che voi avete quattordici anni.

Ailis annuì. Brigid lo guardò sospettosa.

— Per questo dovete venire con me — disse il cavaliere.

— Noi andiamo dove ci pare — ribatté Brigid, e bevve un sorso d'acqua.

— Dove vorresti portarci? — chiese Ailis.

— Dall'unico altro rimasto del vecchio Cerchio Interno, almeno l'unico che non sia passato al male.

— Dov'è?

— Vive in una capanna nei dintorni di un villaggio, Duerdom. Lì lo chiamano l'Uomo Pratico.

— Invece come si chiama?

— Questo ve lo dirà lui, se vorrà. In ogni caso non è molto lontano. Neanche vicino, ma comunque non più di nove, dieci giorni a cavallo, e conosco bene la strada, i rifugi e le fonti.

— È a nord? — chiese ancora Ailis.

— Non proprio.

— Allora non ci interessa — disse Brigid.

— Dovete venire, invece. C'è in ballo il vostro destino. E, se ho visto giusto, anche quello di un sacco di altra gente. Forse è l'ultima occasione per...

— Il mio destino è diventare una grande mercenaria.

Kai guardò Ailis, che subito disse: — E il mio quello di vendicarmi.

— Vuoi vendicarti di Åydric Reinhare?

— Sì.

— Allora devi venire con me! L'uomo da cui intendo portarvi lo conosce. Hanno passato molti anni insieme sotto le armi.

— Sappiamo già dov'è l'uomo che Ailis vuole uccidere — replicò Brigid.

Ailis ci pensò un poco, ma poi annuì: — In una città chiamata Diomira.

— Non è solo questo, maledizione. L'Uomo Pratico è un incantatore, potrebbe insegnarvi molte cose...

— Sappiamo badare a noi stesse — disse Brigid.

— E tu non vuoi neanche dirci come si chiama! — aggiunse Ailis.

— Sentite, non fate le bizze. Adesso andiamo a Duerdom, e subito. Quell'uomo conosce segreti che possono salvaguardarvi dal pericolo e indirizzarvi.

Brigid sfoderò la spada. Kai alzò gli occhi al cielo, poi si volse ad Ailis. Lei però sollevò l'ascia in posizione di guardia: — Magari dici cose vere. Ma noi siamo libere, *ora*.

Brigid si fece avanti, la spada puntata verso Kai: — Vai per la tua strada, cavaliere.

Kai valutò le due ragazze, pronte allo scontro. Deglutì. Poi, come se improvvisamente tutta la voglia e la convinzione gli fossero fuggite di dosso, disse: — Non mi ridurrò a combattere con delle bambine per sottometterle alla mia volontà. E poi — aggiunse togliendo la mano dall'elsa — io stesso un tempo fuggii da chi mi voleva imporre il suo volere in nome di un bene superiore: forse è vero che il destino si compie da solo, incurante degli sforzi degli uomini. Buona fortuna. — Prese le sue cose e montò a cavallo. — Attente ai lupi, se andate verso nord. E ai Figli del Vento.

— Cavaliere! — gridò Ailis.

Kai si voltò: — Cosa c'è ancora?

— Chi sono i Figli del Vento?

— Nomadi della steppa.

— Sono pericolosi?

— Dipende dai punti di vista... Diciamo che se vi acciuffano, avete trovato marito! — rise Kai, e fece per ripartire.

Ma Ailis gridò di nuovo: — Cavaliere Kai!

— Cosa c'è adesso?

— Ci regali un po' di pane? — chiese lei con un sorriso disarmante.

Kai le gettò due grossi pezzi. Poi diede un colpo di speroni e ripartì a cavallo verso sud.

Procedettero nella medesima, approssimativa direzione nord per due giorni, senza fare incontri. I tumuli finirono dopo poco, lasciando il campo a una steppa più fertile delle lande attraversate fin lì, coperta di un'erba lunga e asciutta ma priva di alberi. Adesso che avevano acqua in abbondanza e si sentivano abbastanza lontane da Hadakand, ripresero ad allenarsi al mattino, prima di mettersi in marcia. Brigid, dopo molto cercare, aveva trovato una pietra adatta per affilare la spada. Ogni tanto, alla distanza, potevano vedere branchi di piccoli cavalli che ogni volta si allontanavano ben prima del loro passaggio.

— Potevamo chiedere al cavaliere se almeno stiamo andando nella direzione giusta — disse Brigid.

— Ma sì che è giusta — replicò Ailis. — Ci accampiamo lì? — e indicò un pietrone che sbucava dai ciuffi d'erba.

Fu a metà del giorno successivo che videro degli uomini all'orizzonte. Due, poi altri tre, quattro, fino a una dozzina. Tutti a cavallo. Prima che potessero decidere cosa fare, quelli erano partiti al galoppo verso di loro. Guardarono meravigliate quegli uomini armati di archi, col viso dipinto di terra e i copricapi decorati da un pennacchio di crine sulla sommità, circondarle e studiarle. Nonostante la superiorità numerica, nonostante gli archi con cui avrebbero potuto colpirle prima che si avvicinassero, nonostante i destrieri, e nonostante loro non fossero che due ragazzine su un vecchio cavallo, sembravano in qualche modo intimiditi.

Ailis disse: — Ciao!

Nessuno rispose. Poi uno di loro, più anziano, con trecce bianche decorate di filacce di cuoio, indicò Brigid e disse qualcosa nella loro lingua. I nomadi abbassarono il capo, come se le stessero salutando. Quello con le trecce bianche parlò al più vicino a lui, che scese da cavallo e poggiò a terra un grosso pezzo di carne affumicata, un otre e un pugnale dal fodero ricamato. Poi voltarono i cavalli e tornarono da dov'erano venuti.

Ailis e Brigid si guardarono stranite. Per tutta la vita avevano incontrato solo gente che prendeva, mai che dava, e ora... Prima Kai faceva loro dei regali e adesso anche quegli uomini che non avevano mai visto. Raccolsero la carne (Ailis ne staccò un morso: era buonissima), il pugnale, la cui lama Brigid sfoderò alla luce del sole e guardò con soddisfazione, e l'otre, che conteneva latte di capra, e ripartirono.

— Non ho capito perché hai preso tu il pugnale.

— Perché era per me.

— Nessuno lo ha detto.

— Eppure è qualcosa che senti anche tu, o no? — disse Brigid, e la guardò, e Ailis le invidiò un po' quella sicurezza, perché se era vero che anche a lei a volte sembrava di "sentire" delle cose, erano sempre confuse e contrastanti e difficili da capire.

Cavalcarono per un altro giorno, con addosso l'impressione che stesse facendo sempre più freddo, cosa che interpretarono come una conferma del fatto che stavano procedendo verso nord. Quando giunse il momento di accamparsi non c'erano ripari in vista, così accesero il fuoco in mezzo alla steppa, godendo di quella carne e di quel latte.

I lupi si fecero sentire poco dopo il tramonto, e quando il buio fu completo già potevano scorgervi scintillare i primi occhietti.

Brigid sfoderò la spada: — Una volta ho sentito dire da Sarkar che se uccidi il capobranco gli altri scappano.

— Aspetta! — disse Ailis. Prese l'ascia e avanzò nel buio.

— Vuoi ucciderli tu?

— Ti ho detto di aspettare!

Brigid sbuffò e si sedette lì dov'era. Una decina di minuti dopo, ecco tornare Ailis, coperta di erba e terra.

— Li hai uccisi? — chiese Brigid affilando la spada.

— Ci ho giocato!

Brigid scosse la testa e sorrise: — Dormi va', che domattina dobbiamo allenarci.

La terra diventava sempre meno piatta e sempre più verde man mano che procedevano, e procedettero per quasi un mese, vivendo senza problemi di quello che trovavano, con Brigid che non smetteva di sorprendersi di una simile abbondanza, che sembrava seguire i passi di Ailis e i suoi, non importa quanto capricciosi o casuali fossero. Non vi erano presenze umane, sebbene a volte i colli ne presentassero i segni: muri a secco e sentieri, e terrazzamenti; ovunque, a terra, schizzavano qua e là piccole cavallette dalle ali gialle. Gli alberi di pere, e anche quelli di pesche, che Ailis non aveva mai visto, adesso abbondavano, e fecero scorpacciata e provvista di entrambi i frutti. Videro anche, nei pressi di una delle molte macchie di alberi che si trovavano tra altura e altura, delle galline rinselvatichite, e riuscirono, non senza sforzi, a catturarne una che fecero arrosto la sera stessa, riparate all'ombra di un noce. Nemico brucava felice l'erba tenera di quella terra.

Il giorno successivo lo spesero lì, spostandosi solo per esplorare la zona: al mattino scoprirono una vigna abbandonata e un pozzo (dove Ailis fece amicizia con un tasso), e poco più in là una grande casa di pietra, vuota, ma non priva di coltelli, terrine e zangole. Non fu difficile, studiando i movimenti delle galline, scovare anche le uova, e trovarono pure frutti e radici in abbondanza, come se la terra volesse offrir loro quello che aveva. Nel primo pomeriggio si imbatterono in un ruscello che scorreva in mezzo a una macchia: dopo i consueti allenamenti con la spada fecero il bagno per ore, asciugandosi al sole sulle rocce e poi tuffandosi di nuovo. Ailis guardò Brigid, il corpo snello e nero dai seni appena accennati che brillava per l'umido, al cui confronto le sembrava sempre di essere tozza e sgraziata, e i capelli crespi che solo adesso, zuppi com'erano, trovavano pace: — Vuoi che ti faccia una treccia?

— Non staranno mai...

— Te la faccio stretta! Alla mia amica Vevisa la facevo sempre. Ma prima vanno fatti asciugare... Vieni qui.

E Brigid si mise seduta, non senza sbuffare, come se qualsiasi docilità le costasse una fatica immensa, e come se vi fossero in lei mille correnti furiose che si placavano solo temporaneamente, e a malincuore, mentre Ailis parlando e ridendo le attorcigliava i capelli, e ogni poco Brigid le chiedeva se avesse finito, e Ailis rispondeva di no, e Brigid sbuffava, oppure si metteva ad affilare la spada, e le diceva che era una noia infinita, e allora Ailis le raccontava di quando viveva al Villaggio Alto, e delle partite più memorabili al gioco del pozzo, di quando Duncairoth aveva strappato un orecchio a un altro giocatore o di quando lei aveva messo dieci pozzi in una sola partita, e le chiedeva di come fosse la vita al Sud, e Brigid diceva solo che faceva molto caldo e che al suo villaggio erano tutti deboli a parte l'uomo che l'aveva cresciuta, parlavano, e Brigid voleva alzarsi e Ailis la fermava a sedere e le diceva che non aveva ancora finito e quella sbuffava e tuttavia a entrambe sembrò davvero, in quel momento, che il mondo esistesse per essere a loro disposizione.

Presero possesso della casa di pietra e finirono per trascorrere lì anche il giorno dopo, e quello dopo ancora, e quello ancora successivo, tra bagni e frutta e duelli con i bastoni e le spade, o a spada contro ascia, arma alla quale Ailis stava prendendo gusto, anche se Brigid insisteva a dire che era troppo lenta per essere davvero efficace. Scoprirono ancora due edifici, uno dietro la macchia che custodiva il ruscello, l'altro oltre il colle dove si trovavano: due larghe case dal tetto di paglia, completamente vuote.

— Secondo te perché non c'è nessuno? — disse una sera Ailis.

— Saranno andati via. O fuggiti.

Solo dopo che ebbero passato lì almeno una settimana – già il computo dei giorni si faceva vago e incerto – stabilirono di ripartire; allora attesero ancora un'altra notte, e si presero il tempo di un allenamento più lungo, e di un altro bagno, e di un'altra gallina arrosto, e ripartirono solo a mattina fatta, scherzando, ridendo e finendo a mollarsi pugni, calci e gomitate che avrebbero steso un uomo fatto.

La campagna continuava in dolci colli e vigne dai grappoli ancora verdi, senza una sola presenza all'orizzonte, ma sempre con una straordinaria abbondanza di bestie e di frutti; tuttavia, la sera, in un avvallamento che trovarono seguendo un fiumiciattolo, ecco un campo: tende e carri e tendoni circolari, in colori anche più sgargianti di quelli degli accampamenti intorno a Hadakand, ma di fattura più raffinata, piazzati secondo armoniche geometrie, in un modo che dava l'impressione di non essere casuale. Mentre si avvicinavano con circospezione, Ailis si bloccò all'improvviso e strinse il braccio di Brigid, che si girò e la vide che stava voltata a metà, come ascoltando qualcosa.

— Vieni, seguimi — disse.

Brigid la guardò: — Che ti prende?

— Dai, ti ho detto di venire con me.

Ailis la prese per il polso e la tirò attraverso carri e tende fino a uno spiazzo, là dove l'accampamento si diradava in una specie di piazzetta. Davanti a una tenda anche più grande e bizzarra ma piena di toppe, stava una pietra, non più alta di due piedi, con incisa una ᚨ, e Ailis vi trascinò Brigid di fronte.

— A — disse Brigid.

— Cosa?

— C'è scritto "a". Mi porti davanti a questo sasso, e neanche sai leggere quel che c'è scritto sopra.

— Ho seguito il suo canto.

— Il suo canto?

— Non è proprio un canto, da qui sembra più un ronzio. Aspetta.

Ailis si accoccolò e pose le mani sopra la pietra, ma adesso non emetteva suoni.

— Molla la mia pietra, o sarai bandita per sempre nell'oscurità!

Una vecchia mezza calva, vestita di un panno di pelli di topo e con due orecchini di terracotta, si avvicinò minacciosa ad Ailis. Brigid sfoderò la spada e le piazzò la lama sotto il collo.

— Vorresti uccidere madama Sosostris, tu? Ah! Mille volte mille anni di sfortuna, su di te e sui tuoi discendenti, ecco cosa otterresti, stupida testa di stoppa!

Sulla fronte vizza di madama Sosostris erano tuttavia comparse alcune gocce di sudore. Ailis si alzò e mise la mano sulla spalla dell'amica, poi disse: — Scusate se ho toccato la vostra pietra. È che la sua musica era molto dolce. Togli la spada, Brigid.

Brigid lanciò un'occhiata letale alla vecchia, scostò la lama e la ricacciò nel fodero.

— Stupida! — sputacchiò madama Sosostris, ma quando vide che Brigid aveva di nuovo portato la mano all'impugnatura dell'arma, si volse ad Ailis: — Puoi sentire la pietra?

— Sì, madama Sosostris. E voi sapreste dirmi cosa...

— Venite dentro.

Ailis fece per seguire la vecchia verso la tenda, ma Brigid la fermò.

— Non c'è pericolo, dai — le disse lei.

Brigid strinse l'impugnatura della spada e abbassò la testa per seguire le due dentro la tenda. L'interno era lurido e sul lato opposto all'ingresso c'era un mucchietto di topi e uccelli sventrati, ma non puzzava: profumava anzi, come le tende di quelle donne che avevano visto a Hadakand. Un braciere spandeva quel profumo, assieme a una luce ormai quasi del tutto sopita.

— Cosa fate qui? — chiese Ailis.

— Siamo profughi, che tu sia dannata! Sradicati, espulsi, noi! Il popolo nobile di Zenobia, la Gemma delle Cinquantaquattro Città... — diceva la vecchia mentre si metteva a rovistare in una cesta. — Umiliati e scacciati dalla nostra sacra terra, verso luoghi popolati da gente rozza e ignorante, che ci combatte e ci scaccia a sua volta! Che fine faremo, gridano le donne. Ve lo dico io: saremo perduti — continuava, e intanto tirava via dalla cesta un mazzo di ossa di coniglio, una pelle di donnola tutta mangiata dalle tarme, un tocco di cera, delle ali di corvo cucite in una specie di ventaglio, un gomitolo di capelli, una pietra con occhi naso e bocca... — Ma forse, prima di scomparire dal ricordo del mondo, ho ancora un compito da svolgere — disse ancora, finché cavò fuori qualcosa di squadrato, avvolto in un panno blu. Portò l'oggetto in mezzo alla tenda e fece cenno alle due ragazze di sedersi a terra.

Ailis si sedette. Ailis e madama Sosostris guardarono Brigid. Anche Brigid si sedette.

— Via le spade. Agli spiriti non piace il metallo.

Ailis poggiò a terra l'ascia e si sganciò il gladio.

La vecchia spostò le armi indietro con la mano: — Anche tu.

Brigid non si mosse. Ailis la guardò supplichevole. Brigid sganciò la cintura a cui era attaccato il fodero.

La vecchia la spinse indietro col piede, si allungò a prendere un bastone che era appoggiato al bordo della tenda e si accoccolò davanti alle due ragazze. — Bene bene — disse, fissando negli occhi prima l'una, poi l'altra. Ficcò una mano in una tasca della cappa e la tirò fuori piena di una polvere salina. La scagliò nel braciere e ci fu una vampa. Brigid cercò la spada con la mano, ma non la trovò; la tenda si riempì di fumi rossi e viola, mentre il volto di madama Sosostris, illuminato dalla fiamma ravvivata, appariva ora come quello di una giovinetta, ora come quello di una donna di mezza età, ora come quello dei più diversi animali. Ailis tossì; Brigid rimase impassibile. Le mani della vecchia svolsero il panno; dentro c'erano sei tavolette quadrate, impilate una sull'altra.

— Chi vuole cominciare? — chiese madama Sosostris, trasfigurata in uno strano animale, con le orecchie grandi e il naso lungo e mobile come un serpente.

— Io volevo sapere della pietra... — disse Ailis.

— Chi vuole cominciare — disse ancora madama Sosostris, e adesso aveva anche lunghe zanne e occhi infuocati.

— Comincio io! — esclamò Ailis.

— Bene — disse la vecchia voltandosi verso Brigid — allora cominceremo da lei. — E fissò i propri occhi, che adesso erano quelli di una ragazzina, in quelli della ragazza dalla pelle bruna. Senza distoglierli, mormorò una cantilena e sparpagliò le tavolette sulla terra battuta. Erano più o meno uguali tra loro, fatte di un legno scuro, con venature quasi impercettibili; avevano i bordi consumati e sembravano molto vecchie. — Mescolale.

Brigid spostò le due tavolette che si trovava più vicino alle mani, facendo scorrere l'una al posto dell'altra.

— Di più!

Brigid sbuffò e mise la mano su una tavoletta vicina alla vecchia e la spostò di un paio di dita. Anche madama Sosostris sbuffò, ma raccolse le sei tavolette e le impilò di nuovo davanti a sé. Poi ribaltò la prima con il pollice.

— Sta apparendo un disegno! — strillò Ailis.

— Silenzio — e madama Sosostris, che adesso aveva le braccia forti di una donna sulla trentina, di una fattrice o una balia, che ad Ailis ricordarono quelle di Malva, la colpì in testa con il bastone.

— Ahia! — disse lei, senza smettere di guardare la tavoletta sulla quale, meravigliosamente, il disegno che aveva visto comparire da vago che era prendeva una forma definita, quella di una donna con occhi senza pupille e un sorriso enigmatico, i capelli che erano lame. Non riusciva a capire se il disegno fosse davvero così dettagliato o lo stesse solo immaginando. La pelle era nera, più di quella di Brigid, e nelle mani aperte a coppa teneva delle pietre esse pure nere, dalle quali sgorgava un rivolo di sangue. Brigid sgranò gli occhi: il sangue sembrava uscire dalla tavoletta e scorrere fino a lei.

— Questa è Belladonna, la signora delle rocce. La signora delle situazioni.

— Quindi? — strillò di nuovo Ailis.

Madama Sosostris la colpì forte col bastone. — Non è una figura che esce spesso — disse a Brigid mentre Ailis si massaggiava il capo. — Molte vite, un intero fiume di sangue, dipenderanno dalle tue scelte.

Col pollice la vecchia ribaltò un'altra tavoletta. Si posò sulla precedente con un *clac* e sopra vi si coagulò un'immagine simile a una matassa, che poi si dipanò nel disegno di quattro serpenti con le code aggrovigliate tra loro al centro della tavoletta, e le teste che puntavano sui quattro lati.

Madama Sosostris sembrò sorpresa: — La Croce. Rappresenta i Quattro Re, i serpenti preposti al mondo.

Il serpente la cui testa puntava verso la sinistra di Brigid era rosso; quello rivolto dal lato opposto al suo era verde; quello che andava verso destra blu, mentre quello rivolto a lei, eccolo uscire dalla tavoletta e strisciare verso le sue gambe, era bianco. Brigid cercò di alzarsi per evitare il serpente ma non ci riuscì, e quello sembrò entrarle e sparirle tra i vestiti.

— Ora io! — esclamò Ailis, e mise le mani sulle tavolette.

— Stupida — la rimproverò la vecchia, e la colpì ancora una volta. — Non avevo fatto la lettura, e c'era un'altra tavoletta. Hai interrotto il rito. Capito cosa ha fatto? — aggiunse rivolta a Brigid.

— Non me ne importa — disse lei. — Prima quel cavaliere, adesso voi. Com'è che tutti vogliono dirci cosa fare?

La vecchia era furiosa, ma sembrò controllarsi. — Vieni qui davanti — disse ad Ailis.

— Di nuovo la Croce!

Ailis guardò il serpente verde scorrere fino a sé e provò a farselo salire sulla mano, ma quello scomparve. — Quindi?

La donna alzò gli occhi, fattisi quelli di un rettile, al cielo e sbuffò: — Quindi, entrambe siete legate a grandi poteri.

— Che bello! Hai sentito, Brigid?

— Stupida. Non è detto che sia qualcosa di positivo. Sai cosa sono le responsabilità? Ah! Cosa vuoi sapere...

Voglio dirvi una cosa, però: quattro può essere tre, può essere due e può essere uno, ma in realtà è cinque.

— Cosa vorrebbe dire? — chiese Ailis.

La donna non rispose e girò un'altra tavoletta. Sullo scuro del legno si formò l'immagine di un giovane a cavallo; con una mano teneva le redini e con l'altra reggeva una specie di enorme moneta.

Madama Sosostris tornò vecchia. Sembrava delusa: — Non capisco. Prima la Croce, e adesso una figura minore come questa... Dunque, tu incontrerai un ragazzo che...

Ma mentre parlava, l'immagine si increspò come se fosse disegnata sulla superficie di uno stagno la cui acqua prendeva ad agitarsi.

— Potenze del cielo e della terra! Questo poi, non era mai accaduto!

Quando l'acqua si fermò, il cavaliere non reggeva più una coppa, ma una spada. Ad Ailis sembrò che guardasse lei, e nel suo occhio disegnato riconobbe quello di Reinhare: — Maledetto!

L'immagine stava increspandosi di nuovo, ma d'istinto Ailis tirò un pugno sulla tavoletta e la spaccò in due assieme a quella sotto.

— Stupida! — Madama Sosostris la colpì in testa col bastone. — Stupide! — Ma quando fece per colpire Brigid, lei bloccò il colpo con l'elsa della spada, estraendola a metà dal fodero col movimento stesso della parata.

— No, Brigid, ferma! — disse Ailis. — Perdonatemi, madama, non volevo.

— Tu sei un flagello, ragazzina.

— La ripagherò.

— Ah! Ripagare... Fuori di qui! Andate a fare danni altrove!

— Grazie per la lettura!

— Fuori!

— Andiamo Brigid, su. Metti dentro la spada.

— Via!

Ailis montò a cavallo e tirò su Brigid mentre madama Sosostris le inseguiva, menando il bastone con una mano e lanciando loro i pezzi di tavoletta con l'altra.

Si accamparono poco lontano e ripresero il cammino dopo una notte senza imprevisti. Cavalcarono piano, per tre giorni; ogni giorno all'alba, immerse in quella luce chiara, praticavano la disciplina della spada, quindi si indirizzavano seguendo prima le strade di terra battuta che incontravano, e poi un fiumiciattolo, secondo l'istinto di Ailis, del quale Brigid si era rassegnata a fidarsi; a volte chiedevano indicazioni per Diomira agli sparsi carri di profughi che andavano in senso opposto, e in base alle informazioni di quella gente, gente dall'aria bizzarra e afflitta, aggiustavano la loro direzione. Più avanzavano a nord, più diminuivano il verde e la prosperità di quelle colline.

Al mattino del quarto giorno, ecco su una piatta altura un castello. Era composto da due torri rotonde unite da una breve sezione rettangolare, dove stava il ponte levatoio, e un mastio quadrato più dietro, a cui si univano le mura, in una pianta pressappoco triangolare.

Ailis e Brigid si avvicinarono ammirate fin di fronte al fossato, che era quasi del tutto asciutto.

— È *molto* più grande della Torre dello Sceriffo! — disse Ailis.

— E chi è?

— Un uomo malvagio della mia isola! Ho scalato la sua torre e l'ho sconfitto, sai?

— Aaah! — Una figura canuta e coronata d'oro era spuntata da dietro i merli della torre a sinistra e si affacciava smaniante verso le due ragazzine: — Soffiate, venti, da scoppiarvi le gote, infuriate, soffiate!

— Non ci sono venti — disse Brigid.

— Non ci sono venti! — gridò Ailis all'uomo.

— Aaaaaah!

— Sei un re?

L'uomo, pur nel delirio dei modi, prese un'espressione grave: — Lo sono. L'ultimo dei Re del doppio patto. L'ultimo sotto il doppio giuramento. Fedele all'Imperatrice, sia fatto il suo Sogno; fedele alle Cinquantaquattro Città, e al Codice Serafiniano. E non mi hanno neanche ricevuto!

— Chi?

— Il Cerchio d'Acciaio, e chi sennò? Sono passati di qui, si sono fatti aprire il ponte e hanno preso tutto quello che gli pareva. E quando sono sceso a chiedere giustizia, sapete cosa ha fatto il loro Maestro? Mi ha preso a calci nel didietro! A me! Un re!

— Si chiamava Åydric Reinhare?

— Eh?

— Il Maestro, si chiamava così?

— Non si è neppure presentato. Potreste crederci? Ma ho ben sentito i suoi scherani, e la feccia mercenaria al loro seguito, chiamarlo Lord Urien. Pagherà per il suo affronto, un giorno! Un tempo un cavaliere, o "lord" che fosse, sarebbe giunto in ginocchio al mio trono, e avrebbe baciato la mia pantofola prima di aprire bocca! Aaah!

— Dove sono tutti, vecchio re?

— Chi?

— La campagna — intervenne Brigid. — È deserta. A parte i profughi.

— Sapete cosa ha osato dire, quel... quel bandito? Che la nobiltà di un re si misura dal numero delle sue lance! Aaah!

Non ci fu più verso di cavargli un'informazione, così lo lasciarono a prendersela col cielo, agitando le mani simili ad artigli e scuotendo la testa bianca e spelacchiata.

Superato il castello, procedettero per altri tre giorni tra le alture, seguendo la strada più grande tra quelle che trovarono. Adesso incontravano anche povere case contadine: molte vuote oppure bruciate, ma alcune ancora popolate di gente smagrita e dall'aria malmessa. Cominciavano a vedersi anche piccoli agglomerati di case che sarebbe stato difficile definire villaggi, e tra di essi pure erano molti quelli distrutti dal fuoco. A volte dei fanciulli, magri e sozzi, giungevano dai campi fino al bordo della strada e le guardavano passare. Al crepuscolo del terzo giorno, videro che sul lato di un fienile qualcuno aveva tracciato delle rune col carbone.

— Cosa c'è scritto, Brigid?

— Vediamo... "L'Imperatrice... è... la dea... del male."

— Che vorrà dire?

Brigid scrollò le spalle.

Si accamparono al limitare di un querceto, badando bene di nascondersi alla vista dei villici.

Le svegliò un grido. Poco fuori dalla loro posizione, là dove il querceto prendeva a diradarsi, giungevano rumori di combattimento. Leste si bardarono e avanzarono tra gli alberi, le armi in pugno. Non era ancora l'alba, ma un primo chiarore smussava l'oscurità: in uno spiazzo erboso potevano scorgere cinque uomini lerci, con cuffie da contadini, che attorniavano un ragazzo biondo, in tunica da soldato, corpetto con spallacci, stivali e spada. Un sesto villico gemeva a terra e si teneva un braccio squarciato.

I cinque, gli occhi che a ogni movimento, a ogni assestamento, tornavano al loro compagno ferito, probabilmente più per paura di fare la stessa fine che per compassione, si approcciavano con cautela al ragazzo, cercando di stringerlo in un cerchio. Quello puntava la spada e si voltava ora a sinistra ora a destra per tenerli a bada. Anche se non c'era ancora molta luce, i primi raggi di sole che filtravano dalle colline lontane bastavano a fargli brillare i ciuffi dorati; gli occhi erano castani, invece, occhi accorti e nervosi, che passavano dall'uno all'altro villico, mentre cercava la guardia che più valesse per difendersi da tutti e cinque.

Ogni volta che accennava un movimento verso un avversario, quello arretrava impaurito, e per un po' riuscì a tenerli lontani tutti, ma quando il più piccolo, armato di una piccozza, si fece avanti per davvero, non poté far altro che concentrarsi su di lui: lo infilzò alla base della gola, un colpo veloce, portato bene, che però diede agli altri quattro il tempo di farsi sotto. Non aveva ancora sfilato la spada che il più grosso lo colpì sulla schiena con la sua vanga e lo fece cadere viso a terra. Pure quello col coltellaccio fece in tempo a prenderlo di striscio alla coscia, mentre quello col forcone, più prudente, si era fatto avanti solo di un passo e preparava un gran colpo. Il ragazzo si rialzò con un balzo nella sua direzione e con un fendente mozzò la testa dell'arnese. Nel gesto scoprì i denti, forse era un sorriso, più probabilmente solo la tensione; Ailis notò che aveva un canino scheggiato. L'uomo con la zappa lo colpì su una spalla, rimbalzando sullo spallaccio di ferro, ma riuscendo a sbilanciarlo. Quello col moncone allora gli mollò un colpo, e lo prese pieno sul sopracciglio. Il ragazzo perse equilibrio e guardia, e subito quello col coltellaccio lo afferrò per i capelli biondi e gli pressò la lama sulla gola con un ghigno. Quello con la vanga tossì una risata e cominciò a sbottonarsi le brache.

— Lo aiutiamo? — disse Ailis.

— Non sono tre lepri, quelle che ha sul petto?

— Sono lepri passanti. È lo stemma imperiale, quello dei soldati normali.

Brigid non sembrava aver capito bene: — Non hai detto che li odi, gli imperiali?

— È un ragazzo come noi. Facciamo un grido di guerra?

— Eh?

— Come il mostro dell'arena!

Ailis schizzò fuori con un urlo e puntò il tizio con la vanga. Brigid raggiunse senza un suono, ma con velocità anche maggiore, quello armato di zappa. La testa del villico e quella della zappa caddero a terra come una cosa sola. Ailis non li voleva ammazzare, ma ormai erano uscite allo scoperto, e aveva urlato, e anche se adesso era fuori dal suo campo visivo, sapeva che di certo Brigid aveva già colpito, così mirò al polso dell'avversario che si era scelta, e la mano di costui andò a fare compagnia alla testa dell'altro; per non perdere l'attimo, mentre quello urlava, gli strappò la vanga dalla mano rimasta e sferrò un gran colpo sulla nuca di quello col manico di forcone. Il villico franò al suolo con due rivoli di sangue che gli uscivano dalle orecchie, mentre quello con la mano mozzata si teneva il moncherino e fuggiva barcollando. Rimaneva quello col coltello, che adesso teneva la lama ancora più pressata sulla gola del ragazzo:

State ferme o... — disse, prima che Brigid gli infilasse la spada in un occhio e da lì attraverso il cranio.

Il villico col braccio squarciato trovò la forza per rimettersi in piedi, ma Brigid andò da lui, lo buttò di nuovo a terra con un calcio e lo decapitò. Ailis avrebbe voluto fermarla, ma i suoi occhi non riuscivano a staccarsi da quelli del ragazzo, che tirò il fiato e disse: — *Nj nenjik*... Uhm, volevo dire: mi avete salvato. Vi ringrazio.

— Chi erano quelli? — chiese Ailis. — Dai Brigid, lascialo scappare — gridò all'amica, ma lei si era già lanciata alla caccia del mutilato, e dopo averlo raggiunto gli piantò la spada nella schiena.

— Certo che siete proprio forti, piccole come vi ritrovate — disse il ragazzo, come se non avesse sentito la domanda, e si avvicinò ad Ailis, e Ailis arretrò, quasi mettendosi in guardia, e quello sorrise, e si avvicinò ancora, e le prese il braccio con la mano, come a saggiarne i muscoli.

Ailis arrossì e lo scostò: — Non siamo piccole. Chi erano quelli?

— Erano... uhm... dei bastardi. Io sono Val. Tu?

Brigid nel frattempo era tornata da loro; mise il piede sulla faccia di quello che Ailis aveva colpito alla nuca e lo sgozzò con la punta della spada.

— Dai, Brigid.

— Cosa?

— Era svenuto...

Val guardò Ailis con simpatia. Brigid ebbe un gesto di stizza, poi si volse al ragazzo: — Lei è Ailis. Io sono Brigid. Sei un soldato?

— Capodecina! Il più giovane della mia compagnia.

— E dov'è la tua compagnia?

Ailis cercò di rientrare in conversazione, ma Val adesso parlava con Brigid. Le venne voglia di tirarle uno spintone.

— Sono sbandato. Dormivamo in una cittadina a un giorno da qui. Sembrava tutto tranquillo, poi nella notte i villici ci hanno attaccati. Io sono riuscito a fuggire.

— I soldati imperiali sono così scarsi?

— Cosa c'entra? Ci hanno attaccati nel sonno. Ognuno si è avventato su un giaciglio con un forcone... Sono riuscito a scappare per miracolo.

— Meno male! — urlò Ailis, e quando il ragazzo si volse a lei con un sorriso, arrossì di nuovo.

— Vuoi viaggiare con noi? — chiese Brigid. Adesso Ailis avrebbe voluto abbracciarla, anche se le faceva rabbia quella sicurezza che aveva in ogni occasione.

— La gente di questa zona odia i soldati.

— Adesso odia anche noi — disse Brigid, e spostò appena col piede la testa di uno dei morti.

— Ma voi chi siete? Come potete...

Stavolta Ailis non si fece anticipare, prese Val per un polso e riuscì a controllare l'imbarazzo: — Te lo abbiamo detto: io sono Ailis. Lei è Brigid. Siamo, cioè eravamo, gladiatrici. Dove devi andare?

— Devo raggiungere una qualunque città dove ci sia un distaccamento abbastanza grosso per aggregarmi e ripartire.

— Per dove?

— Non sapete proprio niente, voi. Alla guerra. Stiamo conquistando le città dell'Est, le Cinquantaquattro Città mirabili! Dorotea, la città delle quattro torri, dei canali che la dividono in nove quartieri, ognuno di trecento case e settecento fumaioli...

— Cos'è un fumaiolo? — chiese Ailis.

— Un comignolo.

— Cos'è un comignolo?

Val guardò Brigid, che tuttavia alzò le spalle come a dire

"mai sentito". Allora sbuffò: — Hai presente un focolare?

— Un braciere?

— Certo che dalle vostre parti dovete essere proprio indietro. I comignoli sono tubi sui tetti delle case, da cui esce il fumo dei focolari.

Ailis guardava Val a bocca aperta; Brigid lo guardava invece come si guarda un baro del quale si è già scoperta la natura.

— Ci sono Dorotea, con i settecento fumaioli; Isidora, dove i palazzi hanno scale a chiocciola incrostate di chiocciole; Zaira dagli alti bastioni, Isaura dai mille pozzi...

— E poi?

— Poi altre. Al mio paese sono molti gli anziani e anche i monaci che le sanno tutte a mente.

— Cosa sono i monaci?

— Gli abitanti dei monasteri.

— Cosa sono i monasteri?

— Fai apposta?

— No.

— I monasteri sono come dei templi, ma ci abita moltissima gente. Tutti monaci.

— Tipo druidi?

— Tipo *sacerdoti.*

— E cosa fanno?

— Dormono, ovviamente.

Ailis guardò Val perplessa: — E Diomira?

— Cosa?

— Diomira non è una di queste città dell'Est?

Val sorrise: — Quasi la dimenticavo: Diomira, la città delle sessanta cupole d'argento e della gran torre...

— Sì! — Ailis si rizzò in piedi. — Dov'è?

— ... dalla cui sommità un gallo d'oro canta ogni mattina. Non è tra le più lontane. L'abbiamo presa da poco.

— Ma quante cose sai? — esclamò Ailis.

— Il minimo per muovermi nel mondo. Mi chiedo come abbiate fatto finora.

— Ottimamente — disse Brigid mentre stracciava un pezzo di camicia da un cadavere e lo usava per ripulire la spada dal sangue.

Val guardò Ailis, poi Brigid, poi di nuovo Ailis. — Volete andare a Diomira?

— Sì — risposero loro.

— Allora possiamo fare un po' di strada insieme. Sarà più sicuro.

— Per te — disse Brigid, ma Ailis la zittì con una gomitata; poi andò a slegare Nemico e aggiunse: — Spero che d'ora in poi ti saprai rendere utile.

— Cosa vorresti dire? Quelli erano in sei e...

— Erano deboli. Andiamo. — E si avviò lungo il sentiero tirandosi dietro il cavallo.

Ailis si portò accanto a Brigid e le fece la linguaccia. Lei alzò il sopracciglio e sorrise. Val non voleva star loro dietro e le raggiunse correndo: — Quanti anni avete? Io sedici.

Ailis e Brigid scoppiarono a ridere e Val chiedeva: — Che avete? Che vi prende?

E intanto avanzavano lungo la strada, il sole che si alzava nel cielo e scioglieva dalle foglie la brina della notte.

Nemico non aveva problemi a portarli anche in tre, e alternavano questa cavalcata tutti appiccicati a momenti in cui procedevano a piedi, per farlo riposare; al pomeriggio, quando si trovarono in una piana rialzata, Val suggerì di fermarsi. Si sedette su un tronco caduto e tirò fuori del pane secco dalla sua sacca. Poi guardò le due ragazze: — Non avete cibo con voi?

Ailis e Brigid scossero la testa.

— Come avete fatto finora?

— Mangiavamo quello che trovavamo — rispose Brigid.

— Ma se non c'è niente da queste parti. I soldati hanno rastrellato la terra e preso gli animali alla gente.

— Noi abbiamo trovato di tutto — disse Ailis.

Val le guardò: lo stavano prendendo in giro? Eppure sembravano serie. Spezzò il pane in tre e glielo porse. Quando ebbero mangiato, tirò fuori dalla sacca un'altra borsa più piccola, di pelle scamosciata e decorata da una fibbia d'argento, e da essa un panno ripiegato. Lo svolse, rivelando un cerchio di rame con un vetro sopra. Subito Ailis andò alle sue spalle per guardare.

— Questa me l'ha regalata mio zio, segna sempre il nord — spiegò Val. E poi ci sono queste, che ho preso durante il sacco di Sefira. — E dal tubo estrasse diverse pergamene arrotolate una sull'altra.

— Hai partecipato a un assedio? — chiese Brigid. — Com'è stato?

— Ah, eccitante, la città sembrava inespugnabile, ma avevamo torri, e catapulte, e trabucchi, e poi abbiamo sfondato la porta principale e siamo entrati urlando, le spade in pugno e gli scudi alzati mentre ci pioveva in testa di tutto, e poi...

— E poi? — chiese Ailis, che aveva notato un'ombra solcare il volto di Val.

— Poi... Poi non è stato più eccitante. I nostri soldati hanno cominciato a massacrare tutti quelli che incontravano. Lanciavano i vecchi dalle finestre delle torri, scannavano anche i bambini. Per non parlare di quello che facevano alle ragazze. Anche quelli sotto il mio comando... Non c'era verso di fermarli, di farli ragionare. — Val ebbe un tremito.

— È la guerra, stupido — disse Brigid.

— Non ci pensare! Facci vedere quelle cose, invece! — propose Ailis, e subito, resasi conto di essere appiccicata a lui, si staccò imbarazzata.

— Sono mappe. Mappe fatte alla maniera delle Cinquantaquattro Città — disse Val, ma quando svolse il rotolo la prima cosa che Ailis e Brigid videro fu una figura, tratteggiata in toni di grigio. Raffigurava un uomo, o meglio la testa di un uomo voltato per metà, la sua spalla e parte del braccio, ma quello che le stupì – anche Brigid, che non pareva mai impressionarsi per alcunché – era la precisione della figura, la sua qualità e profondità: non aveva niente a che vedere con quello che avevano visto sui muri dei templi dei rispettivi villaggi, o nei sotterranei dell'arena di Hadakand: sembravano *veri*, o almeno sembravano una rappresentazione del vero di qualità differente rispetto a quanto fin lì avevano creduto possibile. Pareva di scorgere, in quei tratti, la tensione dei muscoli e il peso delle forme; la materia umana stessa all'interno dello spazio, e non la sua sola rappresentazione.

— Anche quelli li hai rubati a Sefira? — chiese Brigid.

— Questi? — Val si mise a ridere. — Macché, questi li ho fatti io, a volte andavo a trovare mio fratello in bottega...

Brigid prese il foglio per guardarlo da vicino; sotto ce n'era un altro, con raffigurato un volto grazioso di giovinetta, appena abbozzato.

— Lei chi è? — chiese Ailis.

— Beatrix. Mia sorella, poverina. Se l'è portata via il morbo, poco prima che mi arruolassi.

— Ah — disse Ailis, subito placata.

— Perché fai il soldato, se sei un pittore così straordinario? — chiese Brigid.

— Io? Lo faccio solo per diletto. Dovresti vedere l'affresco al quale sta lavorando la bottega di mio fratello, nella cattedrale di Ejdam Faro-del-Golfo.

— Nelle tue terre tutti sanno dipingere così?

— Non proprio tutti. Ma esistono delle tecniche. Questa, per cominciare, non è pittura: è disegno. Si fa con un carboncino. Poi ci sono cose come la camera oscura, la prospettiva...

— Come mai ti sei arruolato? — chiese Ailis, guardando quella uniforme con le tre lepri. Non erano in cerchio, ma riuscivano comunque a evocare i ricordi più brutti.

— Volevo vedere il mondo — rispose Val con un tono un po' malinconico, e Ailis guardò a terra e pensò a se stessa e al povero Breu, e a Vevisa.

— Cosa c'è? — le domandò Val, accortosi che si era adombrata.

Ma Ailis ora lo guardava negli occhi e sorrideva: — Abbiamo lo stesso desiderio. Cioè — disse poi, l'espressione di nuovo amara — lo avevo tanto tempo fa.

Val non se la sentì di indagare oltre: — Ti mostro dove siamo adesso? — Svolse la mappa e indicò un punto, in mezzo a una zona dove non c'erano segni. Anche Brigid si affacciò per vedere. Solo molto più a nord c'era un cerchietto e accanto una scritta, che Val spiegò essere il nome della città, Despina.

Grazie alla mappa e alla bussola si indirizzarono finalmente in modo sicuro verso Diomira; addirittura, un solo giorno più tardi, dopo che Val si stupì nel vedere le due ore di furioso addestramento cui Ailis e Brigid si sottoponevano all'alba, incapparono in una strada lastricata di grigio basalto.

— Ecco come facevano le strade gli antichi — osservò Val. — Adesso davvero stiamo entrando nel territorio delle Cinquantaquattro Città: l'incrocio dei due sogni.

— Che significa?

— Non lo so, Ailis. Così dicono i monaci, nella mia terra. Credo abbia a che fare col Sogno dell'Imperatrice.

— Il Sogno dell'Imperatrice crea il mondo — disse Brigid nella lingua del Sud-ovest.

— Cosa?

Ailis tradusse. Val annuì: — Quella cosa lì. Sarà anche un sogno, diceva sempre mio fratello, ma certo non per noi, che ci svegliamo solo morendo.

Continuarono sulla via lastricata, gli zoccoli di Nemico che facevano risuonare la pietra sotto di essi, per un giorno intero. Al tramonto, quando superarono un alto canneto, la strada si presentò magnificamente costeggiata da due file di sei statue colossali. Tutte le dodici statue, che raffiguravano personaggi vestiti con bizzarri panneggi, avevano una mano col palmo rivolto in avanti, e tutte avevano il volto privo di lineamenti, come se fosse stato scalpellato via.

— Antichi dei — disse Val — di popoli che non conoscevano l'Imperatrice.

Si accamparono sotto una di esse, sentendosi vagamente protetti da quella presenza. Avevano quasi finito il cibo, ma Val si rivelò un bravo cacciatore: sapeva mettere trappole a laccio di grande raffinatezza, e prendere uccelli e roditori con una fionda caricata con molti piccoli sassi, e riuscì a rimediare carne sufficiente per tutti e tre.

Quella sera, intorno al fuoco, mentre spennava gli uccelli per cuocerli, Val spostò gli occhi dalle fiamme alle due ragazze che si stavano massaggiando gli arti e le schiene affaticate con una tecnica a lui sconosciuta, che faceva scrocchiare le ossa e ballare la carne come se fosse stata la pasta per fare il pane, e pensò che da quando aveva lasciato casa non si era mai sentito così bene come in quel momento, lì sotto alla statua, in compagnia di quelle due: perché quella libertà a lungo sognata, per la quale aveva abbandonato tutto e si era avventurato assieme alla feccia peggiore, comandata da feccia ancora peggiore, per lande ignote e ostili punteggiate di villaggi miserandi e ricolmi di gente che aveva in odio le "gloriose truppe imperiali", e che aveva capito essere un'aspirazione impossibile se non addirittura assurda all'interno di un esercito, e la quale tuttavia, una volta veramente conquistata, una volta davvero solo e libero nel mondo dopo che i suoi compagni erano stati ammazzati dai contadini, aveva scoperto nuovamente illusoria, perché vincolata alla tutela della propria incolumità, compito talmente improbo e totalizzante in quelle lande selvagge per un giovanotto delle civili Terre Franche da piegare a sé e soffocare qualunque anelito e desiderio, quella libertà, ora, lì, all'ombra di un dio dimenticato, assieme a quelle due assurde ragazzine che facevano a pezzi uomini grandi e grossi come se fosse stata la cosa più naturale al mondo, si manifestava di nuovo: si presentava come qualcosa di possibile. Che la condizione ultima della libertà sia la forza?, si chiese Val, e tuttavia, all'interno di quel pensiero del tutto speculativo, sentiva, più semplicemente, che con loro, sì, con loro, per le quali uno scontro mortale non era che un gioco, e il mondo un posto in cui davvero si poteva andare in giro a casaccio, sarebbe stato libero. Di vedere, di capire. Di forgiare se stesso come desiderava. E le guardò di nuovo, e pensò che nei loro occhi ardeva lo stesso fuoco degli astri. Pensò tutto questo, Val van Vijek di Ejdam Faro-del-Golfo, e disse: — Pensavo una cosa...

— Cosa? — chiese subito Ailis mentre lavorava la spalla di Brigid.

— Pensavo che... anche se è piuttosto lontana... a Diomira c'è il distaccamento più grande di tutti. È proprio lì, del resto, che si aggregano le truppe per l'Est.

Ailis trattenne un salto di gioia: — Vieni con noi fin là?

— Penso che potrebbe essere meglio per tutti... — rispose lui. Poi, un po' in imbarazzo, si alzò per andare a prendere i roditori che aveva messo a dissanguare poco più in là.

— E smettila di gongolare — disse Brigid ad Ailis.

— Non sto gongolando.

— Sì, invece.
— Che ne pensi di Val?
— È debole — rispose lei, e prese la spada e la pietra per affilare.

Ripartirono di buona lena all'alba, dopo la "disciplina", alla quale Val si accodò timidamente, allenandosi per conto suo ma spiando le posizioni e i movimenti delle due ragazze, che avevano una grazia e una forza che nell'esercito non aveva mai visto neanche tra i cavalieri, e chiedendosi se davvero potesse valer la pena rinunciare allo scudo: il suo l'aveva dovuto lasciare nel luogo dell'aggressione notturna alla decina e da allora si riprometteva di trovarne uno altrettanto valido.

Dopo tre giorni di viaggio, cominciarono a manifestarsi i primi veri segni della guerra. Dapprima la brezza portò verso di loro uno spesso odore di putrefazione, e sempre più spesso si sentivano gracchiare i corvi; a volte incontravano quelli che dovevano essere stati boschi, prima che tutti gli alberi venissero abbattuti, e nella terra fattasi infertile si scorgevano sovente i ratti; poi, girata che ebbero una gran curva in salita, ecco una selva di alti pali: erano stati issati sul bordo della strada, e sulla sommità di ciascuno vi erano delle ruote di carro, e su ogni ruota di carro era legato un cadavere con braccia e gambe spezzate; su ognuno piluccavano i corvi, strappando labbra e occhi e brani di guance. Passarono in silenzio sotto quella orribile esposizione, finché Ailis disse: — Forse dovremmo tirarli giù.

— Ormai sono morti — replicò Val.

— Stanno bene dove sono — disse Brigid.

Ma Ailis non era d'accordo e, appena ebbero fatto cinque passi, tornò indietro di corsa e si mise ad abbattere uno dei pali. Al primo colpo d'ascia ci fu uno sbuffo di corvi; al secondo il palo si schiantò a terra, e anche la ruota col cadavere si sfracellò, lasciandolo lì, semiputrefatto e orribilmente attorcigliato.

Brigid andò a recuperare Ailis: — Non puoi abbatterli tutti.

— Ma non è giusto!

— Giusto, ingiusto. È comunque una sepoltura. E in ogni caso non possiamo farci niente. Andiamo.

— Muovetevi! — gridò Val. — C'è una città in lontananza! Colonne di fumo si levano da lì. È certamente Despina. Dopo c'è soltanto Diomira.

Ed era Despina. Già alla distanza fu chiaro ad Ailis e Brigid che si trovavano di fronte qualcosa che andava ben oltre i limiti della loro immaginazione.

— Visto che roba? — disse Val.

Colpite dal sole obliquo del pomeriggio, cinque torri dalla forma ad ampolla, che parevano fatte di vetro o cristallo, se non di gemma, brillavano di una calda luce che andava dal giallo all'arancio al rosso, fino al porpora. Erano di gran lunga più alte di qualunque edificio le due ragazze avessero mai visto, almeno cinque o sei volte più del castello del vecchio re che avevano incontrato giorni prima, e risultava difficile capire come potessero essere strutturate all'interno. Sotto di esse si estendeva una moltitudine di cupole e guglie più basse ma comunque colossali, simili ad alcuni edifici di Hadakand, ma più grandi e incantevoli, vitree e iridescenti com'erano, e tutto intorno alla città potevano scorgere un luccichio come di mille polle d'acqua. Di fronte a tanta magnificenza quasi non ci si accorgeva che dalla città salivano in cielo diverse colonne di fumo.

— Perché non ci sono eserciti? — chiese Brigid mentre avanzavano. — Immaginavo che la guerra coinvolgesse grandi masse di soldati.

— Non tutte le Cinquantaquattro Città sono molto popolate — spiegò Val. — Alcune hanno soltanto una piccola guarnigione, e molti meno abitanti di quelli che potrebbero contenere le loro case.

— Certo che sai proprio tutto — disse Ailis.

— La verità è che non so niente — sorrise Val.

— Perché non sono cadute prima, allora? — chiese Brigid.

— Avevano fama di essere sacre. Di essere luogo di potenti sortilegi. Del resto, non crederete mica che degli uomini possano costruire edifici simili? Nella mia terra ci sono i migliori architetti del mondo, e la cattedrale della mia città non è più grande di una di quelle strutture là sotto. Ma se l'Impero ha deciso di attaccare…

— È per la Coppa! — disse Ailis, ripensando a uno dei sogni che le aveva mandato Vevisa, e intuendo, sia pur confusamente, un collegamento.

Val e Brigid si voltarono verso di lei: — Cosa?

— No, niente… Una cosa che ho sognato. — Ailis si sentì un po' a disagio, quasi in colpa, come se le fosse scappato qualcosa che sarebbe dovuto rimanere tra lei e Vevisa, e tacque, rammaricandosi di non essere più intelligente, così da capire meglio questioni come quella.

— Così — riprese Val — è giunto il momento per gli antichi abitanti delle Cinquantaquattro Città di diventare cittadini dell'Impero.

— Sembrano proprio felici di farlo — disse Brigid, e indicò una forca dalla quale penzolavano quattro impiccati dalle lunghe barbe; a uno avevano anche tagliato via i piedi.

— È la guerra, stupida — le disse Val ostentando soddisfazione.

Brigid estrasse appena la spada e gli mostrò un pezzetto brillante di lama.

Diomira si faceva sempre più incombente, e adesso il vento portava l'odore degli incendi, ma non voci o suoni di battaglia. Poco prima che giungesse la sera, incrociarono due vecchi scalzi, vestiti di tuniche multicolori, che avanzavano con le mani protese in avanti, al centro della strada lastricata. Quando se li trovarono davanti, realizzarono che avevano gli occhi cavati e forse anche le lingue tagliate, giacché alle loro domande risposero solo con penosi mugolii. Uno riuscì a mugolare qualcosa che assomigliava a "uccideteci", e subito Brigid lo trafisse.

— Ma sei impazzita? — gridò Val, e scattò verso il vegliardo, che però era già stecchito.

— Dai, Brigid! — disse Ailis.

— Lo ha chiesto lui...

— Lasciali stare! — intimò Val vedendo che Brigid puntava l'altro vecchio.

Ma Brigid infilzò anche quello.

Ailis la strattonò: — Basta!

— Gli ho fatto un favore.

Ailis sbuffò e si volse a Val: — Dille qualcosa.

— L'ho fatto, ma non sembra tipo da ascoltare, eh, Brigid?

Brigid lo guardò storto, la spada in mano, come a dire "ce n'è anche per te".

Val la guardò esasperato, poi fissò i due cadaveri e disse ad Ailis: — Brigid non ha completamente torto: sarebbero finiti a crepare di sete o per le ferite, ridotti com'erano.

— Certo che siete proprio malvagi a fare cose del genere alla gente — osservò lei.

— Come vedi, non sto più indossando la tunica con lo stemma imperiale.

— Quindi sei un disertore — disse Brigid pulendo la spada con la barba di uno dei due vecchi.

— Di certo la guerra mi piace ogni giorno di meno — sorrise Val, e Ailis provò il desiderio di abbracciarlo. Brigid scrollò la testa e riprese a camminare.

Anche Ailis si rimise in marcia, e Val restò qualche secondo a guardarle: a guardare il modo in cui si muovevano nel mondo, che aveva una naturalezza a lui sconosciuta. Di più: qualcosa che le accomunava al vento o agli alberi o alle stelle, qualcosa di spontaneo e inevitabile, per il quale la riflessione o la conoscenza sarebbero state quasi un intralcio.

Quando arrivarono nei pressi dei primi edifici, inspiegabili strutture piramidali fatte di un materiale che sembrava adesso uno spesso cristallo azzurrino, decorate da motivi in rilievo di impeccabile precisione e circondate da canali che formavano dedali simmetrici per poi raccogliersi in vasche che non si sa come sputavano alti spruzzi d'acqua dal fondo, ebbero chiara l'impressione che nella città non fosse rimasta anima viva. Quasi tutti gli agglomerati di case comuni, abitazioni di legno intarsiato e stucco che davano su cortili di piastrelle, invisibili da lontano per la loro piccolezza rispetto alle torri e ai palazzi, erano stati dati alle fiamme, e anzi le colonne di fumo viste da lontano non erano che il frutto delle ultime braci. Da lì, inoltre, potevano vedere che da ogni piano delle cinque grandi torri penzolavano uomini impiccati, alcuni in tunica, altri nudi e straziati.

Girarono un po', le armi in pugno, tra quegli assurdi edifici. In una piazza videro la statua vitrea di un fanciullo che cambiava colore a seconda del punto da dove la si guardava; nella sala d'ingresso di un palazzo dalla porta sfasciata, Val trovò uno specchio a parete che lo rifletteva tutto distorto, ma quando vi si misero davanti Ailis e Brigid apparvero dritte e schiette, ondulate solo negli abiti e nelle armi; in una strada coperta da alti portici incontrarono una struttura fatta di piatti e campanelli appesi a corde e fili che, mossi dal vento, emettevano un curioso concerto di suoni, mentre da una piazza lì vicino arrivava un odore nauseabondo: era una catasta di cadaveri, in mezzo alla quale beccava sgraziata una cicogna.

Appurato che non c'era più nessuno, si accamparono infine in uno slargo riparato, dall'altra parte della città, all'ombra di un edificio simile a un grosso artiglio di vetro opaco.

Mentre mangiavano, il fuoco che si rifletteva in mille arabeschi sulla superficie vetrosa dell'edificio a forma di artiglio, sentirono l'eco di una voce, poi due.

— Andiamo a vedere? — disse Ailis.

Brigid sfoderò subito la spada. Val non era convinto che fosse la condotta più saggia da tenere (anzi, era certo che fosse un errore) ma non poté far altro che seguirle. Giunsero fino al bordo di una struttura a scaloni, semicircolare, scavata lungo una discesa naturale e rivestita di marmo rosa.

— Un teatro — disse Val.

Le voci venivano da lì sotto, anche se nel frattempo erano andate via via diminuendo fino a placarsi. I tre ragazzi si abbassarono distendendosi al suolo e sporsero furtivamente il capo dal primo scalino. In basso, nel cerchio del palcoscenico, ecco un accampamento.

Il campo non era fatto che di quattro piccole tende nere e cinque cavalli. Su una lancia conficcata nel mezzo dello spiazzo, tra due barili e il cerchio di pietre che ospitava le ultime braci di un falò, con qualche spiedo sporco di grasso e carne bruciata, campeggiava una drappella nera con le tre lepri in cerchio, e sull'angolo in alto a destra la runa ᛟ...

Ailis prese a fremere e ribollire di rabbia, mentre Val era atterrito. Solo Brigid era indifferente alla vista di quella bandiera: — Che vi prende?

— È lui! — disse Ailis.

— Chi?

— Quello che ha ucciso la mia famiglia e rapito la mia amica Vevisa.

— S-sapete cos'è quel... — stava dicendo Val, ma Brigid lo interruppe: — Shhh! Guardate. — E si acquattò ancora di più.

Da una delle tende uscì una figura dalle spalle possenti. Aveva indosso la veste d'arme, di lino greggio colorato di nero, guanti e stivali. Curiosamente, benché fosse notte e fossero accampati, portava l'elmo, ed era di quelli con le tre croci; alla cintola aveva una mazza con la sommità che si apriva in quattro spesse ali. Andò verso il fuoco, scozzò un poco le braci con un ramo, poi sollevò il telo che copriva uno dei barilotti ed estrasse un pezzo di carne gocciolante. Lo conficcò su uno spiedo e cominciò ad arrostirlo. Ailis mise l'ascia di fronte a sé.

— Che vuoi fare? — disse Val.

— Vendicarmi.

— Lo sai cos'è quel simbolo? Quelli sono cavalieri della...

— Tra loro c'è *lui.*

— Chi?

— Åydric Reinhare.

— Il reggente di Diomira? Figurati...

— Quella è la sua runa.

— Magari sono i suoi cavalieri — disse Val.

— Tiragli un sasso con la fionda, così li attiriamo fuori — gli disse Brigid.

— Tu sei pazza.

Proprio in quel momento il cavaliere alzò la testa e la tripla croce della visiera puntò verso di loro. Brigid estrasse il pugnale dei nomadi e glielo scagliò. Lo prese in pieno sulla spalla. Quello emise un ruggito disumano.

— Bel colpo! — esclamò Ailis entusiasta.

— Ma siete completamente idiote? — gridò Val.

— Volevo prenderlo sul collo — disse Brigid. — Devo allenarmi di più.

Val era bianco di paura: — Dobbiamo scappare. Dobbiamo scappare *adesso*. Sapete come li chiamano? I "segugi della morte". Anche durante l'assedio di Sefira noi soldati regolari non osavamo avvicinarci al loro campo.

Dalle tende uscirono altri due cavalieri con larghe spade in pugno. Entrambi, come il primo, indossavano gli elmi. Quello si strappò il coltello dalla spalla e indicò il punto da dove gli era arrivato.

Ailis guardò Val: — Forse avevi ragione, Reinhare non c'è. — E poi, a Brigid: — Andiamo?

— Meglio aspettarli qui, non è una cattiva posizione — rispose lei; quindi scese uno scalino, la spada puntata di fronte a sé, i capelli crespi che ondeggiavano al vento che montava, e si spostò di qualche passo verso sinistra.

Ailis pure si alzò soppesando la grossa ascia, e si spostò verso destra, lungo la circonferenza esterna del teatro, lasciando Val in mezzo. Mentre i due nuovi arrivati puntavano Brigid e Ailis, e dalle tende usciva ancora un quarto cavaliere, quello che si era preso la coltellata saliva a dritto, la mazza in pugno: puntava lui. Val guardò Ailis, che gli rispose con un sorriso gaio e complice, come se stesse cominciando il più entusiasmante dei giochi. Non gli restò che alzarsi e sfoderare a sua volta la leggera spada da capodecina.

Il primo ad arrivare sulla sommità del teatro fu il cavaliere che puntava Ailis, che ritardò il momento dello scontro spostandosi ancora di più verso destra. Brigid fu la seconda a venire ingaggiata: parò il fendente del cavaliere, contrattaccò senza successo, parò un secondo fendente, arretrò di uno scalino. Il cavaliere sapeva combattere.

Val intanto veniva raggiunto dal proprio avversario. Arretrò. Quello vibrò una mazzata nel vuoto. Val pensò che avrebbe dovuto contrattaccare, ma perse l'attimo. Il cavaliere mollò un'altra mazzata dall'alto verso il basso: l'impatto dell'arma con lo scalino fece schizzare qualche scintilla.

Brigid e Ailis se la stavano cavando, pur con qualche difficoltà: avevano infatti l'impressione che a differenza di loro i cavalieri vedessero perfettamente nel buio. Inoltre Ailis non osava colpire a piena forza: si scoprì ad aver paura di uccidere finanche quei cavalieri, non avendo la certezza che fossero gli stessi che avevano distrutto il Villaggio Alto, e questo limitava di molto la possibilità d'azione con un'arma del genere. Il quarto intanto, armato di mazza e scudo, aveva cominciato a risalire a sua volta i gradoni del teatro.

Quello su Val riuscì finalmente a prenderlo con una mazzata al petto: solo il corpetto, e soprattutto il fatto di stare già arretrando, limitarono i danni. Finì seduto e dolorante tra scalino e scalino, il cavaliere che alzava di nuovo la mazza.

Brigid approfittò di un fendente più scomposto del proprio avversario per entrargli nella guardia: lo colpì dapprima al petto, in diagonale, mentre ancora si avvicinava a lui, poi alla gola, e infine lo trafisse da parte a parte al basso ventre. Il cavaliere gorgogliò qualcosa e cadde in ginocchio. Brigid gli piazzò un piede sulla celata e sfilò la spada dal corpo.

Val schivò la mazzata in arrivo rotolando di lato, e si scoprì a sperare che Brigid venisse ad aiutarlo. Se ne vergognò: allora, mentre la mazza del suo rivale continuava a fare scintille sul marmo, le gridò: — Ce n'è un altro che sta salendo!

Mentre Brigid si indirizzava verso quest'ultimo, Ailis combatteva con qualche impaccio: si era presa una spadata di striscio su una spalla e si trovava in una brutta posizione, anche lei pressata contro gli scalini, e per di più in diagonale, con una gamba mal collocata. Con quell'arma non riusciva a immaginare colpi che non fossero mortali, così la mollò a terra – speriamo che Brigid non mi veda, pensò – e rischiò un fendente al viso per agguantare l'avversario al polso dell'arma. Diede uno strattone, ma il braccio del cavaliere era solido e non cedeva come si aspettava. Le arrivò una ginocchiata.

Brigid aveva saltato da cinque scaloni di altezza e assaltato il quarto cavaliere, costringendolo ad arretrare con una serie di attacchi rapidi. Tra tutti, sembrava quel lo più appesantito e meno abituato al combattimento, o forse, chissà, stava dormendo fino a poco prima: fatto sta che un attimo più tardi la sua testa ferrata rotolava sulla pietra del palcoscenico.

Val sentiva un dolore pungente al petto ma, motivato dall'essersi intenzionalmente cacciato in quella situazione, riuscì a rimettersi in piedi e guadagnare una posizione. Si spostò sul lato dove il cavaliere era stato preso dal pugnale di Brigid e cercò di concentrarsi come gli era capitato nei pochi veri scontri che aveva affrontato fin lì. Tentò un affondo. Il cavaliere lo schivò con facilità e alzò l'arma per portare un colpo con tutte le sue forze. Fu lì che Val ebbe l'intuizione, e gli si gettò addosso con una spallata. Il cavaliere cadde all'indietro e rotolò per tre scaloni.

Ailis intanto, con la sua forza mostruosa, stava riuscendo a sottomettere l'avversario, ma ora quello aveva tirato fuori una daga dallo stivale con l'altra mano, e cercava di infilzarla. Vedendo che Ailis era in difficoltà, Val non attese oltre: si lanciò giù, piantò la spada nel fianco del cavaliere appena caduto e si voltò per raggiungerla. Anche Brigid stava salendo verso di lei. Ailis allora, buttandosi all'indietro, strattonò il rivale verso di sé senza curarsi del coltello, lo aggirò rapida e gli sbatté la testa ferrata sul bordo dello scalone una, due, tre volte, finché quello non perse i sensi.

— Grande! — disse Val, e la abbracciò. Brigid li superò con un sorriso di sufficienza e decapitò il cavaliere svenuto. Ailis stava quasi per fermarla, ma evitò: avrebbe fatto comunque come voleva, e poi ormai... voleva vendicarsi di Reinhare, e Reinhare non c'era; avrebbe preferito non ucciderli, e invece li avevano massacrati; era giusto? Era sbagliato? A chi appartenevano quelle vite che avevano terminato? Che senso aveva quello che stavano facendo?

La voce di Brigid interruppe i suoi pensieri: — Che ti prende? Dacci una mano, non possiamo stare qui quanto vogliamo.

Raccolsero gli oggetti dei cavalieri. Ognuno aveva un sacchetto per il denaro: mettendo tutto insieme erano quasi venti kroner e una decina di prese di sale rosso. Le cotte di maglia, poi, erano splendide, anche se andavano larghe a tutti e tre. Le indossarono ugualmente, beandosi di quell'abito di metallo. Gli stivali invece erano proprio troppo larghi, così come gli elmi, che per di più limitavano la visuale. Le spade e le mazze, pure, avevano un bell'aspetto, ma recavano forgiata la tripla croce. Val disse che sarebbe stato rischioso portarle alla cintura, ma sia Ailis sia Brigid vollero prenderne una, e allora lui gliele fece avvolgere nel panno e si raccomandò di non tirarle mai fuori a Diomira; per sé prese un fodero di cuoio. C'erano poi i pugnali, solidi e di bella fattura: erano privi di marchi e leggermente diversi tra loro, così ciascuno ne prese uno, e ancora le selle, le lance e soprattutto i cavalli: uno era un semplice cavallo da tiro, non migliore di Nemico, ma gli altri erano splendidi destrieri bruni.

— Purtroppo sono cavalli imperiali — disse Val indicando sul fianco dell'animale un marchio a fuoco col simbolo delle tre lepri. — Se arrivassimo a Diomira su questi, correremmo dei rischi.

— Io Nemico non lo lascio! — protestò Ailis. — E poi... — e fece un ghigno — ... ce ne serve solo uno, tanto Brigid non sa...

Brigid le puntò la spada alla gola, ma lei non la smetteva di gongolare.

— Strano che non avessero scudieri con sé — disse Val. — Be', ci penseremo domani: adesso dobbiamo spostarci da qui. Ma prima guardiamo cos'hanno da arrostire questi nobiluomini — e andò verso i resti del falò, prese il barilotto più vicino e lo aprì. Si ritrasse con un urlo, e il barile cadde di lato: ne uscirono fegati, cuori, seni, e tre teste mozze di fanciulle, i capelli tutti impastati di sangue.

Le due ragazze corsero da lui e videro l'orribile bottino. Ailis si strinse al braccio di Val; Brigid la guardò come a dire "suvvia...".

Seppelliti i resti e tornati al loro accampamento, dormirono solo poche ore: stabilito di aggirare la città caduta piuttosto che attraversarla, si alzarono all'alba per ripartire. Mentre Ailis e Brigid si allenavano, Val prese delle travicelle sottili dalle finestre di alcune case mezzo bruciate e si fece una specie di corsetto per tener fermo il busto, che ancora gli faceva male per la mazzata. Quando andò da Ailis per dare un'occhiata anche alla sua ferita alla spalla, vide con stupore che era già quasi rimarginata.

— Era solo un taglietto — disse lei. — Che ne facciamo dei cavalli?

— Quello da tiro lo prendiamo. Gli altri dobbiamo lasciarli andare, tanto non potremmo venderli — rispose Val.

— Ce la faranno da soli? — chiese Ailis.

— Erba qui intorno ce n'è — osservò Brigid. — Andiamo. — E le diede una spinta.

Continuarono per quattro giorni, la terra che, a parte un altopiano che via via prendeva corpo alla loro sinistra, diventava sempre più ricca di ruscelli, canali, stagni (e di anatre selvatiche, due delle quali Val cacciò e fece arrosto), ma il quarto giorno, già a metà mattinata, dovettero fermarsi: intere aree erano allagate; altre erano ridotte a paludi. Val tirò fuori le sue mappe e le ponderò: — Non capisco...

— Hai sbagliato strada — disse Brigid.

Val ora aveva tirato fuori anche la bussola e la confrontava con la mappa: — Eppure...

— Facciamo il giro? — suggerì Ailis.

— Ci vorranno giorni — obiettò Brigid infilzando un rospo con la punta della spada.

— Dai, Brigid!

— Ora neanche le rane?

Val arrotolò le mappe e le ripose nel contenitore: — Ho sentito dire che Diomira ha il più grande sistema di canali al mondo. I nostri potrebbero aver distrutto le chiuse, causando questo allagamento.

— I nostri? — lo guardò Ailis.

— Sì, insomma, gli imperiali.

— La città è lì, del resto — disse Brigid.

— Dove? — chiesero Ailis e Val.

— Lì. — E indicò un punto all'orizzonte. — Non la vedete?

Ailis e Val strizzarono gli occhi, ma non scorgevano niente se non, forse, un punto leggermente più chiaro.

— C'è un'alta torre, e bianche mura tutto intorno. E cupole dorate. E qualcosa di ancora più lucente in cima alla torre. E alle finestre della torre e a quelle di tutti i palazzi più grandi, bandiere nere, con il simbolo delle tre lepri.

Ailis e Val si guardarono, poi guardarono stupiti Brigid.

— Non sapevo foste mezzo ciechi — sorrise lei.

— Assurdo — disse Val aguzzando invano gli occhi all'orizzonte.

— Passiamo di là? — disse Brigid indicando l'altopiano, che da lì appariva più alto di quanto non fosse loro sembrato due giorni prima.

— Non è un'idea stupida — rispose Val. — Secondo le mappe, arriva molto vicino alla città. Vediamo se è accessibile.

Quando giunsero lì sotto, fu evidente che non sarebbe stato semplice scalarlo, e certamente impossibile portare su i cavalli. Lo costeggiarono per un po', nelle due direzioni, ma non c'erano sentieri in vista.

— Si vede che essere un cavaliere non è il mio destino — sorrise Val. Smontò dal cavallo e tirò via la propria sacca: — Se dobbiamo andare a piedi, sarà il caso di mollare anche le cotte.

— Mai — disse Brigid e, smontata da dietro Ailis, si avviò per il pendio roccioso.

Ailis aveva gli occhi pieni di lacrime. Abbracciò il cavallo sul collo, poi scese, lo carezzò, lo baciò: — Addio, Nemico. Sei stato un buon cavallo.

Nemico sbuffò e le accarezzò una guancia col naso, poi fece quattro passi più in là. Ailis lo raggiunse e lo accarezzò di nuovo finché non arrivò Brigid a strattonarla via.

Ci misero quasi tre ore ad arrivare sull'altopiano, e proseguirono poi finché non fece buio. La terra era piatta e dura, lassù in cima, costellata di macigni e lastroni; a volte incontravano piccoli boschi di pini scossi dal vento che era molto forte. Si accamparono alla base di un pinnacolo naturale. Il mondo stesso, in quella piana battuta dalle raffiche, sotto quella volta stellata e priva di nuvole, pareva rarefatto e meno reale: un granello dimenticato, rispetto a quel che nascondeva il cielo.

Dopo che ebbero mangiato, Brigid guardò per un po' Ailis e Val, che senza sosta scherzavano o ridevano e si stuzzicavano, poi si alzò in piedi e disse che sarebbe salita lì in cima, per ascoltare il vento.

Ailis e Val rimasero soli sotto la volta stellata, e Ailis gli raccontò di Åydric Reinhare e Breu e Vevisa, e dei suoi propositi di vendetta, e lui le parlò delle belle città delle Terre Franche e degli artisti e degli uomini d'ingegno che le abitavano, ed entrambi dissero della loro volontà di vedere il mondo, e riconobbero come questo stesse, di fatto, accadendo e li avesse portati a incontrarsi, e a ogni parola erano più vicini l'uno all'altra, e si abbracciarono e si baciarono; si tolsero di dosso le armi e gli abiti impestati e schizzati di fango e sangue e si unirono mentre il vento sibilava sopra i loro corpi, un minuscolo nodo di carne nell'immensità della notte.

Sopra di loro distesi, videro poi enorme la costellazione della Doppia Croce, le sue stelle che sembravano non più semplici punti di luce, ma lanterne siderali poste a differenti, immani profondità, e tuttavia la loro correlazione appariva un fatto, più che una speculazione degli uomini.

— Val.

— Ailis.

— Ma tutto questo, *esiste*?

Val non disse niente, e la tenne ancora più stretta a sé.

— Più forte del Sogno è l'amore — disse Brigid nella lingua del Sud-ovest.

— Cosa? — replicò Val aprendo gli occhi e scostandosi, piano, da Ailis, che gli si era addormentata abbracciata al collo, e che però doveva essere mezzo sveglia, perché la sua bocca ora era piegata in un sorriso.

Brigid li guardava da sopra uno spuntone di roccia, la spada in una mano e la pietra per affilare nell'altra: — È solo un modo di dire. La giornata è limpida, vestitevi e vediamo di muoverci.

Ailis si alzò a sedere e si stropicciò gli occhi: — Quanto mancherà?

— Se non già stasera, domani a mezzogiorno saremo in città — rispose Val infilandosi i calzoni un po' in imbarazzo. — Se non vi catturano, si capisce. Là c'è la guerra. Soldati, guardie. Se vogliamo infilarci là dentro dovrete fingere di essere serve, orfane di guerra... Insomma, ragazze normali.

— Non siamo normali? — disse Ailis.

Val indicò Brigid in piedi sulla roccia sopra di loro, a

contrasto col cielo infinito, che affilava la spada con un brillio letale negli occhi: — Ti sembra una ragazza normale?

Ailis rise; Brigid lanciò loro uno sguardo tra l'indulgente e il sufficiente, e si avviò.

Camminavano a passo sostenuto, e più volte, durante quell'ultimo tratto, Ailis andò da Brigid per parlare, e sempre quella la liquidò a monosillabi.

— Che hai?

— Fretta di arrivare. Andiamo.

Come aveva previsto Val, il giorno successivo, quando il sole fu nel punto più alto del cielo, l'altopiano prese a digradare, e da lassù adesso potevano scorgere non solo la città, trionfo di marmo e cupole tra le quali spiccava altissima la torre col Gallo d'Oro, ma anche le sue mura lattee, rotte in più punti, e uno sterminato, scuro brulicare di gente tutto intorno, inframezzato dai punti di colore delle tende. Inoltre, dal fianco dello stesso altopiano, partiva una lunghissima struttura ad archi, essa pure rivestita di marmo.

— Cos'è quel ponte? — chiese Ailis.

— È un acquedotto — rispose Val. — Serve per portare l'acqua di fonte direttamente nei palazzi.

— Guardate quante tende, piuttosto — disse Brigid. — Ci saranno certamente molte compagnie di ventura.

— Diomira è la testa di ponte dell'espansione a est — spiegò Val. — Non solo compagnie di ventura, ma anche soldati delle Terre Franche come me, e cavalieri dalle marche più lontane, con i loro servi e scudieri. E uomini del Cerchio d'Acciaio.

— Perché non passiamo dall'acquedotto? — propose Ailis.

— Perché ci scorre l'acqua.

— È una buona idea, invece — disse Brigid. — Così possiamo arrivare fino in città senza dover passare attraverso tutti quegli accampamenti.

— Dovete sempre trovare la soluzione più pericolosa? — replicò Val, ma Ailis e Brigid si erano già avviate verso il pilastro più vicino.

Val le guardò per un po' tentare invano l'approccio a quella struttura così priva di appigli, poi le raggiunse e disse: — Grandi montagne dividono il Sud della mia terra dall'Impero, e il mio popolo ha grandi scalatori. Adesso vi spiego — e tirò fuori la spada. — Dobbiamo sfruttare le fessure tra i lastroni. Non abbiamo picchetti, ma possiamo crearne. E toglietevi le cotte di maglia, per cominciare. Le tireremo su dopo — aggiunse, vedendo che Brigid già lo guardava storto.

Mentre Val cercava del legno adatto, Ailis e Brigid arrotolarono le cotte una sull'altra e intorno alle armi e legarono il tutto alla corda. Val realizzò due picchetti, poi invitò le ragazze a fare altrettanto; quando ne ebbero fatti una dozzina, mostrò loro come legare la corda e spiegò la tecnica per salire, e mentre lo faceva non riusciva a credere che potessero osare veramente una simile scalata – il pilastro, del tutto perpendicolare al suolo, era alto almeno quaranta braccia – ma poco dopo, quando piantarono i primi picchetti col pomolo delle spade, e anche uno dei pugnali del Cerchio d'Acciaio in un punto più in alto, dove la fessura tra le pietre era troppo sottile per far posto al legno, e poi ancora altri picchetti, e Ailis e Brigid guidate dai suoi consigli presero a salire, e ben presto Ailis era già arrivata a metà e Brigid a un terzo, Val si rese conto che non aveva altra scelta che scalare a sua volta. Deglutì, poggiò il piede sul primo picchetto e infilò le mani nella fessura più alta che poteva raggiungere. Del resto aveva detto lui come fare, e quei picchetti che aveva realizzato, se si metteva il piede abbastanza vicino a dove erano conficcati, sembravano quasi solidi...

Una volta che Ailis e Brigid ebbero raggiunto la sommità dell'acquedotto, tirarono su il rotolo di maglia di ferro. Ciascuna prese la propria cotta e se la legò alla schiena. Poi arrivò anche Val.

Come lui mise piede in cima, Ailis si distese in acqua, venendo subito portata via dal flusso, che tuttavia si rivelò meno profondo e meno rapido di quanto si aspettasse, tanto che riusciva a tenere la testa fuori: — Ehi!

Brigid sorrise e si buttò subito dietro di lei.

— Che l'Imperatrice mi protegga — mormorò Val, e si immerse a sua volta.

Scorrendo lungo l'acquedotto verso Diomira, furono investiti dal puzzo dei campi dei soldati, dallo stallatico, dai miasmi delle latrine e dal fumo dei falò, e mentre scivolavano giù videro gruppi di uomini d'arme di ogni origine, e tende di ogni colore e foggia, e insegne imperiali assieme a quelle di terre sconosciute, e in fondo, appese sotto ogni finestra dell'altissima torre centrale della città – una struttura di marmo bianco e alabastro che da lì sotto pareva sfidare le nuvole – i neri orifiamma con le tre lepri in cerchio, alternati a quelli con la ᛟ.

— Ci fermiamo? — gridò Ailis vedendo che l'acquedotto si infilava in una cisterna rettangolare, sulla sommità di un basso edificio, ma né Brigid né Val dovevano averla sentita perché come provò a puntare i piedi si trovò addosso prima l'una, poi l'altro, e rotolarono ammucchiati per l'ultimo tratto di acquedotto fino a un volo di almeno quattro braccia, dal quale atterrarono dentro alla cisterna. Da lì l'acqua scendeva in una larga tubatura quadrata e andava a finire in una grande vasca di marmo all'altezza del suolo, nella quale finirono anche loro. Nuotarono fino al bordo e si nascosero in una nicchia lì dietro.

— Così zuppi daremo nell'occhio — constatò Val.

— Mentre scendevamo ho visto un edificio crollato — disse Brigid.

— Sì, l'ho visto anch'io. Raggiungiamolo e asciughiamoci lì, poi andrò a cercare qualche straccio per sistemarvi in modo da passare inosservate.

Val, vestito con la sua vecchia tunica imperiale, tornò dopo meno di un'ora, recando un mucchio di stracci che puzzavano fin da lontano: — Ecco qua. Per fortuna ci sono un sacco di soldati e nessuno ha fatto caso a me. E con questi non faranno caso neanche a voi. Manca ancora una cosa...

Uscì nella strada vicina e tornò con una grossa manciata di sterco di cavallo.

Appena Brigid vide che andava verso di lei, sfoderò la spada.

— Cos'è, preferisci finire tra le grinfie di qualche energumeno?

— Se accadesse, lo ucciderei.

— Peggio che mai. Non dobbiamo dare nell'occhio, lo capisci?

— Che vuoi fare?

— Sistemarvi i capelli.

— Dai, Brigid, cosa sarà mai, siamo state luride per settimane... Poi ci laviamo di nuovo, abbiamo tutta l'acqua che vogliamo — disse Ailis, e cominciò a insudiciarsi.

— Le cotte di maglia e le armi è meglio se le lasciate qui — disse ancora Val.

— Vuoi rubarcele o cosa? — disse Brigid.

— Fanno rumore — disse piano Val. — Le metteremo sotto queste macerie, avvolte in un telo.

Brigid gli porse controvoglia la cotta e la spada presa ai cavalieri, ma non la propria, poi si vestì con gli stracci e si insudiciò, ma soltanto con del fango, senza smettere di guardarlo storto; i capelli li coprì con due giri di straccio.

Girarono per la città dominata dal Gallo d'Oro alla ricerca di informazioni; fecero presto a capire che solo la cittadella era presidiata: per il resto, anche se si vedevano ovunque gruppi di soldati imperiali, era troppa e troppo diversa la gente che si andava accumulando a Diomira perché qualcuno potesse far caso a un soldato e due ragazzine lerce che vagavano in giro. Val si avvicinava ai bivacchi delle truppe, che venivano dalle terre più diverse ed erano anche organizzate secondo diversi metodi e tradizioni, comprava del cibo qua e là, senza mai mostrare più di qualche fennag, o al massimo un kroner, e intanto attaccava bottone; Ailis e Brigid si intrufolavano ad ascoltare i discorsi nei capannelli di popolani e mendicanti, oppure tra i banchi del lurido mercato che era stato allestito tra i campi militari e le mura della città vera e propria, sotto lo sguardo di quella torre, reso minaccioso dalle decine di drappi neri con le tre lepri. Ailis si stupiva di tutta quella gente così diversa, e una volta, alla vista di un ciuffo di capelli rossi tra la folla intorno a un fuoco, per un attimo quasi pensò di aver ritrovato Breu, ma era solo uno scudiero con gli occhi storti. Nessuno fece caso a loro, a parte un garzone corpulento che, notato il colore della pelle di Brigid, le diede uno spintone: — Cos'ha la tua faccia?

Non vide neanche il movimento con cui lei fece guizzare la lama dagli stracci.

— Cos'ha la tua gola? — disse Brigid, mentre Ailis bruscamente la prendeva e la tirava via e il ragazzo si teneva il collo con la mano, e attraverso le dita serrate cominciava a scorrere fuori il sangue.

— Stupida!

— Lui era stupido!

— L'hai ammazzato!

— Ricominci?

— Non aveva fatto niente!

— Bah.

— Tu sei...

— Andiamo via — disse Brigid mentre qualcuno, vedendo il ragazzo cadere nel proprio sangue, aveva preso a urlare.

Quando calò il buio si ritrovarono nel palazzo distrutto: scelsero una stanza senza soffitto, dalle porte ostruite, alla quale si accedeva passando per una finestra e poi scendendo per un cumulo di statue divelte e spaccate che faceva da scala; si lavarono e si misero intorno al fuoco a mangiare.

— A quanto dicono in giro, Ailis, il tuo Reinhare è proprio in quella torre — disse Val.

— Cos'è quel cerchio? — chiese lei.

— Che cerchio?

— Quello con le rune intorno e le due frecce — e indicò la torre.

— Si tratta di un meccanismo che permette di misurare il tempo. La lancetta lunga indica... Vabbe' non siamo qui per guardare che ore sono. Avete scoperto qualcosa?

— Brigid ne ha fatta una delle sue — disse Ailis.

— Non è successo niente — replicò lei.

— Non voglio neanche sapere — disse Val. — Informazioni utili, nessuna?

— Boh — rise Ailis. — Erano tutti discorsi noiosi, non ho mica ascoltato bene.

— Abbiamo scoperto altre cose — disse Brigid, e mentre lo diceva guardò Ailis, come a sondarne la reazione.

— Ovvero? — chiese Val.

— Ho sentito dire che la compagnia di Arjean l'Affilato è in città e sta partendo per una campagna. I miliziani che ne parlavano dicevano che è la più forte truppa mercenaria al mondo.

— È vero! Arjean viene dalle mie terre. A loro si devono molte delle recenti vittorie dell'Impero.

— Bene — disse Brigid guardando ancora Ailis e poi distogliendo gli occhi. — Io vado da loro. Buona fortuna.

Ailis schizzò in piedi: — Cosa dici?

— Dico che vado dall'Affilato e gli offro la mia spada.

— Tu devi venire con me ad ammazzare Åydric Reinhare.

— Non *devo* proprio niente. Il mio destino è questo, ed è a portata di mano.

— Avevi detto che saresti venuta!

— Un compagno ora ce l'hai.

Gli occhi di Ailis si riempirono di lacrime: — Tu non vai da nessuna parte. — E scoprì l'ascia.

Brigid sorrise.

— Ferme, cosa fate — disse Val, ma le parole gli morirono in gola: era chiaro che non avrebbe potuto fermarle. Che al di là delle motivazioni del momento, Ailis e Brigid bruciavano dal desiderio di scontrarsi, che anzi la loro tensione in quel momento era qualcosa di inevitabile come il sorgere e il calare del sole o l'avvicendarsi delle stagioni, qualcosa che andava ben oltre il terreno minuscolo e incerto delle cose che i discorsi degli uomini possono cambiare.

Fu Ailis ad attaccare per prima: si lanciò sull'amica con un urlo e sferrò un colpo dall'alto in basso che quella schivò, mollando a un tempo un affondo al volto, ma Ailis sapeva bene ormai che Brigid, a meno di condizioni avverse, tendeva a schivare alla sinistra dell'avversario, ed ebbe gioco facile a schivare a sua volta il colpo spostando la testa, e mollarle una terrificante ginocchiata al ventre.

Brigid sputò tutta l'aria che aveva in corpo e fu costretta ad arretrare di un passo. Ailis alzò l'ascia e sferrò un altro colpo, che tuttavia l'altra parò tra elsa e lama, senza problemi: — Non puoi battermi se hai paura di colpire per uccidere — disse, e con un solo movimento circolare, agganciando il baffo inferiore dell'ascia, gliela abbassò, liberò la lama e le sferrò un fendente al collo. Ailis lo schivò a malapena, e una piccola linea rossa le comparve sulla gola. Un dito in più e sarebbe stata uccisa. Guardò sgomenta l'amica, ma si rese conto che non c'era niente di strano: che tutto era come doveva essere. Le arrivò ancora un affondo basso; scartò a destra, ma la spada di Brigid riuscì comunque a morderle il lato della gamba. Sapeva che entrarle nella guardia con un'arma del genere senza venire colpita sarebbe stato impossibile, così, ignorando la ferita alla gamba che già le zuppava di sangue i calzoni, alzò l'ascia, preparando il colpo, con la sola mano destra, si mise di fianco sinistro e si lanciò verso Brigid: quando lei portò l'affondo, lo intercettò con la mano. La sottile lama l'attraversò da parte a parte: Ailis la abbassò con un urlo e sferrò un colpo d'ascia con la sola destra, ma carico di tutta la forza della schiena. Brigid lo parò con l'avambraccio. Il guanto d'arme si fracellò all'impatto e la lama arrivò a mordere l'osso. Brigid scattò in avanti e colpì Ailis con una testata in mezzo al viso. Ailis sentì il naso spaccarsi ma incassò il colpo, e anzi riuscì a piegare la schiena all'indietro abbastanza da tirare indietro anche l'ascia. In quello stesso attimo tirò via pure la mano sinistra dalla spada di Brigid, straziandola orribilmente, impugnò il manico dell'ascia con le due mani, chiuse gli occhi per il dolore, inspirò con la bocca per non svenire e rispose alla testata con un colpo d'ascia immediato e mortale. Brigid per evitarlo cadde sdraiata a terra, il braccio ferito che sanguinava moltissimo, e nonostante ciò il baffo inferiore dell'ascia le incise la spalla. Ailis – la faccia, le mani e l'impugnatura tutte impastate di sangue – inspirò di nuovo e vibrò un altro colpo. Brigid raccolse la spada da terra e tenendola con le due mani riuscì a pararlo all'ultimo momento, sempre distesa al suolo, ma la lama si spezzò. Ailis subito la colpì con un calcio in bocca.

Brigid rotolò di lato, estrasse dallo stivale il pugnale dei Figli del Vento e si rimise in piedi con un colpo di reni. — Sei diventata forte — biascicò con le labbra spaccate e il braccio e la spalla che sanguinavano; si scrollò dal sottile polso del braccio ferito un anello d'acciaio, l'unica cosa rimasta al suo posto tra quanto componeva il guanto d'arme, e le si gettò addosso. I suoi movimenti iniziavano a essere rallentati dalle botte e dalla perdita di sangue, ma la sua intenzione omicida era invariata. Ailis pure grondava sangue dalla mano e dalla gamba ed era quasi svenuta per il dolore e le ferite, ma era pronta a riceverla, l'ascia impugnata vicino alla lama per colpirla alla testa o al collo dopo aver incassato la pugnalata.

— Basta! — Val si buttò in mezzo. La lama di Brigid lo prese di striscio al fianco; Ailis per fortuna fece in tempo a non portare il colpo d'ascia. — Vi ammazzerete a vicenda! Guarda quella mano. Guarda quel braccio. Siete allo stremo. Adesso la smettete e vi lasciate cucire.

Le due ragazze non sembravano d'accordo, ma ormai la sua incursione aveva avuto l'effetto di fermare lo slancio e la furia di entrambe, e senza tutto ciò furono le ferite e la perdita di sangue a placarle.

— Avete fatto pari, lo volete capire? — disse Val mentre strappava una striscia di tessuto dalla sua veste e la legava stretta attorno al braccio di Brigid.

— No — disse lei. — Ailis non sarebbe riuscita a incassare la pugnalata e poi portare anche un altro colpo.

— E così l'avresti ammazzata! Bel risultato — disse Val mentre si spostava da Ailis e le prendeva la mano sinistra. — Guarda che macello — e le strinse un'altra striscia di tessuto al polso. — Ho poco filo, ma cercherò di fare del mio meglio. Mio zio era pur sempre un barbiere.

Tornò poi da Brigid, le spogliò il braccio e lavò la ferita con l'acqua dell'otre. Quindi ci versò dell'acquavite e prese a cucire. — La tua mano — diceva intanto ad Ailis — va fasciata, devo bollire del tessuto.

— Perché?

— Le bende vanno sempre bollite. Dopo potrei anche provare a scendere negli accampamenti e vedere se trovo un cerusico. È rischioso, ma abbiamo pur sempre il sale e i kroner presi ai cavalieri.

— La compagnia dell'Affilato ne ha sicuramente uno — disse Brigid.

— Pazzesco — mormorò Val tra sé mentre cominciava a cucirle la ferita.

— Cosa?

— Ho lasciato la soldataglia per venire con voi perché avevo l'impressione che foste avviate verso più grandi destini. E tu adesso lasci noi per andare con la soldataglia.

— Chissà, forse sono stupida — replicò Brigid con disprezzo, e come Val le ebbe dato l'ultimo punto sulla scura carne del braccio, raccolse di nuovo la sua roba: — Buona fortuna.

— C'è ancora la ferita sulla spalla...

— Non è niente. Pensa a quelle di Ailis, piuttosto.

— Brigid! — gridò Ailis.

— Non mi hai fermata, mi pare.

La guardarono scalare le statue divelte e da lì la finestra e poi le mura diroccate del cortile per uscire nella città immensa che si distendeva intorno, i capelli crespi che ondeggiavano a ogni passo.

— Vieni, Ailis, non c'è niente da fare — disse Val, mentre lei, che ora ai suoi occhi, per la prima volta, appariva solo come la ragazzina che era, piangeva e raccoglieva l'anello d'acciaio del guanto d'arme dell'amica e se lo metteva al polso, strizzando la mano per farcelo passare.

Ailis e Val vissero per giorni nel palazzo distrutto, il canto metallico del Gallo d'Oro che li svegliava ogni mattina. Mentre Ailis aspettava che le ferite guarissero – i suoi tempi di rimarginazione erano come al solito incredibili, ma lo squarcio sulla mano era largo, irregolare, con l'osso sfondato – Val si aggirava per gli accampamenti raccogliendo informazioni; con il denaro che avevano preso ai cavalieri del Cerchio d'Acciaio poté acquistare cibo per molti giorni. Se nei campi nessuno faceva caso a lui – solo una volta un capocentinaio gli chiese a che gruppo appartenesse, ma lui se la cavò citando il nome del suo vecchio capomigliaio, che quello in ogni caso non aveva mai sentito nominare – la città vera e propria era un po' più pericolosa, e la cittadella quasi inavvicinabile: il reggente aveva istituito ronde armate e chi violava il coprifuoco era punito con la morte sul posto, così come chi vi si aggirasse di giorno senza poter giustificare la propria presenza. Solo un paio di volte aveva provato a spingersi al suo interno per guardare da vicino la torre dove Ailis voleva infiltrarsi, ma in entrambi i casi aveva dovuto fare dietrofront a metà strada per evitare una ronda.

Costruì anche una tettoia in un punto ben nascosto del cortile, e sotto di essa un giaciglio di paglia. Ailis gli raccontò nei dettagli la sua storia, e lui la propria, e Val disse che non potevano essersi incontrati per caso, e anche se ad Ailis sembrava invece che si fossero incontrati proprio per caso, annuì per non contrariarlo, e lui le promise che, per quanto poteva, l'avrebbe aiutata a compiere la sua vendetta. E nonostante fossero soli e in costante pericolo, furono giorni felici, anche se a volte Ailis pensava a Brigid, e non riusciva a non considerarla come un'altra delle persone che aveva perduto, e si chiedeva se esistesse, nella vita degli esseri umani, un momento in cui tutto ciò che abbiamo perso torna a noi.

Quando, dopo una settimana, la mano di Ailis già perdeva le croste e mostrava una stella di carne più tenera sui due lati, la torre divenne la loro preoccupazione principale. Per tre giorni osservarono il movimento delle ronde e riuscirono a trovare il modo per avvicinare la struttura e studiarla da vicino, passando prima da una strada di servizio protetta da un muro e poi per un fosso quasi del tutto asciutto, fino ad arrivare a un vicolo addossato sul retro della torre; la sera raccoglievano legname e preparavano i picchetti che sarebbero serviti a scalarla.

Il terzo giorno, però, il sistema delle ronde doveva essere stato cambiato, perché mentre stavano spiando i movimenti sugli spalti bassi della torre, nascosti dietro un mucchio di macerie in fondo al vicolo che avevano già utilizzato come posto di osservazione, una voce dietro di loro gli intimò l'alt.

Si voltarono e videro due soldati imperiali. Quello più

piccolo aveva una balestra puntata verso di loro, mentre l'altro, che era alto quasi quattro braccia, reggeva una picca.

— Io prendo quello grosso — sussurrò Ailis. — Attento alla balestra.

Ma il grosso, proprio mentre si mettevano in guardia, fece qualcosa di completamente inaspettato: colpì il suo compagno alla nuca col manico della picca, facendolo stramazzare, e si avvicinò ai due ragazzi lentamente, togliendosi l'elmo. Ailis e Val, pur sorpresi da quel gesto inaspettato, rimasero pronti allo scontro.

— Ailis! — disse il soldato, e l'elmo scoprì una testa di ciuffi ispidi color carota, e occhi azzurri, chiari, infantili, che si andavano riempiendo di lacrime.

Ailis fece fatica, in un primo momento, a riconoscere in quell'uomo enorme, vestito con le insegne dell'Impero, il suo amico. E sì che nel suo modo di muoversi aveva colto da subito qualcosa di familiare. Ma troppo tempo, troppi eventi, troppe vite, quasi, erano trascorse. Eppure era lui!

— Breu! — gridò e gli si gettò al collo. — Lo sapevo. Lo sapevo che non potevi essere morto!

— Shhh, fai piano! Ailis, è da non credere...

Ailis guardò l'amico e vedere come i tratti del piccolo Breu si riflettessero in quelli di quel ragazzo già grande come un uomo la commosse, e gli toccò il volto, e lo abbracciò di nuovo, e pianse.

— Credevo fossi morta... — disse Breu. — Credevo fossi perduta chissà dove...

Ailis scorse un movimento poco lontano e pur nella commozione si fece brusca: — Andiamo via!

— Dove?

— Vieni da noi!

— Da voi dove? — Breu guardò Val, che a sua volta lo guardava, un po' in cagnesco.

— Abbiamo un nascondiglio!

— Ailis, non so se... — si inserì Val.

— Scherzi? Breu è mio amico, e poi anche lui vuole vendicarsi, vero Breu?

Andarono al nascondiglio, e Breu si guadagnò la fiducia di Val dopo aver raccontato la propria storia: disse di come fosse stato raccolto dal druido che viveva da solo alle Pietre Nascoste, di come costui lo avesse curato, della sua lotta tra la vita e la morte per una settimana, del suo recupero e di come avesse trovato il Villaggio Alto distrutto e suo padre ucciso; dell'incontro con i pochi sopravvissuti, tra cui Drogo, che gli aveva detto che Ailis era viva e intendeva lasciare l'isola per trovare lui e Vevisa; raccontò dei sogni, che anche lui aveva ricevuto, e del suo arrivo al Villaggio del Porto, di come avesse raccolto testimonianze riguardo un gruppo di cavalieri giunti su una cocca, e di come, dopo diversi giorni passati a lavorare come facchino, avesse trovato un passaggio attraverso lo stretto su una nave di pescatori, e per pagarsi il viaggio avesse dovuto lavorare per un mese con loro, lì tra il Villaggio del Porto (che aveva scoperto essere chiamato Cuain dai marinai e dalla gente del continente) e la città di Opar. E a Opar aveva lavorato per altre due settimane come bracciante per comprare il cibo necessario al viaggio, e poi aveva provato a mettersi in marcia verso Quivira, che stava a sud-est, ma aveva sottovalutato la distanza e la difficoltà del tragitto ed era dovuto tornare indietro e supplicare il capo dei braccianti di riprenderlo con sé, e aveva frequentato il porto ogni sera finché non aveva trovato una spedizione diretta a Sudene la gialla che accettasse di portarlo; e a Sudene aveva lavorato come manovale nella costruzione di un forte, e lì aveva fatto il sogno in cui Vevisa era nel fiume, morta, e pur coltivando la speranza, pur rifiutando di crederci fino in fondo, aveva cambiato il proprio obiettivo dalla Capitale a Diomira, e dal ritrovamento di Vevisa alla vendetta, e in tutto aveva vissuto a Sudene per tre mesi, assieme anche a dei bruti, e poi si era spostato a Ys, dove i nomi delle persone sono segreti e se ne possono conoscere solo le iniziali, e lì un mercante di marmo aveva accettato di portarlo nelle Terre Franche, a Ruigård Granaio-della-Costa per la precisione (fu quando Breu nominò le Terre Franche e disse che prima di allora non aveva mai visto città così ricche e case così alte e belle, che Val cominciò a guardarlo con maggior simpatia), dove aveva incontrato i banditori imperiali e sentito che la guerra contro la stregoneria adesso ripartiva a Diomira, e allora si era arruolato e aveva marciato insieme a un migliaio composto di vagabondi e ragazzi come lui, attraverso le terre brune di Carcé, per quasi quattro mesi, sostentandosi quasi sempre a danno della popolazione, minacciando e rubando, fino ad arrivare a Diomira, fresca di conquista, dove era riuscito a farsi assegnare al centinaio che aiutava le guardie alla cittadella, con l'obiettivo di mettere le mani sul reggente: per sapere se fosse vero che Vevisa era morta, disse, e perché se fosse stato vero non gli sarebbe bastato ucciderlo, ma lo avrebbe anche torturato. Aggiunse poi che nelle sue ronde, parlando con le guardie che erano di servizio nella torre, aveva avuto modo di sentire mille storie su di lui, che le stesse guardie chiamavano "il Boia" come i popolani. Si diceva che fosse pazzo. Che non fosse umano. Che avesse mille anni, che non trovasse maggior gioia che nella tortura di ragazzine, che si nutrisse di fanciulli. E si diceva che dormisse poco, la notte, e che ogni giorno poco prima dell'alba uscisse sul suo balcone, preso da atroci malinconie.

Breu raccontava e Ailis lo guardava, e la turbava realizzare che se da un lato quell'incontro era una parte considerevole di tutto ciò che aveva atteso per tanto tempo, di tutto ciò per cui si era aggrappata disperatamente alla vita, adesso che Vevisa non c'era più e il mondo lo avevano girato entrambi ben più di quanto avrebbero ritenuto lecito sognare, il loro antico legame aveva senso solo se avessero portato a termine la loro vendetta. Pensò che era come se Val appartenesse a un mondo nuovo, mentre Breu a uno vecchio, e tuttavia irrisolto.

Dopo che Breu ebbe finito di raccontare, Val tirò fuori della carne secca e del vino che aveva comprato da dei lancieri di Dunvic e disse che valeva la pena festeggiare un incontro così fortunato, tra due amici che potevano essere morti da chissà quanto, e mangiarono e si inebriarono con quella bevanda a cui nessuno di loro era abituato e che li scaldava e li faceva ridere, parlando della torre e del reggente, scambiandosi le informazioni che avevano raccolto e discutendo in base a esse diversi piani d'infiltrazione. Breu aveva studiato la torre nel dettaglio e aveva anche scoperto quali erano le finestre da cui si poteva accedere a scale interne.

Si assopirono che la notte era matura, Ailis appoggiata a un capitello spaccato, Val sul paglericcio, Breu per terra; ma soltanto due ore dopo la ragazza del Villaggio Alto si svegliò. Guardò Val che dormiva bocconi, il braccio sinistro aperto sul pagliericcio, come a tenere lei. Andò da Breu e provò a svegliarlo, ma russava come un cinghiale. Allora gli mollò un calcio.

— Ahia!

— Shhh!

— Cosa c'è?

— Andiamo adesso, Breu.

— Che stai dicendo?

— Abbiamo detto che l'orario migliore è prima dell'alba, no?

— Sì, ma...

— Come hai detto tu, ce la possiamo fare, ma potremmo anche morire. — Ailis guardò Val che dormiva. — Lui non c'entra con questa storia. E poi, guarda. — Alzò gli occhi al cielo. — C'è la luna piena come quella notte.

— Mmm...

— Oggi o domani è la stessa cosa!

— Ma...

— Hai detto tu che ce la possiamo fare! — ripeté Ailis, già legandosi l'ascia dietro la schiena e la spada alla cintola.

— Ho detto che ce la possiamo fare a infiltrarci. C'è da valutare il problema della scalata...

— Conosco un modo! Me l'ha insegnato proprio Val, e ci stavamo preparando apposta. Vedi? — E gli mostrò uno dei picchetti ammucchiati in un angolo.

— Io ho anche questo — disse Breu, e mostrò una specie di ancorotto legato a una corda. — Però...

— Cosa?

— E se Vevi...

— Breu. Sarebbe bello se Vevisa fosse ancora viva. Ma non è così, e noi non possiamo perdere l'occasione per la vendetta.

C'era una ragione per cui il lato nord-est non aveva finestre ma solo feritoie: il vento lo percuoteva con ferocia, e la scalata era resa anche più ardua dal peso delle armi e del cuoio che avevano addosso. Ailis avrebbe voluto prendere anche la cotta di maglia, ma adesso capiva che l'ascesa sarebbe stata impossibile con quel peso ulteriore sulle spalle. Più volte dovettero fermarsi, precariamente in bilico sui picchetti, per riposare le mani, tuttavia l'idea di stare finalmente compiendo il loro destino non gli faceva vedere la pericolosità dell'impresa, né considerare la questione della discesa.

Al terzo ordine c'era una feritoia più larga delle altre, protetta da una grata, e dalla quale fuoriusciva un palo di legno con appesa una gabbia; dentro, un vegliardo pieno di piaghe aspettava tremando la morte.

— Poverino! — disse Ailis.

— Non fermarti — la esortò Breu, non senza gettare uno sguardo di compassione al vecchio.

Al quarto ordine c'era un balcone, dove alcune guardie giocavano agli astragali sedute sugli scudi. Ailis e

Breu dovettero camminare lungo il cornicione e scavalcare il terrazzo da un altro punto, e affrettarsi, col cuore in gola, cercando allo stesso tempo di non fare rumore.

Dal quinto ordine in su, le pareti esterne della torre erano lastricate di marmo e scalarle sarebbe stato impossibile, ma come aveva detto Breu quando avevano pianificato l'ascesa, da una piccola finestra poterono accedere a una scala interna, una stretta scala di servizio dalla quale salirono fino al penultimo piano, e da lì, infine, uscirono di nuovo dalla finestra e affrontarono l'ultimo tratto, il più difficile, tutto di marmo com'era. Breu estrasse il suo ancorotto e al secondo tentativo riuscì ad agganciarlo sul bordo della balconata che stava alla sommità della struttura: — Vado prima io: se regge me, regge anche te.

— Se si rompe e cadi, poi io cosa faccio? — disse Ailis. Afferrò la corda e si lanciò fuori dalla finestra, rimanendo appesa nel vuoto.

La corda resse anche Breu, e arrivarono sul terrazzo che si allargava sotto la guglia più alta, la quale aveva sopra, incombenti, le forme colossali del Gallo d'Oro, che visto così da vicino era molto, molto più grande di quanto non si sarebbe detto da terra.

C'erano grossi orci e vasi con alberi di limoni e di aranci lungo il bordo, e disposte agli angoli quattro statue di marmo bianco, più reali e morbide del vero. Una raffigurava un uomo con dei grappoli d'uva sul capo; un'altra, un vecchio che si avvolgeva in un mantello; la terza, una donna che reggeva un corno pieno di frutta, mentre l'ultima rappresentava una giovinetta, ma era priva della testa. Il portoncino che collegava la terrazza agli alloggi del reggente era di solido legno e valutarono che non ci sarebbe stato modo di aprirlo o sfondarlo senza dare il tempo al reggente di prepararsi, così si bardarono e attesero in agguato dietro due orci. Dovettero passare quasi quattro ore lì dietro, fermi all'umido, perché arrivassero i primi segni dell'alba imminente. E come aveva detto Breu, appena il cielo cominciò a schiarire si aprì anche il portoncino e ne uscì, circonfuso di una vaga luminosità e vestito di una lieve tunica grigia, Åydric Reinhare, Primo dei Dodici, reggente di Diomira.

Breu e Ailis si guardarono e deglutirono. Sembra ancora fortissimo, pensò Ailis, stranita dall'idea che lì e in quel momento andasse compiendosi il suo destino ultimo, ma almeno non ha armi né armatura. Il reggente avanzò con aria svagata verso il centro del terrazzo; poi, come se avesse captato chissà che odore portato dal vento, si voltò a colpo sicuro verso Breu, che non poté fare altro che uscire e avventarsi su di lui, la spada in pugno. Anche Ailis allora lanciò un grido e schizzò fuori. Sul volto di Reinhare apparve un'espressione tra il sorpreso e il divertito.

Quando Breu portò il colpo, il reggente lo schivò spostandosi di fianco con naturalezza e mise avanti il gomito sinistro in modo che il ragazzo ci sbattesse di faccia con tutta la forza del proprio slancio. Con la destra invece gli afferrò la mano della spada. Subito arrivò il colpo d'ascia di Ailis, che Reinhare parò proprio con la spada di Breu, muovendogli direttamente il polso. Subito dopo l'impatto Reinhare sussurrò qualcosa: il suo palmo sinistro si illuminò e scoccò un corto fulmine che colpì il ragazzo alla fronte e lo fece stramazzare. Magia! Ailis scacciò la paura portando un altro colpo, ma Reinhare lo parò: di taglio, e di nuovo con la spada di Breu, della quale si era ormai appropriato.

— Guarda che tacca — disse indicando la lama. — Dovremmo armarli meglio, i nostri soldati. Dunque...

Ailis, l'ascia in pugno, respirava profondamente, alla ricerca del momento giusto per attaccare. Aveva finalmente di fronte quel nemico così a lungo cercato, immaginato, odiato; era lì davanti a lei, a portata di attacco, e sembrava a suo agio come durante la più amabile delle conversazioni: quando lei mollò il colpo, lo schivò come si schiva il colpo di un bambino, fermò a terra la testa dell'ascia col piede e portò un affondo che Ailis evitò a malapena, trovandosi tutta sbilanciata. Reinhare non ne approfittò, anzi si rimise in guardia tranquillamente e disse: — Vuoi dirmi chi siete, prima di morire?

Ailis mollò l'ascia e sfilò la spada dalla cintura, la calma del suo nemico che le faceva montare una rabbia strabordante: — Hai ucciso mio padre! Hai ucciso mia madre!

— Quel tipo di spada lo conosco. Siete stati voi a far fuori i miei ragazzi a Despina?

— Hai ucciso la mia gente, hai preso Vevisa...

Solo quando disse quel nome, Reinhare, che fin lì sembrava soprattutto divertito dalla situazione, fissò i suoi occhi in quelli di Ailis. C'era, nello sguardo del Primo dei Dodici, una qualità inebriante, di difficile definizione, come qualcosa che venisse da troppo lontano per essere compreso. Ailis cercò di sgomberare la mente e lo fece nell'unico modo che conosceva: attaccando. Portò un fendente in diagonale, e poi un altro, tutti di rabbia ma ben caricati, ricchi del rigore che aveva appreso da Brigid in mille e mille allenamenti. Reinhare schivò il primo, parò il secondo e rispose con un affondo alla coscia, che tuttavia la sfiorò soltanto. Ailis abbassò la spada sull'avambraccio dell'avversario e lo colse; non pieno, ma abbastanza da inciderlo. Reinhare parve non sentire la ferita e rispose con un attacco dal basso verso l'alto che la sfiorò, aprendo un piccolo taglio tra mascella e mento.

Ailis portò un altro colpo, che Reinhare parò arretrando di un passo, e lei ebbe l'impressione di stare finalmente mettendo in difficoltà l'avversario, ma quello, profittando del tempo concessogli da una parata vantaggiosa sul colpo ancora successivo, mormorò qualcosa e puntò il palmo sinistro verso il suo petto: subito una morsa le uncinò i muscoli e si sentì rallentare. Fece in tempo a portare un altro fendente, che Reinhare parò senza problemi; poi si trovò completamente paralizzata.

Il Primo dei Dodici le sfilò la spada di mano e sorridendo le fece un taglio sul volto, in diagonale, dalla sommità sinistra della fronte attraverso il naso e giù lungo la guancia destra.

— Molto bene! — disse con aria lieta, mentre andava da Breu che giaceva lì esangue e gli lanciava un altro incantesimo, più lungo e complesso. — Adesso scendiamo un po' nelle segrete, che dite?

Ailis cercò con tutte le sue forze di muovere il corpo, ma era come essere fatta di pietra; la voce faticava a uscire, e anche il solo respirare non le era facile. Vide Reinhare considerare con aria svagata Breu steso a terra, e lei; poi le si avvicinò e mormorò il medesimo, lungo incantesimo che aveva scagliato a lui. Adesso non era più solo paralizzata: anche le palpebre le si fecero pesanti e sentì una nube, nera del più nero sonno, investirle il volto.

QUARTA PARTE

Una secchiata d'acqua svegliò Breu. Aveva la testa reclinata di lato e come aprì gli occhi scorse Ailis, cosa che lo rallegrò per una infinitesimale porzione di tempo, perché via via che il campo visivo si allargava vide che la sua amica aveva un enorme sbrego sul viso tutto insanguinato, che era legata con bracciali di ferro a una spessa sedia fissata al suolo e che dietro di lei, e tutto intorno a loro, si apriva una stanza spaventosa: il soffitto era un susseguirsi di volte a croce illuminate dal chiarore di bracieri dai quali spuntavano ferri e tenaglie, e ovunque c'erano tavoli con lacci per polsi e caviglie, cavalletti, ruote di tortura e sistemi di corde penzolanti da anelli e carrucole, mentre dal fondo dardeggiava il sorriso grossolanamente forgiato di una vergine di ferro. All'altro lato della stanza, un pugno di bruti, tarchiati e possenti, la pelle grigia e i volti coperti da cappucci di pelle, si affannavano attorno a due condannati. Il più giovane implorava pietà belando come una pecora, mentre l'altro, un povero ometto pelato, sembrava così prostrato dal dolore da non riuscire più a emettere un solo gemito. Un cieco terrore si impossessò del ragazzo del Villaggio Alto: cercò in ogni modo di divincolarsi, ma la sedia era tenace e i suoi arti posti in una posizione dalla quale non si poteva fare forza.

— Il prigioniero si è svegliato, Eccellenza — grugnì una voce dietro di lui. Cercò di voltare la testa per vedere, ma era impossibile.

Åydric Reinhare entrò nel suo campo visivo senza degnarlo di uno sguardo, raggiunse un ceppo tutto pieno di segni d'ascia e di sangue rappreso, lo spostò davanti a lui, vi stese un fazzoletto con la runa ᛟ ricamata sull'angolo e si sedette. Dall'altra parte della stanza, il prigioniero più giovane lanciò un urlo lancinante, mentre gli incappucciati gli versavano dell'olio bollente su una gamba.

Breu aveva una forza e un coraggio fuori dal comune, aveva passato due anni in mezzo ai pericoli e vissuto svariate avventure, facendosi rispettare tra uomini rudi e violenti; aveva partecipato a diversi scontri e una volta, in una taverna, aveva pure ucciso un uomo che lo aveva aggredito con un forchettone. Ma adesso, tra la batosta subita, lo stato di prigionia in cui si trovava, le condizioni di Ailis, l'avere di fronte Åydric Reinhare e il terrore in cui lo gettava quella stanza orribile, il suo essere in fin dei conti solo un ragazzino si rivelò con forza inarrestabile. Scoppiò in singhiozzi. Chiamò Ailis, ma lei sembrava dormire profondamente, nonostante il sangue colasse dalla ferita sul viso e sgocciolasse a terra.

Reinhare fece un cenno a uno degli esseri col cappuccio, che si affrettò ai suoi ordini, le tenaglie ancora in mano. Senza dire niente, gli indicò Breu. L'aguzzino annuì, rimestò due ferri in un braciere e, scelto un aggeggio artigliato, incandescente, andò verso il ragazzo del Villaggio Alto, che sbiancò fino a divenire terreo e prese a gridare: — No! No! Vi prego! Vi dirò tutto! Vi dirò chi sono! Chi siamo! Chiedo perdono! Non volevo!

Åydric Reinhare lo guardava, seduto senza dire niente, immobile, gli occhi stellati indifferenti e vitrei, come puntati da qualche parte dietro la sua testa.

— Pietà! No! Vi prego!

Lasciò che l'aguzzino torturasse Breu per quasi due ore, assistendo seduto lì, senza muoversi, il viso privo di espressione. Due volte Breu svenne; due volte fu svegliato con l'acqua; due volte ricominciò la tortura. Poi, quando il ragazzo era ormai ridotto a una massa straziata e stravolta, Reinhare fece cenno all'essere incappucciato di fermarsi e di tirargli un'altra secchiata d'acqua.

— Dimmi tutto, vuoi?

Breu raccontò del loro primo incontro, del druido che lo aveva trovato e curato, di come tanto lui che Ailis avessero raggiunto il villaggio bruciato senza incontrarsi, dei sogni mandati da Vevisa, di come cercasse Vevisa e Ailis da quasi due anni, e di come Ailis avesse fatto lo stesso; della volontà di vendetta di lei, e della propria; del loro incontro e del piano; della speranza dell'amica di ritrovare, trovando lui, anche Vevisa. Raccontò tutto ciò che li riguardava, senza però fare menzione di Val o di qualunque altra persona da cui avesse ricevuto aiuto.

Reinhare ascoltò la storia, interrompendo spesso per chiedere maggiori dettagli su questa o quella cosa; in particolare sembrava interessato all'infanzia di Vevisa e Ailis, e volle ogni sorta di informazione sui loro amici e parenti, e sul Villaggio Alto ai tempi in cui erano bambini. A volte annuiva, o aveva un lampo nello sguardo come se avesse messo assieme due pezzi e compreso qualcosa di importante. Dopo quella chiacchierata, in cui Breu raccontò tutto quello che ricordava su Ailis e Vevisa, su

Malva la balia e suo marito Bodo, su Drogo, sullo shultz e sua moglie, sulla loro infanzia e i loro giochi e ninnoli, Reinhare parve soddisfatto, e Breu sentì, pur in mezzo all'orrore, un gran sollievo.

— Ecco cosa succede quando una persona comune si immischia in faccende di potere — disse il reggente. Poi fece un cenno con la testa all'aguzzino, che subito tornò sul ragazzo.

— No! Che fate! Ho parlato! Ho parlato!

Reinhare parve leggermente divertito dalla situazione, anche se ben presto Breu svenne di nuovo.

L'acqua gelida svegliò Ailis dal sonno stregato in cui era sprofondata. Le sembrava di aver sognato l'Imperatrice, una donna gentile, vestita di luce...

— No! — Vide Breu, lì prostrato a sedere, privo di sensi, gli abiti lacerati, la carne del petto e delle spalle piena di ferite e ustioni. — Cosa gli avete fatto!

Guardò Reinhare con odio ferocissimo. Quello sorrise compiaciuto: — "Ailis", eh? Vediamo se le mie deduzioni sono corrette... Scommetto che da piccola, da *molto* piccola, portavi una conchiglia al collo, e qualcuno – una balia, forse? – la spostò al collo di qualcun altro.

— Che state dicendo? Cosa avete fatto a Breu?

— ... Chissà, forse una balia di nome Malva, che pensò in questo modo di tirare fuori dai guai la bambina che un cavaliere le aveva affidato, e alla quale si era suo malgrado affezionata... forse perché poco tempo prima aveva appena perso quella che aveva dato alla luce. Magari, dal suo punto di vista, la figlia del capovillaggio, che ogni giorno allattava assieme ad "Ailis", appariva come qualcuno più attrezzato della figlia adottiva di una balia per andare incontro a un destino grande e pericoloso...

Ailis digrignava i denti e piangeva di rabbia e gridava insulti.

Reinhare si alzò in piedi con calma: — Purtroppo non posso ucciderti. Tu appartieni all'Impero. In teoria non dovrei neanche maltrattarti — sorrise — visto che in futuro combatteremo sotto la medesima bandiera. Ma proprio in tale occasione potrebbe spargersi la voce che il Primo dei Dodici ha lasciato impunito qualcuno che aveva attentato alla sua vita, per di più mentre svolgeva le funzioni di reggente. Comprenderai che ciò sarebbe inammissibile — disse, e con la mano chiamò un aguzzino.

Passarono tre giorni, giorni di dolore e disperazione, feriti e incatenati nel fondo di una cella calda e puzzolente: Ailis febbricitava per il taglio sul viso, mentre Breu nei rari momenti di coscienza non la smetteva di piangere e chiederle scusa per la propria debolezza. Per di più l'incantesimo lanciato loro da Reinhare non si limitava a causare quel sonno dal quale si erano risvegliati nella sala di tortura e che ora gli era tornato addosso con rinnovata forza, ma si era installato nelle loro menti sotto forma di un torpore scuro e appiccicoso, il quale a ogni ora che passava sembrava velarle e corromperle ulteriormente, come una ruggine malefica.

Il sonno, o meglio lo stato di semi incoscienza in cui il maleficio li aveva gettati, era infestato di incubi e spesso si svegliavano urlando per poi ricadere in quella nera melma mentale; e tuttavia solo in quei momenti di breve lucidità riuscivano a buttarsi sulle croste di formaggio e sul pane pieno di vermi che il secondino lasciava loro una volta al giorno assieme a una ciotola d'acqua che sembrava sempre presa da un fosso. Allora Ailis pensava a Val, e se da un lato avrebbe voluto che fosse lì con lei, dall'altro era contenta almeno di avergli risparmiato quelle sofferenze.

Stare svegli costava loro ogni giorno più fatica, e ben presto anche mentre mangiavano erano mezzo immersi in quello stato di dormiveglia malefico, le palpebre e il capo che continuavano a cascare, sempre a disagio, sempre nel più nero disagio, specialmente Breu, che sembrava più rapidamente e più gravemente consumato dal sortilegio.

Fu la notte tra il terzo e il quarto giorno che Ailis, appena svegliatasi per l'ennesimo incubo, nella ormai brevissima lucidità che seguiva a ogni risveglio, sentì chiara la voce di Reinhare dal corridoio: — Dunque H.H. deve ancora recuperare?

Gli rispondeva una voce di ragazza: — Il Gran Maestro ha lanciato un incantesimo molto potente.

— Avete fatto bene a usare la bestia.

— Non sono tenuta a rivelarvi i dettagli del nostro viaggio.

— In tre giorni un piccione mandato da Diomira alla Capitale riesce a malapena ad arrivare in colombaia. Credi che io non abbia mai camminato sull'Alito del Drago?

— I prigionieri sono qui sotto?

Ailis cercò in ogni modo di aguzzare l'udito, di far diga a quel torpore malvagio che correva a ottunderle di nuovo i sensi. Sentì il passo ferrato di Reinhare che si fermava nel corridoio: — Non ti conviene comportarti in modo scortese con me, ragazzina.

— Per quanto il destino ci veda oggi alleati, e per quanto mi sia adesso ben chiara l'esistenza di disegni e scopi più grandi di quelli degli uomini comuni, non dimentico che siete l'assassino di mio padre.

Ailis, che andava riconoscendo un accento familiare nella voce della ragazza, rimase raggelata a quelle parole.

La porta della cella si spalancò ed entrarono prima Reinhare e poi, vestita di un abito simile a quello di una dama, ma nero, Vevisa. Era cresciuta: alta e magra, arrivava alla spalla di Reinhare. I capelli scuri erano raccolti in due trecciole avvolte a spirale sui lati del capo e coperte da una retina, a sua volta tenuta ferma da un nastro che poi formava un sottogola; sul collo candido non aveva più la sua solita conchiglia, ma un medaglione d'argento con le tre lepri in cerchio. Quello che non era cambiato erano i suoi occhi: di madreperla, le iridi un cerchio appena accennato.

Ailis si rianimò di colpo e schizzò in piedi, tendendo la catena fissata al muro: — Vevi!

— Sì, sono loro — disse Vevisa a Reinhare. — Informerò subito il Gran Maestro. Possiamo andare. — Poi si voltò, senza incrociare lo sguardo di Ailis.

— Vevisa!

Breu a quel nome si svegliò, ma Vevisa aveva già imboccato la soglia e Reinhare la seguì, tirandosi dietro la porta ferrata, mentre Ailis continuava a pronunciare il nome dell'amica, sempre più flebilmente via via che il maleficio riprendeva possesso della sua mente.

Breu, essendosi appena svegliato, ebbe un momento di sufficiente lucidità da riuscire a chiederle cosa fosse accaduto, se davvero ci fosse Vevisa, ma l'amica era ormai tracimata nel malvagio sonno inflitto loro dal Primo dei Dodici.

All'interno di quel sonno era difficile stimare il tempo, ma era notte fonda quando Ailis e Breu si svegliarono di nuovo, per il rumore della porta che si apriva.

Entrò una figura incappucciata, con una candela in mano. Sussurrò qualche parola e i lucchetti si aprirono da soli.

— Muovetevi.

Breu stava già ricadendo nel torpore, e Ailis non era messa molto meglio.

— Sono io — disse la figura, e si tolse il cappuccio, rivelando il volto di Vevisa.

A vedere la loro amica ebbero un lampo di riconoscimento negli occhi, ma il sonno stregato li assediava da ogni lato come una marea. Vevisa rifletté, come se stesse cercando le parole giuste; poi mormorò qualcosa. Subito Breu fu scosso da un brivido e spalancò gli occhi. Vevisa fece lo stesso con Ailis, mentre già Breu ricadeva nel torpore. Lanciò l'incantesimo ancora due volte su ciascuno e, pur intontiti, riuscì a fermarli in uno stato di veglia stupefatta.

— Venite.

Prese entrambi per la mano e li portò fuori dalla cella. Ailis avrebbe voluto dire qualcosa, ma le parole non le uscivano e anzi, intorpidita com'era, le veniva naturale seguire Vevisa, che li conduceva a passo rapido attraverso un corridoio, e ancora attraverso un androne pieno di ragnatele nel quale si sentiva una corrente d'aria fredda. In basso, sulla parete di sinistra, un cancello a grata conduceva in un breve tunnel che dava sull'esterno.

Vevisa lanciò di nuovo l'incantesimo, e stavolta reagirono entrambi con uno scatto teso, come se i loro stessi nervi fossero sul punto di venire forzati più di quanto potessero reggere; un occhio di Ailis si velò di rosso per un capillare esploso; Breu digrignò i denti fino a farli stridere. Grazie a quest'ultima strizzata di coscienza, però, Ailis riuscì a districarsi e parlare: — Vevi! Cosa...

— Muovetevi, non c'è tempo. Non sono ancora in grado di sciogliere un maleficio come quello che avete addosso, ma almeno adesso siete liberi.

— Ma il sogno... — balbettò Ailis.

— Andate! O ne morirei — e li spinse verso la grata.

Superarono a testa bassa le sei braccia del cunicolo, ogni passo un dolore ai muscoli e ai tendini tesi, ma stavano uscendo! Quando furono fuori e il vento li schiaffeggiò, fu Breu, il volto provato e la testa impastata di ragnatele, a trovare la forza di parlare: — Ailis.

Ailis lo guardò stranita, mentre inspirava quell'aria e cercava di ricordare come si facesse a correre.

— Breu... muoviamoci.

— Ailis... io... torno da Vevi.

Il solo dialogare richiedeva uno sforzo spropositato, ma Ailis, digrignando i denti, riuscì a dire: — Cosa... dici? Sta... con loro. Non hai... visto?

— Io... Scusami, in questi... anni... cercavo te, sì, e la vendetta... ma soprattutto... — e poi, come se avesse sentito che le ultime energie gli sarebbero servite per camminare, Breu si zittì e si voltò verso il cunicolo.

Ailis lo prese per il braccio: — Ti... tortureranno. Ti faranno... confessare che lei...

— Vevi mi... proteggerà. Mi... nasconderà... — disse Breu scostando la mano di Ailis, e rinfilò il cunicolo.

— Breu! — gridò lei, ma capì che il torpore avrebbe potuto riagguantarla da un momento all'altro, e dovette lasciarlo andare, e arrancò via, oltre un greppio e da lì dentro un lurido fosso, e poi attraverso un dedalo di baracche, un pollaio, ancora un fosso, ora c'era una donna vestita di stracci che la guardava, che ci fai in giro di notte, cos'hai fatto alla faccia, diceva, e poi un gatto divorato dalla rogna, mucchi di spazzatura e pozze e liquami e ancora un vicolo, ancora una baracca, ma una muffa maligna le opprimeva i sensi e ogni cosa si confondeva, e c'era Reinhare che la guardava e l'aguzzino con i suoi ferri e Breu svenuto e sanguinante e Vevisa con la candela, ed era buio ovunque intorno a lei e orientarsi, trovare le loro rovine, trovare Val, era diventato così difficile, così difficile...

Fu Val a trovare lei. Quando, tre giorni prima, si era svegliato da solo, aveva fatto presto a capire cosa fosse successo e, come intuendo che qualcosa era andato storto, aveva preso a passare le sue giornate, oltre che ad accumulare cibo, intorno alle mura della città e quando era possibile nella cittadella, spingendosi a volte anche nei pressi della torre, nella speranza di scorgere lei o Breu.

La trovò bocconi in una vasca per l'acqua piovana.

— Ailis!

La voltò: era tutta sporca di fanghiglia e aveva un'orribile ferita che le tagliava per traverso il viso; era fredda e inerte. La scosse. All'inizio Ailis non reagì, poi schiuse gli occhi e disse, piano: — Ho fatto un sogno…

Val notò le bruciature, i lividi, tutti i segni della tortura. La strinse a sé, e Ailis trovò la forza di parlare: — Portami via — disse spalancando gli occhi in una supplica spremuta fuori con le sue ultime forze mentali.

Se infatti quel nero torpore le corrompeva la mente e

il corpo, non riduceva la chiarezza dei sogni. E mentre era lì svenuta nella vasca, ne aveva fatto uno: un sogno mandato da Vevisa, dopo più di due anni.

— Vi state facendo prendere in giro da una ragazzina! — Reinhare era fuori di sé. Addirittura, nel suo chiarissimo incarnato si faceva strada un certo rossore. Gli occhi stellati parevano sul punto di esplodere in un turbine di fiamme. Vevisa lo guardava senza dire niente.

— Modera i termini, Åydric Reinhare, Primo dei Dodici: è il tuo Maestro quello che stai insultando — diceva H.H., avviandosi dalla cella vuota nel corridoio che portava alla sala delle torture.

— *Io* dovrei moderarmi? — Reinhare gli correva accanto. — Ho riportato la Coppa! Ho catturato la bambina del rito. Quella che avrei dovuto prendere subito, al posto di questa, questa...

— Vevisa è la mia allieva, adesso. È al di sopra di ogni sospetto.

— Tutto questo va oltre ogni immaginazione. È *ovvio*, mio signore — diceva Reinhare in tono più calmo, ma sempre carico d'odio, mentre entravano nella sala di tortura e poi si avviavano verso le scale, e senza smettere di lanciare a Vevisa occhiate che erano una promessa di morte — che se la bambina del rito e l'idiota che la accompagnava sono fuggiti, è stato grazie a questa specie di streghetta che vi siete messo fra i piedi. O tra le...

— La misura è colma, Åydric Reinhare.

— È venuta qui a vederli!

— Su mia precisa disposizione.

— Ed è tornata di notte a liberarli! Loro stessi mi hanno parlato del legame che avevano con lei.

H.H. guardava Vevisa, che faceva una faccia ignara e

spaventata. Poi diceva: — Non dare ad altri la colpa della tua negligenza, Åydric Reinhare, Primo dei Dodici.

— Negligenza! Io ho portato la Coppa! Io ho catturato la bambina del rito! Io ho riportato l'ordine in questa fogna... Non posso credere che vi stiate facendo mettere in mezzo da una ragazzina. — Reinhare scagliava a terra un braciere con gran fracasso. — Siete forse d'accordo con lei? C'è qualcosa che debbo sapere?

— Invece di sbraitare assurdità, faresti bene a muoverti a ritrovare la prigioniera. Sai bene che è compito tuo. Voglio almeno sperare che tu le abbia lanciato il Nero Sonno.

— Ovvio — diceva Reinhare a denti stretti.

— Non andrà lontano, dunque. Ma devi ritrovarla prima che l'incantesimo la uccida, o che qualcuno lo sciolga.

— È una delle bimbe del rito, avrà una buona resistenza. E a Diomira, a parte noi due e Urien, non c'è più nessun incantatore che possa sciogliere un simile maleficio.

— Lo spero per te, Åydric Reinhare, o sarai responsabile di aver privato l'Impero di una delle sue armi più cruciali. Convoca e mobilita anche Urien e i suoi, se non sono in missione. Adesso vai.

— Obbedisco — diceva Reinhare. — Ma ciò non toglie che voi abbiate covato uova di serpente. "La mia allieva"... Puah.

H.H. faceva finta di non sentire: — Mi aspetto un successo rapido. Vieni, Vevisa. Anche se siamo in trasferta, è ora di lezione.

Val portava Ailis sulle spalle per quei luridi vicoli, attento a qualunque segno di guardie o soldati, e intanto Ailis respirava affannosamente, si dibatteva nel delirio e a volte riusciva a parlare: — Serve un incantatore. Un incantatore...

— Ailis!

— Il cavaliere... Il cavaliere Kai diceva che... l'Uomo Pratico... è un incantatore...

Val non capiva cosa andasse farfugliando, ma ogni volta che riprendeva cercava di farle dire di più, di stimolarla a parlare.

Quando arrivarono alle loro rovine, la adagiò a terra per prendersi cura di lei: per fortuna, anche se recava segni di gravi torture e aveva quel brutto taglio che le attraversava il viso, come al solito le ferite stavano guarendo rapidamente. Il problema era quel delirio da cui era afflitta, e il fatto che il suo volto, sempre roseo e in salute, era ora bluastro e scavato, gli occhi coperti da una tela di confusione. Suo zio non gli aveva passato che alcuni rudimenti delle arti mediche, ma non aveva dubbi sul fatto che Ailis rispondesse in modo innaturale a ogni suo tentativo di suscitare una reazione. Era senso comune, tra la gente, che i Maestri del Cerchio d'Acciaio fossero anche stregoni. Che fosse sotto l'influsso di un incantesimo? Val non aveva mai visto all'opera la magia, ma notò che Ailis pareva reagire alla sua presenza più di quanto fosse ragionevole che facesse un malato o un ferito: quando la teneva in braccio o la stringeva, riprendeva un minimo di forza, come se il suo calore, o il suo affetto, passasse in lei, per poi evaporare appena se ne staccava.

La lavò, la asciugò e la nutrì col latte che aveva comprato, e tra quello e il continuo tenerla in braccio e stringerla riuscì a cavarle una parola che gli dicesse qualcosa.

— Portami a Duerdom — disse Ailis, gli occhi velati e distanti, ma spalancati in un'espressione sgomenta — o morirò per il Nero Sonno.

Quel nome, Duerdom, non gli giungeva nuovo, probabilmente lo aveva letto in una delle mappe prese a Sefira. Che poteva fare? Era chiaro che Ailis era afflitta da qualcosa di inspiegabile, ed era plausibile che il Cerchio d'Acciaio fosse sulle sue tracce. Non c'era spazio che per un gesto di fede. Val tirò fuori le mappe: Duerdom in realtà non stava in alcuna di esse, ma sul retro di una erano elencati i nomi di molti villaggi, accanto a quelli delle città a cui erano più vicini. Duerdom era tra quelli affiancati alla città di Sorlois. Trovarlo, dunque, non era impossibile.

— Riesci a stare qui da sola?

Ailis era inerte, biascicava cose senza senso, intervallate da quelle solite parole: l'incantatore, l'Uomo Pratico, Duerdom, il Nero Sonno. La accompagnò nell'angolo più nascosto, le buttò addosso un telo e si affrettò verso gli accampamenti dei soldati.

Diomira era battuta dagli uomini del Cerchio d'Acciaio, ma Val ormai conosceva bene l'accampamento. Si spinse al suo interno e comprò dell'olio per lanterne e un asino che legò in un punto nascosto, poco fuori dall'ultimo campo, quello del migliaio appena arrivato, e siccome gli avanzava diverso denaro acquistò pure un corpetto nuovo per sé.

Tornò alle rovine, controllò le condizioni di Ailis, la strinse a sé e le sussurrò in un orecchio di star ferma, e che sarebbero partiti a breve. Raggiunse, schivando le pattuglie, l'altro lato dell'accampamento, dove aveva visto un grosso fienile usato per i cavalli del Cerchio d'Acciaio: dopo avervi sparso l'olio gli appiccò il fuoco e tornò alle rovine.

Quando l'incendio divampò e le campane cominciarono a suonare, attese una decina di minuti, poi prese Ailis, la scosse più che poté e partirono di corsa. Ailis lo seguì per una cinquantina di passi, poi rallentò, si sedette a terra e si accasciò. Val fu costretto a prenderla in braccio e correre così, pregando che non incontrassero guardie, ma nessuno si interessò a loro, tanto che riuscirono a recuperare il ciuco e lasciare Diomira, incrociando solo un migliaio con le insegne di Carcé; i soldati parevano esausti per la marcia e nessuno fece caso a loro.

— Dov'è Brigid? — chiese Ailis mezzo intorpidita.

— Ailis, Brigid non c'è più, è andata via.

— Sì?

— Sì. Dobbiamo cavarcela da soli.

Val scelse di lasciare quasi subito le piste battute e passare da una zona selvaggia, un'alta prateria piena di cespugli spinosi; dopo un'ora sentì, in lontananza, una truppa a cavallo che percorreva la strada principale.

Quando il sole, ancora nascosto dietro l'orizzonte,

iniziava ad aprire un alone blu nella notte, Val era già sull'erta e rocciosa salita che stava sotto l'acquedotto, tirandosi dietro l'asino con Ailis legata sopra. Attraversarono di nuovo, a ritroso, quella terra piatta e battuta dal vento, Ailis che ogni poche braccia si agitava o scivolava sul fianco dell'asino, e Val che ogni volta la rimetteva in posizione e la stringeva a sé.

Avanzavano Val e Ailis sul ciuco, lenti nel pulviscolo indolente, urticante, di una landa secca ma non desolata: erano moltissimi infatti i villaggi che incontravano, poveri agglomerati di dieci, quindici case di legno, prostrati per le continue ruberie dei soldati che andavano aggregandosi a Diomira. Ailis, sempre mezzo svenuta, tossiva oppure si agitava improvvisamente, e scivolava, e Val la tirava su, e la stringeva, e le sussurrava nell'orecchio di tener duro. Aveva portato molto cibo, ma dopo due settimane erano ancora lontani e iniziò a pensare che forse si sarebbe trovato costretto a rubare alla gente dei villaggi, sempre che vi fosse rimasto qualcosa da rubare.

Varie volte aveva chiesto a qualche villico se sapesse dove si trovava Duerdom, ma sempre il suo interlocutore aveva scrollato la testa. Uno gli aveva addirittura puntato il forcone, tutto spaventato. — Andate via! — gli aveva gridato un altro. Ailis, poi, peggiorava e mangiava sempre meno. Ma al ventiduesimo giorno di viaggio, quando erano finalmente giunti all'altezza di Sorlois e ormai non era rimasto loro che un po' di cacio, un vecchio con un paletto al posto del piede indicò la strada in cambio di qualche grano di sale rosso.

Bisognava prendere una lunga via polverosa, che girava attorno a due colli spogli, e poi superare una piana brulla che non sembrava finire mai: tre volte vi si accamparono e vi passarono la notte. Da lì ancora un sentiero che attraversava una selva rada, finché, oltre un'ultima macchia di sommacchi, e superato un recinto nel quale abbaiavano cani scheletrici, ecco spuntare un villaggio più grande degli altri, rossiccio di mattoni e ammucchiato intorno a un monastero altrettanto rozzo, ma col portale abbellito da una cornice di lucide piastrelle. Poco prima delle ultime case, scorreva anche un fiumiciattolo.

Val entrò cautamente nel villaggio tirandosi dietro l'asinello con sopra Ailis, e chiese dell'Uomo Pratico. La gente lo guardava con sospetto, ma non sembrava la normale diffidenza dei villici: se da un lato erano meno ostili dei loro omologhi dei villaggi vicini, dall'altro a Val sembrava che sapessero ma non volessero parlare. Fu un bambino a indirizzarlo: quando gli chiese dell'Uomo Pratico, quello mostrò una spada giocattolo intagliata in un singolo pezzo di legno d'acero e disse: — Me l'ha fatta lui.

Grazie alle indicazioni del bimbo, Val portò l'asino fino a dove il piccolo corso d'acqua faceva un'ansa attorno a una zona boscosa. Lungo l'argine, comparve un sentiero ben battuto, tra felci e acacie. Continuarono finché non incontrarono un ponte di legno, contornato di rovi. Lo superarono. Un gufo volò via da un albero vicino, verso l'interno del bosco. È strano, un gufo di giorno, pensò Val.

Era una casa di pietre molto piccola, ma ben costruita. A parte quella con la porta e la finestra, le altre pareti erano coperte di edera e convolvoli. Il tetto era di ardesia, come si usava nel centro delle Terre Occidentali. Davanti all'entrata c'era un piccolo prato di trifogli punteggiato di margherite, con in mezzo un tavolo di pietra e due ceppi a far da sgabelli, e davanti al tavolo un orto, a cui faceva ombra un fico; non si vedeva nessuno, e l'albero era pieno di fichi primaticci. Val sussurrò all'orecchio ad Ailis di star ferma, legò l'asino a un pezzo di staccionata che delimitava un pozzo e andò a cogliere qualche frutto. Come toccò il primo, gli arrivò una sassata in testa. Si voltò, sfoderò la spada, non vide nessuno. Ailis sull'asino dormiva e biascicava gemiti di paura. Val concluse che il sasso doveva essere cascato dall'albero stesso, e staccò il fico. Subito lo colpì un altro ciottolo.

— Non credi che ci siano già troppi ladri al mondo? — disse una voce controllata, priva di accento, dal basso. Sembrava provenire da sotto un grosso cespuglio di lavanda. Val fece un passo verso il cespuglio, e vide che poco più giù rispetto a dove si trovava c'era un piccolo terrazzamento, fatto di tre scaloni nei quali fiorivano rose di ogni colore, ma per lo più rosa e rosse; sotto ogni cespuglio c'era una targhetta di legno, e un uomo in sandali e tunica li stava potando. Aveva capelli lunghi, castani e radi, tanto che sulla zucca era quasi calvo, e la sua fronte era rovinata da quella che sembrava una grossa ustione; ma la cosa che colpì di più Val era il fatto che stesse curando le rose senza guardarle: teneva gli occhi rivolti di fronte a sé, come fissando il vuoto, e con le mani sfiorava i fiori e le foglie, sceglieva i rametti e poi tagliava, con grande precisione e senza mai pungersi. Quando Val ebbe fatto altri cinque passi, vide che le orbite di quell'uomo erano cave.

— Dalle tue parti non si usa presentarsi quando si giunge nelle case altrui, ragazzo?

— Come potete...

— Qual è il tuo nome?

— Sono Val van Vijek, da Ejdam Faro-del-Golfo, capitale delle Terre Franche. Sto cercando l'Uomo Pratico.

— È uno strano nome.

— Siete voi?

— Come ti viene in mente?

— Non sembrate un contadino né un monaco. E tuttavia dicono che, oltre che cavaliere, siete incantatore: è vero? — disse Val avanzando nel roseto e annusando una rosa gialla.

— Giù le mani dalle mie rose.

— Posso prenderne una?

— Non le coltivo perché uno sciocco ragazzo le doni alla sua innamorata. Questi cinquanta cespugli ricordano uomini valorosi, figli di un'epoca che non sarà più.

L'uomo appese le forbici a un gancetto sulla corda che

fungeva da cintura e salì verso Val. Era più alto di lui di oltre un palmo e il collo, le caviglie e i polsi, che spuntavano dal lino, erano spessi e forti; i suoi movimenti suggerivano una controllata minaccia.

— E poi, chi ti ha detto che l'Uomo Pratico non possa essere un contadino o un monaco?

— Nessuno. Ma l'uomo che ha parlato di lui alla mia compagna era un cavaliere.

Il cieco si voltò verso il punto dove era legato l'asino: — Ha subito un maleficio, non è vero?

— Esatto! Sia lodata l'Imperatrice, siete voi per davvero.

— Salti sempre a così brusche conclusioni, ragazzo? Chi ti ha parlato dell'Uomo Pratico?

— Non a me, ma a lei. Un cavaliere di nome Kai...

L'Uomo Pratico sorrise: — Il piccolo Kai, certo.

— Lei è stata catturata da Åydric Reinhare, il...

— Non mi vuoi proprio lasciare in pace, eh, Åydric? — disse l'uomo tra sé. E poi, a Val: — Portala qui.

Adagiarono Ailis sull'erba davanti alla casa. L'Uomo Pratico la toccò sul viso, sul collo e sulla fronte, poi recitò qualche parola appena sussurrata.

— Ha addosso il Nero Sonno. Da quante ore lo porta dentro di sé?

— Non so... Quasi un mese? Veniamo da Diomira, e...

L'uomo alzò le sopracciglia, in un'espressione che, se avesse avuto ancora gli occhi, sarebbe stata quella di sgranarli: — Un mese! Anche un uomo fatto sarebbe morto da tempo. Forse...

— Cosa?

— Di questo parleremo dopo, Val van Vijek. Purtroppo non posso sciogliere un simile maleficio.

— Come!?

— La magia non è una cosa semplice, e quando non la

si pratica da tempo diventa ancora più difficile. Inoltre questo incantesimo, simile a un morbo, si aggrava col tempo. Dammi una mano.

Spogliarono Ailis e la misero di schiena, lì seduta sull'erba. Sentendosi afferrata, reagì con uno strattone ma si placò subito quando avvertì che era Val. Lui la abbracciò e la carezzò fino a calmarla. L'Uomo Pratico entrò in casa e tornò recando una penna d'oca, una brocca d'acqua e un portauovo di legno pieno di inchiostro secco. Si sedette e toccò la schiena di Ailis per prenderle le misure. Lei si agitò.

— Siediti di fronte e tienila ferma.

Val eseguì, e l'Uomo Pratico, dopo aver messo un po' d'acqua nel portauovo e sciolto e mescolato l'inchiostro, prese a disegnare qualcosa sulla sua schiena. Andava molto, molto lentamente, aiutandosi col pollice dell'altra mano per tenere le proporzioni. A volte si fermava per calcare con particolare forza la penna, e allora Ailis aveva un piccolo sussulto, che Val faticava a contenere.

Quando l'Uomo Pratico posò la penna e il calamaio, e prese a pulirsi le mani con un fazzoletto, Val si spostò dalla sua parte. Sulla schiena di Ailis ora c'era un cerchio, o meglio sette cerchi concentrici, e nello spazio tra ogni cerchio e quello più interno, una fitta serie di rune.

Mentre Val guardava stupito la precisione del lavoro fatto da quel cieco, l'Uomo Pratico poneva la mano destra al centro del cerchio e bisbigliava alcune parole.

Appena pronunciò l'ultima, Ailis ebbe un sussulto, poi un altro, più forte, una serie di sussulti e singulti che si intensificarono in forza e frequenza fino a diventare una scarica di convulsioni. Val cercò di tenerla ferma, ma l'Uomo Pratico lo tirò via. La ragazza finì lun-

coni, ancora scossa da spasmi, però via via sempre più leggeri. Quando si fu finalmente placata, Val la voltò e lei lentamente aprì gli occhi.

Il velo oscuro non era scomparso, ma sembrava ricacciato all'indietro. Il suo sguardo era provato e colorato di una nuova, scura intensità, ma non era più quello di una persona perduta nel buio.

— Val?

— Ailis!

Ailis guardò Val come attraverso un vetro spesso e opaco, e sorrise come ci si immagina possa sorridere un fantasma, mentre lui la stringeva a sé. L'Uomo Pratico li lasciò fare per un po', poi li separò: — Ascoltate...

— Ho fame! — disse Ailis prima che quello potesse continuare il discorso.

Dopo una enorme frittata di asparagi e una mezza botticella di sidro, l'Uomo Pratico prese finalmente la parola: — Sono felice che abbia funzionato — sorrise — ma non durerà.

— Come sarebbe a dire? — esclamò Val.

— Il Nero Sonno è stato soltanto spinto indietro dal sigillo, e già si sta riaffacciando alla sua mente, guarda — e Ailis in effetti sembrava già più stordita di un attimo prima — anche se adesso procederà più lentamente. Ma serve un incantatore di enorme potenza per sciogliere un incantesimo così forte e radicato.

— Non ne conoscete?

— Come potrai immaginare, non sono molti al mondo gli "incantatori di enorme potenza". Per di più sono anni ormai che l'Impero dà la caccia a coloro che praticano la Grande Arte.

— E allora come facciamo?

— Calma — disse l'Uomo Pratico. Tacque per un poco,

come a vagliare i propri pensieri, poi disse: — Ho una storia da raccontarvi.

— Macché storia! Dobbiamo salvare Ailis! — Val la prese per la spalla, e vide che era già mezzo catatonica.

L'Uomo Pratico lo agguantò per la collottola: — Non ti è venuto in mente che la soluzione potrebbe essere *contenuta* nella storia, impertinente di un franco?

— Non potete dircela direttamente?

— Le cose non funzionano sempre come ti hanno insegnato nelle tue terre. Dopo tanto nascondere, è giunto per me il momento di svelare. Adesso silenzio e ascolta.

Il racconto dell'Uomo Pratico

C'era una volta un ordine di cavalieri...

— Voi eravate uno di loro? — chiese Val.

L'Uomo Pratico si fermò. Le sue orbite vuote puntavano più o meno sopra la fronte del ragazzo, ma si capiva che se avesse avuto gli occhi sarebbe stato nell'atto di guardarlo storto: — Nessuno ti ha insegnato a non interrompere?

C'era una volta un ordine di cavalieri chiamato Cerchio d'Acciaio.

— Maledetti! — disse Ailis, scuotendosi d'improvviso dal torpore.

L'Uomo Pratico continuò a raccontare:

A quei tempi il Cerchio d'Acciaio era il più nobile ordine dell'Impero, e i suoi Maestri i più fedeli servitori dell'Imperatrice e dunque del mondo. Hruodland era il più bello e valoroso, e poi c'erano H.H. il Potente, Primo dei Dodici, Odilon l'Astuto, esperto di alchimia, Yvain, bravo a domare i cavalli, Galhad-portatore-della-Coppa, Urien-dello-Spasmo, il più forte nella lotta, Bradmá la vergine guerriera, Åydric del Popolo Antico, Percy delle Terre dei Bruti, Bima il vorace detto Pancia-di-lupo, T.C. il bellicoso e il giovane Kai, ultimo a ricevere l'investitura. Ciascuno di loro aveva sotto di sé dodici cavalieri, essi pure di grande virtù, e per questo erano detti Maestri. Loro era il compito di vegliare sul sonno dell'Imperatrice e di mettere in pratica, nel mondo, il suo volere, un compito che svolgevano con devozione e coraggio, sotto la guida del Gran Maestro, Artemi il Saggio.

Un Grande Computo andava finendo, ma l'Impero custodiva la Coppa e la Spada, simboli di legittimità: l'Imperatrice e il mondo erano uno nell'unità dei due artefatti, il Sogno era nell'anima di ogni uomo, e l'anima di ogni uomo era il Sogno. I Maestri vegliavano su quest'ordine: essi non erano soltanto cavalieri, ma anche incantatori, e monaci: in particolare Artemi era un grande sapiente, al quale non erano preclusi i segreti della Rosa e della Croce.

— E quali sono? — chiese Val.

Nessun uomo a parte lui li conosceva per intero, continuò a raccontare l'Uomo Pratico con un sospiro di impazienza, *ma certo era che la Rosa fosse il Sogno, ovvero l'Imperatrice, e la Croce fosse il Mondo, ovvero i Quattro Serpenti preposti agli elementi: il Cromcruach, preposto alla Terra, il Jormungand, preposto all'Acqua, il Drago, preposto al Fuoco, e lo Shahrukh, preposto all'Aria. Nel Sogno, ovvero nel mondo percepito dagli uomini, la Rosa era la Coppa, la Croce era la Spada: dopo lunghe Cerche i Maestri avevano recato alla Capitale entrambe le reliquie, e il potere dell'Impero era allo zenit.*

— Quanti anni fa accadeva? — chiese Val.

— Migliaia, oppure quattordici. Dipende da come si

guarda al tempo — rispose l'Uomo Pratico, ormai rassegnato a essere interrotto.

— Io ho sedici anni. Quando ero piccolo, nella mia terra si diceva sempre che nel resto dell'Impero la gente moriva di fame.

— Il potere non è sempre misurabile in moggi di grano. Infatti...

... Tutto era pronto per una nuova era di gioia e prosperità: un'età dell'oro. Artemi e il suo miglior allievo, H.H., Primo dei Dodici, avevano messo a punto tutto ciò che era necessario per compiere il rito: il mistero più grande dell'Impero, che avrebbe portato il Sogno a farsi Uomo. L'Imperatrice avrebbe generato un Figlio, un Dio che sarebbe cresciuto tra gli uomini come uno di loro, e tra loro avrebbe camminato: così avevano annunciato i Profeti e così si tramandava.

La notte della fine del Computo, col potere della Spada furono convocati al centro dell'Impero i Quattro Serpenti; con quello della Coppa fu destata l'Imperatrice. Venne scelta una vergine, una principessa di sublime bellezza e virtù, la cui linea di sangue poteva essere tracciata fino all'inizio del Computo che andava finendo, e fu portata al cospetto dell'Imperatrice. Alla mezzanotte che corrispondeva allo scoccare della nuova era, la Spada e la Coppa furono unite, e così la Rosa e la Croce. Tutto ciò che esisteva vibrò e si spense, per poi rifulgere di luce rinnovata: il rito era compiuto. L'Imperatrice tornò al Sogno; i Serpenti al Mondo, che attendeva adesso un dio fatto di carne.

Quando venne l'alba, il Gran Maestro morì nel proprio letto. Era normale credere che fosse la conseguenza dell'aver compiuto un simile, sublime compito: aver donato al mondo un Dio. Nessuno poteva sospettare che il male si fosse fatto strada nel Cerchio d'Acciaio, fino alla destra del Gran Maestro.

Furono organizzati grandi funerali, e furono una festa, come

Artemi stesso aveva da tempo indicato: poiché era di fatto la celebrazione della fine di un'era e l'inizio di un'altra ancora migliore. H.H., nuovo Gran Maestro, celebrò il rito con grande trasporto, e i cavalieri pensarono che l'Ordine non sarebbe potuto finire in mani migliori. Fu però con immenso stupore di tutti che, una settimana più tardi, la vergine prescelta sanguinò. Tra i cavalieri si sparse prima l'orrore, poi la sfiducia e il sospetto: era possibile che il rito, così lungamente atteso, così accuratamente preparato, fosse fallito?

Trascorsero mesi di tormento: addirittura si dubitò dell'autenticità della Spada o di quella della Coppa; della fedeltà di questo o quel Maestro. E sebbene H.H. riuscisse a tenere uniti i Dodici con il suo rigore nel portare avanti i calendari rituali e le missioni di ciascuno, la verità era che, privati della saggezza di Artemi in un momento come quello, tutti si sentivano smarriti. Ci fu poi un fatto, che contribuì a far crescere il dubbio e la paura nel Cerchio d'Acciaio: non fu Hruodland, che di Artemi era nipote, e da tutti era considerato il più valoroso tra i Maestri, a diventare Primo dei Dodici: H.H. scelse Åydric, dando scandalo tra i cavalieri. Era, quello di Primo dei Dodici, un ruolo di grande responsabilità, poiché in caso di morte del Gran Maestro è lui a prendere il suo posto; tuttavia H.H. era sempre stato accorto e giusto nelle proprie scelte, né mai Åydric aveva mancato ai propri doveri, così la decisione fu accettata, per quanto a malincuore.

Odilon, che tra i Dodici era il più astuto, notò qualcosa tra quei due, qualcosa che lo insospettì: una mezza parola, uno scambio di sguardi. Esponendosi a un grave sacrilegio, si recò nella cripta con due dei suoi uomini più fedeli ed esumò il Gran Maestro. Nel massimo segreto ne studiò il corpo con arti dimenticate, arti per mezzo delle quali si possono scoprire segni celati nei visceri e nei nodi del corpo, e concluse che la morte di Artemi non era avvenuta per ragioni naturali. In due lo avevano ucciso: qualcuno lo aveva tenuto fermo sul letto e qualcun altro lo aveva soffocato con un drappo o un cuscino. E sebbene Artemi fosse molto anziano, soltanto dei Maestri avrebbero potuto sopraffarlo in un simile modo.

Odilon parlò della propria scoperta col solo Hruodland: non si fidava di nessuno, ma valutò che costui, cavaliere di insigne verità e amato nipote di Artemi, in quel caso non potesse essere sospettabile. Insieme stabilirono di attendere: l'Ordine non poteva sopportare una guerra interna proprio adesso che aveva perso il suo Gran Maestro e aveva fallito nel più importante dei riti.

Fu sempre Odilon, che fra tutti era anche il più attento a quello che accadeva al Palazzo-Cattedrale, ad accorgersi che una giovane schiava, portata da lontane terre del Sud, era incinta. La ragazza, dalla pelle nera come l'ebano, aveva tredici anni, e da più di due serviva sua moglie, vivendo nelle loro stanze. Certo, era possibile che qualche garzone si fosse introdotto nella sua camera, ma Odilon dubitava che qualcuno potesse osare tanto: per di più l'aspetto di quella schiava era ancora quello di una bambina, e difficilmente avrebbe potuto scatenare grandi passioni in un uomo. La convocò e la interrogò. Ella confermò di non aver mai giaciuto con alcuno. Odilon condusse le proprie indagini nel Palazzo-Cattedrale e scoprì che non una, non due, ma altre tre giovani schiave di palazzo portavano un bimbo in grembo.

Si recò allora da Hruodland e lo mise al corrente di quanto aveva scoperto. Convocarono Bradmá e Galhad-portatore-della-Coppa, i quali erano ritenuti da Hruodland al di sopra di ogni sospetto, li misero al corrente tanto della sorte di Artemi quanto di quella delle quattro schiave, e con essi giurarono di proteggere i figli del rito.

Venne il giorno del parto, il medesimo per ognuna. In quei mesi, il nuovo Gran Maestro aveva operato riforme nella regola e nei compiti del Cerchio d'Acciaio, riforme che gli altri Maestri, con l'eccezione di Åydric, Yvain e Urien, avevano accettato di malavoglia: ma non stava a un cavaliere mettere in discussione gli ordini del suo Maestro. Tuttavia, un più grande tradimento si preparava, se tradimento può esser definito quello che è operato dai giusti contro i malvagi.

Le quattro schiave partorirono a mezzanotte, e partorirono quattro bimbe. Hruodland, Odilon, Galhad e Bradmá vegliarono sull'evento. Poco dopo, i cavalli già bardati nelle stalle e l'armatura indosso, strapparono le neonate al seno delle madri e lasciarono nottetempo il Palazzo-Cattedrale.

— Le neonate... Hai sentito, Ailis? — disse Val, che già stava intuendo le implicazioni di quella storia, ma dovette constatare che, nonostante il sigillo, la ragazza era di nuovo finita in uno stato torbido e stupefatto, e non comprendeva fino in fondo il senso di ciò che l'Uomo Pratico andava raccontando.

Si fermarono solo per cambiare i cavalli a Minoc e poi ancora a Luln-villaggio-crocevia, dove oltre che cavalcature fresche chiesero balie allo shultz, un uomo fidato, già cavaliere sotto Odilon, per nutrire ancora una volta le piccole prima di separarsi.

Lì, mentre le bimbe suggevano il loro secondo latte, Odilon portò i propri compagni in una stanza priva di finestre e pose di fronte a loro un grosso involto. Dentro c'erano la Spada e la Coppa, che aveva rubato dal Luogo più Sacro, nella cappella del Palazzo-Cattedrale.

Né Hruodland né Galhad, che erano i più fedeli alla regola, riuscirono a nascondere l'orrore. Sebbene sapessero quanto il loro scopo fosse nobile, e sebbene fosse evidente che ciò metteva in ancor più grave difficoltà H.H. e Åydric, era diffi-

cile immaginare un sacrilegio più grande, e rifiutarono di essere tra coloro che si sarebbero assunti la colpa di disperdere la Coppa e la Spada, dopo che loro stessi avevano dedicato l'intera vita alla Cerca.

Odilon allora affidò la Coppa a Bradmá e tenne con sé la Spada. Stabilirono che avrebbero nascosto gli artefatti assieme alle bimbe, così che crescessero abbeverandosi del loro potere. Hruodland, che a malapena riusciva a controllare la rabbia, obiettò di nuovo, e disse che questo era in contrasto col dettame di "farle crescere tra gli uomini", e la discussione si infiammò, e Hruodland arrivò a scoprire la spada, ma Bradmá fermò i propri compagni, spiegando che non c'era il tempo di arrivare a un accordo, mentre uno scontro in quel momento avrebbe significato rovina per tutti: non restava che lasciare le decisioni intorno a ciascuna bambina al cavaliere che se ne era fatto carico. E così, ciascuno ne riprese una dalle braccia della rispettiva balia e si separarono.

Bradmá andò a nord-ovest, Hruodland a sud-ovest e Odilon a ovest. Galhad disse che sarebbe andato a nord, ma qualcosa, forse il rimorso, forse una regola troppo profondamente radicata o l'indignazione per il gesto sacrilego di Odilon, doveva averlo gettato in una grave crisi, perché non appena i suoi compagni furono scomparsi alla vista, sgomento voltò il cavallo verso est e riportò alla Capitale la bimba a lui affidata.

Quando ebbe superato la terza cerchia di mura, e fu prossimo al Palazzo-Cattedrale, Galhad sentì un terribile boato, e vide un fumo nero alzarsi dalla guglia sotto la quale aveva sede la cappella del Cerchio Interno. Poteva esistere un segno peggiore? Corse col cavallo fin dentro il primo androne, lasciò la bimba a una fantesca e corse verso il Luogo più Sacro. Sulle scale centrali incontrò Åydric, Yvain e Urien, che come lui stavano accorrendo alla cappella. Åydric gli prese il braccio e gli chiese se sapesse dove fosse Hruodland; Galhad non rispose. Salirono an-

che le scale della torre della cappella, che erano piene di polvere e di un fumo scuro e pungente.

Nella cappella trovarono la devastazione e la morte: fiamme liquide guizzavano sui mobili e sugli arazzi, e tutto era invaso da quello spesso fumo. L'altare era spaccato; lo scrigno d'oro sfasciato e annerito. A terra, il corpo straziato di Manon, sacerdotessa imperiale, protetta e figlia adottiva del Gran Maestro, e poi lui, H.H., completamente sfigurato dall'esplosione e dal fuoco, ma vivo.

Odilon l'astuto, Odilon l'alchimista, Odilon il sacrilego, non si era limitato a sottrarre la Coppa e la Spada dal Luogo più Sacro, ma al loro posto aveva lasciato una delle sue diavolerie, in agguato per quando il Gran Maestro sarebbe andato a scoprire le reliquie per le orazioni del mattino.

Hruodland, Bradmá e Odilon cavalcavano intanto verso le rispettive destinazioni. Dal momento che le profezie parlavano di un Dio che sarebbe cresciuto tra gli uomini, si erano accordati di affidare le bimbe a famiglie del popolo di loro conoscenza e fiducia, in luoghi quanto più lontani dal centro dell'Impero. Le Scritture parlavano di un Dio, e non di quattro bimbe, ma la fede era ormai tutto ciò che rimaneva loro. E tuttavia, mentre il pio Hruodland e la vergine Bradmá rispettarono il patto, Odilon fece a modo proprio: portò la bimba in un'isola lontana, un luogo arcano e temuto dagli uomini, e la allevò personalmente, addestrandola dalla più tenera età alla magia e alla consapevolezza del proprio potere.

Intanto, al Palazzo-Cattedrale, H.H., pazzo di dolore e privo ormai di oppositori, scatenava la repressione: Hruodland, Odilon e Bradmá vennero dichiarati fuorilegge e condannati a morte; lo stesso Galhad fu incarcerato nelle profondità del Palazzo-Cattedrale; le schiave che avevano dato alla luce le bimbe vennero appese per il collo e bruciate, e poi, l'ultima notte del mese, anche i quarantotto cavalieri agli ordini dei Maestri traditori vennero massacrati.

— Ma venendo a noi, mia cara bimba del rito — disse l'Uomo Pratico ad Ailis che lo guardava frastornata e si faceva atterrare una farfalla cavolaia sull'indice — con ogni probabilità l'unica persona rimasta al mondo in grado di liberarti da un maleficio tanto incancrenito è la tua sorellina Lorlei: del resto è naturale che il destino delle figlie del rito sia quello di incontrarsi.

Ailis non aveva l'aria di avere ben compreso quanto rivelato dall'Uomo Pratico: disse che si sentiva un po' confusa e si sedette a terra, la schiena appoggiata alla casa. Presto il sonno la vinse, ed era un sonno incantato, ma meno maligno e corrosivo di quanto non fosse stato fino a quel momento. Val pose sul tavolo di pietra l'astuccio di pelle scamosciata e prese a svuotarlo.

— Cosa fai, ragazzo?

— Ho delle mappe. Voglio controllare il percorso. Come si chiama quell'"isola lontana"?

— Hai capito, allora.

— Certo.

— E hai compreso anche quale responsabilità...

— Signore — disse Val in modo brusco, facendo alzare le sopracciglia all'Uomo Pratico — non so bene quanto credere al vostro racconto né possiedo gli strumenti per capirne fino in fondo le implicazioni. Quello che mi sta a cuore è guarire Ailis dal maleficio. Come si chiama l'isola?

— I marinai la chiamano "I Cinque Picchi".

— E dove sono, questi cinque picchi?

— Nel mare a ovest delle pinete di Odmimir.

— Capisco — disse Val consultando la mappa grande. — L'unico modo, dunque, è scendere fino a Hadakand, passare per la steppa...

— Ti troveresti comunque a traversare le colline di Shamut. Gli uomini selvaggi che le abitano, quando trovano degli intrusi, li appendono per i piedi e li picchiano con le loro mazze di tasso.

— Ma se arrivassi fino a Beimeni potrei prendere una nave.

— Nessun capitano sarebbe mai disposto a portarti ai Cinque Picchi: ammesso che sappiano dove si trovano, sono circondati di gorghi e scogli che sono la rovina di ogni nave. Né è facile orientarsi, o anche solo sopravvivere, nelle steppe del Sud. Ascolta — disse l'Uomo Pratico stringendogli la spalla — esiste un modo per giungere in quell'isola così lontana e sfuggente, ed è quello che utilizzò Odilon. Come potrai vedere nella tua mappa, la Foresta Ercinia non è lontana da qui: è placida al punto di ospitare qualche carbonaio, ma in realtà non è altro che una prima propaggine di Broceliande.

— Broceliande? Nella mia terra si dice che sia un luogo magico, se non maledetto.

— Be', avete sempre ragione, nella vostra terra, o sbaglio?

— E poi, perdonatemi: vi preoccupate del mio orientamento e volete mandarmi nella foresta più impenetrabile di tutte le Terre Occidentali?

— Calmati e ascolta. Broceliande è nota anche come "Il Primo Sogno": è un luogo antico, e antiche sono le regole che lo governano, differenti da quelle del mondo di cui hai avuto esperienza finora.

— Peggio che mai.

— Non se le conosci. — L'Uomo Pratico mise una mano sulla spalla di Val. — Appena passerai dalla Foresta Ercinia alla vera e propria Broceliande, cerca il Ramo d'Oro.

— Un ramo in una foresta. Perché non un cespuglio nella steppa?

— Se la tua volontà è abbastanza forte, lo troverai. Non si dice forse che l'amore sia più forte del Sogno?

Val guardò di traverso l'Uomo Pratico: — E una volta che avrò trovato questo ramo?

— Lo spiccherai dall'albero e lo terrai sempre in pugno: chi reca con sé il Ramo d'Oro è immune agli inganni di Broceliande. Certo, non sarà il ramo a difenderti dai mostri...

— Mostri?

L'Uomo Pratico sembrava divertirsi: — Non avrai paura di qualche mostriciattolo... un guerriero come te!

— Sono, anzi ero, soltanto un soldato.

L'Uomo Pratico ristette. Ponderò. Sorrise.

— Aspetta qui.

Entrò nella baracca e ne uscì con un involto di pelle di daino. Lo appoggiò sul tavolo di pietra e lo svolse: dentro c'era una spada. La bella lama d'acciaio rifletteva i loro volti come uno specchio. Aveva l'elsa a croce lobata e l'impugnatura rivestita di pelle di struzzo. Era priva di decorazioni, a parte il fatto che il pomolo aveva la forma di una melagrana.

— È stupenda — esclamò Val, e fece per toccarla, ma l'Uomo Pratico la impugnò prima che lui potesse sfiorarla.

— Alzati — disse perentorio.

Val si rizzò in piedi.

— In ginocchio, adesso.

Come comandato da quella voce, col cuore in gola, Val

si inginocchiò. Per un attimo lo attraversò il dubbio folle che l'Uomo Pratico lo avrebbe colpito con quella spada.

Invece lui gli appoggiò la lama sulla spalla sinistra e poi sulla destra: — In nome della Rosa e della Croce, per volontà dell'Imperatrice e forza del Mondo, io ti creo cavaliere.

— Ma... come...

— Posso essere bandito e cieco, privato del nome e del regno, e di certo esistono un tempo e un luogo dove ho fatto scelte diverse e sono un uomo migliore, ma qui e ora, agli occhi dell'Imperatrice, resto pur sempre un Re e un Maestro. In piedi, Val van Vijek, Cavaliere del Cerchio d'Acciaio. Che tu possa essere giusto, e cortese.

Val si alzò, pieno d'orgoglio. L'Uomo Pratico fece un passo indietro, poggiò la punta della spada in mezzo alla sua fronte e con un movimento minuscolo e controllato vi incise una piccola croce.

— Ahi!

— E che mai diventi tripla — disse l'Uomo Pratico. Poi poggiò la spada sul suo involto e si sedette. — Non si è mai visto un cavaliere aver paura di qualche mostro, o sbaglio? E poi non ci sono solo mostri, ma anche eremiti. Eremiti veri, gente che parla la lingua degli uccelli, non come questo cieco qua, che ha bisogno di olio, vino e galline ovaiole. Ma rallegrati: non dovrai attraversare tutta Broceliande, anche perché lì lo spazio, come il tempo, ha forme diverse e sfuggenti. Se sarete ancora vivi, quando sarai nel cuore della foresta procedi a nord finché non incontri una fonte, all'ombra di un bianco cipresso.

— Prima il ramo, poi la fonte e il cipresso... — disse Val senza riuscire a nascondere la propria perplessità. — Non avete una mappa, piuttosto?

— Una mappa di Broceliande! Stai a sentire, invece:

non bere quell'acqua, ma continua a salire. Sarà un terreno impervio, ma se non cadrai giungerai in alto sulle vette irte di abeti, dove incontrerai la vera sorgente del sacro fiume Vaitarani, che attraversa le Terre Occidentali e sfocia in mare di fronte ai Cinque Picchi. Lì troverai una zattera.

— Ma come potete sapere che... — obiettò Val, poi abbassò gli occhi: — Ho capito. Le antiche regole.

L'Uomo Pratico sorrise: — Salirai su di essa assieme ad Ailis e vi porterà per tutto il fiume. La regola in questi casi è ben nota: non guardare mai indietro.

— In che senso?

— Adesso dormite — disse l'Uomo Pratico ignorando di proposito la domanda, o almeno così parve a Val. — Perdere altre ore non farà bene alla tua amica, ma tu dovrai essere pieno di energie per il compito che ti attende.

Il mattino dopo, l'Uomo Pratico ripassò con l'inchiostro il sigillo sulla schiena di Ailis, che si era svegliata con una discreta cera ma pareva già finita in uno stato confusionale, e diede a Val un sacco di iuta: dentro c'erano cinque involucri fatti con una foglia di fico arrotolata, ognuno dei quali conteneva delle stecchette spesse, di una sostanza rossastra e appiccicosa: — È pemica. Galletta impastata con frutta secca, lardo, miele e carne affumicata: il miglior cibo per il viaggiatore. Intanto però bevete questo — e da una giara riempì due ciotole di un latte denso e profumato di menta.

— Che buono! — disse Val, mentre puliva i baffi bianchi rimasti sulla bocca di Ailis, che pure aveva bevuto di gusto. — Voi non lo bevete?

— Non ce n'è bisogno — disse l'Uomo Pratico, poi gli porse la spada con cui l'aveva investito: — Prendi.

— Non posso accettare, signore.

— Un cieco non ha bisogno di armi. E poi, forse, per me è venuto anche il momento di dare. Non sarà *la Spada*, ma è una buona spada.

— Anche la mia è discreta.

— Non hai capito. È una spada *buona*. Si chiama Alta-e-chiara, ti sarà utile. — Gliela mise in pugno. — Andate, adesso. Il sigillo non durerà per sempre, e quando si scioglierà, il maleficio la aggredirà in modo ancora più ostinato.

— Io non so come ringraziarvi...

— Mi ringrazierai se riuscirai a salvarle la vita. Vai.

Val avvolse nella pelle la sua vecchia spada e si infilò Alta-e-chiara nel fodero. Poi recuperò le provviste, caricò Ailis in groppa all'asino e partì verso nord-ovest, mentre l'Uomo Pratico tornava alle sue rose.

Poteva scorgere le prime alture boscose all'orizzonte, ed era soltanto la Foresta Ercinia. Ailis era tranquilla. Pur distante dal mondo e un poco sofferente, stava aggrappata di buon grado alla sua schiena e non si addormentava più all'improvviso. Scarabei e bombi, libellule, farfalle e coccinelle le ronzavano intorno, e lei se li faceva posare sul dorso delle mani; quando Val la stringeva, o le diceva qualcosa, gli sorrideva.

Risalivano per un sentiero stretto ma abbastanza battuto, bordato di cespugli di lamponi. Val sapeva bene che quella situazione non sarebbe durata, che anzi con tutta probabilità quel sentiero era stato tracciato e tenuto sgombro dall'Uomo Pratico stesso, dalla gente del villaggio vicino o dai monaci, e che non sarebbe andato avanti per molto, ma immaginare che tutto il viaggio sarebbe stato come quella piacevole passeggiata, col sole che dalle fronde li baciava con mille chiazze di luce, non costava nulla e gli dava almeno un po' di fiducia per il futuro. Cercava di non ripensare alle parole dell'Uomo Pratico, al fatto di essersi infilato lì dentro come se niente fosse, decidendo di credere a un mucchio di storie più simili a leggende che altro, proprio lui, che aveva sempre seguito ciò che gli suggeriva la ragione. Si voltò verso Ailis, che lo guardò con l'aria interrogativa che hanno a volte i matti, e si chiese se non fosse lei che lo stava cambiando nella testa, oltre che nel cuore. Al suo baciarla sulla fronte e accarezzarle i capelli, rispose con un gran sorriso. Tutto andrà bene, pensò Val senza crederci troppo, e si mise a fischiettare un'aria delle sue terre.

Quando il sole passò il mezzogiorno, il sentiero non accennava a peggiorare. Adesso alla loro sinistra avevano un fronte di galestro di un paio di braccia, sopra al quale si arricciavano rovi e ginestre e si accavallavano piccole querce e pini, mentre a destra il bosco sprofondava in un canalone. Mentre avanzavano, Val si divertiva a staccare scaglie di galestro con la punta del bastone.

Un uomo con un saio di iuta e una fascina sulle spalle spuntò dalla curva e li salutò mostrando il palmo. Val rese il saluto e valutò se chiedergli conferme sul percorso, ma concluse che non c'era ragione per farlo: la direzione era quella giusta, e se avesse cominciato già allora a dubitare di sé, chissà che fine avrebbe fatto una volta arrivati nelle profondità di Broceliande. Il monaco, da parte sua, non sembrava stupito di vederli e dopo averli salutati tornò a guardare la strada di fronte a sé.

Era più o meno metà pomeriggio quando il sentiero si ridusse a una zona appena più battuta delle altre, e anzi, superate le rovine diroccate di quello che doveva essere un antico posto di guardia – o forse, a giudicare dal ruscello che vi passava accanto, un mulino – diventava quasi invisibile. L'ululato di un lupo che si ripeteva in distanza rendeva tutto ancora più sinistro. Val riuscì a seguire quello che restava del sentiero per un'altra ora, poi si trovò in mezzo agli alberi senza che nulla suggerisse una direzione piuttosto che un'altra. Scelse allora un punto in cui l'erba e il muschio erano morbidi e asciutti, legò l'asino e preparò un po' di cibo per sé e per Ailis. Sentì il canto di un cuculo; un calabrone gli passò vicino al naso. Per la prima volta da quando aveva lasciato la casa paterna, ebbe davvero chiara la percezione di quanto sterminato e inconoscibile fosse il mondo: — Forse sono solo un povero scemo, eh, Ailis? — disse addentando il suo pezzo di pemica.

Ailis rise, si ficcò tutto il pezzo di pemica in bocca e masticandolo si avviò dietro a una farfalla. Val la riprese, la baciò sui capelli e la riaccompagnò a sedere. Quando scese il buio, avvolse entrambi nella coperta, e così si addormentarono.

Il giorno dopo la foresta era ancora più aspra e fitta, ma Val decise che non avrebbe perso tempo a pensare se la strada fosse giusta o sbagliata. Puntò la bussola e passarono l'intera giornata marciando fino allo sfinimento, senza incontri se non i resti dei falò dei carbonai e una vipera, che subito Val decapitò con la spada.

Il successivo non fecero in tempo a fare un solo miglio, lungo il quale non trovarono che un unico resto di falò, che la foresta si diradò di nuovo e dopo un'ultima macchia di lecci finirono in mezzo a un vastissimo prato, che saliva ripido verso un crinale. L'erba era verde e ricca, uniforme, intervallata solo da cardi e lembuli su cui si affollavano api e cavolaie; qua e là gli escrementi di mucca suggerivano che vi fossero, da qualche parte, dei pastori che approfittavano di quei pascoli, ma non si vedevano abitazioni né staccionate. Val scese da cavallo e prese le redini con la mano, lasciando tutta la sella ad Ailis.

Quando arrivarono al crinale, lo spettacolo gli tolse il fiato: tutto intorno si estendevano vaste e verdi vallate, prive di qualsivoglia segno umano; dietro le sue spalle, la Foresta Ercinia non appariva che come uno sbuffo smeraldino, mentre di fronte, dopo una valletta profonda nella quale si alternavano praticelli e pinete, e un'altra ripida salita, si alzava un muro di abeti, prima giovani e bassi, e poi, fin dove l'occhio andava a perdersi, alti e neri, le sommità che formavano una specie di sterminata, scura catena montuosa.

— Hai visto, Ailis?

Ailis lo guardò, prima spaesata, poi lo abbracciò piano e lui la strinse a sé, ancora più allibito della loro posizione nel mondo: due punti sperduti in un luogo ignoto e lontano dagli uomini. Una raffica di vento portò alle sue narici un odore di sottobosco profondo e ricco di note mai sentite, ma che erano in qualche modo corroboranti, e anche Ailis pareva essere adesso traversata da un flusso febbrile.

Val attraversò quella stretta, ultima valle tirandosi dietro il ciuco e Ailis sopra di esso con rinnovato impeto, quasi che Broceliande lo attraesse col suo mistero oscuro, finché non giunsero a infilarsi nel buio corridoio formato dai fusti rossicci degli abeti. L'ombra era tale che non crescevano arbusti tra i tronchi, ma solo sbuffi di rovi grigiastri, in mezzo ai quali a volte poteva riconoscere le fatte di cinghiale.

Ben presto Ailis dovette scendere dall'asino, e procedettero tirandosi dietro la povera bestia finché non fu chiaro che la foresta era troppo bassa e fitta e piena di rovi per attraversarla con un animale come quello. Allora tornarono indietro, e Val lo liberò nella stretta valle. Ailis non voleva staccarsene, e Val fu costretto a prenderla per il braccio e portarla fin dove non poteva più vederlo, pregando che non si ribellasse, con quella forza mostruosa che aveva, e che il maleficio non aveva attenuato.

Avanzavano nel fitto dell'abetina, Val che teneva la mano di Ailis con la sinistra mentre con la destra tagliava i rami e i rovi più invadenti. A volte incontravano canaloni troppo ripidi per essere attraversati e dovevano fare lunghe deviazioni tra gli alberi, con l'impressione di perdere completamente la via; altre, l'abetina era così bassa e fitta che dovevano camminare carponi, e anche quando di tanto in tanto sembrava che si diradasse era solo perché incontravano qualche ammasso di rocce muschiose, che ogni volta dovevano scalare o aggirare. Nella mente di Val si era già insinuata l'idea di avere del tutto perso la strada, se si poteva poi immaginare una strada per qualcosa di così generico come il cuore della foresta, e anzi si malediva per aver intrapreso un viaggio che era assurdo fin dall'inizio, ricordando quanto i suoi compagni dell'esercito temessero le foreste, e imprecava, senza smettere di tagliar rami e rovi e arbusti, recuperando Ailis ogni qual volta si intrufolava in un'apertura del sottobosco o si fermava per giocare con qualche insetto.

Fu al terzo giorno là dentro che Val notò un tronco, sul quale due nodi e un ramo spezzato davano l'impressione di due occhi e un naso, mentre una serie di funghi lingua-di-strega formavano una bocca barbuta, e gli sembrò di averlo già visto poco prima. Tuttavia era sicuro di stare andando dritto, magari non proprio in linea retta, ma di certo non in tondo, e anche la bussola lo confermava. Si persuase di essersi sbagliato e continuò ad avanzare, ma quando vide quel volto silvestre ancora una volta, lo colse un brivido di paura. Ailis rideva accanto a lui, mentre un ragno marrone dalle lunghe zampe le saliva sul collo. Val spazzò via il ragno e perlustrò la zona intorno a quell'albero. C'erano in effetti dei rovi e degli arbusti mozzi, ma non somigliavano a quelli che ricordava di aver tagliato. Ebbe l'impressione che la realtà intorno a loro avesse preso un carattere fluido, mutevole; si guardò intorno, e al suo sguardo la foresta rispose con mille suoni. Prese il polso di Ailis, ma più che per tenerla a sé, era lui stesso, ora, a cercare un appiglio, poiché si sentiva come perduto dentro una massa liquida, scura e inconoscibile.

— Ailis, se ho sbagliato tutto, perdonami — disse piano, pieno di rabbia verso di sé. Fu allora che si ricordò del Ramo d'Oro, e si aggrappò a quell'idea: doveva essere venuto il momento di cercarlo, non c'era altra spiegazione. Non fece in tempo a finire il pensiero che alla sua destra vide luccicare qualcosa. Senza mollare il polso di Ailis superò un cespuglio spinoso e una grossa roccia squadrata, e in mezzo a una piccola radura vide un albero, simile a un salice, ma tutto d'oro. Poteva davvero essere così semplice?, rifletté, e il suo stesso pensiero gli parve strano e oleoso, come sono a volte i pensieri nei sogni; tuttavia decise che se si parlava del "Ramo d'Oro" e non di "un Ramo dell'Albero d'Oro" non poteva essere quello, e passò oltre.

Se da un lato era orgoglioso di aver avuto tanto coraggio a fidarsi della prima intuizione che gli era balzata alla mente, dall'altro lo prese l'angoscia di aver fatto un errore capitale: tanto più che appena si voltò, l'albero sembrava scomparso. Non poteva fare altro che andare avanti. Continuò verso nord-ovest, e pochi passi dopo sentì alla sua sinistra un rumore di campanelli.

Una vecchia, i bianchi capelli arruffati legati con rami di edera secca, avanzava scalza nella foresta, i piedi nodosi e irti di unghielli che spuntavano da una gonna tutta toppe.

Già la presenza di una persona del genere in mezzo alla foresta lo avrebbe lasciato sbalordito, ma il fatto era che dietro di lei avanzava un banchetto, sì perché il banchetto aveva le zampe, due lunghe zampe da pollo con tanto di rostro, vive e nervose, con le quali superava rovi, buche e radici; attorno a quella destra, in basso, aveva una catenella d'argento che fungeva da guinzaglio. Val si stropicciò gli occhi, convinto di avere le traveggole. La vecchia diede uno strattone alla catenella e subito il banchetto si affrettò a piazzarsi di fronte a lei; poi, dopo un'altra tirata più leggera, piegò un poco le ginocchia fino a rendere visibile il ripiano. Sopra c'erano diversi ninnoli e stranezze. Un uovo con le squame, un cristallo rosso al cui interno si agitava un'ombra, una statuetta d'avorio raffigurante la testa di un giovane, una piuma iridescente, delle tavolette di legno, un grosso chiodo arrugginito, un amuleto a forma di doppio serpente, una ghianda con un buco quadrato in mezzo e tre oggetti che sembravano proprio fatti d'oro: un anello, una specie di bussola e un ramo di quercia.

— Volete comprare qualcosa, giovane cavaliere?

— Come potete sapere che... — Val tratteneva a stento lo stupore, anzi era quasi certo di stare sognando, mentre Ailis, incantata da tutto quel luccicare, già toccava gli oggetti.

— Giù le mani, tu! — disse la vecchia. Poi si volse di nuovo a Val: — Sono tutti articoli di grande potere, sapete? — Prese il cristallo rosso: — Questa è la gemma dove è imprigionata l'anima di Buffo Rylla, il traditore. O forse vi interessa la piuma dello Shakrukh. Ah, ho capito. Voi siete un intenditore: vi interessa il Ramo d'Oro. Per un bel cavaliere e la sua innamorata fanno due soli kroner, oppure una presa di sale rosso, secondo i costumi di vossignoria.

Tutto, su quel banchetto, scintillava come un piccolo firmamento, e Val davvero non sapeva più se quanto aveva di fronte stesse avvenendo veramente: stava già soppesando il sacchetto con i soldi, ma pur nella confusione ricordò che l'Uomo Pratico aveva parlato di staccare il ramo da un albero. Allora alzò le mani: — Vi ringrazio, ma non mi serve niente — disse, e tirandosi dietro Ailis superò la vecchia.

Quella lo insultò e lo maledisse, e Val pensò che sebbene il consiglio dell'Uomo Pratico di non voltarsi mai fosse riferito al fiume Vaitarani, avrebbe potuto essere un buon suggerimento anche in quel caso, e non si voltò neanche quando quella prese a insultare sua madre, sua nonna e sua sorella, e a chiamare truffatori e strozzini i bravi banchieri delle sue terre.

Fu dopo sette passi che Val vide, non più alto di un paio di braccia, un ramo dorato spuntare da un vecchio frassino. Non era d'oro, ma piuttosto venato d'oro, o meglio, spandeva un vago riflesso aureo per effetto di un raggio di sole che dalle frasche lo colpiva, ma come lo scorse non ebbe un momento di esitazione e, raggiunto l'albero, spiccò il ramo.

Ailis subito tese le mani verso di esso.

— Cosa c'è, vuoi tenerlo tu? — Val sorrise: era la prima volta che reagiva da sola a qualcosa, e anche se tutto gli suggeriva che fosse un gesto avventato, le passò il ramo. — Va bene. Tu tieni il ramo, io terrò te. E che la fortuna ci assista.

Ailis puntò il ramo in una direzione (la bussola diceva: ovest-nordovest) e si avviò, tirandosi dietro Val.

— Aspetta... Ailis, aspetta... — Ma lei non smetteva di tirare e a Val non restò che superarla ed essere lui a guidare entrambi in quella direzione.

Sebbene la foresta avesse il medesimo aspetto cupo e spaventoso di prima, gli sembrava di essere più deciso, quasi che adesso non fosse più importante dove andassero, ma solo spingersi sempre più profondamente al suo interno. Forse, pensava mentre tagliava rovi e rami spinosi, avanzando spedito di radura in radura, di canalone in canalone, riprendendo Ailis che si fermava ora per una mantide, ora per un toporagno o uno scoiattolo è solo suggestione.

Passò così un giorno, e quando venne la sera Val aprì un covo in un gran mucchio di rovi e dopo aver acceso il fuoco dormirono lì dentro, la foresta che parlava con mille suoni, e nessuno rassicurante.

Al mattino li svegliò la pioggia, un'eco uniforme che risuonava e si moltiplicava tra gli abeti; quando cercarono un riparo, si scoprirono a trovarne uno fin troppo buono sotto un enorme fungo, alto quanto un albero e dal cappello spianato. Val pensò che non era possibile, e poggiò una mano sul fusto, alzando gli occhi alle lamelle umide e scure. Ailis rideva. Quando finì la pioggia, Val preparò di nuovo il fuoco per asciugare un po' i vestiti.

Al pomeriggio ripresero a camminare, e se il poco sole che filtrava tra i rami non era sufficiente a riscaldarli, lo era almeno a dare a Val la stilla di fiducia necessaria ad andare avanti. E così, mangiando pemica e qualche fungo o uccelletto quando avevano la fortuna di trovarne, procedettero per una settimana, superando diversi pericoli – un'orsa dalla quale fuggirono, un burrone dal bordo scivoloso per le foglie zuppe nel quale Ailis per poco non cadde, una lonza che Val ebbe il coraggio di fronteggiare spada in pugno e far fuggire – incontrando sempre più spesso quei funghi giganti e altre stranezze: alberi dalle foglie nere e ragni che brillavano nel buio come e più delle lucciole, e filamenti argentei che facevano pensare alla bava di qualche ignota creatura, che penzolavano dalle foglie e dai rami, e a Val pareva che ormai i giorni si sovrapponessero o dilatassero nei modi più diversi, e che i concetti di tempo e distanza a lui noti non fossero più del tutto validi.

Giunsero un giorno ai piedi di una rocca a cui facevano da corona, su in alto, un pugno di alberi contorti. C'erano, ai suoi piedi, dei massi che sembravano essere stati messi lì a formare una rudimentale scaletta.

D'un tratto, una voce: — Kaa kaa kaa!

Val e Ailis guardarono su: in mezzo agli alberi che bordavano la cima della rocca era spuntata una figura. Un uomo, nudo e coperto di graffi, i capelli neri e la barba pieni di rovi e bacche spinose, faceva quel verso da corvo e agitava le braccia.

— Salve! — gridò Val.

— Kaa! Morte e rovina su di voi!

Allora Val raccolse un sasso da terra e lo scagliò contro l'uomo, cogliendolo su una gamba. Quello schizzò all'indietro e senza smettere di fare il suo verso sparì alla loro vista.

— Brutto uccellaccio del malaugurio — disse Val ad Ailis, che rise e fece: — Kaa!

Val sorrise: — Manca solo che ti ci metta anche tu... Andiamo, dai.

Aggirarono la rocca, ma neanche mezzo miglio più in là si trovarono davanti un fronte roccioso lungo e compatto. Non restava che salire. Val riprese il Ramo d'Oro e se lo mise alla cinta, poi cominciò a scalare, tirandosi dietro Ailis. Il muschio che copriva la pietra era scivoloso e rendeva l'operazione particolarmente complicata; inoltre, dopo il primo fronte eccone un altro, e un altro ancora, e poi ancora un altro, ripide salite fangose, una più ostica dell'altra, da cui sbucavano massi instabili e sopra le quali ripartiva imperterrita, dopo qualche ginestra e ginepro sulla proda, la foresta. Quando arrivarono sulla sommità del quarto fronte, cominciava a fare buio: Val sperava di trovare un punto di osservazione, ma lassù la foresta ricominciava come se niente fosse, solo un po' più rada, con aceri e castagni che si alternavano agli abeti, e un intenso odore di funghi. A terra c'erano dei ricci, e approfittò dell'ultima ora di fioca luce per raccoglierne un po'. Ailis gli riprese il Ramo d'Oro dalla cintola e si mise ad aiutarlo. Raccoglieva i ricci come se non avessero le spine, e quando ne ebbero fatto un bel mucchio aveva le mani tutte piene di graffi e punture. Val scrollò il capo con un sorriso e le baciò la punta delle dita, e come una vaga consapevolezza di stare facendo qualcosa di giusto, in un senso che andava oltre loro due e la loro vicenda, lo rassicurò; poi si mise a preparare il fuoco e ben presto fu notte.

Adesso che erano a una certa altezza, la foresta sembrava più docile, o forse, pensò Val guardando Ailis che lo teneva in pugno, era l'effetto dell'avere con loro il Ramo d'Oro. Fatto sta che procedevano con ben altra lena, trovando sovente spazi tra gli alberi in cui potevano passare senza doversi sempre accanire contro rovi e rami che ostruivano il passo. La cera di Ailis era peggiorata. La cosa non le aveva impedito di seguire Val, sebbene sembrasse sempre più sorda alle sue parole e spesso lui dovesse trascinarla per il polso, giacché piuttosto che indirizzarsi da una parte e andare dritto come aveva fatto da quando avevano trovato il Ramo d'Oro, adesso non faceva che buttarsi ogni momento in una direzione diversa, perduta chissà dove con la mente e con l'anima.

Dopo una mezza mattinata di marcia giunsero a una vasta radura, la prima così grande dopo molto tempo. Qua e là, al posto dei soliti cespi spinosi e gomitoli di rovi, bassi sbuffi pieni di punti colorati, fragole e mirtilli. Si misero a raccoglierli, e per una bacca che mettevano in un panno, ne mangiavano tre, e Ailis rideva, la bocca tutta sporca di rosso e di blu.

Il bel momento fu breve: mentre si ficcava in bocca l'ennesimo mirtillo, Val sentì un ringhio dietro di sé. Quando si voltò vide, a neanche dieci braccia, un lupo, che non era solo il lupo più grosso che avesse mai visto, ma anche l'animale più grosso, perché era alto il doppio di un cavallo e largo il doppio di un bue, e la sua testa era così grande che un uomo non sarebbe riuscito ad abbracciarla per intero, e la sua bocca dalle gengive rosse e gocciolanti aveva zanne lunghe due palmi ed era tanto ampia che avrebbe potuto staccargli la testa con un morso senza neanche spalancarsi del tutto. Il suo pelo era nero e opaco come il carbone e gli occhi sembravano gialle gemme in cui vorticava un fuoco terribile, mentre ringhiando lo sovrastava.

Val deglutì per la paura. Poi sorrise rassegnato. "Qualche mostriciattolo, certo" pensò, e sguainò Alta-e-chiara. Il lupo fece scattare le zanne, pronto ad attaccare.

— Contro un mostro del genere non ce l'avreste fatta neanche tu e Brigid, sai — disse ad Ailis che guardava meravigliata l'enorme animale. — Avanti, facciamola finita, se così doveva andare — aggiunse Val, e si mise in guardia verso il mostro, che caricò le zampe posteriori per il balzo e spalancò le orrende fauci.

— Fen! — Una voce, dall'altro lato della radura. — Fen, buono!

Il lupo subito chiuse la bocca e voltò il capo nella direzione da cui proveniva la voce.

— Qui, da bravo.

Un uomo alto e castano, stempiato, sui trent'anni, vestito di un misero saio, avanzava scalzo attraverso la radura. Subito il lupo corse verso di lui e prese a scodinzolargli intorno. Val guardava sconcertato la scena di quella creatura mostruosa e colossale che si agitava attorno all'uomo col saio come un cagnolino. Il lupo gli si accucciò accanto, e la sua groppa era tanto alta che lui per accarezzarlo doveva alzare il braccio ben oltre la spalla.

— È un bravo lupo. Non è vero, Fen?

Fen tirò fuori una lingua grande come una coperta da sella e leccò il viso dell'uomo, che si mise a ridere.

— Metti via la tua arma — disse poi a Val, che subito obbedì, come se quell'uomo esprimesse una volontà di pace alla quale era impossibile resistere.

— Questa poi... — mormorò fra sé.

— Non sarà la cosa più curiosa che vedrai nell'oscura selva di Broceliande, giovane pellegrino.

— Chi siete?

— Soltanto un eremita.

— Bella gente...

— Cosa intendi?

— Uno dei vostri mi ha augurato la morte. Era nudo, faceva versi da corvo.

L'uomo rise: — Il povero Testa-di-fango. Ha perso un po' la tramontana, ma è tra i migliori eremiti.

— Immagino i peggiori.

— No — rise l'uomo — non li immagini.

— Siete molti, qui?

— Venite con me.

L'uomo si voltò e si indirizzò nel bosco alla loro destra, il lupo che gli camminava accanto scodinzolando, e intanto parlava: — La terra soffre, le città sono oppresse da leggi ingiuste. La guerra, del resto, non è mai soltanto dove la si porta, e così sono molti quelli che si rifugiano nel bosco — disse, superando con un balzo un tronco caduto, Val e Ailis che quasi faticavano a stargli dietro. — Certo, molti vengono soltanto perché qui, comunque, si sopravvive. Bacche e castagne, e radici d'inverno, sono pur sempre qualcosa per chi non ha niente, o per chi è schiavo della terra sotto un padrone crudele.

— Io ero un soldato — disse Val — ma poi ho capito che l'Imperatrice è malvagia.

— Non dire sciocchezze — sorrise l'eremita mentre imboccava uno stretto ponticello che univa i due lati di un crepaccio, che Fen saltò con un colpo di reni. — L'Imperatrice non è malvagia. L'Imperatrice *è*.

— Ma il Cerchio d'Acciaio...

— Spesso gli uomini sono resi malvagi dal desiderio, dalle circostanze e anche dalla storia. Quando avevo la tua età — disse l'eremita mentre prendevano a risalire un ruscello — ero un mercante.

— Fal lal, Fjere lal! — Giunse un grido dall'altro lato del fiumiciattolo. Val intravide un cappello con la fibbia, tra alti germogli di acacia e le fronde di un salice.

— Hei ho, fratello! — rispose gaio l'eremita. — Il vecchio Tom. Strano personaggio.

— Parla quello normale — disse Val tra sé, mentre recuperava Ailis che si era fermata a giocare con uno scoiattolo.

— Broccati, filo d'argento, roba pregiata insomma — riprese l'eremita, mentre passavano intorno al più grosso cedro che Val avesse mai visto.

— Aspettate un attimo — disse. — Quel tizio ha detto Fjere. È forse il vostro nome? Un nome del genere, il commercio dei tessuti... Voi venite dalle Terre Franche!

— Come te, immagino. Di Ejdam Faro-del-Golfo, almeno a giudicare dall'accento; io invece sono nato a Roriam Luce-della-Pianura.

— Franco d'Occidente, ricco e demente — rise Val.

— Franco d'Oriente, meglio un serpente — ribatté

Fjere con un sorriso, e a sentire quelle facezie della sua terra una grande emozione prese Val al petto e alla gola e scoppiò in lacrime, e abbracciò l'eremita, mentre Ailis e Fen li guardavano senza capire.

— È molto che sei lontano da casa, eh, ragazzo? — chiese Fjere carezzandogli il capo.

— Val. Mi chiamo Val van Vijek — disse lui senza smettere di singhiozzare.

— Piacere di conoscerti, Val. E la tua amica?

— Si chiama Ailis. Ha subito un maleficio. Anzi, non è che potreste...

— Cosa, di grazia? — disse Fjere alzando un sopracciglio, mentre imboccavano un sentiero scoperto, nel giallo delle ginestre fiorite.

— Voi non siete un uomo normale. Avete addomesticato quel lupo mostruoso, vivete nel mezzo di Broceliande...

— E...?

— Be', potreste usare la magia.

— La magia! — L'eremita alzò gli occhi al cielo. — Sai cos'è la magia? — chiese grattando la nuca di Fen. — È l'arte di parlare alla realtà: di parlarle in modo che non possa disobbedire. Ma chi ti dice che obbedire le piaccia?

— Non credo di capire.

— Un giorno, se vorrai, capirai. Fui mercante per tre anni — riprese ancora Fjere — e avevo talento, sai, nell' approfittare del prossimo, ma non mi piaceva. Sentivo che diventavo sempre più furbo e malizioso. Così lasciai tutto e mi arruolai, cercando una vita onorevole. Quanto ero sciocco — aggiunse mentre li guidava sopra un cumulo di rocce che fungeva da scala per una zona più alta, e si avvicinarono all'ingresso di una grotta. — Mi preoccupavo per il profitto e credevo che potesse esservi qualcosa di buono nell'uccidere e rubare.

— Ma la cavalleria...

— Certo — disse l'eremita mentre accendeva un mucchietto di sterpi con un acciarino e da lì un mozzicone di candela che aveva tirato fuori dal saio — una bella favola. Presi parte alla campagna per la pacificazione delle terre di Zanj, che a quei tempi erano rivoltose. Entravamo nelle capanne di quei disgraziati e passavamo a fil di spada chi trovavamo; poi lanciavamo una torcia sul tetto di paglia. Io stesso ammazzai diversa gente, anche un mio compagno che mi aveva insultato, una sera in cui i nostri capi ci avevano premiato con una botticella di sidro. L'orgoglio, che inganno... e sì che per le mie "gesta" mi proposero addirittura di diventare cavaliere. Di passare alle dipendenze di uno del Cerchio e, chissà, grazie ai nobili natali di mia madre forse avrei potuto anche risalire la gerarchia. Ma ero disgustato da tutto quell'uccidere, così tornai a Roriam e presi i voti. Fui indirizzato all'abbazia di Eberbec, un luogo di grande fama. Ma i monaci, più che a digiunare, meditare ed esplorare il Sogno, pensavano a mangiare e bere, protetti dentro le loro mura, mentre l'abate girava per il chiostro e per gli orti con monili d'oro e due cani di razza, come fosse stato un principe. In effetti *era* un principe, ma questo è un altro discorso. Allora — proseguì Fjere entrando nella grotta, mentre Fen si infilava in una grossa baracca lì accanto, che doveva essere la sua cuccia — andò a finire che mollai tutto per la terza volta e venni qui, dove il Sogno è più forte, a cercare una strada per la verità. — Si sedette su un masso all'interno della grotta, e Val fece lo stesso, mentre Ailis si fermava a giocare con un millepiedi sulla parete. — E tu vorresti che io usassi la magia? Non scherziamo.

— Ma così Ailis morirà!

Se sei venuto fin nelle profondità di Brocelande ci

sarà un motivo, e immagino sia un motivo legato alla salvezza di questa ragazzina — disse Fjere andando da Ailis e scozzandole i capelli. Poi raggiunse un mezzo tronco che faceva da scaffale e da lì prese una ciotola di legno piena di una zuppa di radici e rampicanti, fredda e puzzolente, e la porse a Val.

— Sì — disse lui assaggiando con la punta delle labbra quell'intruglio, che aveva l'aria di essere più amaro di qualunque medicina — devo trovare una fonte sotto un bianco cipresso, e da lì salire alle vere sorgenti del Vaitarani.

— Ecco. — L'eremita sorrise soddisfatto. — Non sono certo luoghi che puoi trovare senza aiuto, ramo o non ramo — disse, indicando con gli occhi il Ramo d'Oro, sul quale Ailis stava cercando di far salire il millepiedi. — Mangia, adesso. Dopo ti spiegherò come attraversare l'oscuro e lucente cuore della foresta senza perdere la ragione.

— Non ho capito. Oscuro o lucente?

— Oscuro *e* lucente. Ma prima di attraversarlo devi trovarlo.

— Tra poche ore farà buio...

— Esatto — disse Fjere. — Non penserai di poterlo trovare di giorno.

Dopo che ebbero mangiato quella amarissima zuppa, Fjere condusse Val e Ailis fuori dalla caverna, e subito Fen si aggregò alla comitiva. Risalivano per un sentiero che a Val non sembrava di aver visto quando erano arrivati, e intanto Fjere parlava: — Avete il Ramo, perciò non subirete inganni lungo la via. Ma ciò non basta. Dovrai avere il cuore saldo quando gli spiriti interstiziali cercheranno di prendervi, e quella sarà la prima prova. Ma poi ve ne sarà una seconda, e lì sarà la mente a dover essere salda.

— Cosa accadrà?

— Lo vedrai — disse l'eremita senza smettere di camminare, e anzi accelerando il passo. — Se ti sembrerà di impazzire, o di essere perduto fuori dallo spazio e dal tempo, ripeti a te stesso perché sei lì e dove devi arrivare. Finché sarai in grado di pensare in questi termini, il tuo io non si disperderà nell'infinito mare del Sogno.

— Non credo di...

— Capirai, se vorrai. Del resto, le uniche cose di cui ha senso aver paura sono la follia e la stupidità degli uomini — disse Fjere, e allungò ancora il passo

A Val sembrò che la vista gli si fosse improvvisamente annebbiata, e sentiva dentro un calore inconsueto, e il legame tra sé e Ailis, e anche quello tra sé e l'eremita, che ora gli sembrava di conoscere già da prima, gli apparivano come cose tangibili, come corde o legacci fatti della materia di cui è fatta l'anima. Ebbe un capogiro.

— Fjere...

— Sì?

— Mi sento un po' strano.

— Vedrai dopo che avrai sbadigliato.

— Sbadigliato? — esclamò Val, e proprio mentre lo diceva, un irrefrenabile sbadiglio gli montò dal petto alla gola e al volto, e giusto prima che lo sbadiglio stesso gli facesse chiudere gli occhi, vide che anche Ailis sbadigliava.

Quando li riaprì, tutto era diverso. Ailis era lì accanto a lui e reggeva il Ramo d'Oro, che adesso emanava un chiarore simile a quello di un mazzo di candele, ma Fjere e Fen erano scomparsi. Il sentiero non sembrava più quello dove erano fino a un attimo prima, né era sicuro che quelli tutto intorno a lui fossero alberi o colonne o chissà cos'altro. Anche l'odore che aveva l'aria era diverso. Mosse un braccio, si guardò la mano. La sua stessa posizione nello spazio pareva in qualche modo differente, e la mano sembrava pulsare. Di certo, pensò avvicinandosi a una grossa foglia piena di gocce di rugiada, la realtà ha una grana diversa. Da sotto al cespuglio (ma poi, era davvero un cespuglio?) spuntò una faccia. Somigliava un po' a quella di un suo antipatico biscugino di Ejdam, però gli occhi erano più grandi e acquosi, lontani tra loro, e le sopracciglia erano tanto folte da sembrare una spazzola. La faccia gorgogliò una orribile risata e scomparve di nuovo nel terriccio. Val, atterrito, guardò indietro. Nel profondo del buio alle sue spalle luccicavano minuscole particole.

Dove si trovavano? Dov'era Fjere? Ailis gli sorrise, non più spaesata di quanto non fosse stata fin lì. Da dietro un alberello pieno di bubboni emerse una figura. Non era che una testa, con sotto due gambette storte come quelle di un nano, e portava un cappello rosso con una piuma d'oca, dal quale usciva un ciuffo di capelli neri. Aveva un'espressione tra l'indifferente e l'impertinente e veniva verso di lui. Val sguainò la spada tremando, mentre quella cosa gli si avvicinava: — Stai lontano!

Ma l'essere non arretrò, e anzi Val si rese conto che altri uscivano fuori dal buio tutto intorno a lui: un bambino con la testa di topo e ali grigie e scintillanti come quelle di una falena; un naso umano, grosso come una zucca, che si spostava su zampe da ragno; una lumaca con piccoli volti di vecchia sulla cima delle corna; una giovinetta scheletrica con i piedi rivolti all'indietro e un imbuto in testa; un gobbo con una bocca di rana al posto del viso e un fallo spropositato e pieno di bozzi...

— State lontani! — gridò Val. Strappò il Ramo d'Oro di mano ad Ailis. Tenendo il ramo nella sinistra e Alta-e-chiara nella destra, li vorticò in ogni direzione. Gli esseri arretrarono un poco, ma ben presto ripresero ad avanzare ridacchiando. Allora Val si mise il ramo alla cintola e afferrò Ailis per il polso e mollando fendenti a casaccio si mise a correre, avanti lungo il sentiero, e corsero a perdifiato finché gli esseri non furono lontani dietro di loro.

Quando si fermarono, Val vide che Ailis aveva qualcosa tra i capelli: era un bruco, e appena lo notò, sul dorso dell'insetto si schiuse un occhio umano, tutto circondato di setole. Lo spazzò via con la mano e sentì una puntura come quella di un'ape. Lo pesticciò, e quando alzò il piede non c'era più traccia di alcunché. Fu allora che si accorse che il lembo di sigillo che dalla camicia si intravedeva sul collo di Ailis non c'era più. La spogliò e avvicinò il Ramo d'Oro per fare luce. A guardar bene, il sigillo c'era ancora, ma era ormai quasi del tutto scolorito. Lo toccò, ma non rimase inchiostro sul suo dito.

— Dobbiamo andare avanti, Ailis. Altre scelte non ne abbiamo.

Procedettero nel buio, lungo il sentiero, cercando di non far caso ai volti spaventosi che di tanto in tanto si materializzavano tra gli alberi o sotto i cespugli, e imparando a scappare ogni qual volta quelle cose "interstiziali", come le aveva chiamate Fjere, uscivano dalle ombre e venivano verso di loro. Val capì che con Altae-chiara poteva ferirle, anche se la loro consistenza era vaga, qualcosa a metà tra la schiuma e la tela di ragno, e anche quando le distruggeva, dopo poco si riformavano.

Arrivò tuttavia il momento in cui gli spiriti uscirono in massa: c'erano tutti quelli che Val aveva visto fin lì, e molti altri: scolopendre irte di orecchie, gambe autonome, saltellanti, e funghi stridenti e teste di fanciullo con ali di passero, e un cinghiale col velo da sposa a cavallo di un pesce con l'armatura, e ancora nani col becco come gli uccelli e bambine senza gli occhi che si alzavano le gonne ridendo e altre che vomitavano astragali e monete, e sopra questa moltitudine si stagliava un'ombra più grande, e più buia dell'oscurità stessa in cui si trovavano: la temperatura si raffreddò di colpo, ed ecco, proprio davanti a Val e Ailis, in mezzo al sentiero, un uomo gigantesco, tutto nero e avvolto in una cappa essa pure nera, alto otto braccia o anche dieci, e attraverso il cappuccio non si vedeva un volto, ma soltanto il niente più profondo, come se vi fosse il fondo stesso del cielo, un luogo dove anche la luce, e con essa tutto ciò che di caldo e buono c'è al mondo, andava perduta.

Ailis ebbe un sussulto e si toccò la schiena. Era troppo buio per controllare, ma Val capì che doveva esserci un problema col sigillo. Gli spiriti interstiziali si avvicinarono; l'uomo nero sembrava ancora più grande, adesso, e alzava un braccio, e nel buio della cappa si scorgeva una mano dalle dita lunghe e artigliate. Tremando, Val gli oppose la spada, e dal buio che era il suo volto uscì qualcosa che poteva assomigliare a una oscena risata.

— Una ragazza — disse Ailis.

— Ailis! Cosa hai detto? — gridò Val, mentre l'Uomo Nero diventava ancora più grosso e spaventoso, ed era a un passo dal ghermirli.

— C'è una ragazza della mia età — disse Ailis tutta seria, pensosa, quasi, e Val stava già gridando perché l'artiglio enorme dell'Uomo Nero era su di loro, così come gli spiriti, che ridevano scoprendo denti piccoli e appuntiti come quelli dei pesci.

Si sentì un rumore come di vetri che si infrangono, e da uno squarcio nel cielo uscì Fen, le zanne terribili in vista e gli occhi gialli che brillavano anche più del Ramo d'Oro, e si avventò al collo dell'Uomo Nero, e l'Uomo Nero crebbe di dimensioni, ma anche Fen cresceva, e lottavano, il morso del lupo che si stringeva sul collo dell'Uomo Nero, e l'Uomo Nero che cercava di staccarselo di dosso; si azzuffavano e si ingrandivano mentre dallo squarcio nel cielo filtrava ora la luce delle stelle, e gli spiriti interstiziali la fuggivano spostandosi sul bordo del sentiero e nel sottobosco, e intanto l'Uomo Nero e Fen lottavano rotolandosi a terra, sempre più grandi, sempre più grandi, più alti dei più alti alberi e delle colline stesse, avvinghiati come un solo enorme nodo, e Val allora prese Ailis per il polso e si mise a correre per il sentiero, che adesso si vedeva bene, bianco in mezzo al sottobosco, e corsero con tutte le loro forze finché non dovettero fermarsi per tirare il fiato, e fu allora che si accorsero che il cielo, di cui si vedevano piccole porzioni tra le fronde sopra di loro, aveva di nuovo le stelle, anche se sembravano muoversi e allargarsi e ruotare su se stesse come vortici, e si trovavano in mezzo a un vasto prato, pieno di cerchi di minuscoli funghi, fiori bianchi simili a trombe e arbusti dalle bacche nere e lucide. E videro che tutte le fronde sopra di loro erano adesso rami di un unico albero, un immenso biancospino in mezzo a quel prato a forma di scodella.

Per quanto fossero usciti da quel sentiero d'incubo, Val sentiva che la realtà era sempre molto lontana da quella che conosceva. Forse più di prima, pensò notando in fondo al buio, e tutto intorno, una caligine luccicante, che capì essere una moltitudine di minuscole forme geometriche svolazzanti. La mano dove era stato punto, poi, si era gonfiata e gli faceva male.

Prima ancora che avesse il tempo di mettere a fuoco una di quelle forme brillanti, dal bordo del prato uscì qualcosa di inconcepibile: era simile a una sfera fluttuante di gemme, ma aveva un carattere cangiante tale che, pur rimanendo una sfera fluttuante di gemme, in ogni momento era diversa dalla se stessa di un momento prima, ed era come se i concetti di "fuori" e "dentro" in essa si rimescolassero o fossero una cosa sola. C'era un gioielliere, a Ejdam Faro-del-Golfo, che realizzava delle uova d'oro intarsiate e incrostate di gioielli, che erano cave e all'interno avevano meccanismi che facevano muovere piccoli personaggi d'avorio, smalto e corallo: oggetti che finivano nelle stanze dei principini e delle dame, e quella sfera poteva ricordare qualcosa del genere, ma il dettaglio e la brillantezza e la complessità delle evoluzioni e la pura bellezza erano infinitamente superiori a qualunque cosa creata da mani di uomo o di donna. Val la guardò sconcertato venire verso di lui e volteggiargli intorno, e realizzò che emetteva un ronzio, e appena si concentrò sul ronzio capì che era una specie di musica, ma anche una lingua, anzi molte lingue, e che *quella palla era intelligente.* Ailis rise, una risata squillante, folle, che non era la sua. Altre due, tre, dieci, centinaia di quelle sfere uscirono da ogni dove, e presero a vorticare loro attorno, cantando sempre più forte, e dalla musica uscivano, *saltavano* fuori degli esseri puntuti e multicolori, essi pure cangianti, in qualche modo legati, interconnessi alle sfere stesse e al loro mutare, e Ailis rideva, e Val sentiva che da un momento all'altro si sarebbe potuto trovare con gli occhi ribaltati all'indietro e la bocca sbavante e gorgogliante, perduto per sempre, ed estrasse la spada, ma quando la vide gli sembrò un manufatto ridicolo e inutile, e la buttò a terra, e scoppiò a sua volta a ridere in modo incontrollabile. Fu lì che la musica cominciò ad assomigliare a delle parole, in mille voci e mille lingue, ma tutte in qualche modo comprensibili, amichevoli: "Guarda chi c'è!", "Che bello trovarvi qui!", "Venite così di rado!", "Siamo *così* felici di vedervi!" dicevano. Adesso le sfere e quei folletti o elfi iridescenti che da esse erano emanati sembravano giocare, ma giocavano a lanciarsi dentro lui e Ailis: li sentiva attraversare il suo corpo e ridere e cantare e vibrare da lì dentro, e poi uscire del tutto diversi e ancora più lucenti e pieni di volti, occhi, mani e geometrie, e non ce la faceva a seguire tutto quello che vedeva, perché ogni cosa avveniva a una rapidità inconcepibile e gli sembrava di perdersi ogni volta qualcosa di essenziale in quel turbinio prismatico di visioni e suoni e colori, e poi i colori diventarono suoni e i suoni profumi e i profumi sapori e i sapori sensazioni tattili, e le sensazioni tattili ricordi e i ricordi immagini geometriche di infinito e ricorsivo dettaglio, e ogni cosa ne generava un'altra, e Val pensò che forse quella era la morte, e non sarebbe finita mai, ma in quel ciclone di immagini scorse Ailis, piccolissima e poi enorme, con quattro, cinque volti e poi uno, scorse Ailis con otto, dieci braccia e poi due, lucente e poi oscura, i capelli e il collo ornati di teschi e spighe, imponente accanto a sé; si rese conto di starle ancora tenendo la mano, e anzi quella Ailis trasfigurata quasi sembrava dirgli qualcosa, dopo tanto tempo: sembrava dirgli, con la voce dell'anima, "forza, su, dai" e allora Val con enorme fatica, la testa che esplodeva in mille e mille teste pensanti, in grappoli di menti, in linee di fuga vertiginose ed esplosioni di note e progressioni geometriche, riuscì a dire qualcosa, e dalla sua bocca uscì un piccolo prisma rotante, cangiante, che vorticava come una trottola in un turbinio di colori. "Bravo!", "Proprio così!", "Esatto, esatto!", "Continua!" dicevano le voci, e Val continuò a "parlare" e il prisma crebbe ruotando su se stesso e gli si posò sul palmo e divenne un uovo, prima simile a un diamante tagliato a uovo e poi via via sempre più liscio, e l'uovo si appiattì in un ovale perlaceo che andava allargandosi, e Val "parlava" e come da un meccanismo di orologeria da quella superficie adesso uscivano minuscoli alberi gemmati e rocce e un'altura, e attraverso gli alberi si apriva un ruscello come fatto di argento vivo, e accanto aveva un sentiero, che risaliva su verso un picco fitto di abeti a orologeria, e Ailis gli andò accanto e guardò in quella specie di plastico che sorgeva dai suoi palmi, e indicò qualcosa ridendo, e Val sgranò le pupille e mentre intorno a loro tutto prendeva a vorticare a velocità sconcertante, fino a essere un unico trillo di colori e geometrie, vide in quel sentiero in miniatura due figure, un ragazzo biondo e una ragazza castana, il ragazzo teneva la ragazza per mano e procedevano in salita, e più salivano meno faticavano, e continuando verso nord superavano una prima fonte, all'ombra di un bianco cipresso, e andavano ancora su per il terreno impervio, finché si sentiva di nuovo rumore d'acqua, di sorgente.

— Ailis!

Ailis rise e abbracciò Val. Erano lì.

Erano su un altissimo crinale punteggiato di abeti e davanti a loro stava un picco ancora più alto, di nuda roccia, dal quale sgorgava con magnifica forza una gran massa d'acqua che andava ad alimentare spumeggiando un lago, e di lì un fiume, e sopra le loro teste c'era il cielo terso del mattino, col sole che spuntava da dietro montagne al più lontano est, e anche se non era primavera si poteva scorgere il limite del Sogno, che faceva un cerchio rosa in mezzo al cielo piuttosto che essere solo un nastro all'orizzonte, mentre sotto di loro, tutto intorno, stava la nera massa di Broceliande, lontana, come un muschio scuro e uniforme.

Val, esausto ma sollevato, inspirò quell'aria così fresca e strinse a sé Ailis, i cui occhi si erano già nuovamente velati. Cercò il Ramo d'Oro, ma era scomparso. Ailis però reggeva Alta-e-chiara: doveva averla raccolta da terra dopo che lui l'aveva buttata. La riprese e baciò Ailis sulle labbra, poi si ricordò del sigillo. Le guardò il collo, e del disegno ormai davvero non c'era più traccia. Le tolse la camicia e provò a guardare anche in controluce: niente

La zattera, pensò, ma mentre si voltava verso il fiume che si formava dalla sorgente, sentì un sibilo, seguito da un dolore acuto sul lato della schiena. Un altro sibilo, e una freccia passò a due dita dal ginocchio di Ailis per conficcarsi a terra davanti a lui. Una freccia rudimentale, fatta con un rametto neanche troppo dritto e una penna di gallina selvatica. Da dietro un tasso uscì una risata sgangherata seguita da urlacci e ululati e versi di animali.

Erano quattro, no, cinque: un energumeno, quasi un gigante, con un mantello stracciato sulle spalle, gambali di pecora e una cintura di frammenti di specchio intorno ai fianchi nudi e butterati, che brandiva un'ascia da boscaiolo; un piccoletto con una mano rattrappita e una vecchia spada rugginosa nell'altra; una donna senza denti ma con una collana di denti di cane, armata di un coltellaccio, che rideva e scatarrava; uno smilzo con la barba grigia e una gonna lercia, che portava una lancia, e, più indietro, tutto sporco di terra, l'uomo con l'arco, che era poi un ragazzo dell'età di Val, ma col viso sghembo, come per il risultato di innumerevoli bastonature. I volti erano scavati dalla fame e gli occhi fissati in un'espressione folle.

— Vi prego — disse Val, mentre il dolore per la freccia conficcata nella schiena cresceva. — Questa ragazza ha subito un maleficio...

I cinque avanzarono. La donna senza denti non smetteva di ridere. Val notò che l'uomo gigantesco aveva appesi alla cintura, come ninnoli o trofei, tre elmi con la celata: elmi di cavalieri.

— Abbiamo denaro — proseguì Val, tirando fuori una manciata di kroner e sale rosso — e cibo! — E tirò fuori un pezzo di pemica.

Il ragazzo scoccò una freccia e prese Ailis sulla coscia.

— Ahi — disse lei con un sorriso intorpidito.

Gli altri quattro avanzarono, e il piccoletto con la mano rattrappita fece il verso del fagiano e la donna senza denti rise e scatarrò.

Val sfoderò la spada. Si voltò verso Ailis, ma vide che era sul punto di addormentarsi, vinta nuovamente dal Nero Sonno. Arrivò un'altra freccia, che li mancò di molto, poi il nemico più rapido, quello con la barba, fu loro addosso. A Val venne in mente il suo primo incontro con Ailis e Brigid: di certo se Brigid fosse stata lì, ma anche solo se Ailis fosse stata in sé, avrebbero fatto a pezzi quei disgraziati come avevano fatto con i villici che volevano la sua pelle, quattro mesi addietro. Ma ora tutto dipendeva solo da lui, ed era stanco, sconvolto e ferito. Come il barbuto portò l'affondo, Val lo schivò e gli abbassò la lancia con la sinistra, che però era gonfia e faceva male; con la destra portò una spadata secca, quasi un gancio, e gli tagliò la gola.

— Fermatevi! — gridò al cadere di quello, ma mentre cercava di controllare l'ingaggio del colosso con l'ascia, la donna sdentata gli era andata alle spalle e gli piantava il coltello nella schiena con tutte le sue forze, che per fortuna non erano molte: il coltello non passò il corpetto di cuoio. Val se la tolse di dosso con una gomitata; poi, con un movimento appreso da Brigid, entrò nella guardia del colosso e lo colpì con una spadata sulla bocca, ma quello non fece una piega; allora Val arretrò di mezzo passo e lo sbudellò con un basso colpo a due mani, provando di nuovo una fitta a quella gonfia. L'energumeno, nonostante la pancia e la bocca squarciate, sferrò un colpo d'ascia, che Val schivò per un pelo. Non sembrava sentire il dolore, e combatteva come un guerriero esperto. Chissà chi era stato, un tempo, pensò Val, ma non fece in tempo a rimettersi in guardia che un'altra freccia gli si conficcò tra la schiena e il fianco. Il gigante stava preparando un altro colpo, allora Val si abbassò e lo colpì a una caviglia, facendolo finalmente cadere in ginocchio; poi, mentre un'altra freccia gli fischiava accanto, lo decapitò. Lanciò un'occhiata mortale al ragazzo con l'arco, ma intanto il piccoletto con la mano rattrappita si era avvicinato ad Ailis e la colpiva sul braccio con la spada arrugginita.

— Ahi... — mormorò lei mezzo addormentata, mentre Val affondava Alta-e-chiara nella schiena dell'omuncolo. La donna senza denti si alzò e scappò tra le fronde, e così fece il ragazzo con l'arco, ma non prima di aver scagliato un'altra freccia, che prese Val sulla spalla. Val stava quasi per rincorrerlo, ma realizzò che ormai sarebbe stato impossibile prenderlo, e poi non poteva lasciare Ailis da sola, adesso che il sigillo era scomparso. Abbassò la spada e tirò il fiato: — Guarda che disastro, Ailis mia — disse, guardandosi riflesso nelle acque del lago — sembro un istrice. Se avesse avuto un arco migliore, con frecce migliori di quelle, sarei già morto, sai?

Ailis sfiorò la piuma della freccia conficcata nella spalla di Val; poi si sedette e in breve finì coricata a terra, preda del Nero Sonno. Lui allora la stese in una posizione migliore, le tagliò i calzoni e procedette a estrarre la freccia. Ailis sussultò senza svegliarsi, mentre un po' di sangue sgorgava dalla ferita. Per fortuna la punta era piccola, fatta di un pezzo di lamina di rame piegato più volte su se stesso, e non lacerava granché. Era entrata abbastanza in profondità, ma solo perché le cosce di Ailis non erano protette che da semplice panno. Cercando di non pensare al proprio dolore, Val le pulì la ferita con l'acqua dell'otre e ci versò un goccio di acquavite, poi mise due punti. Fece lo stesso con il taglio sul braccio, che ne richiese quattro. Cercò di non guardare quanto lurida e arrugginita era la spada del piccoletto, lì stecchito per terra. Si asciugò il freddo sudore che gli bagnava la fronte, tirò il fiato e tagliuzzò cappa, corsetto e vestiti cercando di rovinarli il meno possibile, e sfilandoli con attenzione laddove erano prossimi a una freccia. Ogni movimento gli procurava una fitta al fianco, nella schiena o sulla spalla, ma riuscì a denudarsi. Il vento freddo della montagna adesso lo azzannava da ogni lato e lo faceva tremare. Per prima si tolse la freccia sulla spalla. Strinse i denti e la strappò via. Come prevedeva, il corpetto aveva attutito il colpo. Dal foro uscì un gocciolone di sangue e poco più. Stringendo i denti lavò, disinfettò, cucì. Passò poi alla freccia sul fianco. Non era entrata molto, e tirarla via fu doloroso ma facile, e sia pur a fatica riuscì anche a cucire la ferita. Si sentiva svenire. Bevve un sorso di acquavite e, specchiandosi sul lago, considerò la posizione della freccia nella schiena. Aiutandosi col riflesso riuscì ad afferrarla, ma non poteva fare forza, tanto più che i muscoli intorno alla ferita erano tutti contratti. Scosse Ailis nella speranza di farsi aiutare, ma quella non si svegliava. Le versò dell'acqua sul viso; lei aprì solo un occhio e si addormentò di nuovo. Val sospirò e stringendo i denti diede uno strattone alla freccia, che si spezzò senza che la punta uscisse dalla carne. Gridò per il dolore, poi guardò con un sorriso amaro quel pezzetto di legno piumato che si ritrovava in mano.

Fu allora che sulla riva del lago, in un punto in cui avrebbe giurato che non ci fosse niente fino a un attimo prima, vide, ben illuminata dal sole che si alzava, quasi beffarda nel suo non essersi fatta notare prima o nel suo essersi manifestata dal nulla, una zattera di bianchi tronchi d'acero

Candida, la zattera scorreva sulle acque a specchio del fiume. Val si era preso la briga di realizzare un remo e una pertica per condurre la navigazione, ma non appena aveva posto Ailis sulla zattera, questa si era avviata, come mossa da una propria forza, e lui aveva dovuto saltarci sopra al volo. La zattera aveva ondeggiato un poco e subito ripreso a scivolare sull'acqua.

A volte il terreno era più ripido, e allora prendeva velocità; altre rallentava fin quasi a fermarsi. Per tutto il primo giorno e la prima notte il fiume scorse attraverso la foresta restando della medesima dimensione; ma a metà del secondo giorno cominciarono a incrociare affluenti piccoli e grandi, che dai monti boscosi si gettavano nel Vaitarani e lo ingrandivano, e con l'arrivo dei nuovi fiumi cambiava anche il colore dell'acqua, che si faceva verde, e a tratti gialla, limacciosa, ma sempre profonda, e aumentavano i pesci e le zanzare, e soprattutto le libellule, che volavano loro intorno vibratili, prima di schizzare via, veloci, a pelo d'acqua. Broceliande, lì intorno, era muta, eccezion fatta per il richiamo di certi uccelli simili a corvi, ma più piccoli e affusolati, che a volte sbucavano dal suo buio, catturavano col becco un insetto e si immergevano di nuovo tra le fronde.

Ailis peggiorava. Era pallida e scossa dalla tosse, e quando tossiva più forte lasciava sul petto di Val, che la teneva a sé e le reggeva il capo, della materia filamentosa, simile a una ragnatela, ma nera, spesso mista a sangue. A parte quando lui la scuoteva con più forza, riuscendo a destarla per quell'attimo necessario a ficcarle un po' di cibo in bocca, si svegliava solo la notte, gridando per gli incubi, agitandosi, a volte addirittura preda di convulsioni, e poi sprofondava di nuovo in quel sonno mortale. Anche le ferite non si erano rinsaldate con la consueta velocità, e anzi il taglio sul braccio suppurava.

Val pure stava male. Quando sulla zattera scese quella che avrebbe detto essere la terza notte – ma il tempo era ancora qualcosa di appiccicoso e indefinibile – si toccò la schiena, che non aveva mai smesso di tormentarlo. Sentì un dolore atroce e realizzò che la ferita era infetta. La mano gonfia, poi, aveva preso un colore livido.

La zattera scorreva sotto le stelle, nella notte senza luna, e da Broceliande arrivavano soltanto odore di muschio e il gracchiare di quella specie di uccelli. Avevano finito l'acqua, ma Val stabilì che, avendo superato ben quattro affluenti, ormai quella intorno a loro era solo acqua di fiume, e non l'"acqua della sorgente" di cui aveva parlato l'Uomo Pratico. Vi immerse l'otre vuoto, stando comunque attento a non voltarsi, e presero a bere quella. Fabbricò anche un arpione con le frecce che aveva cavato dal proprio corpo e da quello di Ailis, e con esso riusciva a catturare qualche pesce, che mangiavano crudo, alternato alla pemica, che d'altronde era quasi finita.

La zattera scorreva lungo la foresta buia e muta, e alla

sera di quello che doveva essere il quinto giorno, ma appariva come il ventesimo o trentesimo (e allora Val volle incidere cinque tacche sul legno), si lasciarono dietro gli ultimi tronchi di Broceliande, il fiume che, reso immenso da tutti gli affluenti che avevano incontrato, traversava in larghe anse una pianura acquitrinosa, ricca di canneti e di foglie tonde, galleggianti, con grandi fiori in mezzo.

A notte fatta Val, che ormai faticava a dormire per il dolore e la fame, vide delle capanne, montate su pali sopra l'acquitrino. Capanne distrutte, bruciate, divelte scorrevano davanti a lui disteso. A volte c'era una lancia ancora dritta, conficcata su questo o quel pontile, sulla quale stava una testa cotta dal sole, ridotta quasi a un teschio con qualche ciuffo scolorito sulla sommità. Devono essere le terre dei Chiari delle Palafitte, di cui l'Impero ha represso la ribellione anni fa, si disse. Qualcuno del suo centinaio aveva partecipato a quella campagna. Eppure c'era qualcosa... La zattera scorreva lungo il fiume silenzioso e agli occhi di Val ora quelle capanne si ripopolavano: ecco dei bimbi, una vecchia che pestava erbe in un mortaio, degli uomini intenti ad affumicare il pesce. Sgranava gli occhi, nella febbre, per guardare meglio, e le capanne erano di nuovo bruciate e divelte. Si metteva disteso, cercava una posizione in cui la schiena lo tormentasse meno, ed ecco donne impegnate a cucire le reti, e pescatori dalle lunghe barbe intrecciate, e bimbi che correvano sui pontili e si fermavano a guardarli passare, con occhi grandi e tristi.

Ailis lanciò un grido orribile e schizzò a sedere, la fronte imperlata. Diede un colpo di tosse, e una filaccia nera le rimase appesa al mento: — Val... — riuscì a dire.

— Li vedi anche tu? — e la scosse.

— I bambini...

— Chissà, forse siamo già morti, Ailis, e questi fantasmi vengono a darci il benvenuto — le disse Val prima che, dopo tre fiochi colpi di tosse, lei sprofondasse di nuovo nel Nero Sonno.

A quello che secondo le tacche era il settimo giorno sulla zattera – sebbene tutto, nella mente, nella percezione e nell'esperienza di Val suggerisse che fossero non meno di quaranta – la febbre li divorava. Erano due febbri diverse, ma ugualmente mortali. Ailis era entrata in quella che doveva essere l'ultima fase del Nero Sonno: non si svegliava neanche per gli incubi ed era scossa tutto il tempo dalla tosse e da sorde convulsioni, tanto che Val aveva dovuto metterla sul fianco, con la bocca rivolta verso il basso, perché non soffocasse per le sue stesse secrezioni; tutta la sua pelle aveva preso a piagarsi di macchie, e la ferita sul braccio buttava un pus grigiastro. Lui, da parte sua, sentiva che la parte di schiena dove c'era la ferita era infetta, la mano sinistra era così gonfia che non poteva chiuderla e anche le altre ferite adesso suppuravano e facevano male. Sudava freddo, vomitava bile e sentiva la febbre, alta, più alta di quanto non credeva fosse possibile. Una ferita infetta significa amputazione, se è su un arto, e morte se è altrove, ripeteva sempre suo zio.

— Sai, Ailis — le diceva tenendole il capo, mentre lei tossiva filacce e sangue, e il suo corpo smagrito si scuoteva senza pace — se usciamo vivi da questa storia ti porterò nella mia terra, a vedere l'orologio di Ejdam e a mangiare il muisje e le frittelle di sambuco... Sai che ogni fine di maggio c'è una grande festa in tutte le città, e ogni barca sui canali mette fuori la bandiera più bella, e le ragazze si vestono di trine e in ogni casa, in ogni casa si cucina un gallo farcito... — E mentre parlava piangeva e la stringeva e diceva: — Ti giuro che ce la faremo.

Il fiume entrò di nuovo in un bosco, non fitto come Broceliande, ma comunque grandioso; sui due lati c'erano ora alti pioppi e canneti, salici dalla larga chioma e ontani dai tronchi a torciglione. C'era un bel dislivello, e la zattera scorreva veloce lì in mezzo, e Val vide che la foresta era abitata, perché sotto un vecchio pioppo stavano delle cassette per le api, e alla notte scorse in lontananza bagliori di fuochi e sentì l'eco di rade voci, e pensò che almeno, se c'erano degli uomini, quando li avessero trovati li avrebbero sepolti o bruciati, e le loro anime non sarebbero finite perdute nell'oscurità. Perché ormai aveva abbandonato l'idea di sopravvivere: Ailis era fredda e inerte, irriconoscibile per la magrezza, il colore bluastro e quelle orribili macchie, e neanche più si scuoteva o tossiva, ma emetteva solo un debole rantolo; le labbra erano nere e gli occhi bordati di croste. Lui stesso passava più tempo nel delirio della febbre che nella lucidità, sempre prostrato per il dolore; non riusciva più a muovere il braccio dal lato della freccia, e a fatica trovava anche solo le forze per portare l'otre alla bocca o masticare le ultime briciole di pemmica. Aveva freddo, un freddo innaturale, che sembrava diffondersi da dentro. Gli venne in mente di aver sentito da qualche parte che i popoli fluviali seppellivano i morti lasciandoli alla corrente, a bordo di una zattera. Chiuse gli occhi, spogliato di ogni volontà.

Tuttavia, quando il Vaitarani prese ad aprirsi in un vasto delta, e sopra di loro si sentirono i primi strilli di gabbiani, e furono investiti da un odore intenso, stranamente acuto, di resina di pino, fu Ailis a svegliarsi.

— Odmimir — disse. — I picchi... — Poi sprofondò per l'ennesima volta nel sonno, ma stavolta parve scomparirvi dentro: non ebbe più un movimento o un fremito, e la si sarebbe detta già morta, se non fosse stato per il debolissimo respiro che ancora le usciva dalla bocca sporca di sangue rappreso e filamenti.

La zattera continuò spedita lungo il delta, e quando ormai le acque del fiume e quelle del mare diventavano indistinguibili e scorrevano loro accanto le ultime isolette, Val, disteso, morente, gli occhi socchiusi, vide in effetti di fronte a sé, non lontane all'orizzonte, cinque punte di roccia, chiare, attorno alle quali stava uno sbuffo di alberi e poi una corona di scogli più bassi.

— Ailis.

Ma Ailis era ferma e muta.

— Ailis! — disse ancora, e la scrollò, la strinse, la sbatacchiò, quasi, finché lei non aprì un occhio pesto e bordato di croste.

— Ailis! I picchi! Ce l'abbiamo fatta! Stiamo arrivando!

Ailis piegò la bocca in un debole sorriso, poi fu scossa da un rantolo e perse di nuovo i sensi.

— Stiamo arrivando — le sussurrò ancora all'orecchio Val, ma non appena ebbero superato l'ultima isoletta, e furono a ogni effetto in mare, la zattera si fermò. Tirava vento e l'acqua era tutta uno spumeggiare di onde, ma la zattera si piantò lì.

Con uno sforzo supremo, Val riuscì a mettersi a sedere e provò a cercare il fondale con la pertica, ma non lo trovò. Provò a remare, ma la zattera al massimo ruotava su se stessa, come se ogni cosa in lei rifiutasse il mare. A Val vennero in mente le parole dell'Uomo Pratico: "Vi porterà per tutto il fiume", e sentì le poche forze che gli erano tornate alla vista dei picchi – lì! a un miglio al massimo! neanche venti tiri d'arco! – abbandonarlo di nuovo. Guardò Ailis, inerte. Si alzò in piedi sulla zattera. Una fitta gli prese la schiena. Con gli occhi socchiusi e la fronte imperlata di gelido sudore, il vento di mare che gli agitava i ciuffi e lo faceva tremare, guardò i Cinque Picchi, là, oltre quell'ultimo tratto d'acqua.

— E va bene — disse. Stringendo i denti si spogliò e spogliò Ailis. La tirò su. Le gambe le mancarono, e dal lato della bocca le colò del siero nerastro. Val la sostenne, prese la corda, gliela avvolse strettamente attorno alla vita assieme al remo e se la legò sul fianco.

Inspirò e si buttò nell'acqua gelida. Cavando fuori le ultime forze che aveva nascoste nel fondo dell'anima, se non proprio creandole dal nulla, come il plastico sul suo palmo nel cuore della foresta, prese a nuotare. Il freddo gli entrò nelle ossa immediatamente. Di più: nel midollo, mentre le ferite erano punti di fuoco, e a ogni movimento la schiena pareva esplodere per il dolore, ma continuò a dare sghembe bracciate. Ailis non si muoveva. Non morire, Ailis, aspetta un minuto almeno, pensava mentre agitava disperatamente nell'acqua le gambe e il braccio che riusciva a muovere, e a ogni braccio che facevano il mare sembrava più freddo, mosso e crudele.

Non aveva più forze, ma adesso i Cinque Picchi erano così vicini, poteva distinguere i singoli alberi, e vedere che il bianco della loro roccia era in realtà un rosa chiarissimo, e sembravano così a portata di mano che tutta la strada fatta fin lì non appariva che come un vago sogno. Morte e rovina su di voi: possibile che quell'eremita parlasse di tutto questo? Un'onda lo prese in pieno e bevve e a fatica rimase a galla, le ferite alla spalla, al fianco e alla schiena che bruciavano, e Ailis che era sempre più pesante, e da lì non ebbe altri pensieri, poiché il gelido mare esigeva tutto da lui. Diede ancora cinque, sei, sette bracciate, poi un'altra onda lo prese, e di nuovo bevve l'acqua salata, e gli sembrava che l'aria non riuscisse più a entrare nei polmoni, le gambe erano fredde e rigide e la corrente sempre più forte.

Ailis, non so se ce la faccio, pensò, perché non riusciva più a parlare, né lei d'altronde avrebbe potuto udirlo. A ogni sempre più debole bracciata sentiva il freddo conficcarsi più profondamente dentro di sé. L'isola era davvero vicina, quando un'onda più maligna delle altre li travolse e scomparvero tra i flutti.

Era un bel mattino a Ejdam Faro-del-Golfo: un mattino di maggio, e chi conosce le Terre Franche sa quanto freddo e crudele sia il loro aprile, e quanto dolce e dorato il maggio. Il sole, alto sopra le guglie gemelle della cattedrale, si rifletteva sul Canale di Mezzo, mentre nelle botteghe che vi si affacciavano ferveva il lavoro; Val van Vijek salutò suo cugino il sediaio, e il vecchio Rasmus fermo sul ponte a prendere quel sole che faceva bene alle ossa e alla sua testa matta, e la donnona sempre sorridente che vendeva le erbette, e si fermò dalla piccola Anna e comprò una ciotola di latte, e pulendosi la bocca, soddisfatto per il sole e il canto degli uccelli e la vista della sua gente operosa, prese il Canale dei Signori a destra e da lì si indirizzò proprio verso la cattedrale.

Suo fratello era disteso sul ponteggio montato sulla navata di sinistra, ripassava il braccio di un eroe del Primo Cerchio, il viso, la barba e i vestiti tutti impiastricciati di colore.

— È il momento, fratello mio.

— Sicuro? Il vecchio Pieter diceva che non eri malaccio, che poteva prenderti per dare una mano con gli sfondi...

— Ho più alti obiettivi, fratello.

— La guerra porta verso il basso. Sotto terra, in genere.

— La guerra non è il fine, ma il mezzo. I nuovi migliai partiranno subito verso l'est, verso le Cinquantaquattro Città gloriose, e poi forse chissà, anche oltre, nelle Terre Orientali dove dorme il sole e veglia l'Imperatore!

— Non farti ammazzare... — disse suo fratello, mentre si puliva la fronte dall'ennesima goccia di vernice.

— Non potrei mai, ho una persona da trovare.

— Chi?

— Me stesso — disse Val. — Me stesso e uno scopo più grande. Qualcosa per cui valga la pena vivere.

* * *

C'erano tre lepri dagli occhi di brace che correvano in cerchio nel buio e le loro impronte sulla terra erano rune e sopra il cerchio c'era una croce di quattro serpenti e sopra la croce una stella costruita su cinque punti di luce e tutto intorno si sentiva un riso di bambine e la voce di Vevisa e Breu, e c'erano Malva e Bodo che la guardavano, vedeva le loro facce illuminate appena, come quando mangiavano le patate alla luce del braciere, ma al tavolo ora c'erano anche il vecchio Drogo e il padre di Breu e lo sceriffo, e alzava la testa ed era sul crinale e Breu tirava Vevisa che non voleva correre e si voltava verso di lei con quegli occhi di madreperla, e ancora Vevi la guardava ma dalla sua finestra e lei e Breu correvano nel campo del gioco del pozzo, e c'erano Gael e Duncairoth e l'uomo dalla bocca blu e il mostro a due teste, e c'era Brigid! E dagli spalti Sarkar le guardava e sogghignava grattandosi la barba e Ailis aveva la catena al collo: la teneva Caleb, o la teneva Murad? Era al remo, era all'aratro, era alla sedia di tortura, era con Åydric Reinhare che ammazzava lo shultz e rideva, che si tirava dietro Vevisa, che le scagliava il Nero Sonno, e Breu era colpito dal dardo e Val era colpito dalle frecce e Brigid le trapassava la mano, era con Vevisa nella stiva di una nave, era sul ponte con Torathar e il nostromo e il Jormungand, era col ragno e Nemico e Gaoth e Aidan; era in acqua, faceva il bagno alla spiaggia del Villaggio del Porto, era nel profondo del mare con Morven e il ragazzo con la febbre che sprofondavano lasciandosi dietro una scia sottile di bollicine, era nell'acquedotto, sul fiume, nello stagno con Brigid; era su un prato era su un crinale era sulla terra e la terra cantava, piano; era nella foresta, era con Fjere e il lupo Fen e l'Uomo Nero mangiava il sole e la luna e le stelle e Fen mangiava l'Uomo Nero e chi mangiava il lupo? Le lepri correvano in cerchio e c'era qualcuno che la guardava e di lontano cavalcavano l'Uomo Pratico (o era sempre Fjere?) e Kai, e altri cavalieri si potevano scorgere in lontananza, e uno fra tutti era giovane, un ragazzo. Era con Val. Era con Val sotto una volta sterminata di stelle, era con Val che studiava le mappe e la bussola, era con Val che la stringeva a sé e la baciava, era con Val che la teneva per il polso attraverso la foresta, era con Val sulla zattera che la guardava, gli occhi scavati dalla febbre, era sulle spalle di Val, nelle acque fredde del mare e le lepri correvano e madama Sosostris diventava una fanciulla una donna una vecchia e rideva e Sefira e Despina e Diomira cadevano e quattro cavalieri procedevano in direzioni diverse, ognuno una bimba in braccio, e Vevisa avanzava al braccio di H.H., entravano solenni in una grande sala, e l'Imperatrice era la sala e il sogno e il mondo e qualcuno ancora la guardava e Val nell'acqua gelida e crudele dava

ancora
un'ultima
bracciata
nel buio senza stelle.

QUINTA PARTE

— Ciao.

Ailis aprì gli occhi, e fu come se con le palpebre non si sollevasse soltanto la coltre del sonno, ma anche un drappo infinitamente più scuro e pesante.

Si trovava in una grotta: l'ingresso era inondato di luce e lambito dal mare, del quale poteva sentire lo sciabordio; le stava seduta accanto una ragazza dalla pelle color del rame. Teneva le gambe incrociate sotto il corpo in un modo che Ailis non aveva mai visto, e anche il suo aspetto era inconsueto: il vestito che aveva indosso sembrava fatto di un'unica striscia di tessuto scolorito avvolta intorno al corpo, mentre i capelli neri erano raccolti sulla sommità del capo in una crocchia trafitta da uno spillone di legno, per poi ricadere attorno al collo in una treccia dai nodi appena accennati. La guardava con gli occhi socchiusi (che erano grandi, di un verde quasi nero, e dalla forma appuntita come quella delle mandorle) e un'espressione a metà tra l'assenza e un indefinibile sorriso: tutto nel suo volto invitava alla calma.

Tuttavia Ailis scattò a sedere: — Dov'è Val?

— È tornato alla veglia.

— Che stai dicendo.

— Ti ha portata fin qui da solo...

— Dov'è?

La ragazza si alzò e si spostò con calma fuori dalla grotta; appeso a una specie di bassa forca c'era del pesce a essiccare, e prese a raccoglierlo.

— Dov'è? — disse ancora Ailis, e si alzò a sua volta.

— Era gravemente ferito.

Ailis andò dalla ragazza; come mise la testa fuori, il sole la accecò: — Vorresti dire che... — disse coprendosi gli occhi con la mano.

— Ha nuotato nel freddo Mare Esterno.

Ailis le andò accanto, e mentre i suoi occhi si abituavano alla luce, già le lacrime ne prendevano possesso: — È...

— Il suo ultimo pensiero è stato per te. Mi ha detto di curarti.

— Perché non hai curato lui? — gridò Ailis.

— Aveva superato il suo limite. Nessun incantesimo può...

— Dov'è? — Ailis la strattonò, facendole cadere il pesce di mano.

— Non ti agitare — disse lei, raccogliendolo con calma.

Ailis la afferrò per il collo: — Portami da lui.

La ragazza le prese il polso e le staccò la mano senza tradire sforzi. Ailis non credeva ai propri occhi: le sue braccia erano così esili.

— Sei... forte.

— E tu stupida. Non hai capito chi sono?

Ailis la guardò perplessa, lì su quella spiaggia battuta dal sole.

— Come non detto. Mi chiamo Lorlei.

— Non me importa nulla. Portami da Val.

— Questo è impossibile.

— Perché? — Ailis la afferrò di nuovo, e di nuovo Lorlei si liberò facilmente dalla presa.

— Non devi sforzarti. Stai recuperando, ma sono solo quattro giorni che sei qui — disse Lorlei spostandosi di nuovo dentro la caverna, con Ailis che la seguiva, furiosa. — E poi hai bisogno di cibo — e le porse una ciotola colma di una zuppa che odorava di mare.

Ailis digrignò i denti: — *Perché?*

— Perché abbiamo le nostre usanze.

— Chi?

— Noi dei Cinque Picchi.

— E chi siete?

— Una volta eravamo io e il mio maestro e il vecchio. Adesso solo io.

— Mi stai prendendo in giro.

— Mangia.

Ailis non avrebbe voluto, ma il suo stomaco ebbe la meglio. Ingollò in un colpo il contenuto della ciotola e si pulì la bocca col braccio. Poi guardò Lorlei con odio: — Di che usanze parlavi?

— Quando qualcuno muore...

Fu a sentire quella parola che l'ovvio significato di quanto aveva detto la ragazza fin lì, che Ailis aveva cacciato in fondo alla propria coscienza, le esplose dentro per intero, e sbatté la ciotola a terra, scoppiando in singhiozzi: — Ma cosa dici? — strillò.

— Dico — fece Lorlei con calma — che quando qualcuno muore, qui si usa seppellirlo in mare, con una barca a fare da bara.

— Se sei l'incantatrice potevi salvarlo!

— Ailis — Lorlei spalancò gli occhi, che erano profondi e ipnotici, e assunse un'espressione grave, spaventosa quasi, e la fissò. — Eravate entrambi a un passo dalla morte. Ha dato la sua vita per la tua.

— E chi ti dice — disse Ailis piangendo — *chi ti dice* che io non volessi dare la mia per la sua?

— Era solo un uomo... — disse Lorlei.

Ailis la colpì con un pugno sul viso. Lorlei finì con la schiena a terra. Si rialzò tenendosi la guancia e nei suoi occhi ora Ailis vide una oscura minaccia, come se il più terribile degli anatemi fosse a un passo dall'essere scagliato su di lei per annichilirla e disperderla per sempre. E Lorlei bisbigliò qualcosa sfiorandosi il punto colpito, ma l'unica cosa che accadde fu che il livido rientrò e scomparve. Poi riprese a parlare, con la medesima calma: — Prima di morire, il tuo amico ha detto delle cose.

— Non era un mio amico! Lui era tutto per me.

— Amico, innamorato, cosa cambia?

Ailis la guardò con odio ancora più feroce: — Cosa ti ha detto?

— Ha detto il tuo nome, molte volte. E ha parlato del Primo dei Dodici, dell'Imperatrice, dell'Uomo Pratico e delle bambine del rito.

Mentre il vento salmastro entrava nella grotta e le carezzava il viso, Ailis realizzò che tutto ciò di cui aveva avuto esperienza mentre era afflitta dal Nero Sonno esisteva nella sua memoria. Offuscato, come visto attraverso l'acqua torbida di uno stagno, ma presente. Specialmente tutto quello che era avvenuto dopo l'apposizione del sigillo da parte dell'Uomo Pratico, e prima che lo stesso perdesse forza, le appariva adesso nella mente: come il ricordo di un sogno, ma completo. Ebbe un pensiero per la donna che l'aveva portata in grembo: per *sua madre*. Una schiava, una ragazzina come lei, e neanche aveva potuto chiedere all'Uomo Pratico quale fosse, di quelle quattro, da dove venisse, se fosse noto il suo nome. Maledisse ancora una volta in cuor suo Reinhare per averle lanciato quel sortilegio, e di nuovo lui e tutto il Cerchio d'Acciaio per quello che avevano fatto a quella ragazza sconosciuta e a Malva; per averle portato via due madri.

— Raccontami tutto — disse Lorlei fissandola con gli occhi ipnotici, e si sedette nella sua posizione, le gambe incrociate sotto il corpo.

E raccontò, Ailis, stupendosi un poco della facilità con cui aveva obbedito; raccontò le proprie vicende, e quello che ricordava della storia udita dall'Uomo Pratico, e mentre raccontava, il senso di quelle parole acquisiva finalmente una vera concretezza nella sua mente, come se le stesse pronunciando innanzitutto per se stessa, e parlava, e aggiungeva dettagli, e mentre stavano, lei e Lorlei, una di fronte all'altra in quella grotta, ebbe l'impressione che il tempo e lo spazio prendessero una qualità diversa, come quando, prima di incontrare Val, lei e Brigid avevano vissuto nella casa vuota e il mondo sembrava essere al loro esclusivo servizio.

Quando ebbe finito, Lorlei, che fin lì aveva ascoltato senza commentare, annuì: — Mi piace, la tua amica.

— Brigid?

— Di Brigid avremo modo di parlare in futuro. Intendevo quella Vevisa: non è cosa da poco cavarsela in una situazione del genere, quali che siano le ragioni in virtù delle quali c'è riuscita. Certo, rimane un peccato che il privilegio di crescere a contatto con la Coppa sia andato a una persona comune, ma...

— Vevisa non è una persona comune.

— Può avere dei blandi poteri, ma solo perché è cresciuta a contatto col potere della Coppa. Al posto tuo.

— È stata anche rapita al posto mio.

— Inutile spiegarti cose che rifiuti di capire. Dunque, ti vorresti vendicare del Primo dei Dodici.

— Lo massacrerò!

— Purtroppo non puoi competere con lui. I membri del Cerchio Interno sono incantatori potenti. Per di più la loro iniziazione prevede di bere il Sangue del Drago.

— Come lo sai?

— Me lo ha detto il mio maestro. Bere il Sangue di uno dei Quattro Re è rischioso. Ma se si sopravvive, la shakti ne risulta molto accresciuta.

— La shakti?

— Mana, shakti, potere magico, energia… chiamala come vuoi.

— Non possiamo berlo anche noi?

— Non è una cosa così semplice. E poi, berresti il sangue di tuo zio o di tuo nipote? — disse Lorlei, e si alzò. — Vuoi altra zuppa?

Ailis notò che in fondo alla schiena, per lo più lasciata scoperta da quello strano vestito, aveva un marchio, simile al marchio a fuoco sulla sua spalla, ma più sottile, come fosse il prodotto di una scarnificazione, più che di un'ustione:

— Cos'è quel simbolo?

— Impari alla svelta. O forse è vero che noi figlie del sortilegio siamo ineludibilmente attratte da ciò che riguarda il compimento del nostro destino.

— Il mio destino non va oltre la vendetta.

— Questo lo credi tu.

— Vedrai.

— Hai sentito la storia di quel tuo "Uomo Pratico". Non hai ancora capito cosa sei?

— Non mi interessa. Allora, cos'è quel segno?

— È un'apertura. Mi ha aiutata a venire in contatto con la mia essenza.

— Ti ha resa più forte?

— Certamente.

— Fallo anche a me.

— Quando ti sarai rimessa, lo faremo anche a te. Tanto non hai paura del dolore, o sbaglio? — sorrise Lorlei.

— Fammelo *ora*.

— Per adesso è meglio se ti riposi e ti nutri. Ci sono molte cose che devi imparare, se davvero vuoi vendicarti.

— Mi ha portato via anche Val...

— Chi, il Primo dei Dodici, o il destino?

Ailis si alzò in piedi e prese Lorlei per il lembo di vestito più vicino al collo: — Non fare quel sorrisetto quando parli di Val.

Lorlei alzò gli occhi al soffitto, poi si liberò dalla presa di Ailis per la terza volta, e le porse un'altra ciotola: — Mangia.

— Da dove lo hai fatto salpare?

— Il corpo? Dalla spiaggia, lì.

Ailis scolò la ciotola: — Portami nel punto esatto.

— Sei nuda.

— Be'?

Lorlei alzò di nuovo gli occhi al soffitto, poi la condusse fuori.

La spiaggia aveva una sabbia chiara e compatta, con qualche ramo, reso bianco dal mare, sparso qua e là. Ailis pensò che dovevano essere dalla parte opposta dell'isola, poiché non si vedevano il delta del fiume né il continente, ma soltanto due di quei piccoli scogli appuntiti che circondavano le spiagge, e poi il mare, a perdita d'occhio. Lorlei la accompagnò fino al bordo sinistro della spiaggia, dove la sabbia finiva presso un mucchio di pietroni venati di rosa, quindi, senza dire niente, tornò indietro e scomparve nella sua grotta. Ailis guardò il Mare Esterno, infinito davanti a sé, e pensò a Val, da qualche parte lì sotto, e di nuovo pianse.

La distrasse un granchietto nero e giallo, che procedeva obliquo tra le pietre. Lo seguì fino a una polla dove l'acqua era bassa e formava uno specchio. E si vide, Ailis, nuda e smagrita, riflessa in quell'ovale. Vide il suo corpo tutto ossa, nervi e muscoli tesi, percorso da una costellazione di cicatrici. Il segno sulla fronte del calcio ferrato di Reinhare, che mai l'aveva lasciata, e il taglio obliquo che costui le aveva inciso sul volto; una leggera irregola rità nel setto, frutto della testata di Brigid, e la stella sulla mano, straziata dalla spada di lei, e la ferita sulla gamba, e poi ancora il marchio della schiavitù sulla spalla e sul bordo della schiena i lembi dei segni dello knutr; sul petto le bruciature subite nei sotterranei del Palazzo-Cattedrale, e sul braccio l'ultima ferita che Val le aveva cucito, e sugli avambracci le linee sottili dei colpi di falce dell'uomo dalla bocca blu, e poi ovunque una moltitudine di tagli e segni più piccoli e antichi, frutto di infinite zuffe e cadute e cacce, ai tempi del Villaggio Alto. Vide se stessa e pensò a tutto il sangue che aveva seminato sulla terra prima di arrivare lì. Si vide riflessa, e si vide sola.

Si guardò intorno: oltre i massi, grandi e selvaggi sbuffi di arbusti dai pallidi fiori, risalivano uno stretto costone e poi, opposti al mare, ecco i picchi: si trovava sotto quello che, venendo dal delta del Vaitarani, si sarebbe detto il secondo. Alla sua destra stava il picco più basso, un pinnacolo di pietra rosa che usciva direttamente dal mare, non più alto di una quarantina di braccia; incombente sopra di lei, ecco il più largo e dolce dei cinque, pieno di fenditure e terrazzamenti su cui crescevano ulivi e pini rampanti, e sotto arbusti simili a quelli prossimi a lei, ma dai fiori violetti; c'era poi, un po' più indietro rispetto alla sua posizione, il picco centrale, tra tutti il più alto e nudo, eccetto qualche chiazza di vegetazione qua e là, e adesso si accorgeva che su un lastrone piatto vicino alla sommità stava un edificio, come un piccolo tempio di colonne in cerchio; seguivano poi un altro picco di altezza media, con la vetta smussata e un sentiero che lo risaliva torno torno, e l'ultimo, solo di poco più basso, con la base coperta di cespugli fioriti, tra i quali emergevano rostri affilati di roccia.

Rimase su quella spiaggia a piangere e ricordare finché

il sole non ebbe fatto il suo giro e cominciava a lambire la superficie scintillante del mare. Più di tutto la faceva infuriare non aver potuto fare niente durante il viaggio da Diomira a Broceliande, e da Broceliande a lì. Se solo fossi stata più forte, pensava, avrei potuto fare qualcosa per Val, e Val sarebbe vivo, adesso.

Quando quasi metà del sole fu sott'acqua e l'aria era satura d'oro e di rosso, vide uscire dal mare e tuffarvisi di nuovo un pesce, di grandi proporzioni, il dorso nero con macchie bianche all'altezza degli occhi e il ventre pure bianco.

— L'orca — disse una voce dietro di lei. — Presagio di morte. O di cambiamento.

— Non ti ho sentita arrivare.

— Perché sei stanca. A poco vale piangere, Ailis. Meglio se ti riposi, domani cominceremo con lo studio.

— Studiare? Non voglio studiare, devo allenarmi per diventare più forte. Non ci sono spade qui?

Lorlei sorrise, ma non disse niente.

— Sì, eh? Dammene una.

— Calma. Domani te ne recupererò una. Lo studio è più importante.

— Lo studio è noioso!

— Non lo studio *della magia* — replicò calma Lorlei.

Gli occhi di Ailis si illuminarono: — Sai che quel maledetto prima ha lanciato un incantesimo a Breu, poi…

— Posso immaginarlo. Non puoi pensare di affrontare un Maestro del Cerchio d'Acciaio senza avere la magia tra le tue armi.

— Cominciamo, allora!

— L'apprendimento della Grande Arte richiede una mente chiara e un corpo riposato. Occhi stanchi non leggono bene, e i codici sono complessi.

— Leggere? — Ailis guardò Lorlei. — Io non so mica leggere.

Lorlei si avviò verso la grotta con un sospiro.

— Ricorda la spada! — le gridò Ailis mentre abbassava la testa per entrare.

— Il tuo nome lo saprai scrivere.
Ailis era seduta sulla battigia, e Lorlei stava in piedi sopra di lei, con in pugno un rametto di quegli arbusti dai fiori pallidi, come fosse stato una bacchetta, o un frustino.

— Che pena di spada — disse Ailis mollando un fendente all'aria con la daga tutta incrostata che Lorlei le aveva portato dal mare.

— Per allenarti andrà benissimo.

— Si vede che non te ne intendi.

Lorlei sbuffò: — Vorrà dire che domani te ne cercherò una messa meglio. Ma torniamo a noi. Sai scrivere almeno "Ailis"?

— Mmm... Mi ricordo la prima lettera...

Lorlei le buttò il rametto e guardò la sabbia davanti a loro. Ailis lo impugnò e facendo "a" con la bocca tracciò una

mezzo storta.

— Bene. Adesso la "i". Puoi farcela: non è che una linea.

ᚨᛁ

— Poi la "l". Come la "a", ma senza la seconda barretta. E poi ancora una "i".

ᚨᛁᛚᛁ

— Bene. Adesso la "s" è un po' più complicata. È come un fulmine: te la mostro io.

Lorlei riprese il rametto e completò la scritta:

ᚨᛁᛚᛁᛋ

— Questa sei tu. E questa invece sono io.

Con un movimento deliziosamente fluido Lorlei scrisse sulla sabbia:

ᛚᚩᚱᛚᛖᛁ

— Ma perché devo imparare questa roba?

— Cosa sei, una bestia? A parte che la scrittura... Ma che te lo spiego a fare: tu *sei* una bestia. Il fatto è che la magia è l'arte di nominare le cose. Se non sai neanche leggere e scrivere, che incantesimi pensi di poter lanciare?

— Quando tu o Reinhare lanciate un incantesimo, bisbigliate qualcosa e basta.

Lorlei si avvicinò, le pose il rametto sotto il mento e le alzò il viso fino a che i loro occhi si incrociarono: — Quando si lancia un incantesimo, si devono pronunciare le parole con la voce, e visualizzarle con la mente. E per visualizzarle bisogna sapere come si scrivono. Sono due cose correlate... Avrai sentito dire che la parola viene da sud e la scrittura da nord.

— No.

— Be', è così. Entrambe portate da persone venute da altri mondi.

— Che sciocchezza.

— *Cosa?*

— Persone che vengono da altri mondi.

— Cosa credi che avvenga, quando qualcuno nasce? Torniamo all'alfabeto, che è meglio. È per la ragione che ti ho detto se oggi si elencano le lettere secondo la regola meridionale, e non secondo quella "f, u, th," propria del settentrione. Tu sei cresciuta a nord, a giudicare dall'accento...

— E allora?

— *E allora* è incredibile che non ti abbiano insegnato a scrivere! Vorrei sapere che razza di bifolchi...

Ailis si alzò in piedi e la afferrò per il collo: — Parla ancora così della mia gente e ti rompo tutte le ossa.

Lorlei si staccò di dosso la mano di Ailis per l'ennesima volta. Poi la fissò negli occhi: — *La tua gente* sono io, lo vuoi capire, brutto animale dagli occhi gialli?

— Tu sei solo una fastidiosa, irritante presuntuosa...

— Vedi di non farmi innervosire — disse Lorlei, e una corrente arcana le attraversò i capelli.

— Cosa credi, di farmi paura? — Ailis le fece la lin

guaccia. — Scommetto che non sei nemmeno più grande di me.

— Che il fato ci assista. È *ovvio* che non lo sono, visto che siamo nate lo stesso giorno. Dunque — continuò con un sospiro, e tracciò quattro segni sulla battigia:

— A, b, c, d...
— Che noia!
— Zitta e guarda:

— E, f, g, h...
— Uff...

— I, j, k, l, m, n...
— Dai, muoviti a finire.

— O, p, r, s, t, u, v, z. E poi ci sono "th", "y" e "å"

— Maledetto!
— Mi ascolti o no?
— Quello è il simbolo di Åydric Reinhare.
— È la sua iniziale, sì.
— Lo ucciderò!
— Sarà un lungo autunno — disse Lorlei alzando ancora una volta gli occhi al cielo, su cui spuntavano le prime stelle della sera.

Era trascorsa una settimana, durante la quale si erano nutrite di pesce e del latte di certe grosse noci che raccoglievano dagli alberi alti e privi di rami che crescevano soprattutto attorno al primo e al secondo picco. Lorlei sapeva cucinare in un modo che Ailis non aveva mai visto né tantomeno assaggiato: a casa sua il pesce (quando c'era, ovvero quando Bodo riusciva a prendere qualche trota al fiume) era affumicato e basta; Lorlei lo puliva e lo friggeva in un olio che estraeva da delle specie di minuscole castagne, poi aggiungeva il latte delle noci e piccoli frutti rossi che bruciavano sulla lingua e sul palato: il risultato era delizioso. E tuttavia Lorlei stessa ne mangiava pochissimo: lo preparava per lei e a volte ne assaggiava, ma per il resto preferiva nutrirsi di piante e frutti.

Portò ad Ailis nuove spade per due, tre, quattro volte, ma non riusciva mai a soddisfarla. Una era troppo leggera, un'altra troppo pesante, oppure aveva l'impugnatura troppo corta. Andò a finire che un giorno emerse dal mare con una rete da pesca raddoppiata su di sé tre o quattro volte a formare una specie di grosso sacco, e dentro c'era una vera e propria catasta di spade.

— Serviti pure — disse, e sbatté il sacco sulla battigia con uno sbuffo.

Ailis svolse la rete e dispose tutte le spade lungo la spiaggia, a parte quelle troppo rovinate, che ammucchiò da una parte. Le vagliò a una a una, sferrando colpi in aria e provandone il bilanciamento; scelse alla fine una spada a due mani non lunghissima, dalla lama larga e forte, con un lungo ricasso, e dall'impugnatura molto lunga; l'elsa era fin troppo decorata, ma la lama era solida e sotto le incrostazioni si poteva vedere che era rimasta intatta, come del resto quella della spada con cui si era allenata fin lì.

— Questa gente conosceva il segreto di leghe oggi perdute — disse Lorlei.

— Vedremo alla prova della battaglia — replicò Ailis.

Spese l'intera giornata a ripulire la lama con una spugna di mare riempita di sabbia, a rifarne l'impugnatura con della pelle di squalo, e soprattutto a ripassarne il filo sulla pietra, ripetendo con cura il movimento appreso da Brigid, finché non si addormentò in fondo alla caverna, l'arma ancora in pugno.

Qualche giorno più tardi, Lorlei le portò anche un corpetto di maglia della sua misura fatto, invece che solo di anelli come quelli che aveva visto fino a quel momento, di anelli ricoperti da altre piccole placche, simili a scaglie; l'acqua lo aveva rovinato, ma la parte di metallo era della medesima lega della spada e teneva ancora; insieme ne ripararono le rifiniture e ricrearono le parti mancanti con della pelle di squalo e del bisso, seta di conchiglia che Lorlei pettinava e filava personalmente.

Alla mattina Ailis si allenava nella disciplina della spada, mentre al pomeriggio seguiva le lezioni di Lorlei;

ma il settimo giorno, dopo pranzo – ed era stato un pasto anche più lauto degli altri, nel quale oltre al pesce avevano mangiato un granchio bollito e delle polpette di cereali cotte nel suo brodo – Lorlei decise di portarla sul picco più alto, in mezzo al cerchio di colonne. Prese con sé una di quelle noci da cui estraeva il latte per cucinare e condusse Ailis attraverso un sentiero tra gli arbusti profumati, che crescevano, misti alle ginestre, anche sui greppi sopra di loro.

Una pioggia fine e profumata investì il capo e il volto di Ailis mentre camminavano.

— Piove? Ma non ci sono nuvole...

— Non è pioggia, è il pianto delle tamerici. Questo giorno ti sarà propizio — disse Lorlei, e spiccò quattro spighe di quei fiori pallidi.

Quando girarono l'ultima curva, Ailis rimase abbagliata dal biancore del cerchio di colonne, che si stagliava con un nitore più vero del vero sul lastrone cui erano arrivate, e appariva, ora che erano vicine, assai più grande di quanto non credesse.

— Vieni — disse Lorlei.

Entrando nel cerchio, Ailis sfiorò una colonna. Vi era qualcosa, nel bianco latteo di quel marmo, nel modo in cui era lavorato alla base e sul capitello, di troppo morbido e preciso, di quasi *impossibile*, come le statue sul terrazzo di Åydric Reinhare o, per certi versi, i disegni di Val.

— Questa era l'arte degli antichi — disse Lorlei mentre infilava le spighe di tamerice in quattro invisibili buchi posti sulle colonne ai quattro punti cardinali.

— Anche nella mia isola c'erano degli antichi, ma le loro rovine non assomigliano a queste.

— Ci sono molti antichi. Alcuni più antichi di altri.

Quando saprai leggere, ti porterò in un luogo anche più vecchio di questo tempio.

— Ma adesso *so* leggere!

— Adesso sai l'alfabeto. Leggere è un'altra cosa. In ogni caso, non siamo qui per questo. Sei tornata in salute, è il momento di farti l'apertura. Spogliati — disse Lorlei, e da una invisibile tasca tirò fuori un coltello dalla lama corta e perfettamente triangolare, quasi uno scalpello.

— Cosa ridacchi.

— Ammetto che mi diverte l'idea di tagliuzzarti — ghignò Lorlei.

— Credevo fossi più saggia.

— Ti hanno portata qui per trovare un'incantatrice, o sbaglio? Questo sono. Non ho neanche quindici anni, sono troppo giovane per essere saggia. Sdraiati a terra — aggiunse quando Ailis ebbe finito di spogliarsi.

Lorlei salì sopra di lei e bisbigliò alcune parole, e incidendo in profondità, scalpellando letteralmente fuori striscioline di carne (e sorprendendosi di come Ailis non facesse un movimento o un gemito: a suo tempo lei stessa aveva urlato come una bestia al macello), le incise in fondo alla schiena, in mezzo alle due fossette, il simbolo

— Alzati.

Ailis si alzò in piedi e Lorlei raccolse con l'indice e il medio un po' del sangue che gocciolava dall'incisione. Le andò davanti e le poggiò le dita sul pube, sotto l'ombelico, sul plesso solare, in mezzo al petto, sulla gola, sulla fronte e sulla sommità del capo, lasciando un'impronta in ogni punto, e bisbigliando ogni volta quelle parole incomprensibili. Quando le pose il dito sul capo, lo premette più forte, e subito Ailis sentì manifestarsi un'energia, simile a una molla compressa, nel basso ventre. Aveva qualcosa in comune con la sensazione che aveva provato quando aveva sgominato l'uomo dalla bocca blu nell'arena di Hadakand, ma era più intensa, bassa, mobile e turbinante rispetto ad allora. Lorlei alzò il dito con un movimento rapido, come uno scatto, e Ailis sentì quell'energia dipanarsi, dividersi in più flussi e risalire il suo corpo come un fascio di serpenti che formavano a loro volta un serpente più grande; la sentì scuoterle la spina dorsale e diffondersi in tutto il corpo, riempiendola fino alla punta delle dita e dei capelli, fin quasi oltre la superficie degli occhi, e stirarla, pure, come se il dito di Lorlei fosse un gancio e la tenesse sollevata da terra. Emise un gemito che divenne un grido, e di nuovo fu scossa da un incontrollabile spasmo, mentre tutto scompariva alla sua vista, sostituito da una luce prima multicolore e quindi gialla, brillante. Poi l'energia rientrò di colpo e le rimase dentro un calore pulsante, come se il serpente si fosse riacquattato in fondo alla sua spina. Ailis si guardò le mani e il corpo. Strinse i pugni. Inspirò, e fu come se il respiro entrasse in lei più profondamente, e vi rimanesse più a lungo. Guardò Lorlei: a sua volta la guardava, sorniona, con quegli occhi appuntiti, e le buttò la noce. Ailis la afferrò al volo e, come seguendo un implicito suggerimento, la strinse con la sua piccola mano, che neanche riusciva a coprirne metà, e la noce esplose, schizzandola di latte.

— Ora anche tu sei forte — dichiarò Lorlei.

— Fammi andare da Reinhare — disse Ailis con foga improvvisa.

— Non è ancora il momento.

— Lo devo anche a Val. Ha dato la vita per portarmi qui. Ora che sono guarita devo...

— Il Primo dei Dodici ti schiaccerebbe.

— Io schiaccio te, se non mi lasci andare — minacciò Ailis, e la afferrò per il collo e si sorprese della propria aggressività (stavolta Lorlei non aveva fatto niente che la avesse irritata). Lorlei le prese il polso e fece per staccarle il braccio, ma adesso non ci riusciva più con tanta facilità. Ailis sorrise e strinse la mano attorno al collo dell'incantatrice. Solo una piccola lezione, pensò. Ma Lorlei chiuse gli occhi e bisbigliò qualcosa e Ailis sentì la propria forza diminuire all'improvviso, e Lorlei si staccò il suo braccio di dosso con sprezzo: — Stupida. Reinhare ti ha sconfitta con la magia. Non bastano forza e resistenza — e bisbigliò ancora qualcos'altro, e Ailis si sentì la bocca e il naso e i polmoni pieni d'acqua, e cominciò a gorgogliare e soffocare, e si agitava come se fosse veramente in fondo al mare e cercasse invano di tornare in superficie, e Lorlei la guardò annaspare fino a quando non fu a un passo dal perdere i sensi. Solo allora sciolse l'incantesimo.

Ailis cadde a quattro zampe e tossì e tirò il fiato, tutta affannata.

— Ci siamo capite? Bene — disse Lorlei. — Il marchio di apertura ti aiuterà anche nella pratica magica. Non disturbiamo oltre questo luogo sacro.

— Vedi che non sono portata.

— Questa è bella — rise Lorlei. — Tu, noi, siamo fatte per la magia: la magia ci ha fatte.

— Avrà fatto te.

— Siamo uguali, Ailis.

— No. Io sono una ragazza del Villaggio Alto — replicò Ailis legandosi i capelli che nelle settimane erano diventati lunghi come non li aveva mai avuti. — Sono figlia di Malva e Bodo e sono brava a fare la legna e a prendere gli animali e nel gioco del pozzo.

— Affermazioni insensate, per una che è stata nel cuore di Broceliande ed è uscita per raccontarlo.

— Non c'entro niente con questa roba.

— Se solo immaginassi quanto studio e impegno servono a una donna o a un uomo comune anche solo per trovare la stilla di shakti nascosta dentro di sé, e addomesticarla...

— Forse sono peggio di una donna comune — disse Ailis tirando fuori la lingua.

— Tu *trabocchi* shakti, e preferisci risolvere le cose a bastonate come un bandito.

— O come un pastore.

— Non puoi sfuggire a ciò che sei.

— Esatto. *Questo sono.* E poi mi è venuta fame.

— Proviamo un'altra volta. Guarda le rune. — Lorlei indicò col suo rametto la scritta sulla battigia.

— Le ho imparate, non sono stupida.

— Bene. Allora visualizzale, inspira a modo e pronuncia le parole. E mi raccomando la cadenza.

— *ekfyå alkap...*

— La cadenza.

— Ma come si fa?! Sono sempre diverse!

— Sì. Le cadenze sono sempre diverse a seconda della parola, e di quelle con cui è accoppiata. Ma anche se non sei ancora in grado di stabilirle da sola, questa la conosci, dato che te l'ho detta io prima.

— *ékfyå alkáp...*

— Senza intervallo tra le parole, maledizione!

— *ékfyåalkáp!*

— Ti sembra un sussurro? Le parole devono risuonare dentro di te, non nell'aria circostante.

— *ékfyåalkáp.* Vedi, non è successo niente.

— Perché, *evidentemente*, non hai visualizzato. Né raccolto le energie nel modo che ti ho spiegato. Né tantomeno inspirato nel modo giusto, per non parlare della postura. E sono certa che anche la volontà e la concentrazione lasciavano a desiderare.

— Uffa.

— Ailis. Sei qui da quanto? Tre mesi? Hai a malapena imparato a leggere, e dunque non ho potuto darti tavolette che ti sarebbero state d'aiuto. Se adesso rifiuti anche di imparare a memoria incantesimi semplici come questo...

— Cosa vuoi che gli faccia, al Primo dei Dodici.

— Per cominciare, potrebbe proteggerti dagli effetti dei *suoi* incantesimi. E poi dominare il "genera" è fondamentale per qualunque incantesimo di attacco.

— Ecco! Incantesimi di attacco! Insegnami quelli.

Lorlei alzò gli occhi al cielo. Poi si fermò, come attraversata da un'intuizione.

— Vorresti fare qualcosa del genere, eh? — disse strizzandole l'occhio, e voltandosi verso la parte più ampia della spiaggia impose le mani di fronte a sé e bisbigliò, e una colonna di fuoco vorticante sorse ruggendo dalla sabbia, e crebbe fino a essere alta quanto quattro o cinque uomini. Un vento rovente scompigliò i capelli di Ailis, che sentì le fiamme riflettersi negli occhi. Poi Lorlei abbassò le mani di colpo e la colonna si disperse nell'aria, in un breve spiraleggiare di fiaccole.

— Pazzesco! — gridò Ailis.

Col suo rametto, Lorlei scrisse sulla sabbia:

— Per fare cose come questa è necessario imparare anche il controllo della shakti e l'indirizzamento. Ed è opportuno che tu apprenda la meditazione, così da avere la mente libera quando dovrai lanciare incantesimi composti di tre parti, e ce ne sono anche di quattro.

Ailis corse al punto dove era sorta la colonna: la sabbia era diventata una lastra tondeggiante di vetro. Con un ramo la staccò e la sollevò.

— Guarda!

— Lo vedo bene. Vogliamo ricominciare?

— Sì. Perdonami. Però...

— Cosa c'è adesso — disse Lorlei.

— Quello era un incantesimo di fuoco, vero? Per me, tanto più che non sono brava, magari è meglio un incantesimo di terra, che è il mio elemento...

Lorlei sorrise: — Allora ogni tanto ci rifletti, sulle cose — e bisbigliò qualcosa, veloce, e la terra tremò violentemente sotto i loro piedi, facendo cadere Ailis col sedere a terra.

— Ma le rune, la cadenza, il...

— Prima le basi.

Era ormai quasi primavera quando Ailis riuscì a dominare l'incantesimo di protezione e un pugno di quelli che Lorlei chiamava "le basi". Al mattino saliva di corsa fino alla sommità del secondo picco e si esercitava con la spada, sempre rigorosa nel seguire la disciplina; quando Lorlei tornava dal mare – ogni notte, un paio d'ore prima dell'alba, spariva tra i flutti e non ricompariva che dopo mezzogiorno – seguiva le sue lezioni. Alla sera tornava ad allenare il corpo alla forza e alla resistenza, nuotando oppure correndo, o ancora sollevando e scagliando tronchi sulla riva, finché l'appetito non la faceva ripiegare alla caverna, dove immancabilmente trovava Lorlei che la aspettava, intenta a cucinare, e la guardava con i suoi occhi neri e appuntiti. Solo una notte accadde qualcosa di strano: Ailis si svegliò per un sogno e vide Lorlei in piedi davanti a sé, incombente, come nell'atto di scagliare un incantesimo o effettuare chissà che rito, e come si accorgeva che si era svegliata si riscosse, e uscì dalla caverna come in preda alla vergogna, e non ne parlarono mai.

Sui Cinque Picchi non scendeva mai il freddo, ma il cielo cominciò a essere coperto di nubi e tirava un vento piovoso, intervallato da veri e propri acquazzoni. Dopo che Ailis ebbe dominato "le basi", capitava anche che si esercitassero insieme, senza che Lorlei le facesse da maestra, e lo spettacolo di Lorlei che nei giorni di pioggia camminava sulle acque fino a raggiungere il mare aperto, e da lì scatenava procelle e onde colossali, e aggregava le nubi, e faceva scoccare fulmini che si abbattevano sulla sommità del picco più alto, scuotendo e abbagliando l'isola, faceva venire i brividi.

Una volta, quando Lorlei rientrò a riva e Ailis ebbe finito di lanciare le sue noiose serie di incantesimi elementari, la fermò e le disse: — Perché non andiamo insieme?

— Dove? — chiese Lorlei strizzandosi i lunghi capelli.

— A sgominare Åydric Reinhare. Tu ce la faresti anche da sola.

— Non è il mio destino.

— Ma sei d'accordo che è malvagio! E poi quelli del Cerchio d'Acciaio volevano schiavizzarci...

— Ci hanno anche messe in esistenza. E non sopravvalutare il mio potere. Quando vado in mare e vedi quegli effetti grandiosi, è perché mi servo del Canto dell'Acqua.

— Il Canto dell'Acqua?

— È un tipo di magia che richiede tempo. Troppo, forse, perché la si possa usare in uno scontro corpo a corpo. E poi è molto difficile da portare a compimento, quando non si è ben connessi con l'elemento. Un giorno magari ne parleremo.

— Anch'io potrei impararlo?

— Certo. Ma non il Canto dell'Acqua, bensì quello della Terra. Non hai mai sentito come un ronzio, o un coro remotissimo, venire dalle profondità del suolo? Una specie di canzone.

Ailis la guardava emozionata: — Sì! Da una pietra runica, su nella mia isola.

— Probabilmente gli antichi della tua isola conoscevano forme di magia della terra, e quelle pietre sono come dei canali privilegiati. Chissà, forse la vergine Bradmá scelse di portarti in quelle terre anche per questo motivo.

— Secondo te posso riuscirci?

— Con le competenze che hai adesso, non ci riusciresti neanche col Soma.

— Cos'è?

— Si tratta di una pozione che si ricava dai sogni stessi.

— Ah! Ho sentito, cioè ho sognato, Reinhare e H.H. parlarne. Lo fanno a Diomira, vero?

— So che viene dalle Cinquantaquattro Città. E so che una sola goccia è sufficiente a potenziare per un breve lasso di tempo le facoltà magiche: la shakti, ma anche la stessa forza e velocità degli incantesimi. E soprattutto, il Soma dona la visione.

— Che visione?

— La visione di ciò che esiste dietro la realtà. Di quella moltitudine di segni che rendono le cose come sono.

— Non capisco.

— Hai mai sentito dire che la realtà è un sogno? Il Sogno dell'Imperatrice?

— Sì.

— Bene. Immagina che quel Sogno sia un libro...

— Cos'è un libro?

Lorlei si sforzò di non perdere la pazienza: — Facciamo una tavoletta... Anzi, una pietra runica. Una pietra scolpita, le cui scritte in ogni momento continuano a venire incise.

— Uhm...

— Bene, se tu bevessi il Soma vedresti le lettere e le parole di quella pietra. Per una come noi, vedere il Canto del proprio elemento, come una stringa senza fine che danza nel tessuto stesso della realtà, sarebbe la prima cosa. Ma qui Soma non ce n'è, dunque se un giorno vorrai percepire il Canto in modo sufficiente da interagirci, devi studiare, studiare, studiare.

— In che senso, interagirci?

— Se vedi il Canto e lo innervi con la tua shakti, puoi tesservi gli incantesimi sopra. È inutile che ti parli di cose così avanzate. Devi pensare alle basi. Adesso ti esalti solo perché ti sembra una cosa potente.

— Ma *è* una cosa potente!

— Sì. Ma non sei in grado di usarla. Né saresti in grado di condurre un duello a suon di incantesimi contro un membro del Cerchio Interno. Se vuoi metterti a studiare cose più complesse, allora potresti cominciare con lo spurgare, così magari se Reinhare ti lancerà di nuovo il Nero Sonno, saprai come liberartene...

— Quindi è sufficiente un semplice incantesimo? Ma l'Uomo Pratico...

— Quella per spurgare è una formula generica. E quando la formula è generica...

— ... dipende da quanta shakti ci metti — disse Ailis con il tono di chi ripete una lezione sentita mille volte.

— In ogni caso, si tratta di un incantesimo difficile da dominare, soprattutto se lo si fa su di sé. Stando un po' più basse, potresti imparare qualcosa del genere — e tracciò sulla sabbia le rune:

— Che lungo...

— Con questo — continuò Lorlei — potresti guadagnare un vantaggio.

— Che vantaggio?

— Se Reinhare non si aspetta che tu conosca la magia, possiamo prenderlo di sorpresa. È un contrasta magia: devi lanciarlo mentre lui è esattamente a un terzo della propria cadenza, e se riesce gli farai fallire l'incantesimo. Ovviamente non è un trucco che puoi ripetere: esistono modi per aggirarlo, ma la prima volta...

— Potrò guadagnare uno spiraglio per attaccare!

— A volte capisci qualcosa: è curioso.

Ailis le mollò uno spintone facendola finire col naso sulla sabbia. Lorlei alzò gli occhi infuriata e Ailis ebbe paura che le scagliasse un incantesimo, invece si rizzò e le si gettò addosso e si azzuffarono e si rotolarono nella sabbia e poi nell'acqua, ma in mare Lorlei era troppo forte e Ailis fuggì e si mise a tirarle manciate di rena bagnata dalla riva e Lorlei dal mare rispose allo stesso modo, e dopo la battaglia fecero il bagno per pulirsi i capelli dalla sabbia e mentre si asciugavano sul limite della battigia e i granchi si radunavano attorno come per ascoltare i loro discorsi, Ailis per la prima volta vide Lorlei come una specie di sorella, e si chiese dove potesse essere in quel momento Brigid, che cosa stesse facendo, e si volse a Lorlei e le chiese se non si fosse mai sentita sola, prima di allora, e Lorlei disse che erano discorsi senza senso, ma Ailis da qualcosa nella sua espressione capì che non ci credeva fino in fondo, o almeno non più. E quella notte, che fu la notte in cui dormì più serenamente lì, nella piccola caverna sulla spiaggia del secondo picco, proprio quella notte Ailis sognò.

Si trovava in una sala stretta e alta, dalle finestre sbarrate, che poteva riconoscere come quelle del Palazzo-Cattedrale: era illuminata da almeno venti ceri, infilati sulle braccia di un candelabro di ferro che imitava la forma di un albero secco. C'era un tavolo da scrivano, e sul tavolo c'erano una clessidra, un calamaio e un teschio di cane con sopra un'altra candela, e alla scrivania, di spalle, era seduto H.H., la testa bruciata e piagata, una pesante veste nera indosso. Scriveva.

Scriveva con una penna d'oca su una striscia di pergamena, simile a quelle che a volte aveva visto usare dal padre di Vevisa per comunicare con lo sceriffo o col Villaggio del Porto per mezzo dei piccioni, e le sue rune erano aggraziate e ricche di volute, tanto da non sembrare quasi più rune. E tuttavia Ailis, forse per quelle competenze aumentate che si hanno a volte nei sogni, riuscì a leggere senza problemi.

La missiva, che ora H.H. arrotolava e sigillava con un punto di ceralacca, diceva: "Eccellente lavoro a Diomira, un nuovo ordine scenderà presto sul mondo. La Cerca della Spada ti attende: hai tre settimane per passare le consegne a Tristram."

Al mattino, quando Ailis fu sveglia e ricordò il sogno, provò una combattuta, complessa nostalgia per Vevisa. Perché non c'era dubbio che quello fosse un sogno inviato da lei. Come se la stava cavando? Perché l'aveva contattata soltanto adesso? Sapeva che era viva, o si limitava a gettare quei sogni alla cieca, nella speranza che giungessero a destinazione? E soprattutto, perché le aveva inviato *quel* sogno? Davvero voleva aiutarla nella sua vendetta, dopo tutto quello che era accaduto? E poi Breu: nel sogno non c'era. Che fine poteva aver fatto? Domande cruciali, alle quali Ailis sapeva di non essere in grado di dare una risposta. E quindi non le restava che fare a modo suo.

Uscì dalla grotta, e vide Lorlei che nuotava a due tiri d'arco dalla riva. Sapeva quanto era difficile convincerla a venir fuori dall'acqua, così si buttò e la raggiunse a nuoto, e che nuotatrice era diventata in quei mesi!

— Lorlei!

— Cos'è questa agitazione?

— Devo partire per il continente. Per Diomira.

— Cosa?

— Non capisci! Åydric Reinhare. Vevisa mi ha mandato un sogno.

— Vevisa? Avevi detto che non lo faceva più da molto tempo.

— Ma lo ha fatto! Reinhare, lo mandano via... La Cerca della Spada... Insomma, andrà via da Diomira fra tre settimane.

— Hai detto la Cerca della Spada? — Lorlei assunse un'espressione improvvisamente seria. — Vieni, parliamone a riva.

Ailis raccontò del sogno e di quello che vi aveva visto:

— Devo andare là! — concluse.

— Non credo tu sia ancora in grado di affrontarlo.

— Non me ne importa nulla! Se non sono in grado, vorrà dire che morirò! Sono qui da sette mesi, non posso lasciare che adesso se ne vada chissà dove e perdere l'occasione per la vendetta.

— Tra l'altro, in tre settimane non riusciresti mai ad arrivare fino alle Cinquantaquattro Città.

— Mi lasci andare?

— Non sei mica prigioniera.

— Ma non c'è un modo per arrivare là subito?

Lorlei rifletté un poco, o forse, parve ad Ailis, finse di riflettere, perché mentre lo faceva sorrideva, come se stesse aspettando da tempo quella domanda e dovesse decidere soltanto se darle la risposta o meno, poi tracciò delle rune sulla sabbia.

ᚠ ᚺ ᚱ

ᛖᚾᛏᚠᛋ
ᛇᛞᛟᚱ

— Impara questo.

— Cosa?

— Impara questo incantesimo.

— Ma è triplo!

— Non tutti i tripli sono difficili. Il contrasta magia è doppio ma è più complesso di questo, eppure lo hai appreso, no? Se ti impegni davvero, io dico che puoi dominarlo in una settimana.

— Non posso perdere una settimana!

— Ailis. Questo incantesimo è la tua strada per arrivare da Åydric Reinhare in un attimo. Vedi di muoverti a impararlo. Adesso ti spiego la cadenza e il resto.

Ailis non capì, ma vide che nello sguardo di Lorlei, sempre così difficile da decifrare, adesso c'era pura, fattuale verità. E così, senza chiedere oltre, si mise a studiare, arrovellandosi giorno e notte su quelle parole da bisbigliare e visualizzare, su quella postura da tenere, su quella volontà di respingere l'acqua in favore dell'aria e quella shakti da incanalare e far scorrere assieme al respiro. Lei stessa si sorprese quando acquisì il dominio dell'incantesimo in soli cinque giorni.

Quando Lorlei vide che lo lanciava senza errore, le disse di raccogliere le sue cose – la cotta di scaglie, la spada, un po' di provviste – e di vestirsi velocemente. Poi la condusse verso il mare.

— Dove mi porti?

— Non volevi andare dal tuo nemico in un attimo? Allora seguimi.

— Prima mi fai vestire, poi mi porti in acqua... Aspetta...

— Non toglierti niente.

Ailis la guardò perplessa ed entrò in acqua. Subito il bisso del sottoarmatura e la tunica si impregnarono, e si sentì pesantissima mentre avanzavano nel mare. Arrivarono fin dove quasi non si toccava, i pesci luccicanti d'argento che si affollavano intorno a Lorlei, e quella le disse di lanciare l'incantesimo, e di farlo con una certa forza. Lei fece lo stesso, ma ne lanciò anche un secondo, e i suoi piedi e le sue gambe si trasformarono in una coda di pesce che si divise in due parti, mobili e tentacolari.

— È Melusine, una delle mie forme elementali. Anche tu ne hai, è inutile che ti sorprendi. Ma non è questo il momento per parlarne.

Lorlei la prese per mano e si tuffò sott'acqua, e Ailis grazie all'incantesimo ora poteva respirare come se fosse all'aria aperta. Con quelle code pinnate Lorlei nuotava a una velocità portentosa: ben presto, seguite da un codazzo di pesci che non smetteva di crescere, e al quale si aggiunsero anche tre squali grandi come cavalli, furono nelle profondità del mare, e Ailis si accorse che non sentiva neanche la pressione dell'acqua su di sé, ma era come essere avvolta in una bolla, il cui bordo era situato giusto un dito fuori della propria persona. Aveva paura che l'incantesimo finisse, ma si disse che durante le prove era sempre riuscita a mantenerlo per periodi abbastanza lunghi, e adesso aveva l'impressione di avervi incanalato una buona quantità di shakti. Cercò di liberare la mente con gli esercizi che Lorlei le aveva insegnato e si lasciò condurre, finché quella non lanciò a sua volta un incantesimo: di luce, ma ben più potente di quello che lei stessa aveva appreso, perché per un miglio e più i neri abissi si illuminarono, e sotto di loro si manifestò uno spettacolo maestoso.

Vi era infatti una città, laggiù in fondo, grande e ricca di case di marmo nero e rosso, e bianchi templi simili a quello dove aveva ricevuto il marchio di apertura, ma molto più grandi, alcuni a pianta tonda, altri rettangolari, e poi si potevano scorgere teatri come quello di Despina, e piazze, e strade, tutto organizzato in quartieri che formavano tre cerchi concentrici separati da profonde fosse, e in mezzo, dopo i tre ordini di edifici e le tre fosse, c'era un quarto cerchio, sul bordo del quale, a est, sorgeva un alto tempio, dalle guglie d'oro incrostate di coralli, ma per il resto tutta l'area del cerchio non era che un buco: un grandissimo pozzo, largo quasi mezzo miglio, che pareva un nero occhio dalla infinita profondità. Non vi erano presenze se non quelle dei pesci che nuotavano tra i palazzi e le colonne; da dietro il tempio centrale Ailis vide far capolino e poi nuotare verso di loro tre esseri colossali, dalle teste bombate.

— Capodogli — disse Lorlei, e le parole arrivarono attutite alle orecchie di Ailis. Poi la guardò meglio: — Tu piangi.

— Come fai a saperlo? — chiese Ailis, e si passò una mano sugli occhi.

— Non mi è difficile distinguere le lacrime dall'acqua. Cosa c'è?

— Avrei voluto essere qui con Val.

Lorlei sorrise a mezza bocca: — Sarebbe stato impossibile, poiché lui non avrebbe mai potuto lanciare l'incantesimo necessario a sopravvivere qua sotto.

— Ma cosa ne sai? — strillò Ailis, e sentì le parole rimbombare nell'acqua. — Sempre sicura di tutto, sempre superiore a tutti! Non puoi capire.

— Sei tu che ancora non vuoi capire. Andiamo.

Mentre scendevano giù, verso la città, i capodogli le raggiunsero, e girarono un po' intorno a Lorlei, e si lasciarono carezzare, e Ailis da sotto capì che i Cinque Picchi non erano altro che la cima di una montagna sommersa, che dominava da est la spianata dove sorgeva la città.

— È qui che prendevi le spade?

— Certamente.

Scesero fin dentro la città, tra le sue colonne e le sue statue, e Lorlei nuotò tra i templi e le ville e i teatri, tra crostacei e polipi che vivevano in mezzo alle rovine, tirandosi dietro Ailis, che guardava incantata quelle meraviglie, lì, eterne, nel silenzio degli abissi.

— Cosa è successo alla città? — chiese.

— Coloro che l'hanno sognata l'hanno fatta anche scomparire. Vieni.

Nuotarono fino al centro della città, a quell'enorme pozzo. Si fermarono sul camminamento che separava la facciata del tempio da quel buco spaventoso.

— E ora? — disse Ailis.

— Pensi che io ti abbia portata qui solo per mostrarti la città sommersa? — sorrise Lorlei. Poi bisbigliò un incantesimo e l'acqua intorno a lei ribollì e vorticò in una spirale di correnti, e i pesciolini schizzarono via, ma ben presto anche i pesci più grandi e gli squali e i capodogli scapparono, e i polipi e i crostacei si ritirarono nei loro anfratti, perché dall'abisso del pozzo di fronte a loro stava arrivando qualcosa: qualcosa di enorme, ribollente e tonante, qualcosa al confronto del quale anche i capodogli non erano diversi dalla più minuscola fauna marina; qualcosa di magico e terribile, ma anche qualcosa del quale Ailis conosceva l'aura.

— Chi guarda il Jormungand muore — disse, e strizzò l'occhio a Lorlei, che la guardava - stavolta sì, lei - stupita.

E uscì: prima una testa colossale di serpente, e pesce, e capodoglio, e drago, e anche, parve ad Ailis, di uomo e donna, e poi il resto: enorme e velocissimo scorreva fuori dal buco un corpo squamato azzurro e bianco e verde, ma nei riflessi di ogni scaglia ecco tutti i colori dell'iride, e l'oro, e l'argento, e le più tenui sfumature del rosa, rosa di marmo e petali e carne. E i colori e il bordo delle cose si sgranarono, mentre l'acqua si illuminava di una energia che adesso Ailis sapeva riconoscere come shakti, e le sembrò di rivivere non solo il suo primo incontro col Jormungand, ma anche quel momento di delirio e visione con Val, nel cuore del mistero di Broceliande, e tuttavia adesso quell'evento straordinario si manifestava di fronte a lei senza turbarla, bensì investendola di una corroborante energia, come quando a volte, all'inizio dell'estate, lei, Breu e Vevisa seduti sul loro crinale si godevano il sole assieme al vento fresco che arrivava da nord.

— Camminerai sul respiro del Jormungand — disse Lorlei. — I Quattro Re sono anche i signori dei punti cardinali, e lo spazio del mondo è il loro dominio.

Si sollevò nell'acqua e cominciò a recitare un lungo incantesimo, mentre il Jormungand ruotava in spire sempre più veloci sotto di lei. Poi improvvisamente si fermò, e si drizzò, Lorlei in piedi sulla sua testa, e il suo sfiatatoio spruzzò un getto formidabile di bolle d'aria.

— Vai, Ailis. Cammina sull'Alito del Jormungand, vai a Diomira! Vai da Åydric Reinhare! Vai!

— Il fatto che abbiate preso parte personalmente alla repressione della rivolta ha destato grande impressione nelle campagne.

— Impressionare dei bifolchi era da sempre tra le mie più alte aspirazioni.

— Voi scherzate, Eccellenza.

— Per niente: intendo lasciare un buon ricordo.

— È per questo che...

— Sì, è per questo che ho fatto bruciare anche i fanciulli. Togliti quel sorriso rivoltante dalla faccia. E lasciami solo.

— Certo, mio signore, Eccellenza.

— Puah.

Åydric Reinhare aspettò che il servitore chiudesse la porta, si alzò dal seggio e camminò per la stanza. Da quando era arrivato a Diomira, per la prima volta si sentiva agitato. Non era il pensiero della Cerca: quante volte aveva sognato di rimettersi in viaggio? Quante di tornare a combattere? Spegnere la ridicola rivolta di un pugno di fattorie non lo aveva certo placato, ma era per quella ragione che aveva condotto la repressione: per mulinare la spada, per alzare il culo su da quello scranno. A Diomira, a parte la fuga della bambina, che in ogni caso non si doveva certo a lui, era andato tutto per il meglio. La città viveva in una morsa di terrore; del Soma, presto si sarebbe perduta la stessa memoria. I banchieri delle Terre Franche avevano finalmente allentato le maglie della borsa e, spinto dal loro oro, l'esercito imperiale aveva fatto di Diomira la propria base avanzata, e da lì condotto una campagna vittoriosa dopo l'altra. Già ventitré delle Cinquantaquattro Città erano cadute, e anche se quelle rimaste andavano organizzando di concerto una resistenza, e ricevevano aiuti dall'Oriente, la posizione imperiale adesso era di vantaggio. Aveva eseguito tutti gli ordini, e ora sarebbe ripartito per una Cerca, come desiderava. E tuttavia non si sentiva tranquillo. Scorse con lo sguardo gli scaffali, dove le cose più strane o preziose che i suoi uomini avevano saccheggiato si alternavano alle costole dei codici rilegati: era stata infatti la stanza del Gran Gerofante di Diomira, che lui stesso aveva defenestrato, proprio da quel balcone lì fuori, ma del quale aveva conservato alcune proprietà, oggetti che venivano da un tempo vicino al suo. Per lo splendore degli intarsi, anche la libreria si avvicinava all'artigianato del suo popolo. Il suo popolo...

Åydric seguì lo scaffale mediano fino a dove si interrompeva per lasciare spazio alla porta e puntò una scatola di legno di sandalo, chiusa con un lucchetto d'acciaio. Scelse, tra quelle che aveva nell'anello alla cintura, la chiave più piccola, e andò ad aprire la scatola, per la prima volta da quando era lì. Dentro c'erano due soli oggetti: un anello d'oro bianco, di linea semplice e perfetta, con un piccolo diamante incastonato in mezzo, e un'ampolla di vetro lavorato, essa pure di fattura squisita, piena per un quarto di un liquore violetto. La tirò fuori e sfiorò con l'indice il bassorilievo appena accennato sul collo, che raffigurava un fiore di digitale. Se la portò allo scranno e dal vassoio sul comodino prese una coppa. Erano molti anni che non beveva quel distillato. Non aveva più osato, per timore forse dei ricordi che quell'aroma riusciva a cavar fuori dalle nebbie di tempi ormai perduti, ma gli parve che fosse un buon momento. La realtà, il Sogno, quello che era, lì fuori, tutto intorno a lui, lo schifava. Pensò a H.H., un uomo che avrebbe dovuto essere morto da tempo e che invece parlava sempre del futuro, e si sentì una forza del passato. Versò due dita, e quell'antica fragranza lo portò lontano da lì e da quel momento, a giorni fatti di un'altra, differente sostanza. Trangugiò il liquore e il calore risalì dal suo stomaco alla testa, inebriandolo, ma già l'incanto si era trasformato in una semplice voluttà, come se non vi fosse ormai spazio in lui che per un solo, breve momento di ricordi buoni.

Fu allora che notò che fuori dal finestrone era salita la nebbia. Una nebbia spessa, strana sebbene fosse quasi l'alba. Come mosso da un presagio, afferrò una spada dalla rastrelliera e raggiunse il finestrone. Non si vedeva niente, e sì che era una notte di luna piena. Quando lo aprì, e la foschia umida e salata gli investì il volto, lo attraversò una certezza: pur diversa nella sostanza, quella nebbia ribolliva di shakti, esattamente come il fumo sulfureo che costituiva l'Alito del Drago. In basso, dove la nebbia si diradava appena, vide i corpi svenuti delle due guardie che aveva collocato sul balcone dal giorno successivo all'agguato. Si mise in guardia e arretrò di un passo, dentro la stanza. Fu allora che dalla nebbia emerse, come una nemesi divina, la bambina del rito.

La prima cosa che Ailis riconobbe fu la spada. La spada con cui lei e Breu avevano giocato per tutta l'infanzia. Poi vide il riflesso di quegli occhi e di quei capelli, che anche attraverso la nebbia riuscivano in qualche modo a scintillare.

Ancora ebbra dell'Alito del Jormungand, si scagliò su quella spada, su quello scintillio, su quella sagoma oltre il finestrone. Era un fendente dall'alto in basso, portato con forza brutale e un impeto che arrivava fin dal primo passo compiuto sull'Alito del Jormungand. Di più: dal primo passo mosso dopo la liberazione dalle segrete di quella stessa torre, se non da quel primo passo mosso dal Villaggio Alto, una notte di tre anni prima. Ed era un colpo al quale Reinhare, se avesse reagito con lo stesso approccio sicuro, giocoso quasi, che aveva tenuto quando lei e Breu lo avevano affrontato, avrebbe dovuto soccombere. Ma, ebbe l'impressione Ailis mentre abbassava la spada, esisteva in lui qualcosa di sepolto e tuttavia vivo, un'abilità rimasta forse nascosta perché superflua in un mondo di persone comuni; fu forse proprio il modo in cui Ailis lo aggredì, col migliore dei suoi colpi, a rivelarla: come attraversato da un fulmineo risveglio, Åydric Reinhare parò il colpo col piatto del forte, nel punto più prossimo all'elsa, un movimento impeccabile, che gli sarebbe valso il plauso dei più esigenti tra i maestri di scherma del suo popolo, maestri che erano ormai polvere, maestri tornati all'aria e alle stelle, e che adesso, come se per l'ultima volta volessero sancire la propria passata esistenza, riverberavano in lui, e senza interrompere il movimento del corpo, ma anzi incanalandolo dalla difesa all'attacco, colpì Ailis al viso col pomolo.

Normalmente un colpo come quello – aveva sentito chiaramente l'osso dello zigomo che si frantumava – l'avrebbe messa fuori combattimento. Ma adesso, ubriaca dell'alito del serpente, carica di shakti e prossima com'era a quello che per troppo tempo aveva rappresentato l'obiettivo unico della sua esistenza, sentiva un'energia esorbitante, traboccante, scorrerle dentro, e questa energia si univa alla forza che le veniva dal marchio di apertura, scorreva assieme a essa nei canali sottili del suo corpo riempiendola di una nuova, più solida sostanza, e assieme alla resistenza e al controllo di sé appreso tra mille travagli e infiniti addestramenti fece sì che potesse incassare una simile botta senza svenire, e anzi rispondere in controtempo e attaccare.

Portò un mezzo fendente, spostando tutto il proprio peso da una parte, sbilanciandosi completamente, e mentre appoggiava l'altra mano a terra per accompagnare il colpo sentiva che non c'erano alternative: o era entrato, o era morta, e come alzò il capo vide Reinhare, ribollente odio e stupore, che si teneva il viso squarciato, mentre il sangue, dal largo sbrego che partiva dall'orecchio e lungo la gota arrivava al labbro inferiore, gli colava attraverso le dita della mano. Ailis inspirò con la bocca e si mise in guardia, mentre il dolore dello zigomo frantumato cominciava a farsi strada tra i molti veli che shakti, determinazione, addestramento, apertura e capacità innate avevano messo tra la sua percezione e lei.

Ailis e Åydric Reinhare si studiavano, mentre il vento cominciava a disperdere quella nebbia arcana. Ailis sapeva che non poteva dargli tregua: se lo scontro si fosse spostato sugli incantesimi, la sua unica arma era il contrasta magia, e secondo Lorlei dopo il primo utilizzo lui avrebbe trovato il modo di fregarla. Ma proprio quando stava per attaccare, per lanciarsi senza remotamente pensare alla possibilità della propria morte, fu Reinhare a muovere: tolse la mano dalla guancia aperta e, lasciando in aria un arco di gocce rosse e scintillanti, portò il più bell'attacco che Ailis avesse mai visto. Il movimento, il flusso, il balzo: non diceva forse Sarkar che una delle regole base era di tenere i piedi ben piantati in terra? Certo tale regola non valeva per il Primo dei Dodici, che adesso era come se volasse, tutto il corpo al servizio di un movimento curvilineo il cui terminale, il punto di concentrazione di tutta la forza e di tutto il peso era il debole, la parte più affilata della spada, indirizzata senza fallo verso Ailis, alla quale non restò che contrapporle il polso, consapevole di star sacrificando una mano. Invece, a intercettare precisa la lama, quasi che una forza o un vento esterno guidasse il suo movimento, fu il bracciale d'acciaio: quel pezzo del guanto d'arme di Brigid che Ailis si era messa il giorno in cui lei l'aveva lasciata. La spada di Reinhare rimbalzò, imprimendo una fitta profonda nel bracciale, e Ailis ebbe l'impressione che per la botta le si fosse rotto il polso. Rispose con un affondo, che tuttavia Reinhare non ebbe difficoltà a evitare, con un mezzo passo a cui ne fece seguire un altro, fino a indietreggiare nel mezzo della stanza. Ailis lo seguì dentro, ma i due bassi scalini dopo il finestrone bastarono a cagionarle un brevissimo rallentamento, sufficiente perché Reinhare, grondante sangue e furore, ma sempre al massimo della concentrazione, lanciasse un incantesimo. Ailis aspettava quel momento: come il suo avversario giunse al primo terzo della cadenza, cominciò a recitare le proprie parole, e in quell'attimo di assoluta necessità di sopravvivenza le sembrò di trovare la ritmica, il respiro, la volontà e la concentrazione giusta. Era possibile? Già si sentiva la morsa della magia di Reinhare addosso, e intanto le passavano davanti gli infiniti pomeriggi di addestramento, là sulla battigia. Sentì invece la tensione magica nell'aria sciogliersi d'improvviso, mentre l'incantesimo di Reinhare si spegneva sul suo. Aveva funzionato! Quanta shakti aveva usato? Sicuramente troppa, ma non c'era tempo per pensare: doveva solo approfittare del varco.

C'era tutto in quel colpo, anche più che nel primo. C'era tutta se stessa e tutta la sua vita, fin dal momento in cui era venuta al mondo, e anche ciò che era stata prima, se mai era stata qualcosa. E come nel colpo di Reinhare, anche lì c'era qualcosa di sopito, però era qualcosa di ancora più grande e antico e potente.

Ma Reinhare parò. Parò di taglio, perché non c'era il tempo di piazzarsi, e la spada, che era la spada con cui Ailis aveva mollato i primi fendenti, si spaccò in due, e la lama schizzò via e rimbalzò su una parete. La spada di Ailis continuò la sua corsa, rallentata di molto, e si conficcò nella spalla di Reinhare, che non cedette di un passo, e anzi rispose con quattro colpi veloci, concatenati.

Prima un fendente col mozzicone. Il medio era meno affilato, e tuttavia le entrò nella carne del braccio destro. Poi un affondo basso, e la lama spezzata sfondò un punto di connessione della maglia e assaggiò il suo ventre. Un calcio al fianco e poi un manrovescio con l'elsa della spada, che la fece volare di lato, fino a sbattere sulla biblioteca.

Tra manufatti, volumi e contenitori che cadevano, frastornata e sanguinante, Ailis si rese conto di aver perso la spada e si tuffò verso di essa, ma Reinhare, con un movimento perfettamente coordinato, mise un piede sulla lama e con l'altro scalciò lei sulla fronte.

Ailis sbatté di nuovo contro la libreria e fu attraversata da un brivido: Reinhare le aveva tirato un calcio identico a quello del loro primo incontro perché in realtà stava solo giocando, ed era nel pieno controllo degli eventi? Non è possibile, l'ho ferito, si disse, ma intanto il Primo dei Dodici raccoglieva la spada buona e le scagliava addosso quella mozza, e come se quell'oggetto pesante, spezzato, fosse stato un'arma perfettamente bilanciata, ecco che le si conficcava dritto in una coscia, e Ailis pensò che la vita davvero era una macabra presa in giro, quando, tra i manufatti caduti dalla libreria, scorse un mucchio di barattoli di una ceramica lucida eppure semitrasparente, come le torri-ampolla di Despina, e molti erano spaccati e versavano fluidi o polveri, e su ciascuno, come sulle ampolle del padre di Vevisa, c'era una scritta nera, e su uno di essi la scritta era:

ᛋᚠᛗᚠ

e ai suoi occhi non erano più solo "rune dipinte": era una scritta, e poteva leggerla, sapeva leggerla, e ne conosceva il significato. Tolse il tappo e ingollò tutto il contenuto in un sorso. Åydric Reinhare, che pure stava avanzando per finirla, sgranò gli occhi e si bloccò. Ci fu come un tuono. Non ci fu rumore, ma fu come un tuono. Non ci fu luce, ma Reinhare rimase abbagliato. Non ci fu spostamento d'aria, ma i vetri colorati del finestrone e delle finestre esplosero; cadde la coppa e si disintegrò l'ampolla col liquore, e quel siero profumato e amaro, venuto da tempi che non erano più, si sparse sullo scranno. Era un tuono di shakti, e Ailis, sospesa a un palmo dal pavimento, ebbe solo il tempo di ricordare Lorlei che diceva "una sola goccia è sufficiente..." poi la shakti la pervase e tutto fu luce. Quanto tempo era passato? Anni o secoli, oppure neanche un secondo, perché pur immersa in quella luce sentiva la stanza intorno, la materia ridotta a un'interferenza in una più grande e assoluta pulsazione, e Reinhare immobile davanti a lei, come sospeso nello spazio e nel tempo.

In quell'attimo dilatato, in quella luce d'oro che tutto pervadeva, ecco comparire qualcosa. Ecco la luce farsi di un oro più denso e meno abbagliante, rivelando delle rune, una serie di lettere danzanti come fiaccole o stelle, ecco palpitare, barbagliare e scorrere una teoria infinita di rune, ora minuscola, ora grandiosa...

·
·
·
ᚨ
ᚢ
ᛗ
ᛋ
ᚹ
ᚨ
ᛈ
ᚾ
ᚨ
ᛋ
ᛏ
ᚺ
ᛟ
ᚾ
ᚨ
ᛋ
ᛏ
ᚨ
ᛁ
ᛃ
·
·
·

Ecco un suono, una musica: ecco un canto. Il canto faceva danzare le rune, o erano le rune a produrre il canto? E dietro, un tappeto infinito di altre rune, opache d'oro sull'oro, infinite, ovunque, in una volta ardita da far ribaltare gli occhi e spalancare le bocche e venir meno le ginocchia, e sullo sfondo un battito remotissimo, e sopra, di nuovo, forte adesso, il canto, e Ailis stessa è quel canto, e mentre il tempo ai suoi occhi torna a scorrere, Åydric Reinhare, eccolo che arriva, furioso e sanguinante, alta la spada e carico il braccio, ecco che sferra il colpo mortale.

Ma Ailis, senza averne piena coscienza, come guidata da una memoria ancestrale, anteriore, connessa alla radice stessa della terra, stava già mormorando, e non era difficile adesso trovare il ritmo e la visione, le parole e la postura, la cadenza e la proiezione, il respiro la volontà e la shakti, anzi di shakti ve ne era ovunque, dentro e fuori di lei, come una cascata strabordante che allo stesso tempo era un mare, e il suo corpo solo un involucro, un sottile, cavo involucro immerso in tale energia, da essa riempito e traversato.

Con quel poco di coscienza che rimaneva sotto il suo controllo, una minuscola stella, una scintilla nel mezzo della fronte, riuscì a ricordare, a intuire quali parole, indirizzate nel modo giusto su quel pavimento di pietra, avrebbero potuto corrispondere all'incantesimo che Lorlei le aveva mostrato quella volta sulla spiaggia e che non aveva mai avuto il tempo di imparare, e intuì cosa doveva fare col Canto, immaginare quel

ᛖ ᚲ ᚠ ᛇ ᛟ

ᚷᚺ

ᚨᛏᚨᚱᚨ

come se si generasse dalle prime ᛖ, ᚷ e ᚨ che vedeva passare in quella eterna stringa o ghirlanda brillante. Ed eccole. ᛖ, e un ᛖ ᚲ ᚨ ᛇ ᛟ verticale vi si incrocia. ᚷ, e subito Ailis vi monta un ᚷ ᚺ , ᚨ , e poi ecco anche il ᚨ ᛏ ᚨ ᚱ ᚨ.

E il pavimento si mosse, ma non perché l'incantesimo lo avesse colpito. Era la terra intera che tremava e si scuoteva con un tremendo boato, e la torre eterna di Diomira veniva spezzata in due dal proprio peso, e mentre il più alto scaglione, venti o trenta braccia di edificio, si inclinava sul resto e faceva cedere l'intera struttura, e il pavimento pure si inclinava e spezzava con un rombo, Ailis vide Reinhare sbattere sulla parete in fondo, e poi a terra, e la libreria le rovinò addosso mentre il pavimento schiantato si sfracellava e la torre collassava su se stessa, e Reinhare era travolto dal franare di un muro mentre ovunque scivolavano libri e sedie, pezzi di mobili, lo scranno e le suppellettili, e tuttavia lo vide che mormorava un incantesimo e lei fece lo stesso, serviva una protezione o sarebbe morta per la caduta e il crollo, e sentiva che quell'incantesimo che tanto aveva penato ad apprendere le sarebbe venuto fuori bene, e che anche dopo quel che aveva fatto – la terra continuava a tremare, e per un attimo, da un muro che si lacerava mentre ormai il pavimento non c'era più, vide aprirsi in gran crepe le strade di Diomira e ingoiare case e persone – le rimaneva della shakti. Mormorò il genera-protezione.

Tutto fu pietre e macerie, un boato e polvere, in un crollo che sembrò lunghissimo.

Quando Ailis si riebbe, la polvere non si era ancora posata, e non si vedeva che una coltre bianca da ogni lato, anche se dalla luce si poteva capire che il sole aveva cominciato a spuntare; sopra di sé poteva scorgere qualcosa di enorme e incombente: era il Gallo d'Oro, squarciato nel mezzo come se fosse stato di cartapesta, la testa colossale e inespressiva che penzolava sopra di lei. Intorno sentiva dei gemiti: alcuni erano poco più che respiri soffocati, altri quasi grida. Realizzò di essere immersa nelle macerie della torre fino alla vita; con le mani cercò la spada, ma c'erano solo pietre. Riconobbe a due passi l'elsa di quella rotta. Accanto, privo di sensi, una gamba schiacciata sotto un pezzo di parete, c'era lui. Dietro, inclinato e fermo, il quadrante dell'orologio, esso pure gigantesco visto così da vicino, con la lancetta corta tutta ritorta e quella lunga, che era quasi quattro braccia, staccata, lì a terra. Ailis posizionò le mani su due pietre più grandi, si tirò fuori gocciolando sangue e si avventò sulla spada. Ma Reinhare spalancò gli occhi, afferrò la pesante lancetta d'oro e con una torsione estrema del busto, in uno sforzo esiziale, colpì Ailis come con una lancia. La trafisse da parte a parte, tra il petto e il fianco, sul lato sinistro del corpo. Sorrise e sboccò del sangue. Ma Ailis inspirò e afferrò la lancetta, e facendo forza col braccio e gorgogliando sangue a sua volta spinse se stessa lungo l'oro e verso Reinhare, e raccolse la spada mozza da terra: la sua spada. Vide se stessa e Breu a otto anni che se la litigavano, Vevisa che li guardava bonaria da sopra una roccia, e piangendo vibrò il colpo, e c'era forse in esso ancora dell'incertezza, ma fu proprio Åydric Reinhare a spazzarla via, perché alzò il mento e digrignò i denti, come a dire "avanti!".

E Ailis colpì. E mentre la testa di Reinhare cadeva nella polvere pensò che era la prima volta che uccideva qualcuno. E intanto alcune presenze cominciavano a salire sulle pietre crollate, a farsi strada in quella distruzione, e Ailis realizzò che i gemiti erano quelli di persone sepolte in quell'enorme crollo: guardie imperiali e soldati, certo, ma anche cuochi, stallieri, garzoni, fantesche, servi e schiavi. Gente uccisa da lei, dalla sua magia.

— Ha ammazzato il boia! — gridò un vegliardo. — Quella ragazza ha ammazzato il boia Reinhare!

Ailis si sfilò la lancetta continuando a scorrere su di essa, fino alla mano candida del suo nemico, e un fiotto di sangue sgorgò dalla ferita liberata.

— Qualcuno la aiuti! — gridò una donna.

E qualcuno si avvicinò ad Ailis ma lei lo spinse via, e barcollò nella polvere seminando una scia di sangue, e ancora un ragazzo le si affiancò e gridò: — Viva la liberatrice!

E lei lo stese con un pugno e pensò che quella gente lì

sotto la aveva uccisa lei, e che adesso, compiuta la sua vendetta, non provava più niente: anche il suo nemico, lì, quel corpo mozzo, le faceva soltanto pena. Spinse via una donna che voleva abbracciarla e scalciò un bambinetto che gridava "evviva", e superò ancora dei vecchi che mandavano maledizioni all'anima del reggente, e stringendosi il fianco trapassato si imbucò per un vicolo approfittando della nube di polvere, e non fu più vista per molto tempo a Diomira, o altrove nelle Terre Occidentali.

Nota dell'autore

Nelle Terre Occidentali si parla una lingua evidentemente diversa da quella con cui è stato scritto questo romanzo. Si è scelto di "tradurre" quei nomi che hanno un significato specifico, come Villaggio Alto o Uomo Pratico, e lasciare in "originale" quelli che non lo hanno, lo hanno solo in parte, o ancora quelli che, essendo citazioni da altre opere, rimandano all'impianto generale del mondo. A proposito di ciò, se ogni romanzo è una serie di appropriazioni, la cosa è *ancor più* vera per quelli fantastici, che giocano così da vicino con gli archetipi, e lo è ancor più per quei romanzi fantastici che sono, per certi versi, *pastiche* – una volta si sarebbe detto "*pastiche* modernisti". Temo che includere nei ringraziamenti una lunga e stravagante lista di autori, per lo più morti (Virgilio *e* Howard, Miura *e* Ariosto, Malory *e* Guénon...) risulterebbe grottesco, mentre un sistema di note sarebbe inappropriato per questo genere di romanzo: basterà dire, parafrasando Pullman prima di me, che se si troverà qui del miele, sarà dovuto alla qualità dei pollini usati.

Ho scelto di firmare "Vanni Santoni HG" la mia produzione fantastica onde rimarcare il suo essere percorso parallelo e differente rispetto ai romanzi firmati con il solo nome e cognome. Non avendo secondi nomi, ho optato per una sigla dai vari significati, il primo dei quali è un omaggio a Guido Morselli.

Ringraziamenti

Ringrazio Marco per aver portato in casa la scatola rossa e tutti coloro che, negli anni, hanno popolato "la stanza"; Martina per aver avuto l'idea e Ippolita per averla covata; Vincenzo per i contributi essenziali forniti a ogni aspetto del romanzo; Francesco, Gregorio e Simone per il supporto preciso e puntuale in fase di revisione.

Indice

Tea Stilton

PRINCESA de la OSCURIDAD

DESTINO

Personajes

DIAMANTE

Diamante es la princesa de la Oscuridad. Vive en Tierranegra, un maravilloso palacio oculto en las profundidades de la tierra. Es la hermana gemela de Nives, la princesa de los Hielos. ¡Ambas se parecen como dos gotas de agua!

OROPURO

Es el preceptor de Diamante. Dirige los estudios de la princesa y es un gran apoyo para ella. Oropuro es el único capaz de aplacar el carácter impulsivo de la joven.

ZAFIRA

Esta chica enérgica y simpática, hija de Oropuro, es la mejor amiga de la princesa. En los momentos difíciles, su optimismo es una arma muy valiosa.

MARIPOSAS DE ALAS ATERCIOPELADAS

Son las compañeras inseparables de la princesa. Según la leyenda, nacieron de copos de nieve, en los Pozos de Colores.

Maestro de las Corrientes Oscuras

Es el hombre más sabio del Reino de la Oscuridad y guarda los secretos de Tierranegra. Gobierna las aguas de los Pozos de Colores, en cuyas profundidades se oculta la quinta y última estrofa de la Canción del Sueño.

Fénecs

El aroma delicioso que sale de la cocina de granito es mérito suyo: los cocineros de la corte preparan la mejor sopa de raíces dulces de todos los reinos.

Hortensio

Este joven tan vital es el horticultor de la corte. Se ocupa con gran pasión de los Campos Herbosos. A menudo se pasea por Tierranegra con una cesta rebosante de frutas dulces y verduras frescas.

Topos de la guardia real

Nadie conoce las galerías de Tierranegra mejor que los topos del reino. Ellos protegen el palacio y realizan tareas delicadas, como transportar cristales de sal.

¿No os parece fantástico? Estamos a punto de entrar en el último reino, el Reino de la Oscuridad. Hemos vivido aventuras increíbles junto a las princesas y sus amigos y ahora estamos aquí, impacientes por conocer a la última hermana, Diamante. Como sabéis, es la gemela de Nives. Físicamente se parecen muchísimo, pero en el carácter… ¡ya iréis descubriendo las diferencias!

Abandonamos el Reino de los Bosques preocupados por la situación de los Cinco Reinos: la corte de Arcándida está atrapada en una prisión de hielo, Gunnar y Yara se marcharon al Reino de la Oscuridad, Diamante aún no sabe nada de lo ocurrido y Helgi, el jardinero del Reino de los Hielos, ha desaparecido misteriosamente… ¿Dónde estará? De momento, no nos podemos ocupar de él. Tenemos poco tiempo y debemos prepararnos para explorar las profundidades de la tierra en dirección al palacio de Tierranegra, donde vive la princesa Diamante. Aquí hace mucho calor. Poneos ropa ligera, coged unas antorchas y seguidme.

Venid, entremos por este túnel. Sí, está muy oscuro, pero lleváis las antorchas. Confiad en mí; conozco el camino. ¿Oís ese sonido? Es agua. El Reino de la Oscuridad tiene mucha. Si podemos, descansaremos un rato en la Fuente Cálida y los Pozos de Colores. Allí hay manantiales subterráneos con unas propiedades increíbles. La princesa Diamante los visita de vez en cuando para tomar un baño tonificante.

Si veis hombres de ojos relucientes como diamantes, son los habitantes del Reino de la Oscuridad. Suelen ser esquivos y reservados; no os sorprendáis si no os dirigen la palabra.

Por el camino veréis formaciones rocosas impresionantes, pero resistid la tentación de tocarlas. Las rocas están vivas y crecen continuamente. El contacto con la piel podría perjudicarlas.

Bueno, basta ya de charla. Tenemos que darnos prisa. ¿Os preguntáis qué nos espera?

Os lo explicaré mientras caminamos.

Partamos en seguida, para que el príncipe Sin Nombre no nos saque mucha ventaja.

¡No hay tiempo que perder! ¡La unión hace la fuerza!

Tea Stilton

PRIMERA PARTE

1
Bienvenidos al Reino de la Oscuridad

Tras recorrer el pasadizo mágico de las profundidades del Foso Turbulento, Gunnar quedó tendido en el suelo, con la cabeza y los sentidos adormilados.

Después de lanzarse al foso de Arcándida, cayó a una velocidad vertiginosa. De pronto, lo envolvió la oscuridad y perdió la noción del tiempo y del espacio, como si estuviera en un sueño. Tuvo la sensación de que lo absorbía un remolino, de que caminaba sobre arenas movedizas o flotaba en el vacío. Se esforzó por mantener los ojos abiertos, pero al final perdió el conocimiento y ahora estaba tendido en el suelo, dolorido.

Se levantó despacio y miró si se había roto algo. Pero aparte de un entumecimiento general, no tenía nada grave. Sentía unas leves punzadas en la pierna que se había herido luchando contra el príncipe Sin Nombre (¿cuánto tiempo hacía de eso? ¿Habían pasado pocos días o una eternidad?). Pero nada que su vieja piel de lobo no pudiera soportar.

Sí, recordaba perfectamente el tiempo que había vivido como un lobo. El recuerdo era tan intenso que, de vez en cuando, aún se sorprendía al despertar y comprobar que era un hombre.

El príncipe de los Hielos miró a su alrededor; sólo vio una oscuridad negra y espesa como una capa de terciopelo. Miró hacia arriba, donde tendría que haber estado el cielo, y entrevió una luz muy débil, tan lejana como una estrella. Procedía de Arcándida. Su adorada Nives estaba muy lejos, alejada e inalcanzable, inmóvil en su prisión de hielo.

Intentó apartar esos pensamientos. Debía recuperar su valor y encontrar la manera de salvar a Nives y liberar a la corte. ¡Todos dependían de él! Tenía una misión que cumplir y el primer paso era buscar el palacio de la princesa Diamante.

Mientras trataba de orientarse, oyó un ruido a su espalda. Se volvió, pero no vio nada, sólo oscuridad.

Negrura impenetrable y amenazadora.

¿Dónde estaba? ¿Realmente, aquello era el Reino de la Oscuridad?

Cerró los ojos un instante y, cuando los abrió, su visión le pareció más nítida y la oscuridad menos intensa.

Intentando ignorar el cansancio, Gunnar dio unos pasos para empezar a mover las piernas, rígidas y doloridas, y palpó lo que tenía delante para saber qué lo rodeaba. Pronto averiguó que estaba en una galería excavada en la roca. Según avanzaba, el aire era cada vez más cálido y denso y le transmitía nuevos olores. Caminaba despacio, con cautela y aguzando el oído. Lo único que rompía el silencio del túnel eran sus pies arrastrándose por una superficie que debía de ser de piedra y tierra. De pronto, entrevió una luz débil a lo lejos, un resplandor ambarino que iluminaba una parte del pasadizo. Como ya se sentía bastante más seguro, aceleró el paso.

Debía de estar en la galería de una mina, un entorno desconocido para él. Estaba rodeado por la constante presencia de la roca, con el aire inmóvil y en suspenso.

Se preguntó cuánto tardaría en llegar al palacio de Tierranegra.

Bienvenidos al Reino de la Oscuridad

Haldorr sólo le había dicho que debía llegar hasta el centro del reino, pero el centro podía estar en cualquier parte para quien no conociera la topografía del lugar.

Su instinto le sugirió que continuara bajando. No iba a ser fácil, pero la urgencia de la misión le infundía una fuerte determinación.

Siguió andando hasta llegar a la luz. Descubrió que procedía de una antorcha colgada en la pared de roca. A partir de ahí, había más antorchas iluminando el camino. «Buena señal —pensó Gunnar—. Significa que estos pasadizos no están abandonados.»

Por un instante, observó la llama cálida y temblorosa de la antorcha y recordó la cueva donde Halifa, la guardiana del volcán, lo había transformado en lobo.

Habían ocurrido muchas cosas desde entonces, pero su instinto seguía siendo tan sensible como el de los lobos. Y ahora lo instaba a moverse.

¿Era mejor coger la antorcha o dejarla allí, para que iluminase el trayecto de otros viajeros?

Decidió proseguir sin antorcha y reanudó la marcha hasta llegar a una bifurcación. Un segundo túnel salía del primero y doblaba a la derecha. ¿Cuál de los dos debía tomar? Dio unos pasos en ambos y notó que el segundo túnel descendía ligeramente.

—Si baja —dijo en voz alta—, debe de conducir hasta el palacio, que se encuentra en las profundidades.

Satisfecho con su descubrimiento, tomó pues el pasadizo de la derecha, en el que había más antorchas.

Anduvo durante un rato difícil de precisar. El ambiente que lo rodeaba era siempre igual, con el aire tibio y cargado. Sentía las piernas cansadas y rígidas, la boca seca, la mente repleta de pensamientos.

Imaginaba cómo sería su encuentro con Diamante, la hermana gemela de Nives. Se preguntaba si verla le recordaría a su amada y lo haría sentir menos solo.

Luego encontró otra bifurcación. Eligió de nuevo el túnel de la derecha para seguir bajando e hizo lo mismo más adelante. Cada vez estaba más cansado, pero debía resistir y continuar, porque cada paso lo aproximaba a su meta.

De repente, Gunnar oyó algo, como un ruido de pasos rápidos de alguien que corría. Una corriente de aire imprevista le dio de lleno y algo lo golpeó en el cuello. Sintió un agudo dolor en la base de la nuca antes de caer al suelo, perder el sentido y adentrarse en una oscuridad aún más profunda.

La sombra de una figura menuda, con un sombrero en forma de cono, se recortó a la luz de la antorcha y observó de cerca el cuerpo de Gunnar. Cuando lo miró a la cara, dio un salto hacia atrás y abrió mucho los pequeños ojos oscuros bajo unas cejas negras y pobladas.

Soltó el bastón que llevaba en la mano, se llevó los dedos ganchudos y nudosos a la boca y soltó un gemido.

2
La princesa Diamante

Una mariposa movía sus blancas alas aterciopeladas con gracia infinita, dando vueltas en el largo y silencioso túnel. Surcaba el aire tibio e inmóvil, mientras las llamas de las antorchas colgadas en las paredes de roca oscura formaban sombras temblorosas en sus alas.

Una muchacha de cabello luminoso, con un vestido largo bordado con piedras preciosas, caminaba detrás de la mariposa. Miraba fijamente delante de ella con sus ojos azules y brillantes y tenía la mente absorta en pensamientos lejanos.

Era Diamante, la princesa del Reino de la Oscuridad. Llevaba colgado del cuello el diamante más grande de los Cinco Reinos, piedra en la que se inspiraron sus padres para elegir su nombre.

De vez en cuando, la mariposa se posaba para esperarla. Diamante la alcanzaba, le acariciaba las alas y el maravilloso insecto volaba de nuevo con la elegancia de una hoja mecida por el viento.

Antes de cenar, a la princesa le gustaba dar un paseo con sus inseparables amigas, las Mariposas de Alas Aterciopeladas. Los insectos eran un regalo que le había hecho su padre, el Rey Sabio, al confiarle el reino. A Diamante le gustaba mucho recordar la historia de las mariposas: una noche de tormenta, el rey eligió uno de los copos de nieve que caían del cielo en el Reino de los Hielos Eternos y lo llevó al Reino de la Os-

curidad. Aquí lo sumergió en los Pozos de Colores y, al cabo de un rato, del espejo de agua se levantó una espléndida mariposa de alas blancas. Y, tras ella, muchas más, tan grandes y puras como la nieve de Arcándida.

Y ahora, aquella noche, si es que se podía hablar de noche en el Reino de la Oscuridad, donde las horas se sucedían en una penumbra constante, Diamante recorría uno de los larguísimos pasadizos que rodeaban Tierranegra. Desde hacía horas, tenía la vaga sensación de que estaba a punto de ocurrir algo importante, aunque todavía no había sucedido nada.

De pronto, vio que la mariposa se detenía, sin posarse en ningún sitio. Movía las alas para mantenerse suspendida en el aire. Diamante se le acercó.

—¿Qué pasa? —preguntó, antes de verlo con sus propios ojos.

Había alguien al final del túnel. En la penumbra, la joven vislumbró una silueta robusta, tocada con un sombrero. Por un instante, pensó en volver a palacio, pero el instinto, o tal vez aquella sensación que la acompañaba desde hacía horas, le sugirió no hacerlo.

3
Un desconocido en el Reino de la Oscuridad

La princesa preguntó en tono resuelto:

—¿Quién anda ahí?

La misteriosa silueta no parecía oírla. Ni respondió, ni se detuvo. Caminaba con paso regular y acompasado, con la mirada oculta por la ancha ala del sombrero.

Diamante se detuvo ante una antorcha, pero no retrocedió. La mariposa volvió a su lado y esperó.

Cuando el desconocido estuvo lo bastante cerca de ella como para poder hablarle sin gritar, alzó los ojos, se quitó el sombrero y dijo:

—A vuestros pies, princesa Didi.

Al oír esas palabras, Diamante sintió una alegría impetuosa, como una cascada bajando de la montaña. Sólo había una persona, además de su padre, que la llamara así. Abrió los brazos y corrió al encuentro del hombre.

—¡No me lo puedo creer! ¿Eres tú, Helgi?

El jardinero del Reino de los Hielos acogió a la princesa entre sus brazos robustos y la estrechó con fuerza. Unas indisciplinadas lágrimas perlaron su barba rubia y poblada.

Cuando, por fin, se recuperó de la emoción, Diamante preguntó:

—¿Qué haces aquí? Debes de tener un motivo muy serio para haber abandonado el Reino de los Hielos Eternos y el Gran Árbol.

—Pues sí, tengo algo que deciros, princesa —respondió él—, pero no aquí.

—Podemos ir a palacio, allí estaremos más tranquilos.

Y ambos se dirigieron hacia Tierranegra.

Anduvieron en silencio hasta llegar a una de las entradas del palacio. Diamante no ocultó su sorpresa al encontrar la puerta abierta y ver cómo transitaban arriba y abajo los topos de la guardia real.

Transportaban unos sacos muy voluminosos, que llevaban atados a la espalda con gruesas cuerdas.

—¿Qué está ocurriendo aquí? —preguntó la princesa, consciente de que no obtendría respuesta, ya que los topos no hablaban—. ¡Ven, Helgi, sígueme! Más tarde ya averiguaré qué significa todo esto.

Diamante lo guió por el largo pasillo que conducía a la cocina de granito. Estaba iluminado por unos globos de cristal y alambre colgados de las paredes. Dentro de cada globo volaban cientos de luciérnagas, que creaban una iluminación muy sugestiva.

Helgi aspiró el aire: olía a comida.

—¡Los fénecs están cocinando! Preparan la mejor sopa de raíces dulces que he probado en mi vida.

—Cuando éramos pequeñas —dijo Diamante—, mi padre nos contaba a mis hermanas y a mí una historia sobre las raíces dulces.

—¿En serio? —preguntó el jardinero.

—Sí. Según decía, esas raíces crecen tan dulces porque están llenas de cristales de superazúcar, una sustancia a medio camino entre un mineral y un alimento, que sólo se encuentra en el Reino de la Oscuridad. Las raíces son difíciles de encontrar incluso para los topos del reino. Hay que extraerlas con cuidado, para que no se rompan. Luego se prepara una salmuera cuya receta es un gran secreto y se dejan marinar en ella durante un mes y un día. Después se dejan reposar envueltas en paños de yute. Y cuando los fénecs, con su olfato tan fino, notan una ligera nota amarga, las hierven para preparar su famosa sopa —concluyó Diamante, muy satisfecha.

—¡Qué interesante! Bueno, ahora debemos irnos, princesa, tengo que hablar con vos.

—Sí y yo estoy impaciente por escucharte.

En ese momento, apareció delante de ellos una figura delgada y ágil.

—¡Hortensio! —exclamó Diamante—. ¿Se puede saber qué...?

—¡Princesa, sois vos! Han llegado unos bulbos de nardo plateado recién recolectados, fresquísimos —informó el chico, cuya piel era clara como la luna—. Hay que pelarlos y cortarlos en seguida, antes de que se pongan duros.

—Ya, pero... ¿podrías decirme por qué...?

Antes de que la princesa terminara la frase, el chico ya se había alejado corriendo.

—Discúlpalo. Es nuestro horticultor. Cuida de los Campos Herbosos y lo hace con mucha habilidad. Pero, como has visto, es un poco atolondrado. Siempre va corriendo de aquí para allá, siempre tiene mil cosas que hacer.

—Parece un buen chico —comentó Helgi.

En ese instante, llegó un fénec. Era un animal muy peculiar, de pelaje dorado y parecido a un zorro, con orejas largas y puntiagudas. Tenía una mirada fiera y vivaz.

—Llama a Oropuro, por favor —le pidió Diamante—. Dile que se reúna conmigo en el Salón del Trono.

El pequeño zorro inclinó ligeramente la cabeza y desapareció por una galería.

—Ven, Helgi, por aquí.

La princesa guió al jardinero hasta el Salón del Trono. Durante el breve trayecto, tuvo la misma sensación que horas antes, algo ligero e impalpable como las alas de sus mariposas. Era imposible saber de qué se trataba.

«A veces, ciertas cosas se sienten y basta», solía decir su madre, la reina.

Y Diamante estaba de acuerdo.

4

La verdad

El Salón del Trono era una estancia enorme, con paredes de roca oscura y unos techos abovedados muy altos. El jardinero eligió uno de los asientos que solían ocupar quienes participaban en las audiencias; parecía seriamente preocupado. La princesa lo observaba desde su trono de piedra, esculpido en forma de mariposa y con piedras preciosas incrustadas. Iluminaban la estancia cientos de luciérnagas, que entraban y salían de los globos de cristal colgados de las columnas, y también enormes candelabros de plata colocados sobre una larga mesa de madera. Las velas perfumadas esparcían aroma de vainilla en el aire.

El suelo era de tierra batida, mezclada con fragmentos de piedras preciosas que despedían unos reflejos semejantes al polvo de estrellas a la luz de la luna.

Al cabo de unos minutos, entró en la sala otro hombre. Era bajo y tenía un aspecto cuidado, pelo oscuro bien peinado y un enorme bigote enmarcando sus labios finos. Llevaba con gran desenvoltura un traje a cuadros rojos y azules y una vistosa pajarita de terciopelo rojo. Bajo la chaqueta, se entreveía un chaleco oscuro, bien abrochado.

—A vuestros pies, princesa Diamante —dijo e hizo una reverencia.

—Acercaos, Oropuro. Quiero presentaros a Helgi, el jardinero del Reino de los Hielos Eternos.

El recién llegado dio un paso adelante.

—Oropuro es mi preceptor, un hombre que posee una amplia cultura y una gran… precisión —añadió Diamante, mirando de soslayo el reloj que su maestro sostenía en la mano.

—Casi es la hora de nuestra clase, princesa. No os retraséis —dijo él, y se guardó el reloj en el bolsillo del chaleco.

—Lo siento, pero hoy la clase tendrá que esperar. Helgi ha venido hasta aquí para comunicarnos algo importante.

Oropuro miró a Helgi con aire preocupado. Era un hombre de costumbres y no le gustaban mucho los cambios de planes. A pesar de todo, comprendió que no tenía alternativa y ocupó uno de los asientos situados frente al trono.

La princesa y su preceptor miraron fijamente a Helgi. Éste buscaba las palabras adecuadas para empezar a hablar; sabía que no iba a ser un discurso fácil.

Al fin, suspiró profundamente y dijo:

—He venido al Reino de la Oscuridad para advertiros de que una grave amenaza acecha los Cinco Reinos. Espero que no sea demasiado tarde.

Diamante se llevó las manos a la boca para reprimir un gemido, pero no interrumpió el relato de Helgi.

—Un hombre malvado y sin escrúpulos está decidido a reunir los Cinco Reinos bajo su dominio. Para ello, está intentando apoderarse de las cinco estrofas de la Canción del Sueño. Estoy aquí porque temo que haya robado vuestra estrofa, princesa Diamante.

—Pero… ¿cómo es posible? ¿Quién puede querer hacer algo así?

—El hijo del Viejo Rey.

Diamante se quedó sin aliento, pero en seguida se repuso e intentó aclarar sus dudas.

—¿El Viejo Rey tenía un hijo? Y, si es así, ¿por qué no está en el Palacio Dormido con el resto de la corte?

—Comprendo vuestro estupor, princesa. Yo también me hice la misma pregunta. Y llegué a la conclusión de que el príncipe no estaba presente cuando vuestro padre durmió a la corte mediante un hechizo. El chico logró escapar. Desde entonces, ha estado preparando su venganza y ha trazado un complejo plan para reconstruir la Canción del Sueño. Según creo, está a punto de conseguir su objetivo.

—¿Qué quieres decir?

—Que, lamentablemente, ya tiene las otras estrofas.

—¿Cómo puedes estar tan seguro?

—Es una historia muy larga, no sé si merece la pena que os la cuente ahora… Confiad en mí, princesa, os lo ruego.

—Está bien. Ya sabes que confío en ti —respondió Diamante con un amago de sonrisa—. Supongo que me estás advirtiendo del peligro que corre mi estrofa.

Helgi asintió y miró al suelo.

Entre tanto, Oropuro lo observaba con la atenta mirada de un preceptor. Después, al ver que nadie hablaba, decidió romper el silencio.

—Si aceptan un consejo, señores, sugiero que comprobemos si la estrofa sigue guardada en su lugar habitual.

Diamante estaba de acuerdo con su maestro. La estrofa era lo más importante.

—¡Tienes razón! Oropuro, avisa al Maestro de las Corrientes Oscuras.

El hombre se levantó y se dirigió hacia la puerta con paso resuelto.

Una vez se quedaron solos, la princesa le hizo mil preguntas a Helgi, hasta que él se lo contó todo.

—¿Crees que lo conseguirá? —preguntó Diamante tras oír el relato—. ¿Ese malvado príncipe llegará a dominar los Cinco Reinos?

—Está decidido a hacerlo, pero eso no es suficiente. Tendrá que enfrentarse con nosotros.

—Y si su plan tiene éxito, ¿qué nos ocurrirá?

Helgi bajó la cabeza, abrumado por ideas terribles que le pesaban como losas.

En ese momento, volvió Oropuro.

—El Maestro de las Corrientes Oscuras, princesa —anunció, interrumpiéndolos.

A su lado vieron a un hombre cuya presencia se notó de repente en la sala como un viento cálido. E inquieto.

5
El Maestro de las Corrientes Oscuras

El Maestro de las Corrientes Oscuras entró en el Salón del Trono con paso lento. Sus andares tenían un aire grave y solemne, como el transcurso del tiempo.

Era uno de los miembros más destacados del Pueblo de la Oscuridad y tenía el aspecto característico de éstos: la piel muy clara y los ojos y el cabello muy oscuros. Llevaba un turbante del que sobresalía una melena hasta los hombros. Su expresión era imperturbable; su edad, indefinida.

El Maestro avanzó hasta el trono, inclinó la cabeza en señal de respeto hacia la princesa y se detuvo ante ella, ignorando al jardinero.

Oropuro lo seguía a poca distancia.

Diamante permanecía sentada, con los ojos fijos en el Maestro. Sentía una angustia indescriptible al pensar que podían haberle robado la estrofa. Y esperaba con impaciencia la opinión de aquel hombre.

—Maestro, ¿es verdad que nos acecha un peligro?

—El peligro está cerca —respondió él—, o puede que ya haya pasado, aunque no sin perjuicio.

Todos lo miraron, cautivados por su voz serena y profunda, como salida de las entrañas de la tierra. Además, hablaba con un lenguaje insólito y lleno de sabiduría, pero era necesario saber interpretarlo.

—¿Creéis que han robado la estrofa? —preguntó Helgi.

El Maestro miró al jardinero. ¿Quién se atrevía a interrumpir la conversación que mantenía con la princesa? Abrió la boca, pero no dijo nada.

Helgi esperaba conteniendo el aliento.

Por unos instantes, el Maestro calló, con semblante sombrío. Cuando por fin abrió la boca, dijo:

—El malvado llega con más facilidad a su meta si sigue el camino oscuro. La verdad reposa en el agua.

—¿Qué quiere decir? —le preguntó la princesa Diamante a Oropuro.

—El Maestro quiere decir que el príncipe cuenta con la fuerza de la magia —explicó el preceptor—. Por eso será complicado derrotarlo. En cuanto a la estrofa, puede que la haya robado. Tenemos que ir a comprobarlo.

—Sí. ¡Vamos ahora mismo!

—¿Adónde? —preguntó el jardinero.

—A los Pozos de Colores —respondió la princesa—. La estrofa está en el fondo de uno de ellos.

—¡No hay tiempo que perder! —exclamó Helgi.

Diamante respiró hondo e intentó que no le temblara la voz:

—Maestro, os ruego que nos guiéis.

El hombre inclinó la cabeza y se dirigió a la salida de la estancia. Los demás lo siguieron, ansiosos y turbados.

Fue un trayecto rápido, pero tan oprimente que nadie levantó los ojos del suelo para admirar las incontables volutas de las grutas que cruzaban.

Cuando estaban a punto de llegar, la princesa explicó:

—El Maestro gobierna las aguas y corrientes de los Pozos de Colores. La estrofa nunca está en el mismo lugar, porque las aguas, que se comunican entre sí, la van transportando. Hasta ahora, la hemos guardado de este modo, sin saber con exactitud su posición…

—Una idea excelente, princesa.

—Quien no conoce la verdad, no puede mentir —sentenció el Maestro, que caminaba detrás de ellos.

Diamante trató de alejar la preocupación de su mente. Intentó consolarse pensando en el joven de ojos azules que le había robado el corazón. Ojalá volviera pronto al Reino de la Oscuridad. Aquel chico le había cambiado la vida; era como sentir escalofríos en la piel, el vértigo de zambullirse en aguas cristalinas, notar los latidos acelerados de una espera que acabaría siendo el mejor

de los regalos. Nunca había sentido algo parecido; al conocerlo, muchas cosas habían adquirido un nuevo significado y los días sin él ya no tenían sentido…

Una gota de agua resbaló desde la bóveda del túnel y le cayó en una mejilla. Diamante se sobresaltó, su cadena de pensamientos se rompió y apareció de nuevo el torbellino de angustia.

Tenía una sensación inquietante, temía no encontrar la estrofa en su sitio.

Oropuro notaba la desazón de la princesa; Diamante tenía un carácter voluble, similar a las corrientes del subsuelo y a sus cursos imprevisibles y sorprendentes. Y solía tomar decisiones impulsivas, no aceptaba ningún reproche, fingía saber siempre cuál era la mejor alternativa y pretendía que todo el mundo estuviera de acuerdo con ella. En determinadas situaciones, todo eso acababa en un completo desastre.

El pequeño grupo anduvo unos diez minutos cruzando una gruta tras otra.

—Ya llegamos —anunció Diamante, dirigiéndose a Helgi—. Lamento mucho que no hayas tenido tiempo para descansar.

—No estoy cansado. Pero agradezco vuestra amabilidad —contestó el jardinero y sonrió.

La princesa le devolvió la sonrisa. Luego pensó en la extraña sensación que la había invadido todo el día. Primero creyó que era melancolía por la desaparición imprevista del joven de los ojos color mar, pero ahora empezaba a pensar en otra explicación. Era su sexto sentido que le decía que debía mantenerse en guardia. En su fuero interno, algo empezaba a desmoronarse. Y las miradas de preocupación de sus compañeros no hacían más que confirmar sus temores.

6
Una amarga sorpresa

Tras un cuarto de hora de camino, el pequeño grupo llegó a una gran cueva de caliza blanca, amplia y luminosa, de cuyo techo colgaban estalactitas brillantes y cristalinas.

En los Pozos de Colores no había casi nadie, sólo dos mujeres charlando; a juzgar por su parecido y por la complicidad de sus gestos, debían de ser hermanas.

Al verlas, una profunda melancolía invadió a Diamante. Ella había carecido de aquel clima de afecto y confianza desde su más tierna infancia, desde el momento en que la obligaron a separarse de sus padres y también de sus hermanas. Ya no tenía familia y, si un día formaba una nueva, tendría que hacerlo sin abandonar los deberes que le imponían su sangre azul y el hecho de ser la princesa del reino.

Apretó los puños, presa de una rabia imprevista. Luego miró de nuevo a las dos mujeres.

—¡Diles que se vayan! —le ordenó a Oropuro.

—Princesa, permitidme que os aconseje un poco de paciencia. Ya veréis cómo al final se irán…

Diamante se mordió los labios.

Helgi la observó y, a continuación, miró los Pozos de Colores.

Una amarga sorpresa

Eran diez. Algunos grandes, otros pequeños; unos circulares, otros ovalados. Sus respectivas aguas eran de distintos colores; iban del amarillo intenso al verde oscuro, pasando por el azul claro y el rojo teja. Algunos borboteaban y echaban humo en la superficie; otros permanecían plácidos e inmóviles.

«Son maravillosos», pensó Diamante. El sonido del agua le empezó a transmitir una sensación de paz.

Cuando las dos mujeres se alejaron, el Maestro de las Corrientes levantó las manos, con las palmas hacia arriba, y cerró los ojos.

Los demás guardaron silencio y lo observaron. Tardó unos segundos en adquirir la concentración necesaria para controlar las aguas. Después, aún con los ojos cerrados, extendió las manos, con las palmas hacia abajo, en dirección a los pozos. La superficie líquida empezó a moverse despacio, como mecida por una ligera brisa. Las aguas se unieron en un remolino majestuoso y potente y se elevaron hacia la bóveda de piedra del techo. En el suelo de la gruta, los pozos mostraron su fondo seco y vacío, como enormes calderas.

Sin vacilar un instante, la princesa los inspeccionó con la mirada. Los observó uno a uno, con expresión cada vez más contraída y preocupada.

—La estrofa ha desaparecido —dijo al fin.

Entonces, el Maestro abrió los ojos y giró las muñecas, primero a la derecha y luego a la izquierda. Las aguas obedecieron sus órdenes y, en un instante, volvieron a ocupar su lecho natural.

—El funesto presagio es una realidad. El retraso sólo trae desgracias.

—El Maestro tiene razón. ¡Volvamos ahora mismo a Tierranegra! —exclamó Diamante con la voz entrecortada—. ¡El reino está en peligro!

—Por favor, no perdáis la calma, princesa —le aconsejó Oropuro.

Ella lo miró, primero sorprendida y luego molesta. Nadie tenía derecho a decirle qué tenía que hacer, ni siquiera su preceptor.

—¡Cada minuto que pasa es un tiempo precioso! —respondió irritada. Y se encaminó al palacio con paso resuelto y rápido.

7

La sospecha

Helgi y Oropuro siguieron a la princesa mientras el Maestro se quedaba inmóvil junto a las corrientes y desaparecía entre las sombras sin hacer ruido.

—¿Habéis visto por aquí a algún desconocido últimamente? —le preguntó Helgi al preceptor.

—¿Un desconocido? Creo que no.

—¿No ha venido ningún forastero?

—Hum... supongo que vuestra pregunta tiene sentido —contestó Oropuro—, pero yo no soy el más indicado para responderla.

Al oír la conversación y la palabra «forastero», Diamante recordó el rostro pálido y los ojos azul cielo. En esos ojos color de mar era en lo primero que pensaba por la mañana al despertarse, y lo último en que pensaba por la noche, antes de quedarse dormida.

—Pues sí, últimamente nos ha visitado un forastero —respondió, incapaz de evitar que las mejillas se le tiñeran de rojo.

—¿Quién?

—Un joven que venía de la Academia del Reino del Desierto.

—¿Qué habéis dicho? —preguntó Helgi y apretó el paso para alcanzarla.

—No creo que tenga demasiada importancia —prosiguió Diamante.

—Claro que la tiene, princesa. ¿De quién estáis hablando? Por favor, decídmelo.

Ella se paró, molesta por el interrogatorio.

—Se llama Rubin Blue. Sólo estuvo unos días en la corte. Creo recordar que era un comerciante en busca de objetos raros.

—¿Ah, sí? ¿Y qué buscaba?

—Pues… no lo dijo —respondió Diamante y reanudó la marcha—. Era muy reservado.

Helgi la miró mientras intentaba imaginar al príncipe Sin Nombre disfrazado de comerciante.

—Princesa Diamante, ¿conocisteis en persona a… Rubin Blue?

Ella no respondió. Aceleró el paso.

—¿Se reunieron? ¿Hablaron? —le preguntó Helgi al preceptor, asiéndolo de la manga.

—Eso no es de mi incumbencia, señor jardinero. ¡Y mucho menos de la vuestra!

—Pero ¿qué decís? —Helgi tiró de la manga del preceptor—. ¡Está en juego la seguridad de los Cinco Reinos!

—¡Basta ya! —gritó Diamante.

—Princesa Diamante, Oropuro, escuchadme bien, es importante. El príncipe utiliza la magia para cambiar de

aspecto y engañar a todo el mundo. Cada vez finge ser una persona distinta.

—¡No era él! —replicó Diamante.

—¿Cómo podéis estar tan segura?

—¡Soy una princesa y sé reconocer a las personas!

—Pero ¡no a él! El príncipe usa sus poderes para adquirir el aspecto de otras personas. Elige su objetivo con mucho cuidado y luego lo suplanta, copia su físico, sus costumbres, su forma de hablar. Es un enemigo astuto y violento.

Cuando el jardinero terminó de hablar, habían llegado a las puertas del palacio.

—Entonces podríais ser vos —le espetó Oropuro.

—Sí, podría ser yo. ¡Y también podríais ser vos!

La princesa Diamante miró a los dos hombres, perpleja y asustada.

—Lo cierto es que podría ser cualquiera —reconoció Helgi—. Las únicas personas en las que el príncipe no puede transformarse es en las cinco princesas.

—Pero… —Diamante se sentía angustiada.

—Princesa, tened mucho cuidado. Pensad en ese forastero, en Rubin Blue. Cualquier sospecha, cualquier duda que suscitaran en vos sus palabras podrían ser una pista útil.

Ella estaba furiosa; ¿cómo se atrevía Helgi a hablarle de ese modo? Pese a todo, comprendía lo que quería decirle el jardinero. Debía calmarse, pensar como la responsable del reino, no como una chica… enamorada.

—¿Creéis que Rubin Blue era en realidad el príncipe Sin Nombre?

—Tenemos que contemplar esa posibilidad.

En ese momento, Oropuro expresó su opinión:

—Aunque fuera el príncipe, me pregunto cómo pudo robar la estrofa. Sin la ayuda del Maestro de las Corrientes Oscuras es imposible mover el agua de los pozos.

La princesa se llevó las manos a la boca como si acabara de recordar algo terrible.

—¿Qué ocurre? —preguntó Helgi.

—¡No había agua! Cuando… él estuvo aquí… ¡las corrientes no se movían!

—Explicaos mejor, princesa.

Diamante trató de calmarse y de refrenar el caos de pensamientos que afluían a su mente.

—Poco antes de que llegara Rubin Blue, algo obstruyó el conducto que transporta las aguas subterráneas de los Pozos de Colores. El pasadizo quedó atascado hasta la noche siguiente. Entonces, nadie pudo bañarse en los pozos… lo que significa que…

—Rubin Blue debió de aprovechar que el lugar había quedado desierto y que las aguas estaban más bajas de lo normal para robar la estrofa.

Oropuro no hacía más que negar con la cabeza.

—¿Por qué os sentís contrariado? —le preguntó Helgi, que quería tomar en consideración cualquier indicio.

El hombre dudó, pero al final la mirada de la princesa lo obligó a hablar.

—Yo noté algo raro en aquel joven, pero cuando intenté decíroslo, vos…

—¡Basta ya, Oropuro! —lo interrumpió Diamante.

—¡Debería haber insistido! Si lo hubiera hecho… tal vez ahora no nos veríamos en esta desagradable situación. Y lo lamento mucho…

—No te atormentes, no es culpa tuya.

—Sí lo es, princesa. Un preceptor debe ser capaz de lograr que le hagan caso.

—Rubin Blue me engañó con su trato afable. Parecía de fiar. Todavía no puedo creer que fuera él —añadió Diamante, a quien le costaba mucho reconocer sus errores.

Pero en su fuero interno sabía que Oropuro tenía razón y que había sido una ingenua al confiar en el joven extranjero, al creer en sus bonitas palabras y en sus dulces promesas.

—¿Se ha ido del reino? —preguntó Helgi—. ¿Sabéis adónde se dirigía?

La princesa negó con la cabeza. Rubin le había hablado de varias tierras, de su larga búsqueda de objetos raros…

—No lo sé.

—¡Puede que aún esté aquí! —exclamó Oropuro.

—Es poco probable. Una vez consigue lo que quiere, el príncipe desaparece.

—¿Desaparece? —preguntó Diamante—. ¿Y adónde va?

—No lo sé, princesa. En cualquier caso, vuestra estrofa ya no está aquí y ahora el reino corre grave peligro.

Diamante se cubrió el rostro con las manos. El robo de la estrofa la horrorizaba y se sentía responsable de lo ocurrido y, además, la atormentaba haber sido tan ingenua y haberse portado como una niña. No era una actitud digna de una princesa. Siempre se había considerado una soberana impecable, pero ahora se veía obligada a reconocer que todavía tenía mucho que aprender.

Y lo peor era darse cuenta de ello a costa de perder el objeto más importante del Reino de la Oscuridad y de sus sentimientos más profundos.

—No os desaniméis, princesa —la consoló Helgi—. No es culpa vuestra. El príncipe es muy astuto y es capaz de engañar a cualquiera. Además, aún podemos ganarle.

—¿Cómo?

El jardinero no respondió, pero le acarició la cabeza y le dirigió una mirada dulce y profunda.

La princesa percibió su calidez y se sintió más tranquila. Sin decir nada, lo miró con inmensa gratitud.

8
Una desaparición inexplicable

Había sido un día largo y agotador. En cuanto Diamante se retiró a sus aposentos y respiró el aire familiar de aquellas estancias, sintió un alivio inmediato. Entró en la primera sala, que conducía a un pequeño saloncito, y se sentó en uno de los sillones; eran de terciopelo rojo y estaban colocados en semicírculo, alrededor de una mesa de piedra baja y rectangular, sobre la cual había dos velas y un recipiente de cristal con un popurrí que olía a especias exóticas. Eran especias del Reino del Desierto, un regalo de su querida hermana Samah.

Diamante se desató despacio las cintas de los zapatos, hechas con hilos de cobre trenzados, que le llegaban hasta la rodilla. Se los quitó y apoyó los pies en la alfombra que cubría el suelo. En ella había reproducida una escena con animales y plantas frondosas y tenía una historia muy particular: cada princesa poseía una alfombra similar y, según recordaba Diamante, si se colocaban las cinco alfombras juntas, formaban un gran dibujo único que representaba todos los reinos.

Movió la planta de los pies y sintió la calidez de la lana en la piel. Luego se levantó y se dirigió a una segunda estancia, más amplia que la primera, presidida por una gran lámpara que colgaba del techo como una preciada joya. Estaba formada por infinidad de lágrimas de cristal, que lanzaban destellos por toda la sala, danzando sobre los muros de piedra oscura, sobre la cama, también de piedra y llena de cojines en varias tonalidades de amarillo y rojo, sobre la vieja cómoda de madera, procedente de Arcándida, sobre la enorme librería, que ocupaba una pared entera. Diamante había querido tener un espacio dedicado a los libros. Cada noche, antes de acostarse, elegía uno y leía unas páginas. Le gustaba viajar con la mente a lugares distintos. Pero aquella noche estaba demasiado cansada para leer.

Se dirigió hacia una abertura situada a la derecha de la sala; era una pequeña gruta, en la cual tenía colgados todos sus vestidos. Se quitó el que llevaba y se puso un camisón ligero de seda naranja. Le gustaban los colores fuertes, tal vez porque en su reino no había luz solar y los colores tenues apenas se veían.

Se acercó a la cómoda y metió las manos en una jofaina llena de agua helada. Se lavó la cara y se la secó con una toalla de lino colgada junto al mueble. Luego se tendió en la cama y se quedó profundamente dormida.

—¿Diamante? ¡Diamante, vamos, despierta! —la llamó una voz, perturbando su sueño.

Una chica con una media melena pelirroja y profundos ojos azules se sentó en la cama de la princesa y la zarandeó con sus pequeñas manos.

—Zafira, ¿qué haces aquí? —le preguntó Diamante tras abrir los ojos y ver, con gran sorpresa, que se trataba de la hija de Oropuro.

—Ha sucedido algo terrible —respondió la chica, muy nerviosa—. ¡Ven, rápido!

—Pero ¿qué maneras son éstas? —protestó Diamante, malhumorada—. ¡Irrumpir en mi habitación y despertarme, sin siquiera molestarte en llamar!

A la princesa no le resultaba especialmente simpática aquella chica. Era igual que su padre, siempre perfecta, puntual, preparada y precisa en todo. A veces ni siquiera parecía real. Por eso Diamante solía regañarla por pequeñas cosas, sólo para demostrarse a sí misma que no existían las personas perfectas.

—Por favor, ven conmigo —insistió Zafira con tono de súplica.

Diamante la miró con sus grandes ojos azules, incapaz de levantarse de la cama. De pronto, recordó lo sucedido el día anterior, las palabras de Helgi y los peligros que amenazaban el reino, y rápidamente se puso en pie de un salto.

¿Qué más habría ocurrido?

—Está bien, ya voy. No protestes más y dime qué ha pasado.

—El hombre que llegó ayer, me refiero al jardinero de Arcándida…

—¿Sí?

—Pues… no sabemos…

—¿Le ha ocurrido algo? ¡Habla de una vez!

—Ha desaparecido.

—¿Cómo que ha desaparecido?

—Esta mañana, mi padre lo esperaba en la puerta de su habitación para acompañarlo a la cocina de granito. Quería llevarlo a desayunar, pero el jardinero no salía. Al final, mi padre ha llamado a su puerta y, al no obtener respuesta, ha entrado. Al ver la cama vacía, ha dado la alarma.

—¿Por qué nadie me ha avisado antes?

—Justo acaba de suceder, Diamante, —respondió la chica, cada vez más nerviosa—. He venido a decírtelo en seguida.

Era cierto. Zafira había ido a despertarla para contarle lo ocurrido. Pero la princesa no quería darle la satisfacción de elogiarla, no en ese momento.

—Dame un minuto para vestirme.

La chica salió del dormitorio con paso ligero y porte elegante, sin decir nada.

Un pensamiento afilado como un cuchillo acudió a la mente de la princesa. El príncipe podía adoptar distintos aspectos. Por eso había que tener mucho cuidado con los desconocidos. ¡Y con cualquier forastero que llegara a la corte!

Y, ¿acaso Helgi no era un forastero?

Diamante se sentía extrañamente inquieta. Salió apresuradamente de su habitación y siguió a Zafira.

—¿Es cierto? ¿Helgi ha desaparecido? —le preguntó a Oropuro cuando llegaron al dormitorio del jardinero.

La habitación estaba en el ala este del palacio, en el lado opuesto al de los aposentos reales. Diamante se preguntó si no habría sido un error alojar a Helgi tan lejos. Si hubiera dormido en una estancia cercana a la suya, tal vez ella habría oído algo.

—Me temo que vuestros temores son fundados, princesa —respondió Oropuro—. Aquí no hay ni rastro del señor jardinero.

—¿No ha dejado ninguna nota?

El preceptor negó con la cabeza:

—Su cama está intacta, de lo que se deduce que ni siquiera ha dormido en ella.

—Organiza la búsqueda, Oropuro. Lo encontraremos —ordenó Diamante e intentó apartar los temores de su mente—. ¡Lo encontraremos!

Pero en lo más profundo de su mente, la princesa temía que el príncipe Sin Nombre hubiese secuestrado al jardinero.

O, peor aún, que el jardinero fuera el príncipe Sin Nombre.

9
Una búsqueda infructuosa

Los habitantes del Reino de la Oscuridad buscaron por todas partes, pero ni siquiera los hábiles y expertos topos de la guardia real lograron encontrar a Helgi. Era como si el jardinero se hubiese desvanecido en el aire.

—La verdad es que no sé qué pensar —concluyó Diamante y se sentó en su trono de piedra—. Tal vez le haya ocurrido algo, quizá se ha perdido, quizá…

—Es muy improbable que un hombre experto y capaz como él se haya perdido —replicó Oropuro—. Parecía muy seguro de sí mismo y no creo que se haya adentrado en los rincones más oscuros del reino sin conocer el camino.

—Puede que tuviera una meta concreta.

—Pero ¿quién puede conocer los infinitos vericuetos de las grutas de la oscuridad? —le recordó Oropuro.

Era uno de los grandes problemas del reino de Diamante. Varias generaciones de cartógrafos y exploradores habían intentado trazar un mapa completo de las galerías, pero era una misión imposible, irrealizable. Cada año se abrían nuevos túneles, los viejos se derrumbaban, la caliza formaba nuevas columnas y torres de piedra y los ríos subterráneos cambiaban de dirección...

El Reino de la Oscuridad era un reino en continua evolución. Oscuro, pero similar a una inmensa criatura viva.

—Nadie —respondió Diamante—. ¿Qué crees que le habrá ocurrido?

Al ver que su preceptor no contestaba, ella lo apremió a hacerlo con la mirada.

—Pues... temo que lo hayan secuestrado —respondió el hombre al fin.

—¿Secuestrado?

—¡Sí!

—¿Quién? ¿Quién es capaz de secuestrar a alguien en mi reino, en mi corte, en mi palacio? Quizá el príncipe Sin Nombre esté aquí y quiera vengarse de Helgi, porque éste ha venido a avisarnos del peligro.

Oropuro estaba perplejo. Aquella explicación no tenía sentido. Diamante era muy impulsiva, su estado de ánimo sufría muchos altibajos y siempre tenía la cabeza rebosante de ideas, a veces bastante contradictorias entre sí.

Como preceptor, él debía guiar sus ideas, organizarlas siguiendo una pauta lógica y práctica.

—Pensadlo bien, princesa. Pensemos los dos juntos. Es importante reflexionar con calma y no sacar conclusiones precipitadas.

~*~

Entre tanto, el joven Hortensio, ajeno al drama que estaban viviendo en el interior del palacio, cuidaba de las plantas y frutos de los Campos Herbosos. Lo hacía cada mañana y dedicaba varias horas a esta actividad. Era su trabajo, pero también era su gran pasión. Había plantado una gran variedad de hortalizas, para que la corte tuviera siempre alimentos frescos y recién cogidos.

Aquel día, estaba muy preocupado porque los nabos picantes habían contraído una grave enfermedad que atacaba a las raíces y acababa marchitándolas.

—¿Y ahora qué hago? —se dijo en voz alta—. Lo he intentado todo y nada funciona.

Finalmente, decidió remover la tierra con una pala, la regó abundantemente y echó unas gotas de abono donde le pareció necesario. Al terminar, se secó la frente perlada de sudor y observó con gran satisfacción lo que había hecho. Después cogió algunas raíces grandes y dulces, un poco de lechuga rizada, varios kilos de patatas y unos puñados de guisantes enanos para la sopa que tanto le gustaba a la princesa Diamante. Verla feliz ante un plato humeante siempre lo llenaba de satisfacción.

Por último, lo colocó todo en una cesta, se la cargó al hombro y se dirigió, con mucha tranquilidad, al palacio de Tierranegra, que estaba bastante lejos.

Caminaba despacio, sin perder el ritmo, canturreando una cancioncilla que le había enseñado Zafira. Ella sabía muchas, porque se dedicaba a la música. Tocaba muy bien el piano y componía piezas que después le interpretaba.

A Hortensio le encantaba la música. En su opinión, Zafira era muy afortunada por tener lo que él llamaba «el don musical».

Aunque, a decir verdad, él también tenía un don: un talento natural para la botánica y el cuidado de todo tipo de plantas.

Concentrado en sus pensamientos, al principio Hortensio no vio que en el túnel, varios metros por delante de él, había algo. Al acercarse más, comprendió que se trataba de un hombre tendido en el suelo.

—¡Por mil zanahorias gigantes!

Dejó la cesta en el suelo y avanzó con prudencia hacia el cuerpo.

A la luz de la antorcha, vio que el hombre iba muy abrigado: una capa, botas y pantalón de pana.

Estaba inmóvil y no daba señales de vida. El chico se acercó y vio que tenía una herida en la nuca.

—Tengo que pedir ayuda —dijo, mirando a su alrededor, pero no había nadie a quien pudiera dirigirse.

Observó de nuevo al desconocido. Cuando estaba a punto de tocarle el hombro, se movió y Hortensio dio un salto hacia atrás, asustado.

—¿Quién sois? —preguntó.

El hombre volvió a moverse. Trataba de levantar la cabeza, pero ese simple movimiento parecía costarle horrores.

Al final lo consiguió y miró al chico de pies a cabeza, con ojos profundos e indagadores.

Intentó hablar, pero de su boca sólo salieron unos sonidos inconexos.

—No os fatiguéis. Voy corriendo a pedir ayuda.

Pero el otro le tiró de la manga para retenerlo.

—A-gua —logró decir.

—¡Claro! ¡Qué tonto soy! ¡Agua! ¡En seguida! ¡Aquí la tenéis!

Hortensio cogió la cantimplora que llevaba atada al cinturón y se la tendió. Al ver la dificultad del hombre para moverse, lo ayudó a beber y le mojó la cara para refrescarlo.

El desconocido esbozó una sonrisa.

El chico lo observó: vio que tenía unos ojos azules enérgicos y luminosos, el cabello dorado y un cuerpo robusto.

¿Qué hacía allí abajo en aquellas condiciones?

Sabía que no le serviría de nada preguntárselo, ya que a duras penas hablaba, de modo que se levantó para dirigirse al palacio. Pero el hombre volvió a retenerlo y, con mucha dificultad, se puso de pie.

Cuando lo vio cara a cara, Hortensio advirtió que era más alto de lo que parecía a primera vista. Se sujetaba la cabeza con una mano y con la otra se apoyaba en la pared de roca del túnel.

—¿Puedes ayudarme? —preguntó, mirándolo.

Y levantó el brazo en dirección al muchacho, que corrió a su lado para que pudiera apoyarse en su hombro.

—Os voy a llevar al palacio de Tierranegra, donde reina la princesa Diamante. Allí os ayudarán.

Antes de ponerse en marcha, cogió la cesta de hortalizas y se la cargó al hombro. Iba a ser agotador avanzar con dos pesos, pero no tenía elección.

Hortensio no poseía una inteligencia demasiado aguda, pero era muy robusto, de modo que no tendría problemas para llegar.

Así, paso a paso y con mucho esfuerzo por ambas partes, los dos se dirigieron a Tierranegra.

10
No hay tiempo que perder

Mientras la princesa Diamante se atormentaba pensando en la desaparición de Helgi sin saber que Hortensio iba a volver a Tierranegra con otro invitado inesperado, en Arcándida los presentes se sentían cada vez más tristes y desconsolados.

La corte entera era víctima de un terrible hechizo y estaba encerrada en un frío bloque de hielo.

La princesa Kalea no dejaba de comprobar el grosor y el color del hielo, preguntándose si, y cuándo, podrían anular su efecto. Miraba a su hermana Nives, inmóvil en aquella cárcel transparente, con una sensación de impotencia y de profunda frustración. Lo único que podía deshacer el hechizo era el Fuego Fatal, custodiado en una cueva secreta del Reino de la Oscuridad. Kalea confiaba en esa solución.

Sabía que primero Gunnar y luego Yara se habían lanzado al Foso Turbulento para llegar al Reino de la Oscuridad. Gunnar quería advertir a Diamante del peligro que suponía el príncipe Sin Nombre, mientras que su hermana lo había hecho para liberar el poder del Fuego Fatal.

Kalea se sentía muy triste al ver a Nives y a la corte en esas condiciones, pero tenía un carácter optimista y seguía confiando en una solución. Sabía que la bondad, la rectitud y la perseverancia siempre se ven recompensadas. Por lo que pensaba que los problemas de Nives se resolverían también de la mejor manera posible.

Acarició la superficie del hielo, que cada vez estaba más azul.

Eso la preocupaba bastante. ¿Qué ocurriría si el hielo perdía su transparencia y se convertía en hielo perenne?

—¿Y si vamos nosotros también al Reino de la Oscuridad? —preguntó una voz detrás de la princesa.

Purotu, el hermano adoptivo de la princesa de los Corales, acababa de entrar en el salón sin que ella se diera cuenta.

—Sabes que eso no es posible. Ya ha ido Yara; nosotros debemos tener paciencia.

—¿Y si necesita ayuda? —insistió el muchacho—. Yo soy fuerte y rápido, ¡puedo darle una buena lección al malvado príncipe! —exclamó y dio un puñetazo en el aire.

Kalea sonrió.

—¿De qué te ríes? Hablo en serio.

—Nunca me reiría de ti. Sonrío porque me encanta ver que te has convertido en un hombre. Lo cierto es que, cuando el Fuego Fatal entre en contacto con la prisión de hielo —dijo Kalea, señalando el bloque gélido situado frente a ella—, no sé qué pasará, pero será importante que nosotros estemos aquí.

—Tú siempre tan optimista, hermanita.

—Es mi forma de vivir —respondió Kalea con una dulce sonrisa.

—Pues ¡yo no logro tener paciencia! Echo de menos el mar, la pesca, el buceo, los delfines… ¡No aguanto más lo de quedarme aquí sin hacer nada!

—En ese caso, ¿por qué no coges a uno de los lobos y vas a correr por la llanura helada? —propuso una tercera voz que acababa de aparecer en la sala.

Era Haldorr, el bibliotecario. Estaba de pie, en la puerta, como esas aves que duermen apoyadas en una sola pata.

—Estoy seguro de que los demás lobos te seguirán encantados. Desde que Gunnar se marchó no se han movido de Arcándida, y sufren con la inactividad, acostumbrados como están a correr largas carreras diarias.

—¿Lo dices en serio?

El viejo bibliotecario asintió.

—Un momento. No me devorarán, ¿verdad?

—Eso no te lo puedo asegurar —contestó Haldorr, guiñándole un ojo a la princesa Kalea—. Al fin y al cabo, son lobos.

—¡Me arriesgaré! —decidió Purotu tras pensarlo un instante.

Y salió a toda prisa de la sala.

—Coge una capa gruesa. Hará frío —intentó dccirle Kalea, pero el chico ya estaba demasiado lejos para oírla.

—Es bonito ver tanta energía —comentó Haldorr poco después.

—Sí —respondió Kalea, y miró el bloque de hielo—. Los liberaremos muy pronto, ¿verdad, Haldorr?

—Sí, lo haremos.

—¿Dónde está Samah ahora?

—Venid conmigo —respondió él, y guió a la princesa hacia la escalera.

No hay tiempo que perder

Subieron al último piso del castillo, donde estaba la buhardilla. Una vez allí encontraron una ventana abierta, por la cual entraba un viento gélido. Se acercaron a ella y Haldorr le dijo a Kalea que mirase fuera.

Cuando la princesa de los Corales se asomó vio a Samah, la princesa del Desierto, sentada en el tejado, junto a la ventana. Llevaba una capa gruesa y oscura y tocaba una pequeña flauta.

Era la flauta que le había regalado Darany, el músico de la corte de Jangalaliana, en el lejano Reino de los Bosques.

El viento soplaba tan fuerte que Kalea tuvo que acercarse mucho para oír la conmovedora melodía que tocaba su hermana.

La princesa del Desierto tenía los ojos cerrados, como si su mente hubiera viajado a tierras lejanas. Tal vez hablaba con el viento, lo interrogaba para hallar respuestas sobre Nives, Diamante y el destino de su familia.

Kalea también cerró los ojos y se dejó llevar por el viento, con el fin de percibir los sonidos y aromas de sus adoradas flores. Y, por un instante, lo logró.

Luego abrió los ojos y se llevó un dedo a los labios para indicarle a Haldorr que guardara silencio. Ambos se apartaron de la ventana y volvieron al pasillo.

11
Llegada a Tierranegra

Hortensio y el extranjero avanzaban despacio por el túnel que llevaba al palacio de Tierranegra.

Gunnar no sabía quién o qué lo había golpeado, ni comprendía el motivo de la agresión. No le habían robado nada, por lo cual el episodio resultaba inexplicable.

Caminaba asiendo a su nuevo compañero, que miraba a su alrededor con asombro, como un explorador en un lugar desconocido. De pronto, entraron en una galería con el techo muy alto, excavada en una piedra que parecía frágil y dura al mismo tiempo. El aire que respiraban era cálido y denso, impregnado de un fuerte olor a tierra y azufre, tan penetrante que empezó a picarles la nariz.

—¿Os duele algo? —preguntó Hortensio, preocupado por el paso fatigado del extranjero.

Gunnar asintió.

—¿El qué?

—La cabeza —dijo. Poco a poco iba recuperando el habla.

—Tranquilo, falta poco para llegar al palacio. Apoyaos en mí.

—Gracias. Eres muy amable, muchacho.

Hortensio se alegró de que el hombre hablase con mayor facilidad, pues eso significaba que iba mejorando. De pronto, cayó en la cuenta de que aún no le había preguntado cómo se llamaba.

La princesa lo habría regañado por su olvido. Imaginaba las palabras que le habría dicho: «No puedes olvidar algo así, Hortensio. Podría haber sido un ladrón, un bandido, un timador. A través del nombre de una persona se averiguan muchas cosas».

Al final, se armó de valor, se detuvo en plena galería y le preguntó al desconocido:

—Disculpad que no os lo haya preguntado antes, pero… ¿cómo os llamáis?

El otro frunció el ceño y, por un momento, Hortensio se arrepintió de haber preguntado.

—Te debo una disculpa, chico —respondió el hombre—. Normalmente me presento. El golpe que he recibido me ha hecho olvidar las buenas maneras, además de mis pensamientos. Me llamo Gunnar y soy el príncipe del Reino de los Hielos.

—¡Por mil zanahorias gigantes! —exclamó Hortensio, sorprendido—. ¿Sois un príncipe? ¿Un príncipe de carne y hueso?

El muchacho, que era humilde y puntilloso, se emocionó al descubrir la identidad del hombre y, de repente, empezó a sentir que tal vez no estaba a la altura de la situación. Pero en seguida se calmó. Al fin y al cabo, había salvado nada menos que a un príncipe herido.

—Príncipe Gunnar, lamento que…

—¿Qué lamentas, chico?

Hortensio no sabía qué lamentaba, pero lo habían educado más para pedir siempre disculpas que para alardear de nada y así lo había hecho.

—¡Me has salvado la vida! —exclamó Gunnar—. Estoy en deuda contigo.

Si lo decía un príncipe, debía de ser cierto.

—Es que… yo… —balbuceó Hortensio—. ¡Tenemos que ir a la corte! ¡De prisa! Bueno… si es que podéis andar —añadió.

¡Un príncipe! Hortensio aún no se lo creía. ¡Había salvado a un príncipe!

Caminaron todavía una hora antes de llegar a una de las entradas del palacio de Tierranegra. Cuando vio el edificio, el príncipe de los Hielos no ocultó su profunda admiración. Para poder contemplar de cerca aquella obra maestra de piedra esculpida, se arriesgó incluso a dar unos pasos sin la ayuda de Hortensio.

—¡Qué maravilla! —exclamó, al mirar el portalón que cerraba la boca del túnel.

Era una doble puerta de piedra decorada con bajorrelieves que representaban dos árboles enormes en cuyas ramas se posaban animales fabulosos. Encima de los árboles resaltaba una mariposa ricamente adornada. Gunnar nunca había visto algo semejante.

—¿Os gusta? —le preguntó Hortensio.

—Es preciosa —murmuró Gunnar, rozando la puerta—. ¿Quién la hizo?

—Cantero Corazón de Sílex, un artista del reino. Lo conocí en persona hace años. Ahora es muy anciano y es uno de los hombres más sabios del reino.

—En los otros reinos, o al menos en el mío, dicen que los habitantes del Reino de la Oscuridad son reservados y valientes.

—Quizá tengan razón, aunque no me corresponde a mí decirlo. ¡Vamos, príncipe! —lo incitó Hortensio con cierta impaciencia.

Gunnar señaló un extraño número esculpido en la puerta: el número III.

—¿Y ese número? —preguntó.

—Tierranegra tiene doce puertas; cada una tiene asignado un número. Ahora estamos en la puerta III.

—Si lo he entendido bien, el Reino de la Oscuridad está formado por muchos niveles que se van acercando a la corte, situada en medio. Una arquitectura muy ingeniosa.

—Tardé dos años en entenderla —reconoció el chico—. Y, para ser sincero, es muy difícil orientarse en este laberinto de cuevas y túneles.

Y, con los brazos, trazó el gran círculo que formaba Tierranegra.

Estaban en el centro del reino.

Gunnar cruzó el umbral en compañía de su nuevo amigo y se encontró cara a cara con dos topos enormes que vigilaban la entrada. Eran mucho más grandes que los topos normales y se mantenían erguidos sobre las patas traseras sosteniendo sendas lanzas. Además, llevaban una banda blanca decorada con un escudo.

Al acercarse, Gunnar vio en el escudo el dibujo de una mariposa con las alas extendidas. El mismo que había visto en la puerta de entrada. Pensó que debía de ser el símbolo de Tierranegra.

—¿Son vuestros guardianes? —le preguntó a Hortensio al ver que los dos topos mantenían una actitud vigilante.

—Sí, los topos de la guardia real —respondió el chico—. Son muy escrupulosos y tienen un oído y un olfato finísimos. También tienen mucho carácter, yo discuto con ellos a menudo. Además, son muy rencorosos…

Para demostrar esto último, los dos guardias cruzaron las armas, ofendidos.

Hortensio suspiró y anunció a su invitado dirigiéndose al topo más grande.

—Os presento al príncipe Gunnar.

Al oír sus palabras, los topos se apartaron con gesto ceremonioso.

—Gracias —dijo Gunnar y, pasando ante los dos guardias, llegó a la siguiente galería. Observó que allí el techo de la gruta era más alto y el nuevo tramo era tan largo que no se podía ver el final. El suelo estaba cubierto con una tarima plateada y desde arriba oscilaban unas lámparas suntuosas, bajas y anchas como colgantes gigantescos.

—Bienvenido a Tierranegra —dijo Hortensio antes de entrar en el corredor.

—Qué guardias tan peculiares —comentó el príncipe.

—Sí. Como os decía, son bastante susceptibles, pero, al ser topos, conocen muy bien estos lugares, desde el túnel más ancho al más estrecho. En realidad, son ellos quienes han creado gran parte del reino con sus patas.

Gunnar siguió a Hortensio por un amplio patio subterráneo, donde vieron más topos, éstos con grandes sacos a la espalda.

—¿Adónde van tan rápido? —preguntó Gunnar.

—A las reservas de granito.

—¿Y qué transportan en los sacos?

—Sal. Cinco niveles más abajo del lugar donde nos encontramos, está la mayor mina de sal de todos los reinos.

—Sal…

—Es nuestra riqueza. Comerciamos con ella con todos los reinos a cambio de otras mercancías.

—¿Y la extraen los topos?

—¡No! Es una operación compleja, que requiere una gran pericia. Pero los topos son muy buenos excavando y su ayuda es fundamental en la primera parte del trabajo, es decir, en la apertura de túneles. Luego, quienes extraen verdaderamente la sal son los habitantes del Reino de la Oscuridad. Después, los topos vuelven a colaborar, en este caso para transportarla.

Gunnar lo observaba todo con asombro. Para él, eran cosas completamente nuevas.

El mundo subterráneo de Diamante era muy distinto a cualquier cosa que hubiese visto antes.

12

El encuentro

Cuando llegaron ante otra puerta de piedra adornada con relieves, algo más pequeña que el portalón de la entrada, Hortensio dijo:
—Ahí detrás está el Salón del Trono. Entraré yo primero para anunciaros.

Gunnar estaba nervioso. Por fin iba a conocer a la princesa Diamante, hermana gemela de su esposa.

Cuando Hortensio entró, vio a Diamante meditabunda, sentada cerca del trono, contemplando el infinito delante de ella.

—¡Me alegro de veros, princesa Diamante! —la saludó con voz chillona.

Ella se volvió y sonrió débilmente.

—Bienvenido, Hortensio. Veo que has estado en los campos —dijo, al observar la cesta que el chico llevaba al hombro.

—Sí y he cogido guisantes enanos para vos, princesa. Esta noche podréis tomar vuestra sopa preferida.

—Gracias.

—¿Estáis bien? Os veo preocupada.

—Oh, sí, Hortensio, estoy preocupada. Ayer llegó un invitado, un amigo, que hoy ha desaparecido misteriosamente. Lo has visto antes, cerca de la cocina, pero no me ha dado tiempo a presentártelo. Llevaba un sombrero y…

Hortensio ya no la escuchaba; estaba muy nervioso. No recordaba al hombre que estaba con ella cerca de la cocina y se preguntaba si sería el mismo a quien había ayudado. Reflexionó unos instantes. No, el príncipe no llevaba sombrero. Aunque tal vez lo había perdido… Y eso podía significar que él… ¡había encontrado al invitado desaparecido!

—Tal vez pueda ayudaros —dijo con satisfacción. Salió de la estancia y regresó poco después con Gunnar.

—¿Y vos quién sois? —preguntó Diamante en tono imperioso, tras ponerse en pie y observar con desconfianza al recién llegado.

Hortensio la miró desconsolado. Evidentemente, no era el hombre que la princesa estaba buscando.

Bajó la mirada y esperó la inevitable regañina. ¿Por qué nunca hacía nada bien?, se preguntó.

—Me llamo Gunnar y soy el príncipe de los Hielos —se presentó el desconocido—. He llegado hasta el palacio gracias a la ayuda de vuestro fiel Hortensio.

La princesa le dirigió al chico una mirada de reproche.

—¿Cómo os atrevéis? —le dijo a Gunnar—. ¡No existe ningún príncipe de los Hielos! ¡Quien gobierna el Reino de los Hielos es la princesa Nives, mi hermana! —replicó muy segura, tan impulsiva como siempre.

—No era mi intención ofenderos, princesa Diamante.

—¿Cómo sabéis mi nombre? Yo no os lo he dicho. ¿Has sido tú, Hortensio?

—Pues… yo… la verdad…

—No os enfadéis con él —intervino Gunnar—. Ha sido muy amable y respetuoso conmigo. Y lamento presentarme ante vos así, sin avisar, pero se trata de una emergencia y…

Sin escucharlo siquiera, Diamante frunció los labios y silbó. Del techo oscuro del Salón del Trono bajaron cuatro mariposas enormes, que rodearon al extranjero y lo inmovilizaron con sus alas.

Luego llegaron los topos de la guardia real, que se colocaron alrededor de las mariposas y amenazaron a Gunnar con sus largas lanzas.

Él permaneció inmóvil.

—Y ahora, decidme quién sois realmente —repitió la princesa.

—Soy Gunnar, príncipe de los Hielos, el marido de vuestra hermana gemela Nives.

Al oír esas palabras, la dura expresión de la princesa se transformó en una de asombro.

—¿El marido de Nives? ¡Es imposible!

—¿Por qué iba a mentiros?

Diamante lo observó como solía hacer con las piedras preciosas antes de decidir cómo tallarlas.

—Sentaos y contadme por qué habéis venido hasta aquí. Intentad ser convincente, porque aún no sé si

creeros o no. —De pronto, reparó en las condiciones precarias del hombre y en la herida que tenía en la cabeza y le dijo a Hortensio—: Por favor, trae un poco de agua, unas gasas y néctar de hongo víbora.

Al oír la expresión hongo víbora, el príncipe de los Hielos se asustó.

—No os preocupéis, no es venenoso. Es solamente un desinfectante muy eficaz.

Ambos sonrieron un instante.

Pero Diamante no podía evitar preguntarse quién era realmente el desconocido que tenía delante. ¿Y dónde estaba el jardinero de Arcándida?

13
La historia de Gunnar

Diamante y Gunnar se sentaron uno frente al otro. Mientras esperaban el agua y lo necesario para curar la herida, ella rompió el silencio y habló de sus hermanas y su familia.

El príncipe la observaba. Su parecido con Nives era increíble, eran como dos gotas de agua.

—Es como si estuviera sentado frente a mi esposa —dijo de pronto en voz alta, con los ojos despejados y claros.

Diamante dejó de hablar, algo cohibida por la intensidad de su mirada.

—Ahora decidme qué ha motivado vuestro viaje —le pidió—. Si, tal como decís, habéis venido desde el Reino de los Hielos, os habréis enfrentado a muchos peligros. ¿Cómo habéis llegado hasta aquí?

—Crucé el Foso Turbulento.

—¡¿Y habéis sobrevivido?!

—A duras penas. Pero tenía una buena razón para arriesgarme. La princesa Nives, mi amada, mi corte y todo mi reino están en grave peligro. Y me temo que vos también.

—¿Os referís al príncipe Sin Nombre?

—Ah, ¿ya lo sabéis? ¿Os habéis enterado de que los Cinco Reinos están bajo la amenaza de ese hombre?

—Lamentablemente, lo sé, sí…

—¿Él ya ha estado aquí? —preguntó Gunnar, alarmado, poniéndose en pie.

—Es posible.

—¿Y vuestra estrofa? —Gunnar, muy exaltado, se tambaleó y estuvo a punto de caerse.

—Calmaos. Si os ponéis nervioso, sólo empeoraréis la situación. Por suerte, no conozco al príncipe. O no lo he reconocido. Pero he oído hablar de él y me han informado sobre sus… artes.

—¿Quién os ha hablado de ello? —preguntó Gunnar mientras volvía a sentarse.

—Helgi, vuestro jardinero.

—¿Helgi? ¡Está aquí! ¡Lo buscamos por todos los rincones de Arcándida!

—Llegó ayer. Nos avisó de los planes del malvado príncipe y nos puso en guardia, aunque… demasiado tarde. Ya nos habían robado la estrofa.

—¡Oh, no!

—Me temo que sí.

—Y ahora ¿dónde está Helgi? ¿Podéis llamarlo?

—Por desgracia, no. —Diamante bajó la cabeza—. Ha desaparecido sin dejar rastro. Esta mañana hemos encontrado su dormitorio vacío.

Gunnar se sintió desfallecer.

—¿Estamos hablando del mismo Helgi? —inquirió.

—No estoy muy segura, príncipe. Ya no estoy segura de nada. La duda me corroe y me impacienta.

—¿Por qué iba a irse, si acababa de llegar?

—En mi opinión, tenía un motivo, o quizá… le haya ocurrido algo.

Guardaron silencio unos instantes.

—Ahora habladme de mi hermana —le pidió Diamante—. ¿Por qué no me avisó de la boda?

—Todo ocurrió muy de prisa y…

Gunnar la miró desconsolado.

—¿Qué le ha pasado?

—Es inútil que me ande con rodeos. Nives y el resto de la corte son víctimas de un hechizo del príncipe Sin Nombre. ¡Están encerrados en un bloque de hielo!

—¡Oh, no! ¡No es posible!

Gunnar le contó lo sucedido, omitiendo los detalles más crudos.

—¿Y vos? —preguntó Diamante—. ¿Cómo es que vos no estáis encerrado?

—Cuando sucedió, yo estaba viajando al Reino de los Corales para avisar a Kalea del peligro que corría su estrofa. Vuestra hermana y yo fuimos a Rocadocre y luego al Reino de los Bosques.

—¡Un largo viaje!

—Sí —asintió Gunnar.

—¿Kalea, Samah y Yara están bien? Decidme que sí, por favor.

—Ellas sí —asintió el príncipe—. Supongo que ahora están en Arcándida, esperando noticias nuestras.

—Comprendo. Y mientras vosotros viajabais por los Cinco Reinos, yo estaba aquí abajo, sin saber nada…

—Pero ahora ya lo sabéis todo y podéis ayudarme.

—¿Cómo?

—He bajado hasta aquí a poneros en guardia, pero también hay otro motivo. Nives y la corte están prisioneros en un bloque de hielo mágico, resultado de un hechizo prohibido. Según pasan los días, el hielo se vuelve cada vez más compacto, como piedra. Es como si estuviera vivo, sólo que, en lugar de envejecer, con el tiempo se endurece y pierde brillo. Al final, se transformará en roca eterna y será imposible derretirlo.

—Es terrible. —Diamante se cubrió el rostro con las manos—. ¿Y no existe un modo de deshacer el hechizo?

—Existe, pero es muy complicado y no puedo llevarlo a cabo sin vuestra ayuda —explicó Gunnar, muy resuelto—. Por eso necesito que confiéis en mí, que me creáis…

La princesa titubeó unos instantes.

Otra vez esas palabras. Ayuda. Confianza. Necesito que me creáis. Hacía pocos días, un hombre más atractivo que Gunnar y más resuelto le había dicho las mismas frases. Y la había convencido.

Tenía muy fresco el recuerdo de Rubin Blue y de lo ingenua que había sido.

Pero Gunnar, herido e indómito frente a ella, le transmitía honestidad y valentía.

¿No había dicho Helgi que sólo las princesas podían decidir quién mentía y quién decía la verdad? ¿Y no eran ellas, las cinco hermanas, la esencia más pura de los Cinco Reinos?

Así pues, tenía que decidir. Y, aun a costa de repetir los errores cometidos en el pasado, decidió creer a Gunnar.

—Te creo, príncipe Gunnar —dijo, en un tono más familiar—. Dime qué necesitas y te ayudaré. Pero no hagas que me arrepienta de esto: es lo único que te pido.

—Tu rapidez a la hora de tomar decisiones me recuerda mucho a tu hermana —comentó él sonriendo con aire apenado.

Diamante no replicó.

En ese momento, Hortensio regresó con una bandeja que contenía lo que había pedido la princesa. Le ofreció

agua a Gunnar y éste bebió con avidez. Entonces, Diamante cogió las gasas de lino, las roció con néctar de hongo víbora, una crema densa de color tierra, que olía muy fuerte, como el musgo húmedo de los bosques, y las aplicó sobre la herida de Gunnar con mucha delicadeza.

Él no se movió ni gritó. Era un hombre fuerte, pensó Diamante. Fuerte y vigoroso.

Cuando terminó de curarlo, despidió a Hortensio y prosiguió la conversación que había quedado interrumpida.

—Estábamos hablando de lo que necesitabas para luchar contra el hielo…

—Tal vez la única solución sea liberar las llamas de la Cueva del Fuego Fatal.

—¿Lo dices en serio? —Diamante abrió los ojos como platos—. Es lo más salvaje que existe en los reinos y nadie sabe qué ocurriría si perdiéramos el control de las llamas…

—Tendremos que correr ese riesgo. El Fuego podría ser el único medio para salvar a Nives y a la corte prisionera en el bloque de hielo. Y tú... eres la única persona capaz de domarlo.

Como el Maestro de las Corrientes Oscuras podía controlar el agua, del mismo modo, ella podría controlar el fuego, pensó Diamante. Estaba bastante asustada. Su padre se lo había explicado todo acerca de la Cueva del Fuego Fatal, sin ocultarle cuán peligroso era aquel lugar.

—Para llegar hasta el Fuego hay que pasar varias pruebas —explicó—. Hay Guardianes.

—Ya, pero con tu ayuda no debería resultar difícil.

Ella negó con la cabeza. Todo estaba sucediendo demasiado rápido. Primero la llegada de Rubin y sus promesas. Luego las palabras de Helgi, descubrir que habían robado la estrofa y los reproches del Maestro de las Corrientes. Y ahora las noticias sobre Nives y el peligroso viaje de su marido.

Diamante siempre se había quejado de la quietud de su reino, del exceso de tiempo libre y del tenue aburrimiento de vivir aventuras extraordinarias únicamente en los libros (aunque le encantaba leer). En cambio, ahora..., descubría que la acción de verdad la aterrorizaba y disgustaba más que quedarse en palacio sin tener nada que hacer.

Además, se preguntaba qué pasaría con el Fuego Fatal una vez derretido el bloque de hielo.

Gunnar interrumpió el hilo de sus pensamientos.

—¿En qué piensas? —inquirió.

—En que necesitas descansar, Gunnar —dijo ella, mirándolo a los ojos—. Estás agotado y en estas condiciones no serás de gran ayuda. Deja que el ungüento haga su efecto. Haré que te acompañen a la habitación de invitados.

«Esta vez, una habitación que esté cerca de la mía», pensó.

—En cuanto despiertes —prosiguió—, organizaremos lo que podríamos llamar… nuestra misión.

14
Las joyas de Diamante

Gunnar durmió pocas horas, pero al despertar sentía que había recobrado fuerzas. Salió de la habitación y comenzó a deambular por las estancias de Tierranegra.

Era un palacio muy sugestivo, un laberinto de pasillos y salas abovedadas con luces débiles y ambarinas. Tenía una atmósfera templada, en algunos puntos recorrida por corrientes más cálidas, con un continuo murmullo de agua de fondo. Agua brotando de las paredes, o de suelos que parecían de cristal, lo que creaba misteriosos reflejos a la luz de las antorchas.

De pronto, Gunnar se encontró frente a una puerta entornada. A través de la rendija, pudo oír un canto suave; reconoció de inmediato el timbre de voz de la princesa Diamante y sintió curiosidad.

Se quedó escuchando hasta el final de la canción. Luego, abrió la puerta de piedra y miró dentro. Era una sala bastante grande, pero acogedora. En el centro, había una mesa rectangular con varias telas encima. Sobre cada una de ellas brillaban decenas de piedras de todas las formas, colores y tamaños. En las paredes había dibujos de joyas de todo tipo.

Diamante estaba sentada a la mesa, con unas grandes lentes de aumento sujetas a un soporte de latón ante los ojos, un pequeño cincel en una mano y una piedra en la otra; junto a ella, tenía una palangana con agua y una vela.

—¿Puedo entrar? —preguntó Gunnar en voz baja.

—¿Ya te has despertado? —le preguntó Diamante, levantándose las lentes hacia la cabeza.

—Sí. Me encuentro muchísimo mejor. Tu ungüento es milagroso.

—El veneno mata, el veneno cura —respondió ella.

Gunnar miró las gemas que relucían bajo las manos de la princesa.

—¿Tallas piedras?

—Es mi gran pasión desde que vivo en el Reino de la Oscuridad. Al principio, encontraba gemas en bruto por todas partes, tiradas en el suelo, y me decía que bastaría un pequeño esfuerzo para dejarlas brillantes, sólo había que saber tallarlas. Y me dediqué a la tarea. Estudié, observé durante meses las hábiles manos de los artesanos del Pueblo de la Oscuridad y, al final, aprendí. Acércate.

Gunnar avanzó hacia la mesa.

—¿Ves? Esta piedra es un cuarzo rosa todavía en bruto. Parece una piedra vulgar, ¿no crees? —dijo la princesa, mientras sostenía en la mano una piedra pequeña.

Gunnar asintió.

—Ahora mira ésta —dijo, cogiendo otra que emitía destellos a la luz de la vela—. Es del mismo tipo, pero está tallada.

—La diferencia es considerable.

—Me he limitado a sacar a la superficie lo que la piedra tenía en su interior.

—Es un trabajo fascinante.

—Aún tengo mucho que aprender, aunque Oropuro, mi preceptor, dice que cuando una persona trabaja con pasión, todo resulta más fácil —respondió Diamante—.

¿Y tú, príncipe, tienes alguna pasión? ¿Algo por lo que tus ojos brillen de felicidad?

—Sí. Se llama Nives y la conoces muy bien. Pero es una larga historia… —dijo Gunnar.

—Tienes razón. Perdona.

—No importa. Verás, Diamante, yo…

—No, no me digas más. Te comprendo. El corazón es muy importante y es difícil explicarlo con palabras.

Sopló para apagar la vela.

—Es hora de ponernos manos a la obra. Ven conmigo.

La princesa se acercó a una pared y, cuando la rozó, una mariposa blanca salió de la piedra. Hasta ese momento, Gunnar no la había visto.

—Reúnelos a todos en el Salón del Trono, por favor —le pidió Diamante.

El gran insecto extendió las alas y salió por la puerta como una nube empujada por el viento.

—¿Has decidido lo que vamos a hacer?

—Una pequeña expedición para llevarte a la Cueva.

—¿Quién me acompañará?

—Querrás decir quién nos acompañará.

—No esperaba tanto.

—Ahora lo verás. Antes debemos hablar con Oropuro y con el Maestro de las Corrientes Oscuras, el hombre más sabio del Pueblo de la Oscuridad. Hasta ahora, nadie ha liberado el Fuego Fatal. Y no estoy segura de cuál es la mejor manera de hacerlo.

Se encaminaron a una sala de cuarzo violeta. Los prismas de piedra reflejaban y descomponían sus respectivas imágenes.

—Hay algo sobre mi herida que aún no te he contado, princesa.

—Dime.

—Mientras caminaba por una de las galerías del reino, oí un ruido detrás de mí y alguien me golpeó. No pude ver quién era, pues me desmayé al instante. No recuerdo nada más desde ese momento hasta que Hortensio me encontró.

Diamante asintió, cada vez más preocupada.

—Por eso he aceptado ir contigo y alejarme de la corte —dijo—. Aquí nunca ha habido enemigos, ningún peligro que temer, pero últimamente los hay por todas partes. Para mí ya no es seguro quedarme aquí. Sea como sea, voy a mandar a algunos topos de la guardia real para que vigilen los túneles.

Y ambos regresaron al Salón del Trono.

Allí, Gunnar vio a alguien a quien nunca habría esperado encontrarse.

15
Una llegada accidentada

Bajar al Foso Turbulento no fue exactamente como Yara esperaba.

Cuando se tiró del puente levadizo, imaginó que caería a gran velocidad, como una piedra lanzada a un abismo, para luego ralentizar progresivamente al acercarse al fondo.

Esperaba que fuese así.

En cambio, el descenso empezó a toda velocidad, lo que divirtió mucho a la intrépida princesa de los Bosques, pero luego, al cabo de pocos metros, su cuerpo empezó a flotar como un globo, la trayectoria que seguía cambió de dirección y se desvió de la ruta vertical. Antes de volver a sentir la tierra bajo los pies transcurrió mucho más tiempo del previsto, una infinidad de tiempo. Todo ello porque, en realidad, el Reino de la Oscuridad no se encontraba exactamente debajo de Arcándida, sino mucho más lejos.

Yara lo intentó todo para ganar velocidad, pero fue completamente inútil.

—¿Cómo es posible idear un sistema mágico tan raro? —se preguntó en voz alta.

Y se respondió que tal vez se había quejado demasiado mientras descendía, por lo cual el foso se había ofendido.

—¡Me está bien empleado! —exclamó riendo y masajeándose el muslo dolorido. Por suerte, estaba acostumbrada a las caídas.

Recogió el arco y las flechas y miró a su alrededor.

—¡Madre mía! Qué lugar tan tenebroso —comentó—. Más oscuro que el bosque por la noche.

Necesitaba fuego.

Cogió una flecha y la clavó en el suelo. Olió el aire. Dio unos pasos, luego anduvo en la dirección opuesta.

—Fuego, fuego, fuego…

Llegó a un lugar donde percibió un olor familiar. Azufre. Palpó la consistencia de la roca: porosa. Más abajo… notó relieves y zonas ásperas: cristales. Cristales de pirita minúsculos. Intentó extraerlos con la punta de la flecha, pero no lo consiguió. Entonces partió la flecha y frotó la punta metálica contra el mineral. Al cabo de unos segundos, el contacto produjo las primeras chispas.

Arrancó una parte del trenzado de paja del carcaj y lo acercó a las chispas para que prendiera. Por último, logró encender el asta de una flecha.

Gracias a esa improvisada antorcha, Yara pudo avanzar por el túnel oscuro con cautela, pero sin miedo.

Pasó la llama de una asta a otra, perdiendo así cuatro flechas antes de encontrar los restos de una antorcha en el suelo.

—Un golpe de suerte —murmuró, recogiéndola.

Dejó que la llama prendiera, la alzó por encima de su cabeza y miró a su alrededor.

—Hum… es aún más feo de lo que esperaba.

Se puso en marcha, decidida a llegar a la Cueva del Fuego Fatal, costara lo que costase.

~*~

Entre tanto, en el Salón del Trono de Tierranegra estaba ocurriendo algo realmente inesperado.

Gunnar miraba incrédulo a su peor enemigo.

Calengol.

El ser que había agredido a Nives con sus cuervos, amenazando el Reino de Arcándida, al que luego el príncipe Sin Nombre tiró al foso. Gunnar supuso que había muerto.

Pero no. Al no matarlo, lo había hecho caer sin saberlo en el Reino de la Oscuridad.

—¿Qué hace él aquí? —preguntó Gunnar con tono alterado.

La expresión del príncipe era tan furiosa que Diamante se sintió turbada, aunque trató de disimularlo.

—¿Os conocéis? —preguntó.

—Sí, por desgracia para él.

El elfo de los hielos siseó entre dientes.

—¿Qué hace él aquí, princesa? —insistió Gunnar casi a gritos.

—Lleva un tiempo con nosotros. Lo encontramos herido y hambriento en el fondo del Foso Turbulento. Cuidamos de él y, como agradecimiento, nos ha estado ayudando aquí, en la corte…

—¿Lo tenéis en la corte? ¡No tenéis ni idea de quién es esa criatura!

El elfo siseó de nuevo, como un gato amenazado.

—No, príncipe, yo… no… a nosotros nos parece que es muy… amable…

Diamante se sentía desorientada.

—Él… —empezó Gunnar, señalando a la criatura—, es decir, Calengol, intentó secuestrar a tu hermana Nives y matarme a mí. ¡Es un aliado del príncipe Sin Nombre!

Al oír esas palabras, el elfo retrocedió, encogiéndose de hombros con el típico gesto de los culpables.

—¿Es cierto lo que dice Gunnar? ¿Tratasteis de secuestrar a mi hermana?

La criatura asintió.

—¿Cómo habéis podido aceptar mi hospitalidad y mis favores después de hacer algo así? ¡Sois un ser indigno! Y yo que confiaba en vos…

Diamante estaba confusa e indignada.

Calengol permaneció en silencio, cabizbajo. Luego susurró:

—He venido a avisaros, pero por lo que veo no es necesario.

—Enciérralo, Diamante —sugirió Gunnar, ignorando las palabras del elfo—. Te recuerdo que eres una copia exacta de tu hermana y que igual que intentó secuestrarla a ella…

Ella no podía creerlo. ¿Era Calengol el espía enemigo que se ocultaba en la corte?

—¿Por qué has venido, Calengol? —gritó—. ¿De qué queríais avisarme?

—De la llegada del príncipe —respondió, tímidamente, la criatura.

En ese instante, el elfo de los hielos se acercó a Gunnar y, en vez de lanzarle la mirada de odio que éste esperaba, le dijo:

—He venido a deciros que os herí por error. Fui yo quien os golpeó. Por favor, perdonadme.

—¿Tú?

—Os confundí con un intruso. Creía que erais… él.

—Vuestro amigo.

—No es mi amigo.

—Lo fue.

—Me engañó. Me engañó y me traicionó. El príncipe Sin Nombre no es mi amigo.

—¡Marchaos! —gritó la princesa—. ¡Os expulso de mi reino!

Luego, incapaz de soportar aquella tensión, se refugió en los brazos de Oropuro. El preceptor, visiblemente incómodo, intentó consolar a la desesperada princesa y luego observó a Calengol con ojos compasivos. Era un hombre pacífico, creía en las buenas intenciones de las personas y le gustaba darle una segunda oportunidad a todo el mundo. Pero en aquel caso el príncipe Gunnar tenía razón. Hizo una seña para llamar a los guardias.

Calengol tenía una expresión triste en el rostro.

—Quería proteger a la princesa Diamante y el palacio. Yo… he cambiado, Gunnar, aunque vos no me creáis.

Por toda respuesta, el príncipe desenvainó la espada.

En ese momento, un grupo de topos de la guardia real entró en el Salón del Trono, directos hacia Calengol, que miró a un lado y a otro: no tenía escapatoria.

Activó los músculos con su agilidad habitual de ladrón. En cuestión de un instante, dio un salto prodigioso, se metió por una abertura del techo, atravesó un conducto y desapareció rápidamente.

—¡Rápido! —chilló Gunnar—. ¿Adónde lleva ese conducto? ¡Tenemos que encontrarlo!

Una llegada accidentada

La princesa Diamante apretaba con firmeza las manos de su preceptor. Aquellos gritos, la huida, los complots, las traiciones… Aquél no era su reino. No era el tranquilo e inmóvil Reino de la Oscuridad donde había crecido.

16
La princesa perdida

Yara llevaba tres horas deambulando por los pasadizos, sin saber qué dirección tomar. Estaba acostumbrada a orientarse en el bosque más intrincado, pero el mundo subterráneo era algo distinto y no tenía puntos de referencia.

Todos los túneles le parecían iguales, pero intentó recorrer los que bajaban, ya que sabía que el palacio se hallaba en las profundidades, y también los más cálidos, pues, según imaginaba, la Cueva que buscaba debía de ser abrasadora, pero no dio con el camino acertado. Pasó por grutas bastante estrechas, por pasarelas de piedra donde soplaba un viento solitario, aprisionado en el subsuelo, lo mismo que ella. Oyó ecos de agua, pequeñas gotas heladas que caían en la oscuridad.

Las galerías comunicaban espacios muy distintos. Yara pasó por cuevas inmensas y por otras más pequeñas. Algunas resplandecían con una luz sobrenatural, de un azul intenso y vibrante; otras estaban completamente a oscuras. En algunas crecían gigantescos helechos blancos, de superficie peluda; otras tenían las paredes cubiertas de setas multicolores, enormes y delicadas.

Oyó cómo se arrastraban, chirriaban, rozaban, crujían, zumbaban y se batían lo que debían de ser las grandes aletas de una raya. Y vio a esos animales prodigiosos, semejantes a peces de las profundidades, avanzar por el aire inmóvil de las galerías en bancos, manadas o bandadas… no había una palabra adecuada para designarlos.

Pero no encontró a ningún habitante del reino. Como si en el mundo subterráneo no viviera nadie.

La antorcha se le estaba apagando, pero, afortunadamente, ahora las galerías estaban iluminadas por unas piedras reflectantes que parecían respirar luz a un ritmo lento y acompasado.

—¿Y ahora qué? —se preguntó ante la enésima bifurcación.

Ambos túneles bajaban. Y ambos parecían cálidos.

La princesa de los Bosques no sabía en cuál entrar.

Se concentró y olió el aire, como solía hacer en el bosque, pero allí no había olores que pudieran guiarla. Optó por cerrar los ojos y dejarse llevar por su instinto.

Tomó la galería de la derecha y esperó haber acertado. Actuó de la misma manera al encontrar la siguiente bifurcación.

Cuando abrió los ojos, vio que estaba atrapada.

Había entrado en una gruta totalmente cubierta de telarañas. Notó las patas de una araña gigantesca recorriéndole la cabeza y... ¡gritó!

Gritó con todas sus fuerzas, dio un salto atrás y echó a correr tan de prisa como pudo para alejarse de la cueva.

—¡No volveré a seguir mi instinto! —gritaba sin detenerse.

Regresó al cruce, tomó el otro camino, cambió de idea, retrocedió, volvió al primer camino y cambió de dirección. No se detuvo hasta asegurarse de que había una enorme distancia entre ella y las telarañas.

Nunca habría pensado que viajar sola por el Reino de la Oscuridad pudiese ser peligroso.

Además, era prácticamente imposible no perderse.

Se sentó en la hierba y pensó qué debía hacer.

¿En la hierba?

¡¿Hierba?!

El lugar donde se encontraba la sorprendió.

¿Cómo podía crecer un prado de hierba oscura allí abajo, sin la luz del sol? Alzó la vista; el techo de piedra estaba lleno de pequeños fragmentos de gemas que resplandecían como un cielo estrellado. Las gemas emitían una luz muy peculiar, intensa y de varios colores, que se difundía uniformemente en torno a ella.

Yara se puso en pie y miró a su alrededor.

—¡Qué maravilla! —exclamó, al ver que estaba rodeada de campos cultivados.

Eso significaba que alguien había estado trabajando en ellos.

Se quedó contemplando aquel espectáculo unos instantes antes de reanudar su camino. Esperaba encontrar a alguien de un momento a otro. Entre los campos había un estrecho sendero y Yara lo tomó sin vacilar. La idea de estar cerca de algo había bastado para darle nuevas energías. Avanzó silbando, hasta que, al final de la gruta, vio lo que esperaba ver desde que había salido de su reino: un macizo e imponente portalón cerrado.

—¡He llegado! —exclamó con satisfacción, convencida de que era la entrada del palacio.

Allí vivía Diamante. Y podría preguntarle dónde estaban las Llamas Fatales...

—¿Por qué las llaman fatales? —se preguntó en voz alta, siguiendo el hilo de sus pensamientos—. Es un nombre un poco macabro para unas llamas...

Echó a correr. De pronto, algo la aferró y la levantó del suelo; en un instante, comenzó a mirar el mundo cabeza abajo, dentro de una red.

—¡Oh, no! —gritó, debatiéndose como un animal en una trampa. Y cuanto más se debatía, más se apretaba la red en torno a ella.

Comprendió que debía calmarse y tratar de razonar. ¿Dónde estaba colgada? ¿Y por qué?

¿Quiénes eran aquellos horribles topos vestidos de guardias que se acercaban con lanzas en la mano?

—¿Qué hacéis? ¡Esto es un error! —protestó la princesa—. ¡Abajo las lanzas!

Los topos se acercaron con expresión hostil.

—¿Me oís? ¡Esto es un error! ¡Bajadme de aquí!

La pincharon con la punta de una lanza.

—¡Ay! —se quejó Yara.

Ellos no dijeron nada.

La princesa decidió cambiar de táctica.

—Hola a todos —dijo con una sonrisa, pero los topos ni se inmutaron—. Me llamo Yara y soy la princesa del Reino de los Bosques. He venido a ver a la princesa Diamante, que es mi hermana.

Al oír esas palabras, los topos deliberaron entre sí emitiendo débiles chillidos. Uno de ellos avanzó hasta Yara y la observó de cerca. Luego la olió y, finalmente, volvió a su sitio.

Después, todos a la vez golpearon el suelo con las largas astas de sus lanzas, la red se abrió y la princesa rodó entre las verduras.

—¡Uf! —protestó—. ¡Hoy debe de ser el día de las caídas!

Los topos la escoltaron hasta la puerta cerrada. Golpearon de nuevo el suelo con las astas de sus lanzas, tres veces en esta ocasión, y la inmensa puerta de piedra se abrió como por arte de magia con un profundo chirrido.

Al otro lado había un túnel grande y luminoso, con una alfombra de paño verde.

Al igual que los túneles anteriores, estaba desierto.

Dos topos se hicieron a un lado y se inclinaron para dejar pasar a la princesa. Otros cuatro la escoltaban.

—Muchas gracias —les dijo Yara a los que se quedaban fuera y siguió a los demás.

Del techo de la galería, más alto que los anteriores, colgaban lámparas circulares de hierro en forma de coronas, en las que ardían muchas velas perfumadas. Yara no reconoció la fragancia, muy dulce, pero le pareció agradable.

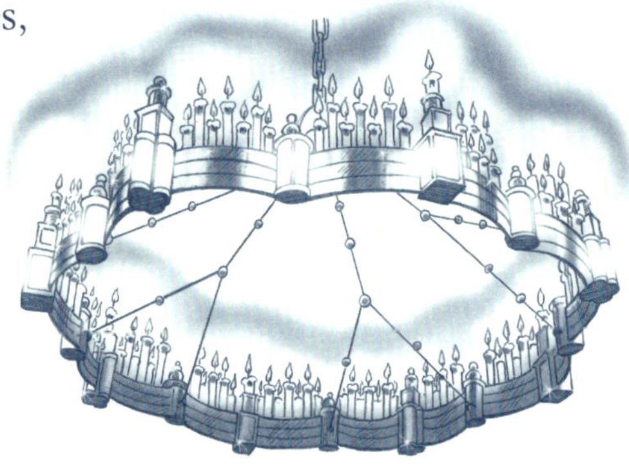

Avanzó hasta una gran escalera circular, junto a la cual vio más puertas, algunas cerradas y otras sólo entornadas. En el centro de la sala, había una gran piedra, similar a un menhir.

Cuando estuvo más cerca, vio que la piedra estaba decorada y parecía antigua.

Reproducía escenas de caza, con animales gigantes, estrellas fugaces y un pueblo que ya no existía.

—¿Quién anda ahí? —preguntó una voz más asustada que amenazadora.

Era una voz femenina.

17

Una nueva amiga

Por una de las puertas entornadas salió una chica que debía de tener más o menos su edad, con una brillante media melena pelirroja y grandes ojos azules. Llevaba un vestido de seda azul, ceñido al talle, con falda larga y decorado con muchas libélulas. Calzaba unas sandalias de cuero y metal atadas a los tobillos. Mantenía los brazos pegados a los costados y permanecía inmóvil, observándola.

—¿Quién sois? ¿Quién os ha dejado entrar? —preguntó, mirando a los topos de la guardia real.

Éstos se retiraron de inmediato, como si acabaran de realizar una entrega.

Yara dio unos pasos adelante y decidió presentarse de manera informal, como lo habría hecho con una amiga:

—Me llamo Yara y soy la hermana de Diamante.

La chica abrió mucho los ojos y estuvo a punto de decir algo, pero no lo hizo.

Aquellos días habían llegado muchos forasteros. Más de los que habían visto en el último año. Y su padre la había puesto en guardia para que no confiara en personas que podían ser peligrosas.

Sin embargo, aquella chica no parecía un peligro.

Llegaron dos mariposas blancas y Yara las miró con asombro. Había oído hablar de ellas, pero nunca había imaginado tal maravilla. A un gesto de la chica, las mariposas volaron hacia Yara y la rodearon con su blanco esplendor. Parecían salidas de un sueño, de una fábula. Extendían y cerraban las alas, batiendo el aire a su alrededor. Se movían con una gracia infinita y aleteos aterciopelados.

—¡Ja, ja! —rió—. ¡Despacio! ¡Me hacéis cosquillas!

La chica las llamó y Yara volvió a concentrarse en lo que estaba ocurriendo. La visión de las mariposas parecía que la hubiese tranquilizado.

—Yo me llamo Zafira y soy la hija de Oropuro, el preceptor de la princesa Diamante. Es un gran honor para mí daros la bienvenida al palacio de Tierranegra, princesa Yara.

La joven pelirroja acompañó sus palabras con una ligera reverencia.

—Gracias, Zafira. ¿Estas magníficas mariposas... son tuyas?

—No. Las Mariposas de Alas Aterciopeladas son las mejores amigas de la princesa. La siguen y protegen de cualquier peligro, pues con sus sensibles antenas lo notan todo. Sólo temen una cosa: el miedo.

—¡Dos mariposas blancas! —rió Yara—. ¿Qué hacen aquí?

—Hay muchas más.

—¿En serio? ¿Cuántas?

—No lo sabemos con exactitud, tal vez mil.

—¿Mil mariposas blancas?

—Tienen una vida muy breve, pero nacen muchas nuevas.

—Mil mariposas… ¿Y tiene Diamante alguna preferida?

—No, eso no sería justo. Para ella son todas iguales y las quiere a todas.

—Así me gusta —respondió Yara y pensó que si en Jangalaliana hubiera vivido más de una *Lalima*, ella tampoco habría tenido preferencias—. ¿Sabes dónde está? Me gustaría… ejem… ¡saludarla!

—Por supuesto —dijo Zafira con infinita amabilidad—. Seguidme.

Se dirigió hacia una de las puertas y la empujó con todas sus fuerzas. Yara vio el gran esfuerzo que estaba haciendo y la ayudó.

—¿Cómo es que tenéis unas puertas tan pesadas? —preguntó.

—Veréis, princesa…

—Llámame Yara. Tenemos casi la misma edad… y no me gustan las tonterías… quiero decir, las formalidades —concluyó con una gran sonrisa.

—Como quieras, Yara. Lo que te decía de las puertas es que en el Reino de la Oscuridad, y también en el palacio de Tierranegra, hay fuertes corrientes de aire y si las puertas fueran más ligeras, golpearían todo el día, con las consecuencias que se pueden imaginar. En cambio, el viento no puede mover las puertas de piedra. Aunque la verdad es que pesan demasiado…

—Ya lo veo.

Al otro lado de la puerta vieron un nuevo túnel. Lo recorrieron y llegaron a una segunda sala, más pequeña, en la que había más puertas.

—¿No te aburre recorrer todos estos pasillos oscuros?

—Muchísimo. A veces me gustaría subir a la superficie sólo para ver los árboles.

—Oh, los árboles también son aburridos. ¡Todos iguales! —bromeó Yara y apoyó una mano en una roca—. Pero al menos están vivos.

—La roca también está viva. Para quien las conoce, cada piedra es distinta de las otras.

Yara asintió. Lo bueno de conocer algo a fondo era detectar las pequeñas diferencias.

—Debe de ser fantástico vivir en un lugar así.

—No tanto como vivir en tu reino. ¡A saber cuántas ramas hay! ¡Y cuántas hojas secas en el suelo!

Por sus palabras, Yara comprendió que Zafira nunca había visto un bosque de verdad.

—No sólo hay ramas y hojas; es un reino muy grande y lleno de sorpresas. Tenemos un bosque enorme, llamado el Bosque Viviente, y también está el Río de las Siete Corrientes, la Laguna Esmeralda…

—¿Una laguna? ¿Me la describes?

—Es una gran extensión de aguas tranquilas, en las que hunden sus raíces un número considerable de manglares.

—¿Son esos árboles de raíces largas y retorcidas, como los dedos de un anciano brujo?

—Exactamente —rió Yara—. ¿Los has visto?

—Los describían en las páginas de un libro.

—¿Un libro?

—Sí. ¿Sabes lo que es?

—Digamos que sí —rió de nuevo Yara—, aunque no me entusiasman.

—Pues yo leo mucho, igual que la princesa Diamante. Aquí los días pasan muy lentos y dedicamos mucho tiempo a nuestras aficiones. Es por la oscuridad, que nos hace confundir el día y la noche.

—¿Y no echas de menos la luz?

—A veces. Pero ésta es mi casa —dijo Zafira con una mirada dulce.

Luego se acercó a una puerta de plata labrada, la abrió ligeramente y miró dentro. A continuación, le indicó a Yara que la siguiera.

—Tu hermana está aquí. Para ella será una gran sorpresa verte. No la sobresaltes demasiado —sugirió Zafira.

Pero Yara ya estaba ideando una broma para sorprender a Diamante.

—No te preocupes, yo sé lo que me hago…

Y abrió la puerta de par en par con un grito.

18

¡Hermanita!

Los demás estaban reunidos en el Salón del Trono, discutiendo sobre lo que debían hacer. Decenas de mariposas blancas se habían posado en las paredes, como si fueran cuadros.

La situación era muy tensa.

Diamante estaba sentada en el trono, con el rostro demacrado por las últimas noticias.

Oropuro, Gunnar y Hortensio estaban sentados frente a ella. El Maestro de las Corrientes permanecía de pie, como siempre, inmóvil como una estatua de piedra.

En ese justo momento hablaba Oropuro, agitando en el aire sus manos pulcras y cuidadas:

—No podemos consultar los libros, pero todos sabemos que el Fuego custodiado en la Cueva nunca ha sido liberado. Aunque conozcamos el procedimiento para hacerlo, ignoramos la reacción del fuego, no sabemos si será fácil controlarlo. —Suspiró profundamente antes de continuar—. Sólo podemos tener esperanza. Puede que llegar hasta el fuego sea aún más difícil que liberarlo. Antes de acceder a la Cueva, hay que realizar tres pruebas y las pruebas son…

—¡Imposible! —saltó Diamante.

—Imposibles no —objetó Oropuro y levantó un dedo índice—, pero sí muy duras…

Entonces advirtió que Diamante se había levantado del trono.

—¿Princesa?

—¡Yara! —exclamó ésta sin vacilar.

—¡Diamante! —gritó la princesa de los Bosques, corriendo a su encuentro.

Oropuro, que se había quedado con el índice levantado y la frase a medias, miraba la escena mudo de asombro.

Las dos chicas se abrazaron primero con la mirada y luego se echaron la una en brazos de la otra. Estallaron en una carcajada sin fin, pura y cristalina, mientras las mariposas daban vueltas como si fueran un tiovivo. Por un instante, desaparecieron todas las incertidumbres y preocupaciones.

—¿Cómo has llegado hasta aquí? —le preguntó al fin Diamante, deshaciendo el abrazo.

—De la única forma posible, hermanita: a través del Foso Turbulento.

—O sea, que has venido desde Arcándida. Gunnar, ¿la has oído?

El príncipe se levantó.

—Tú debes de ser Gunnar —adivinó Yara.

—Sí, soy yo. Encantado de conocerte, princesa Yara. He oído hablar muy bien de ti.

—Me lo imagino… — respondió ella, cohibida y risueña.

Diamante sonrió. Su hermanita era tal como la recordaba: una chica traviesa. Eso la reconfortaba mucho, porque significaba que ciertas cosas no cambian.

Y que las cosas bonitas podían recuperar su lugar.

—¿Qué nos cuentas de la corte de Arcándida? —preguntó Gunnar, temiendo la respuesta.

—Pues… el bloque de hielo donde está encerrada la corte continúa oscureciéndose rápidamente. Creo que no nos queda mucho tiempo. Kalea y Samah siguen allí, junto a Haldorr y Purotu, pero no pueden hacer nada.

—¿Quién es Purotu? —quiso saber Diamante.

—Es el hermano de Kalea.

—¡¿Tenemos un hermano?!

—Uf —resopló Yara—, sería muy largo contarte la historia entera… Y creo que he interrumpido una reunión importante.

—Hay tantas cosas que no sabemos la una de la otra… —comentó Diamante.

—Esto hace que todo sea más emocionante, ¿no crees? A ver, ¿de qué estabais hablando?

—Del Fuego.

—Entonces llego en el momento oportuno. Haldorr ha consultado uno de los libros antiguos sobre los reinos y ha descubierto que el Fuego Fatal es la única esperanza de salvar a Nives.

—Lo que yo creía… —murmuró Gunnar.

Diamante, que no parecía seguir la conversación, le preguntó a Yara:

—¿A ti también te ha robado la estrofa?

—¿Lo de «también» significa que la tuya ha desaparecido?

Diamante asintió.

—Mal asunto —dijo Yara.

—¿Lo viste?

—Sí, pero sin saberlo. Se camufló bajo el aspecto de un anciano sabio y actuó a sus anchas.

—Quien desconfía de la sabiduría, desconfía de todo —sentenció el Maestro de las Corrientes Oscuras.

—¿Qué dice? —preguntó Yara.

—Dice que no fue él —tradujo Diamante.

—¿Y siempre habla así? —cuchicheó su hermana.

—¿Cómo podemos detener a un hombre tan malvado? —preguntó Oropuro, que, por su naturaleza, era incapaz de concebir la existencia de tanta maldad.

—Como a cualquier otro hombre —respondió con seguridad Gunnar—: Con la espada.

—¡Así se habla! —exclamó Yara—. ¡Y con mis flechas!

—¡Y con mi azada! —añadió Hortensio, dejándose llevar por el entusiasmo.

—El hierro no se forjó para hacer cuchillos, sino arados —sentenció el Maestro—. Y la magia es para guiar los sueños, no las pesadillas.

—¿Qué... quiere... decir? —preguntó Yara con un susurro.

—Que nuestro padre no habría prohibido la magia si todo el mundo la hubiera utilizado para buenos fines.

Tomaron asiento. Todos excepto el Maestro, quien concluyó:

—El Fuego espera que se haga justicia. Sólo los falsos vacilan ante su llamada.

Las palabras del Maestro estaban claras. A continuación, por la puerta entreabierta, se filtró una ráfaga de aire abrasador, como aliento de dragón, y las mariposas temblaron de miedo.

—Las Llamas Fatales nos llaman —susurró Diamante.

Y empezaron a hablar de cómo podían alcanzarlas.

SEGUNDA PARTE

19

El plan

Oropuro desenrolló un mapa grande y complicado, que probablemente sólo él sabía leer. Mientras señalaba distintos puntos con el dedo, explicó:

—Para liberar el Fuego Fatal, hay que superar tres pruebas, cada vez más difíciles. Aquí. Aquí. Y, supuestamente —añadió, llevando el dedo a la otra punta del mapa—, aquí. Pero como nadie ha pasado de las dos primeras, esta última información no es segura.

—¿En qué consisten las pruebas? —inquirió Yara.

—La primera en responder a una pregunta grabada en la Primera Puerta; se la llama así porque fue la primera que se construyó en el reino.

—¿Adónde conduce?

—A ninguna parte, Yara.

—¿Cómo?

—Su función no es conducir a un lugar. Si pudieras abrirla, lo único que encontrarías sería una pared. Solamente existe porque lleva grabada la pregunta. La princesa sabe de qué hablo.

Diamante asintió, poco convencida.

—Si conocéis la respuesta a la pregunta, debéis escribirla en el suelo con un palo de madera. Si la respuesta es correcta, accederéis a una trampilla por la que pasaréis a un nivel inferior, el nivel cero.

—Cero significa que debajo de ese nivel…

—Termina el reino. Más abajo sólo hay lava.

—¡Increíble! Sería fantástico ir hasta allí y encender una de mis flechas incendiarias —exclamó Yara, gran amante de la aventura.

—Nadie lo ha hecho nunca y supongo que habrá algún motivo para ello —continuó el preceptor—. Como os decía, se abrirá una trampilla por la que llegaréis a una sala con seis puertas. Sólo una puerta es la correcta.

—¿Y cómo la podremos identificar? —preguntó Gunnar.

—Lo ignoro —contestó Oropuro.

—¡Las mariposas! —dijo la princesa—. Dos de ellas nos acompañarán en este viaje y, gracias a su sensibilidad, me ayudarán a decidir.

—¿Cómo lo harán?

—Aún no lo sé. Tocaré una puerta y si una de las mariposas se posa en mi hombro… indicándome que no hay peligro… la abriré.

—¿Las mariposas nunca se equivocan? —quiso saber la princesa de los Bosques.

—Por regla general, son unas consejeras excelentes. Pero, como sabéis, nadie ha superado las tres pruebas…

—¿Y qué hay detrás de la puerta correcta?

Oropuro, totalmente concentrado en sus cavilaciones, se sobresaltó.

—Oh… hum… un pasillo, creo.

—¿Qué?

—Un largo pasillo. Al llegar al final, está la puerta de la Cueva del Fuego Fatal.

—¿Cuánto tardaremos en recorrer el pasillo?

—¡Yara!

—Está bien, no haré más preguntas, después de ésta —dijo la princesa y, por un instante, se tapó la boca con la mano—: ¿Cuál es la tercera prueba?

—Pues… la verdad es que no estoy muy seguro, pero según creo un animal monstruoso protege la entrada de la Cueva. Un Mildientes, también llamado Milcolmillos, más o menos así…

Sacó otro libro grande, una especie de compendio de los animales legendarios del Reino de la Oscuridad, y buscó una página.

Les mostró a todos el dibujo a tinta china de un enorme milpiés con una boca llena de dientes largos y afilados.

—¡Qué horror! —exclamó Yara sin poder contenerse—. ¡Brrr!

—¿Qué tamaño tiene? —preguntó Hortensio.

—Mira, esto es un hombre —dijo Oropuro, señalando una mancha diminuta situada junto a la criatura.

—Creo que no tenemos ninguna posibilidad de derrotarlo —dijo Gunnar, dejándose caer sobre el banco.

—Ninguna —corroboró Oropuro.

—Y entonces ¿qué hacemos? —preguntó Yara.

—Sólo hay una forma de entrar —respondió Diamante, recordando de repente algo que le había enseñado su padre.

—¿Cuál?

—Convencerlo para que nos deje pasar.

—¡Oh, hermana, qué gran estrategia!

Diamante le lanzó a Yara una mirada cómplice, esperando algo que no llegó.

—¿Por qué me miras así? —preguntó la princesa de los Bosques, sin comprender nada.

—¿No te acuerdas?

—¿De qué? —replicó Yara.

Entonces, Diamante empezó a canturrear la misma melodía que Gunnar la había oído entonar mientras tallaba las gemas. Era una canción dulce, como una nana.

—Mildientes... Mildientes... ¿qué muerde el Mildientes? —cantaba Diamante con voz melodiosa.

De pronto, Yara abrió mucho los ojos. Lentamente, comenzó a recordar.

—¡La canción de papá!

—Mildientes, Mildientes...

—Yo era muy pequeña, Diamante, pero... sí... la recuerdo...

—¡Qué momento tan fantástico! ¿Qué recuerdas? —preguntó Hortensio.

—Había sal... sal... y...

De repente, la princesa de los Bosques se acordó y se le iluminaron los ojos.

—Tenemos que buscar un tubérculo chufero, que solamente crece en el Reino de la Oscuridad... ¡al monstruo le encanta!

—¡Muy bien, Yara! —aplaudió Diamante—. Tú te encargarás de ir a recogerlo.

—¿Yo? ¿Quieres decir que ese tubérculo existe de verdad?

—Desde luego que sí —contestó Hortensio—, aunque ése es sólo su nombre coloquial. En realidad...

—Se encuentra en las Minas de Sal —explicó Diamante—. ¿No es cierto, Maestro? ¿Oropuro?

Los dos sabios asintieron.

—¿Y quieres que vaya yo? ¿Estás segura?

—Sí. Zafira te acompañará.

La chica sonrió e hizo una leve reverencia. Diamante sintió algo parecido a la envidia; desde que conocía a Zafira, nunca la había visto contrariada, ni una sola vez.

—También podría ir yo —se ofreció Hortensio, que ya se sentía parte de la expedición. Además, Yara le había caído simpática desde el primer momento.

—No sé, Hortensio —dudó Diamante—. Tal vez nos resultes más útil aquí.

—Yo creo que debe venir —opinó Zafira—. Hortensio es fuerte y valiente. Nos protegerá.

—Yo me protejo muy bien sola —dijo Yara, pero al ver la mirada suplicante de Hortensio, se arrepintió de sus palabras y añadió—: Aunque… con un lugareño… me sentiría mucho más tranquila.

—Está bien —suspiró Diamante—. Tú también irás, Hortensio. Pero no os metáis en líos y volved pronto, ¿entendido?

—¡Perfecto! —exclamó el chico—. ¿Cuándo salimos?

—¡Un momento! ¡Un momento! —pidió Oropuro—. Como todos sabéis, las Minas de Sal son muy grandes.

—¿Y cómo vamos a encontrar el tubérculo chufero? —preguntó Hortensio—. ¿Hay carteles que lo anuncian?

—Como es una planta muy valiosa, sabemos dónde crece —explicó la princesa—. No conozco el punto exacto, pero seguro que Oropuro sí lo sabe.

El preceptor se agachó para coger otro mapa grande, protegido con una funda de cuero. Cuando se levantó, reconoció con cierto rubor:

—No, yo no lo sé, pero el Maestro sí.

Todos miraron al sabio. Después de las sentencias retóricas que había lanzado anteriormente, ahora guardaba silencio. Un silencio que nadie se atrevió a interrumpir.

Tras unos minutos, dijo:

—La solución no está al final ni al principio, sino en el medio, debajo de la montaña blanca que crece todos los días.

—¿Lo has entendido? —le preguntó Yara a su querida hermana.

—Puede que sí.

—¡De prisa, Oropuro, abre el mapa de las minas!

El hombre mostró la funda de cuero que había cogido antes.

—Creo que necesito una mesa.

Diamante y Gunnar lo ayudaron a colocar el mapa sobre la mesa. Constaba de varias hojas colocadas unas sobre otras y sujetas en el centro, como confetis gigantes clavados en un solo palo. Cada hoja reproducía una extensa red de galerías.

—¿Tendremos que orientarnos ahí dentro? —preguntó Yara, con los ojos como platos a causa del estupor.

—Una vez se comprende el mecanismo, no es difícil —respondió Oropuro y luego se dirigió a su hija—: Zafira, acércate a ver el mapa. Y tú también, Hortensio.

—¡Genial! —exclamó el chico, pero luego, al ver tantas hojas, dio un paso atrás—. ¡Oh, no! Eso no es para mí. Yo de eso no entiendo nada.

Los demás inclinaron la cabeza en dirección al mapa.

—Las minas se construyeron en sentido concéntrico —explicó Oropuro—. Por eso, una vez cruzado el umbral, para llegar al centro sólo tenéis que girar siempre en la misma dirección: a la derecha si os mantenéis a la izquierda, o bien a la izquierda si os mantenéis a la derecha. ¿Lo entendéis?

—Más o menos…

—Yo sí lo entiendo —afirmó Zafira.

Y, con un par de ejemplos, demostró que realmente había comprendido cómo debían usar el mapa concéntrico.

—¿Nos vamos ya? —preguntó Yara haciendo una mueca.

—Espera, no tengas prisa —respondió Diamante.

—Continúa, Oropuro.

—Cuando lleguéis al centro, encontraréis la Montaña Blanca, la montaña de sal de la que hablaba el Maestro. El tubérculo chufero crece exactamente debajo de la montaña, de modo que tendréis que cavar.

—¿Qué clase de tubérculo puede crecer debajo de la sal? —preguntó Gunnar.

—Para nosotros, ese tubérculo no es comestible, pero es un auténtico manjar para Mildientes.

—Supongo que tendremos que cavar bastante —comentó Yara.

—Y no será fácil —añadió Hortensio.

La princesa Diamante se alejó unos instantes y luego volvió con una especie de cetro largo.

—La sal cristalizada es muy dura —dijo.

—¿Lo has entendido bien, Hortensio? —intervino Oropuro.

—Sí, no hay problema.

—No si lleváis esto… —la princesa le entregó el cetro a Yara; luego se quitó la cadena de oro con su enorme diamante y lo engarzó en el cetro. Éste se convirtió en una afilada lanza.

—¿No se romperá? —preguntó Yara, poco experta en gemas.

—Tranquila, con esta piedra puedes cortar lo que quieras. La sal se partirá como mantequilla.

Yara cogió aquel valioso instrumento para guardarlo en el carcaj. El gesto le recordó el día en que Vannak le había regalado aquel carcaj que siempre llevaba consigo desde entonces. Yara pensó en el joven; se sentía muy unida a él y lo echaba de menos. No le gustaba ponerse romántica y sentimental, pero descubrió que sentía nostalgia de él y de su reino.

—Un último consejo —dijo Oropuro tras consultar de nuevo su bestiario de animales fantásticos—. Debéis extraer el tubérculo con mucho cuidado. Si rompéis la corteza, Mildientes no se lo comerá.

—¡Oh, qué delicado es! —exclamó Yara.

—Si se rompe, cogeremos otro.

—No, no podréis, porque crecen de uno en uno y… ¡tardan al menos veinte años en hacerlo!

—Está bien, tendremos mucho cuidado —aseguró Zafira.

—Perfecto. Entonces, marchaos.

—Y mientras, ¿vosotros qué haréis? —les preguntó Yara a Gunnar y a su hermana.

Pero salió de la sala antes de poder oír la respuesta.

20

Las Minas de Sal

Los tres miembros de la expedición andaban muy juntos.

Zafira y Hortensio se orientaban perfectamente por el laberinto de túneles, como hormigas en su hormiguero.

—Qué lugar tan raro —comentó Yara.

—¿Por qué? —preguntó Hortensio.

—Bueno, porque, aparte de las cavernas que cruzamos de vez en cuando, parece todo igual.

—¡Todo igual! ¡Por mil tubérculos con protuberancias! No es así, en absoluto, princesa. ¿A que no, Zafira?

—Llámame Yara, será más fácil.

Hortensio asintió contento.

—Lo que Hortensio quiere decir —explicó Zafira— es que aquí todo está vivo, aunque de una forma distinta a la que tú estás acostumbrada. La vida está oculta, habita en la oscuridad y le gusta el silencio del reino. Por eso todo te parece inmóvil. En estas rocas viven insectos, pequeños animales, grandes criaturas nocturnas y, claro está, el Pueblo de la Oscuridad.

—¿Dónde está vuestra aldea?

—Castillo Granito está encima de Tierranegra, en una zona muy tranquila. Nosotros somos personas esquivas. Aparte de mí y otros pocos, nadie frecuenta el palacio.

—¿Y qué hacéis durante el día? Día… bueno, me refiero a cuando no estáis durmiendo.

—Nosotros dos trabajamos para la princesa.

—¿Y los demás?

—Muchos trabajan en las minas. Tardan un buen rato sólo en llegar hasta allí. Salen por la mañana y vuelven a casa por la noche. Ya sé que, aquí, mañana y noche carecen de significado real para ti. Pero nosotros dividimos el día exactamente igual que en los otros reinos, con horas de trabajo y horas de descanso. Sólo que nosotros no tenemos la luz del sol para guiarnos.

—¿Y cómo medís el tiempo?

—Utilizamos relojes de sal.

—Nunca los he visto.

—Todos llevamos uno —dijo Zafira y sacó el suyo de un bolsillo del vestido—. Cuando la sal de una parte del reloj cae por completo en la otra parte, significa que han pasado doce horas.

—La mitad de un día.

—Exactamente.

Y así, charlando animadamente, los tres llegaron a la entrada de las minas, frente a una puerta de piedra.

Cuando Hortensio y Zafira la abrieron, Yara no podía creer lo que veían sus ojos: delante de ella había la mayor extensión de galerías blancas que había contemplado en toda su vida. En ese momento, si alguien le hubiera dicho que se encontraba en el Reino de los Hielos, se lo habría creído. La sal era brillante y blanca.

—Yo sugeriría que fuésemos por la derecha —dijo Yara.

—Está bien —contestó Zafira—. Según nos ha dicho Diamante, no hay ninguna diferencia.

—Ya, pero siempre es mejor asegurarse.

Tardaron unos minutos en desplegar en el suelo el mapa concéntrico. Lo consultaron y, cuando Zafira confirmó que iban por el camino correcto, prosiguieron la marcha.

Hortensio no puso ninguna objeción. Así, guiados por la hija de Oropuro, tomaron el corredor de la derecha y torcieron a la izquierda en cuanto les fue posible. Cada trecho de corredor estaba cerrado con una pesada puerta de madera.

—Estas puertas son de madera —observó Yara.

—¿Y?

—Explícaselo tú, Hortensio.

—Será un placer. Bueno, la verdad es que… en este caso, si fuesen de piedra, la sal podría incrustarse en ellas y eso, con el tiempo, impediría que pudieran abrirse. En cambio, con la madera no hay peligro.

—Muy ingenioso.

Yara seguía mirando a su alrededor. Aquel reino no dejaba de sorprenderla, con sus rincones misteriosos y fascinantes. Dentro de la mina, el aire era denso, casi sofocante.

Cada vez que abrían una puerta y pasaban de un tramo a otro de la galería, sentían una corriente de aire frío.

Más de una vez, Yara se estremeció.

—Son corrientes que vienen de la superficie —le explicó Zafira—. Se filtran por las grietas que hay entre las rocas que rodean la mina.

La última puerta que abrieron era idéntica a todas las demás que habían atravesado hasta entonces. Sin embargo, al cruzar el umbral, contemplaron un espectáculo increíble: una sala enorme, con miles de estalactitas y estalagmitas de sal colgando del techo y elevándose desde el suelo. Parecían muchos palacios esculpidos en piedra.

En el centro se hallaba la estalagmita más grande.

—Debe de ser la montaña de la que hablaba el Maestro —intuyó la princesa.

—Exacto —confirmó Zafira.

—Tenemos que cavar ahí debajo, ¿no?

Yara extrajo de su carcaj el cetro con el diamante y se acercó a la montaña. Cuando la tocó, notó una extraña sensación en los dedos, como si estuviese cubierta de polvo. La sal se le quedó pegada a las yemas. Se las frotó entre sí y luego las miró. Estaban llenas de minúsculos cristales transparentes.

—¡Qué bonito! —dijo en voz alta.

Le tendió el cetro con el diamante a Hortensio, que empezó a trabajar.

21

El tubérculo chufero

Según el reloj de sal de Zafira, Hortensio llevaba casi una hora cavando, pero sólo había conseguido hacer un pequeño agujero en la montaña.

—Así no acabaremos nunca —comentó el chico, secándose el sudor de la frente.

—Deja que siga yo un rato —se ofreció Zafira.

Él le tendió el diamante sin decir nada. Parecía muy cansado.

Zafira extrajo el diamante del cetro y lo empuñó como si fuera una pluma en vez de un cincel. Entonces empezó a hundirlo alrededor del hoyo que había cavado Hortensio. Mantenía la piedra con una inclinación constante, sin alejarla de la superficie. Trazó así un círculo. Luego clavó el diamante en el centro del mismo y tiró. La porción de sal que Zafira había pinchado se separó de la montaña como un trozo de pastel, ante la mirada estupefacta de los otros dos.

—¿Cómo lo has hecho? —le preguntó Hortensio.

—Estoy acostumbrada a extraer piedras de la roca. Llevo años haciéndolo.

—¡Haberlo dicho antes!

—Tenías tantas ganas de intentarlo…

—Has sido muy amable —intervino Yara—, pero Hortensio tiene razón: nos habríamos ahorrado tiempo y esfuerzo.

—Pero ahora ya sabéis cómo se hace —respondió la chica con una sonrisa.

Y prosiguió su tarea con seguridad y precisión. Marcó, giró, clavó, extrajo. Y así sucesivamente, hasta formar un gran agujero al pie de la enorme montaña de sal.

—¿Queréis intentarlo?

—¡No, no! ¡Sigue tú!

En seguida empezaron a ver una superficie convexa tapada por la sal; parecía la concha de un caracol gigante, o una patata de piedra.

—¡El tubérculo chufero! ¡Lo he encontrado! —exclamó Zafira.

—¡Qué grande es! —comentó Yara—. ¡Y es verde!

—Es verdad —respondió Zafira, boquiabierta.

—¿Qué tiene de raro? —preguntó Hortensio, que entendía mucho de tubérculos.

—Hum… en mi reino, los tubérculos son de color marrón claro, o rojizos, pero no verdes. Y nunca he visto ninguno tan grande.

—Existen muchas variedades de *tuberosum* —explicó el chico, muy profesional—. Pero ésta es rarísima; es normal que nunca hayas visto algo parecido.

Entre tanto, Zafira seguía cavando alrededor del vegetal con mucho cuidado de no rozarlo con la punta del diamante.

Cuando el tubérculo fue del todo visible, le devolvió la piedra a Yara.

—Ahora ya no lo necesitamos.

—¡Por todos los huertos! —murmuró Hortensio—. ¡Qué barbaridad! Esto es el sueño de cualquier cultivador del subsuelo.

—¿Y cómo vamos a sacarlo de ahí? —preguntó la princesa mirando el enorme tubérculo verde.

A juzgar por la parte visible, debía de ser tan grande como cinco cocos, aunque tenía un aspecto mucho más blando, con lo cual iba a resultar bastante difícil cogerlo.

Yara se inclinó para rozarlo con la mano, pero Zafira se lo impidió.

—¡Espera! No podemos tocarlo. Si Mildientes percibe tu olor, lo rechazará.

—¿Y qué vamos a hacer?

—Levantarlo haciendo palanca desde abajo con dos trozos de sal —propuso Hortensio—. Y después lo deslizamos despacio en este saco —añadió, sacando un saco enorme de cáñamo de su alforja y empezó a llenarlo de sal, como si estuviera preparando un nido.

—Luego transportaremos el saco en mi cesta.

Los secretos
de Diamante

Éste es mi trono.
Es bonito, ¿verdad?
Luciérnagas en
globos de cristal

Oculto en las profundidades de la tierra, existe el maravilloso Reino de la Oscuridad. ¡Yo vivo aquí!

He aquí un dibujo del Salón del Trono. Es un lugar que parece mágico. Las piedras preciosas que lo decoran, a la luz de las velas, brillan como polvo de estrellas.

Oropuro es mi
preceptor...
Es un poco peculiar,
pero lo quiero mucho.

Ésta es su hija Zafira. Le encanta leer, igual que a mí.

Para guardar todos
mis vestidos necesito
una habitación entera.
Por suerte, en Tierranegr
hay mucho espacio.

Éste es Rubin Blue. Guardo su retrato junto a los objetos más valiosos.

Zafira toca muy
bien el piano.
Cuando echo
de menos a mis
hermanas, me siento
cerca de ella
y la escucho...
Es lo único que
me devuelve
el buen humor.

Tallar gemas es mi gran pasión. Ver cómo se transforman de frías piedras en piedras preciosas es algo maravilloso y me ayuda a recordar que, a veces, las cosas no son lo que parecen.

Los topos de la guardia
real transportan
los cristales de sal:
una tarea delicadísim

Las Minas de Sal, llenas de galerías blancas y relucientes, se encuentran cerca de Tierrranegra.

La sal es un recurso muy importante para el Reino de la Oscuridad, ya que tiene muchísimas propiedades y se utiliza para comerciar con los otros reinos.

Los fénecs utilizan los cristales de sal para preparar conservas muy ricas. Mi preferida son los limones a la sal, que mantienen su aroma de fruta recién cogida durante mucho tiempo.

Jabón al aceite
de coco del Reino
del Desierto

Los Pozos de Colores son un lugar cargado de magia. El agua corre de un manantial a otro, creando sugestivos juegos de luz. Los habitantes del reino van a los pozos a descansar y aprovechar las propiedades beneficiosas de sus aguas.

Cuando salgo del agua fría, me gusta envolverme en toallas de lino perfumadas.

SOPA DE VERDURAS

(Para 4 personas)

200 g de alubias frescas desgranadas, 300 g de tomate, 1 zanahoria, 150 g de judías verdes, 1 calabacín, 2 patatas, 1 cebolla, 1 hoja de laurel, sal del Reino de la Oscuridad.

Echar en una olla 2 litros de agua, añadir las verduras cortadas a dados y el laurel. Dejar hervir a fuego lento 1 hora. Al final de la cocción, añadir un poco de sal. Servir templado y.

¡Que aprovech

Los fénecs son los cocineros de la corte.
Verduras recién cogidas por Hortensio, el ven horticultor del Reino de a Oscuridad.

IIII

—¿Estás seguro? —preguntó Yara.

—Bueno, creo que sí.

—¿Lo crees? —la princesa de los Bosques miró a Zafira, que guardaba silencio. Siempre se callaba cuando no estaba segura de algo.

—¡Hagámoslo así! —exclamó Hortensio—. ¡Soy un experto en tubérculos!

—¿Y si se rompe?

—La leyenda de Mildientes y su pasión por la patata de sal es muy conocida entre nosotros, pero ignoramos los detalles. Hasta ahora, nadie ha necesitado saber más sobre el tema.

—Está bien —asintió Yara—. Hagamos como dice Hortensio.

Con la ayuda de las dos chicas, el voluntarioso habitante de la ciudad de la oscuridad cogió dos trozos largos de sal y, con sumo cuidado, empezó a hacer palanca bajo el tubérculo chufero. Éste empezó a moverse, revelando su forma irregular, llena de protuberancias.

—Despacio…

—Así…

—Deslízalo…

Hortensio movía despacio los trozos de sal, con la mirada fija en el tubérculo.

Yara y Zafira también estaban muy atentas al más mínimo movimiento.

—Ya casi he terminado —dijo Hortensio, conteniendo el aliento.

Seis ojos observaron cómo el tubérculo se separaba de la tierra y se deslizaba lentamente hasta el saco que el chico había preparado.

—Casi…

—¡Falta poco!

—Ánimo, Hortensio, un último golp…

¡Plof!

El tubérculo entró por completo en el saco, que Hortensio cerró con un lazo.

—¡Lo conseguimos!

Zafira se sentó en el suelo y empezó a respirar profundamente. Bajo el flequillo liso le caían pequeñas gotas de sudor, que se limpió con el dorso de la mano. Tenía los dedos llenos de granos de sal.

—¡Buen trabajo! —dijo Yara, revolviéndole el pelo.

Hortensio se cargó el tubérculo chufero a la espalda y propuso volver a palacio.

El pequeño grupo emprendió el camino de regreso. Volvieron sobre sus pasos y cruzaron las minas, galería por galería, hasta la salida.

Cuando la puerta de piedra de las Minas de Sal se cerró tras ellos, Hortensio, Yara y Zafira estaban agotados, pero muy satisfechos. Empezaron a contarse sus vidas y descubrieron que tenían mucho en común. Al fin y al cabo, los tres eran muy jóvenes.

—¿Qué va a hacer Diamante para controlar el Fuego Fatal? —preguntó Yara, en un momento determinado.

—Eso nadie lo sabe —respondió Zafira.

—Es un secreto —opinó Hortensio—, pero seguro que lo consigue. Es nuestra princesa y siempre sabe qué hacer. Como tú con tu pueblo.

Yara pensó en su tierra, en las tribus que vivían en ella, en los conflictos de los últimos años, que en parte había logrado resolver.

—A veces, ser princesa no es tan fácil como parece —dijo, más para sí misma que para los demás.

—En el fondo, lo que todos deseamos es vivir en paz —se limitó a responderle Zafira.

22
¡Que empiece la aventura!

Diamante, Gunnar, Oropuro y el Maestro de las Corrientes Oscuras aún estaban en el Salón del Trono. Sus rostros carecían de expresión; como si fueran estatuas. Esperaban noticias que no llegaban. Rubin Blue había abandonado el reino. Helgi había desaparecido. Y no había ni rastro de Calengol. El Reino de la Oscuridad, lleno de rincones y tinieblas, era el lugar perfecto para esconderse.

Pero cuando vieron regresar a los chicos, se animaron al instante y recobraron las esperanzas.

—¡Lo hemos conseguido! —exclamó Yara, contenta.

Hortensio dejó el saco de cáñamo en el suelo, con mucho cuidado.

—Está aquí dentro, protegido —dijo.

Lo primero que hizo Diamante fue coger la piedra preciosa que su hermana llevaba en la mano. Se la colgó otra vez del cuello y pareció que su rostro y sus ojos recobraban luminosidad.

—Habéis tenido mucho cuidado al extraerlo, ¿no es así? —quiso saber.

—Por supuesto, hermana. Zafira se ha ocupado de todo. Deberías haber visto con qué habilidad ha cavado alrededor del tubérculo y…

—Ya me lo imagino —la interrumpió Diamante, que parecía absorta en sus pensamientos—. Muy bien, mejor así. Y ahora, sigamos adelante.

Gunnar se puso en pie y dejó los mapas que estaba consultando.

—Lo primero que haremos —anunció la princesa de la Oscuridad— es decidir quién me acompañará.

—¿Por qué? —inquirió Yara, preocupada—. ¿No vamos a ir todos?

—No —respondió Diamante—. No podemos ir todos, porque iríamos muy lentos. Los pasadizos son estrechos y los espacios pequeños, o sea que si somos pocos nos moveremos con más facilidad.

—¿Y qué propones? —preguntó Gunnar.

—Yo elegiré a mis acompañantes. Los demás se quedarán aquí, en Tierranegra, y seguirán buscando la estrofa desaparecida, a Rubin Blue y a Helgi.

La princesa miró a sus consejeros y a Gunnar. Nadie se atrevió a rebatir su decisión.

—Vendréis conmigo… Gunnar y tú, Yara.

—Fantástico —dijo la joven princesa, encantada.

En cambio, Hortensio miraba al suelo con aire bastante afligido.

—Y tú también, Hortensio.

—¿Lo dices en serio? —al chico se le iluminó la cara de golpe—. ¿Yo?

—Creo que tu presencia puede ser muy útil.

—¡Fantástico! Me parece fantástico. Dadme sólo un momento para cambiarme de ropa y…

—No vas a cambiarte de ropa, Hortensio. Nos vamos ahora mismo.

—Claro, por supuesto —respondió el chico y se cargó el tubérculo al hombro—. ¡No hay tiempo que perder!

—Princesa, si me permitís…

—Maestro, vos os quedaréis aquí, por si hay algún problema y necesitan vuestra ayuda. Ya sabéis a qué me refiero: sois el único que aún sabe mover las Corrientes Oscuras. Si las llamas amenazan Tierranegra, vos podréis detenerlas con el agua.

El sabio asintió.

—¿Mi hija y yo también nos quedamos aquí? —preguntó Oropuro, como si le diera igual irse o quedarse.

—Sí, os quedáis —asintió Diamante—. Pero tened cuidado, por favor. Y, Oropuro y Zafira, os pido que hagáis dos cosas: avisad al Pueblo de la Oscuridad de que hoy no salgan de sus casas. Cuando el Fuego esté libre y en movimiento, puede ser muy peligroso tropezarse con sus lenguas ardientes.

—Así lo haremos —respondió Oropuro.

—¿Y la segunda cosa? —preguntó Zafira.

—Cuando estemos preparados, os enviaré una mariposa. Ésa será la señal de que el Fuego va de camino hacia la salida del reino. Aseguraos de que los túneles estén libres y de que todas las puertas de Tierranegra permanezcan cerradas.

Zafira asintió.

Diamante acarició el dorso aterciopelado de uno de sus insectos blancos.

—Enviaré una segunda mariposa al Reino de los Hielos. Les llevará un mensaje a Kalea y Samah. Ellas también deben estar preparadas.

—Quizá sea una pregunta tonta —intervino Yara—, pero ¿no existe el riesgo de que el Fuego derrita todo el hielo de Arcándida?

—No lo creo —respondió Gunnar—. Vuestro padre mandó construir el palacio con un hielo especial.

Aunque trataba de aparentar seguridad, la voz del príncipe tembló.

Finalmente, Diamante se despidió del Maestro de las Corrientes Oscuras y se dirigió hacia la salida de la sala.

De pronto, se detuvo, se volvió hacia el preceptor y su hija y dijo:

—Si vuelve Helgi, o si tenéis noticias de la estrofa, enviad una mariposa para avisarme.

—Así lo haremos, princesa —respondió el hombre.

—Como deseéis —dijo su hija e hizo una reverencia.

La expedición estaba lista para partir.

La princesa Diamante caminaba con dos de sus inseparables mariposas. Detrás de ella, sus compañeros de aventura: Gunnar, con expresión preocupada; Yara, con mirada vivaz y las flechas preparadas y, Hortensio, con una gran sonrisa en la cara, saludando a todos los que se encontraban por el camino. Habitantes del reino, fénecs, topos de la guardia real... Parecía querer decirles: miradme, soy un héroe y voy en busca de aventuras.

El chico se separó de sus compañeros de viaje unos minutos, desapareció en un túnel y volvió a salir poco después, sin aliento. Preguntó si se había perdido algo y luego, un poco más tranquilo, se sujetó bien al hombro la cesta con el tubérculo chufero.

La princesa Diamante dio tres palmadas y la puerta del palacio se abrió.

Estaba decorada con relieves que representaban fantásticas escenas del mundo de la superficie; era como un libro de piedra que recordaba lo que había más arriba.

—¿No tenéis hambre? —preguntó Yara, mientras pasaban bajo el arquitrabe de la puerta.

—¿Veis como he hecho bien? —intervino Hortensio y le tendió un pañuelo en el que había envuelto cinco raviolis rellenos de verdura guisada. Desprendían un delicioso aroma a especias.

—¡Hortensio! ¡Eres un mago! ¿Cuándo los has cogido?

—Hace poco —respondió él, contento de sentirse útil—. He ido corriendo a la cocina y me los he llevado. Vamos, cogedlos, aún están calientes.

Y así, comiéndose los raviolis, el inicio del viaje les resultó menos oprimente.

Pero cuando la enorme puerta de piedra se cerró tras ellos, se quedaron callados, porque, a partir de ese momento, ya no podían volver atrás.

23

La confesión de Diamante

Anduvieron un buen rato en fila india, recorriendo galerías y cavernas que descendían cada vez más, y más abajo. El paisaje que cruzaron estaba formado por lagos helados, manantiales del color del metal, pasarelas suspendidas sobre profundos abismos, catedrales de granito y caliza, bosques repletos de helechos, alfombras de nidos de araña donde había que moverse en silencio absoluto y grutas fluorescentes con medusas subterráneas que volaban por los aires.

Las dos mariposas seguían a la princesa Diamante, que parecía muy preocupada. Según avanzaban, sentían el aire más pesado y el calor más sofocante. Cada vez había menos luces y eran más débiles, hasta que los cuatro empezaron a vagar en una penumbra sólo interrumpida de vez en cuando por alguna antorcha.

Diamante caminaba de prisa y en silencio.

—Por aquí no se ve a nadie —comentó Yara, mirando a su alrededor por la galería desierta.

Gunnar y Hortensio iban unos pasos por detrás.

—La población del reino se concentra en los niveles más altos —explicó Diamante—. Conforme bajamos, la temperatura sube y es difícil vivir aquí.

—Ya lo noto. ¡Qué calor hace!

—Pues preparémonos, porque cada vez hará más.

—¿Estás preocupada, Diamante?

Su hermana no contestó, pero era evidente que había algo en su interior que le pesaba.

Hortensio cerraba la fila y caminaba tranquilo, pensando en las tres pruebas. Nunca había imaginado que fuera a hacer algo tan importante y aún no podía creerlo. Cuando regresara a su casa sano, salvo y victorioso, sus padres estarían muy orgullosos de él.

En ese instante, oyó un ruido a su espalda. Se volvió, pero no vio nada, sólo oscuridad. La última antorcha estaba demasiado lejos para iluminar el tramo de galería que quedaba detrás de él.

—¿Lo habéis oído? —le preguntó a Gunnar.

—No —respondió el príncipe de los Hielos, llevándose la mano a la empuñadura de la espada—. ¿Qué ha sido?

—Tal vez sólo una piedra que se ha caído de la pared —se apresuró a decir Hortensio.

Gunnar asintió, pero empezó a observar la oscuridad que los rodeaba. Sus agudos sentidos de lobo lo habrían ayudado, pero no añoraba ese período de su vida. Miró al chico, complacido. Le gustaban las personas como él: activas y resueltas, sin demasiados pensamientos en la cabeza.

—Mantén los ojos abiertos, muchacho. Tú conoces estos lugares y yo no. Y no quiero llevarme ningún susto —dijo Gunnar, temiendo por las dos princesas, que ahora caminaban juntas muchos pasos por delante de ellos.

Yara había tratado de hacerle preguntas a su hermana varias veces, pero Diamante se había encerrado en un obstinado silencio.

De pronto, empezó a hablar.

—Yara… —susurró—, tengo que decirte algo.

La princesa de los Bosques comprendió que sería mejor no decir nada, para evitar que Diamante cambiara de idea.

—Escúchame con atención… somos princesas, tenemos una misión que va más allá de nuestra vida cotidiana. Tenemos que proteger nuestros reinos y a los pueblos que los habitan. Es una responsabilidad que hasta ahora hemos respetado, aunque renunciando a mucha parte de… nosotras mismas.

Yara asintió, aunque no estaba de acuerdo. Ella no había renunciado a nada.

—Pero también nosotras podemos equivocarnos, así como ser desgraciadas.

—Lo que quiero decir, Yara —continuó Diamante tras reflexionar un momento—, es que yo, para quedarme aquí, en el Reino de la Oscuridad, y ser su princesa… he tenido que renunciar a mis sentimientos.

—¿Cómo dices?

—¡Chist! —la regañó Diamante y prosiguió—: Hasta hace unos días, creía que me moriría de sufrimiento. Y más de una vez pensé en irme y seguir al joven de quien… tal vez…

—¿Me estás diciendo que estás enamorada?

Su hermana asintió lentamente.

—¡No puede ser! ¡Tú también!

—Pero me enamoré de la persona equivocada, Yara. Sólo ahora, después de todo lo que me habéis contado, me doy cuenta del increíble error que he cometido. Es como si acabara de despertar de un sueño. Mejor dicho, de una pesadilla.

—¿Y quién es?

—Un chico fascinante que llegó un día a la corte desde un reino lejano.

—¿De dónde?

—De las arenas del desierto.

—¿Y qué ocurrió?

—Hablamos mucho, cenamos juntos y me cautivó con sus relatos. Me habló de las caravanas del desierto, del mar, del cielo inmenso y las estrellas… y yo… bueno, yo escuchaba cada una de sus palabras como si fuesen música para mis oídos.

—Te entiendo. ¿Y luego?

—Luego, un día lo llevé a ver la gruta de las Cascadas de Esmeralda y…

—¿Y…?

—Pensándolo ahora, ocurrió lo peor. Todo era precioso, estábamos debajo de la cascada, con mil gotas de agua que… y yo… en definitiva que acabamos…

—¿Acabasteis…?

Diamante miró a Yara con una mezcla de tristeza y reproche, miró hacia atrás para asegurarse de que nadie la oiría y respondió:

—… besándonos.

—¡¿Has besado a un chico?!

—Sí —asintió Diamante, orgullosa—. Fue un beso dulce y delicado. Creía, estaba segura de que había algo entre nosotros, pero luego… Él se marchó de repente. Me prometió que volvería a buscarme y que me mostraría las cosas de las que me había hablado.

—Pero no volvió.

—No —reconoció Diamante.

—Y tampoco te escribió.

—Tampoco.

—O sea que desapareció en la nada.

—Algo así. Pero eso no es lo peor. Después he descubierto que, seguramente, sus atenciones en realidad formaban parte de un plan para moverse a su antojo por el reino y robar mi estrofa.

—¿Fue él?

—¿Quién si no? Yo no estaba al corriente de la existencia del príncipe Sin Nombre y su plan.

—De todas nosotras, te ha tocado la peor situación —comentó Yara.

—Sí, resulta doloroso. Y no puedo dejar de pensar en ello. En el fondo de mi corazón, he deseado que Gunnar se equivocara, pero ahora que sé lo de la corte helada de Arcándida y todo lo demás, debo reconocer que mi amado y misterioso Rubin ha estado jugando conmigo.

—¿Cómo lo has llamado? —preguntó Yara.

—Rubin.

—¿Rubin… qué más?

—Rubin Blue. ¿Por qué? —Diamante percibió la tensión vibrar en el aire oscuro de la caverna.

Vio que su hermana se había puesto blanca como el papel.

—Yara, ¿qué te pasa?

—No… no puede ser…

—¡Habla de una vez! —le ordenó, ansiosa.

—Ya he oído hablar antes de Rubin Blue —contestó la joven con los ojos abiertos de par en par, llenos de estupor.

—¿En serio? ¿A quién?

—A Samah.

—Tal vez lo conozca porque es un destacado estudioso de la Academia del Reino del Desierto…

—No, Diamante. No me habló de él por su fama como investigador.

—¿Por qué entonces? —preguntó Diamante, cada vez más preocupada.

—¡Porque fue él quien le robó su estrofa!

—¿Cómo es posible? ¿Estás segura?

—La propia Samah me lo dijo.

—Entonces… entonces, ese impostor estuvo primero aquí, robó mi estrofa y luego se fue al Reino del Desierto para apoderarse también de la estrofa de Samah, ¿no?

—No sé adónde fue primero, pero creo que las cosas ocurrieron más o menos así.

En ese instante, la mirada de Diamante se endureció como si se le hubiese convertido en piedra.

—¡Es un ser despreciable! ¡Engañarnos así! ¡Se ha aprovechado de nuestra hospitalidad! Pero ¡me las pagará! —concluyó con extrema frialdad.

Yara, que conocía muy bien a su hermana, comprendió que la verdad la había herido en lo más profundo de su corazón y que Diamante se estaba encerrando en sí misma para que nadie volviera a herirla.

—Tienes que saber algo más —le dijo Yara.

—¿El qué?

—Rubin no es el príncipe Sin Nombre.

—¿Ah, no?

—No, pero trabajaba para él.

—Pues no hay mucha diferencia, ¿no crees?

—Puede que no o puede que sí. Quizá se haya visto obligado a trabajar para él. O sea víctima de uno de sus hechizos, como tantos otros.

—¿Y con eso qué quieres decir?

—Que nunca he visto que te equivocaras tanto con nadie…

—¿Y…?

—Que quizá deberías esperar antes de ser tan dura con él. Puede que Rubin sintiera realmente algo por ti. Tal vez no pueda volver junto a ti, pero quisiera poder hacerlo.

—¿Desde cuándo te has vuelto tan romántica?

Yara se sonrojó levemente.

—¡No me digas! ¿Tú también estás enamorada?

—¡No, ni hablar!

—Pues yo creo que sí. ¿Cómo se llama?

Yara comprendió que no tenía escapatoria. Diamante era muy intuitiva y no iba a poder engañarla.

—Vannak. Pero no…

—Lo sé, ya lo he entendido. —Diamante le puso un dedo sobre los labios—. Ciertas cosas no hay que explicarlas. Basta con mirar tus ojos: son más elocuentes que mil palabras.

Yara inclinó la cabeza, más cohibida que antes, y guardó silencio. El solo hecho de pensar en Vannak y en su valentía le daba fuerzas.

Y esa nueva fuerza la hizo sentir más cerca aún de su hermana, y quiso consolarla de su gran decepción.

—Te quiero mucho —le dijo y le dio un abrazo.

Diamante no respondió, pero una lágrima le resbaló por la mejilla.

24

La primera prueba

Faltaba el aire. Cuando el pequeño grupo se detuvo tras la larga caminata, todos estaban agotados y sorprendidos del lugar donde se encontraban.

El túnel que acababan de recorrer los había llevado a un gran atrio de piedra en el que había una puerta negra, bastante grande, aunque no enorme, sin cerraduras ni picaportes. Una simple lámina de metal, grabada por las mismas hábiles manos de los artesanos que habían esculpido las puertas del palacio.

—Qué puerta tan rara —comentó Yara, la más curiosa del grupo. Dio unos pasos adelante, pero la princesa Diamante la detuvo.

—¡Cuidado! No pises el suelo justo delante de la puerta, porque ahí es donde tendremos que escribir la respuesta a la adivinanza.

La princesa de los Bosques se limitó entonces a observar los grabados sin acercarse.

—No consigo leer nada —protestó.

—Prueba ahora —dijo Gunnar y levantó una llama crepitante.

Largas lenguas de luz se reflejaron en el metal y algunas letras grabadas quedaron resaltadas.

Otras aún se veían demasiado pequeñas y distantes para resultar legibles.

Gunnar hizo oscilar la antorcha hacia delante y hacia atrás. En la pared de roca situada junto a ellos, colgado de un gancho, distinguieron a duras penas un palo de madera oscura.

—¿Detrás de esa puerta no hay nada? —preguntó Hortensio.

—No es que no haya simplemente nada —contestó Diamante—, sino que lo que hay es… la Nada.

El chico asintió, pensativo. Y comprendió que la única dificultad de la prueba consistía en leer las palabras del enigma grabado en la puerta para luego poder resolverlo.

—Disculpad… —dijo y carraspeó—. Creo que sé lo que debemos hacer.

—¿Y qué es? —preguntó Diamante.

Hortensio sacó de la bolsa de víveres un cartón de leche. Leche blanca y densa.

—Vosotros que sabéis leer rápido, preparaos, porque no tendremos una segunda oportunidad.

Y dicho esto, tiró la leche contra la puerta. El líquido blanco se pegó a los surcos de las letras llenándolos uno a uno mientras resbalaba hacia abajo, de modo que las palabras de la adivinanza aparecieron y, acto seguido, desaparecieron.

—Soy amigo y enemigo...

—Rápido y muy... lento...

—Antes de llegar, ya me he ido...

—Mas si quieres, estoy siempre presente...

—No me ves...

—No he podido leer la última palabra...

—La gente —dijo Diamante.

La leche se coló por una rendija que había debajo de la puerta. Hortensio miró a sus amigos y preguntó:

—¿Lo habéis leído?

Los tres se consultaron entre sí, unieron distintas frases y lograron formular la adivinanza entera:

SOY AMIGO Y ENEMIGO,
SIN SER TU PARIENTE.
SOY RÁPIDO Y MUY LENTO,
SIN MOVERME REALMENTE.
ANTES DE LLEGAR, YA ME HE IDO,
MAS SI QUIERES, ESTOY SIEMPRE PRESENTE.
SOY JOVEN Y SOY VIEJO,
PERO NO ME VES ENTRE LA GENTE.

—¡Es una auténtica adivinanza! —exclamó Hortensio, emocionado.

—Y no es fácil —comentó Yara.

Gunnar no dijo nada; estaba pensando en una posible respuesta.

—Sólo tenemos una oportunidad —recalcó Diamante.

—¿Y si nos equivocamos?

—La puerta no se abrirá.

—¿Nunca?

—Durante mucho tiempo. El tiempo que se tarde en esculpir otra adivinanza. En cambio, si respondemos correctamente...

—¿Quieres decir... que la adivinanza cambia?

—Hasta ahora, nunca ha cambiado, porque nadie ha intentado abrir la puerta, o nadie lo ha conseguido.

—¿Y quién la cambi...?

—¡YARA! —saltó Diamante—. No tenemos que hablar de la adivinanza, sino de cómo resolverla.

—Yo conozco la respuesta —dijo Gunnar.

—Pues escribidla en seguida —lo apremió Hortensio.

Gunnar hizo ademán de ir a coger el palo de madera.

—¡Quieto! Solamente puede tocarlo la persona que sea capaz de resolver el enigma. ¿Estás seguro de que tienes la solución?

—Sí. Es la lluvia.

—¿La lluvia? —repitió Yara, sorprendida.

—Es amiga y enemiga…

—¡Es verdad! —afirmó Hortensio, aunque nunca la había sentido caer sobre su piel.

—Rápida y lenta… y es muy esperada, aunque dura poco…

Los demás asintieron. Pero cuando Gunnar estaba a punto de coger el palo, Diamante lo detuvo.

—Sin embargo, la lluvia no es joven. Ni vieja.

Gunnar titubeó.

—No, pero… puede serlo.

—Tienes que estar seguro. Si te equivocas…

—Para mí, la lluvia es la respuesta correcta.

—¿Y si fuera el amor? —sugirió Yara.

Diamante se mordió el labio.

—Amigo, enemigo, joven y viejo, lo esperas y él se va… a veces es rápido y a veces lento…

Diamante miró a Gunnar.

—Es cierto —dijo el príncipe de los Hielos—. Esa respuesta es mejor que la mía.

—¿Es mejor o es la correcta?

Diamante vaciló.

—No puede ser el amor.

—¿Por qué no?

—Porque se ve entre la gente, se nota... Yo he notado en seguida que tú estabas enamorada...

—¡Diamante! ¡Me lo habías prometido!

—Tienes razón, perdona.

—¿Ah, sí? Entonces puedo decirles a todos que yo en seguida he notado que tú también lo estabas.

—¡Yara!

Las dos hermanas empezaron a discutir, hasta que Hortensio se decidió a interrumpirlas.

—¡Basta ya! Princesas, ¡se acabó! ¡No nos queda mucho tiempo!

—¿Qué has dicho? —preguntó la princesa Diamante, casi gritando.

Hortensio retrocedió, pues temía una reprimenda. ¡Qué tonto había sido! No podía tratar así a las princesas, aunque ahora se comportaran como niñas pequeñas.

—Yo... princesa Diamante, no quería...

—¡No! ¿Qué has dicho? —insistió la princesa de la Oscuridad echando chispas por los ojos.

Un poco a causa del calor y un poco por la difícil situación, Hortensio sudaba sin parar.

—He dicho que no nos queda mucho tiempo...

—¡Tiempo!

—¡El tiempo!

—¡Eso es! ¡Ya tenemos la solución! —exclamó el príncipe Gunnar. Sus ojos de lobo brillaron en la penumbra con un destello de fiereza.

—Eres un genio, Hortensio —dijo Yara.

—¿Yo? —respondió el chico, estupefacto.

—Tú has encontrado la respuesta, ahora la tienes que escribir.

—Yo… pero… si apenas sé escribir mi nombre.

—No te preocupes, es fácil.

—Escribe «tiempo» delante de la puerta.

Hortensio no sabía qué hacer. Intentaba pensar de prisa. El tiempo es tu amigo cuando tienes mucho y tu enemigo cuando tienes poco. Es rápido cuando pasas por un buen momento y lento cuando vives una mala experiencia. Esperas lo que va a ocurrir y, en cuanto sucede, ya es pasado. Y es joven y viejo, como todos nosotros, aunque en realidad no lo veamos.

Extendió el brazo y tocó el palo con la mano. Lo asió y lo descolgó del gancho. Era delgado y liviano como una pluma.

Los demás lo observaban en absoluto silencio, conteniendo el aliento mientras aguardaban.

La primera prueba

Hortensio cogió el palo como si fuera un lápiz y se arrodilló. Una inmensa emoción se apoderó de él y empezaron a temblarle las manos.

Cerró los ojos y comenzó a escribir, consciente de que no podía equivocarse.

TIEMPO

Sus compañeros de viaje seguían como hipnotizados las letras que él dibujaba lentamente en el suelo, deseando de todo corazón que fuera la palabra correcta.

En cuanto Hortensio terminó y levantó el palo del suelo, en el punto donde había escrito la palabra se abrió un pasadizo que conducía hasta cl nivcl inferior. El nivel cero. El chico se levantó y miró a los demás sonriendo. Sostenía el palo de madera entre las manos, como si fuera un cetro. En ese momento, se sentía un príncipe, igual que los demás.

25

La segunda prueba

Todos se quedaron mirando la trampilla de madera que había aparecido en el suelo, delante de la puerta, debajo del recuadro donde Hortensio había escrito la solución de la adivinanza.

—Es muy pequeña —comentó Gunnar.

—Ya, no sé si tú podrás pasar por ahí —respondió Diamante—. Primero entraremos Hortensio, Yara y yo para ver cuáles son las dimensiones exactas del pasadizo.

—De acuerdo, pero tened mucho cuidado —dijo Gunnar, mientras veía cómo salía vapor de la abertura.

—No te preocupes. Ahí abajo no hay nada, al menos mientras las puertas sigan cerradas.

Al oír esas palabras, a la princesa Yara se le iluminaron los ojos. El solo hecho de pensar en una nueva aventura la exaltaba.

—¿Quién bajará primero? —preguntó.

Hortensio se ofreció voluntario.

—Si me lo permitís, princesa, iré yo.

—De acuerdo, Hortensio —asintió Diamante—. Tú has abierto el pasadizo y tú entrarás el primero. En cuanto nos digas que hay vía libre, te seguiremos.

El chico, orgulloso por el encargo, se preparó.

Primero le entregó el tubérculo a Diamante y luego, con cautela y gran agilidad, se metió por la abertura, agarrándose al suelo con las manos, con los músculos de los brazos tensos por el esfuerzo. Por último, saltó hacia abajo. Cayó de pie, con las rodillas ligeramente flexionadas y después se enderezó. Miró a su alrededor, desapareciendo de la vista de los que estaban arriba.

—¿Hortensio? —lo llamó Diamante.

—Estoy aquí, princesa —dijo él y reapareció debajo de la abertura—. Podéis bajar. Todo está tranquilo.

Entonces, Diamante le tendió con sumo cuidado el saco con el tubérculo.

—Ve tú, Yara —dijo.

Su hermana, con su esbelto cuerpo, entró sin problemas.

—¡Esto es increíble! —exclamó una voz desde abajo.

A continuación, bajó Diamante, cuidando de que los hilos de cobre y plata de su vestido no se engancharan en los bordes irregulares de la trampilla.

En cuanto tocó el suelo con los pies, miró hacia arriba y dio una palmada. Una de sus mariposas se apartó de la pared de roca y voló hacia ella.

Había llegado el turno de Gunnar.

El príncipe de los Hielos se quitó el cinturón, la espada y la capa.

—Hortensio, coge todo esto —dijo.

El chico sujetó las pertenencias de Gunnar y espero a que éste se reuniera con ellos.

Cuando estuvieron todos abajo, empezaron a mirar a su alrededor.

Se encontraban en una gran sala circular, con el techo alto como dos hombres.

Hortensio había encendido las antorchas colgadas de las paredes, que iluminaban parte de la sala. El resto estaba completamente a oscuras.

Se oía un sonido de fondo similar al rugido de una cascada. Pero no era agua; era lava hirviendo circulando por su lecho ardiente, no lejos de ellos.

En la zona iluminada se vislumbraban seis puertas, todas de hierro, oscuras como la puerta en la que estaba grabada la adivinanza, pero distintas entre sí.

Al ver que Yara se acercaba a una de ellas, Diamante les recordó que se hallaban ante la segunda prueba.

—Solamente podemos abrir una y tiene que ser la correcta.

—Lo sé —respondió su hermana—, ya nos lo has explicado. Pero ¿cómo vamos a elegirla?

—Yara, debemos tener paciencia y esperar a que las Mariposas de Alas Aterciopeladas perciban algo.

—¿Qué hay detrás de las otras puertas? —preguntó Gunnar, ansioso por llegar cuanto antes a la Cueva del Fuego Fatal.

—Quizá sea mejor no saberlo. ¡Así estaremos más tranquilos! —propuso sabiamente Hortensio.

—Yo creo que debemos abrir ésta —insistió Yara, poniendo la mano en el pomo.

—Pues yo creo que ésta —dijo imperiosa Diamante, acercándose a la puerta situada más a la izquierda—. Pero sólo si la mariposa se me posa en el hombro sabré que no me equivoco.

Con solemnidad, asió el pomo de hierro y, al instante, la mariposa se le posó en el hombro con un grácil movimiento. Diamante hizo girar el pomo de la puerta.

Al abrirla, una espiral, un remolino abrasador embistió al pequeño grupo y todos se cubrieron el rostro con las manos.

—No creo que sea esta puerta —observó Yara—. ¡Ahí dentro hace muchísimo calor!

—No te preocupes, es porque el calor ha estado apresado mucho tiempo. Ahora se dispersará y dentro de unos minutos el aire será más respirable.

Hortensio y Gunnar no dijeron nada. Se limitaban a mirar preocupados al otro lado de la puerta, ansiosos por descubrir qué les esperaba.

El príncipe de los Hielos no dejaba de pensar que Nives estaba lejos y en peligro.

En ese momento, Yara, incapaz de frenar su curiosidad, giró el pomo de la puerta que ella había elegido.

Al verla, Diamante chilló con todas sus fuerzas:

—¡No! ¡No! ¡No lo hagas!

Demasiado tarde.

La princesa de los Bosques había abierto su puerta, que daba a un pasillo oscuro, fresco y silencioso.

26

Héroe por un día

Diamante gritó a sus compañeros de viaje, que miraban estupefactos el pasillo vacío:

—¡Apartaos, rápido!

Se acercó a la puerta y trató de cerrarla antes de que fuera demasiado tarde, pero le resultaba difícil moverla.

Un momento antes de que la puerta se cerrase, apareció una criatura negra y gigantesca, que se plantó delante de ella con la agresividad de una ave rapaz.

—¡Cuidado! —chilló Yara.

—¡Diamante! ¡Al suelo! —gritó Gunnar.

—¡Por mil huertos abandonados! —farfulló Hortensio.

Se trataba de un murciélago gigante, que batía furiosamente las alas y mostraba unos horribles dientes afilados.

¡CREEEC! ¡CREEEC!

—¡Detrás de mí! —gritó el príncipe, con la espada en la mano.

—¡No lo mates! —suplicó Diamante. Al fin y al cabo, el murciélago era una criatura de su reino.

El corazón de la princesa latía acelerado. El murciélago era un auténtico monstruo, con una boca enorme llena de dientes puntiagudos, unos ojos negros y brillantes como gemas y unas orejas afiladas y peludas.

Soltó otro grito horripilante y todos retrocedieron. Todos excepto una de las mariposas, que voló hacia el animal para proteger a la princesa. El murciélago la golpeó con un ala. El impacto fue violento y el blanco insecto cayó al suelo, donde se quedó inmóvil.

—¡Oh, no! ¿Qué he hecho? —exclamó Diamante—. ¿Qué hemos hecho?

Yara, que se sentía culpable, no perdió más tiempo y sacó una flecha de su carcaj, tensó el arco y disparó.

Pero el murciélago gigante, con su oído tan fino, la oyó llegar y se hizo a un lado, veloz como un rayo. La flecha se clavó en la pared situada detrás de él.

Entonces se preparó para atacar.

Diamante estaba inmóvil en el suelo, contemplando las alas de su valiente mariposa. Nunca la olvidaría.

Algo le pasó por encima: era Gunnar que, empuñando la espada, se había interpuesto entre el murciélago y ella.

Se abalanzaron el uno contra el otro. El murciélago atacó e intentó morderlo, pero Gunnar se defendió y lo hirió en una ala con la espada.

La herida era profunda, pero no suficiente para hacerlo desistir. El animal voló en picado hacia el príncipe

de los Hielos, que desapareció en el abrazo de sus alas gigantescas y negras.

Nadie osaba respirar. Hortensio cogió una piedra del suelo y la lanzó contra el murciélago, que ni siquiera se dio cuenta. Intentó arremeter entonces contra el monstruo con la cabeza baja, pero al acercarse a él, recibió un golpe muy fuerte y cayó al suelo inconsciente.

Yara, furiosa, disparó más flechas que se clavaron en el pelaje oscuro del murciélago. Pero nada. Los dos seguían debatiéndose, unidos en un abrazo mortal.

Cuando pasaron por debajo de la abertura con la trampilla, ocurrió algo inesperado. Alguien o algo arremetió contra el murciélago, gritando:

—¡Ven aquí! ¡Ahora te vas a enterar!

Ninguno de los presentes llegó a ver quién era.

De pronto, la silueta de un sombrero picudo rodó por el suelo. Diamante y sus compañeros retrocedieron, temiendo una nueva amenaza.

—¡Calengol! —exclamó Diamante.

—No temáis, princesa. Yo me ocupo de él —dijo el elfo de los hielos, montado en el murciélago. Llevaba en las manos una red con la que intentaba inmovilizarle las inmensas alas.

Todos observaban la escena estupefactos.

El recién llegado acaparó la atención del murciélago, que soltó a Gunnar y trató de volar hacia arriba para aplastar a Calengol contra el techo. Pero las heridas que había recibido y la red del elfo le impedían moverse.

Entonces se lanzó al suelo, donde empezó a debatirse, intentando liberarse.

—¡Gunnar!

El príncipe tenía la capa hecha jirones, la ropa cubierta de una extraña baba amarillenta y el rostro herido, pero logró levantar una mano.

—¡Estoy bien! —dijo.

El enorme murciélago no dejaba de chillar mientras se debatía.

—¡Daos prisa, no sé cuánto tiempo podré retenerlo! —gritó Calengol—. ¡Marchaos! ¡Rápido!

El murciélago parecía desorientado y se sacudía sin cesar, intentando soltarse. Calengol se esforzaba por impedírselo, pero lo cierto es que estaba al límite de sus fuerzas.

—Calengol, no podemos… —empezó Diamante.

De repente, una robusta mano la asió del brazo.

—¡Vamos! ¡Nos está ofreciendo nuestra última oportunidad de proseguir! —exclamó el príncipe de los Hielos.

Con la ayuda de Gunnar, Yara arrastró el cuerpo de Hortensio al otro lado de la puerta. Le dio unas palmaditas en las mejillas y luego suspiró aliviada.

—Por suerte, sólo se ha desmayado.

Querían cerrar la puerta y dejar atrás los horribles chillidos del murciélago, pero Diamante se lo impidió.

—¡No! —dijo—. La puerta debe permanecer abierta.

De modo que se limitaron a dejar a Hortensio escondido en una pequeña cueva y huir. Sólo alcanzaron a oír el último grito de Calengol, dirigido a Gunnar:

—¿Ahora me crees, príncipe? ¿Me crees?

27
La tercera y última prueba: Mildientes

A ninguno de ellos le gustaba la idea de dejar a Hortensio, pero si querían proseguir, no tenían elección.

Gunnar se ofreció a cargárselo al hombro, pero Diamante le ordenó que no lo hiciera.

—Ya pensaremos en una solución más tarde. Aquí no corre peligro, no le pasará nada.

—Lamento tanto lo que he hecho… —comentó la princesa Yara, desolada.

—Ahora ya no tiene remedio —respondió Diamante.

—Puedo quedarme aquí con él —se ofreció Yara.

—No. Tenemos que seguir adelante los tres.

Los tres príncipes, pensó Diamante, pero no lo dijo.

La tercera y última prueba: Mildientes

Sólo los príncipes podían enfrentarse al Fuego Fatal. Se lo había dicho su padre hacía muchos años.

—¿Estás segura de que no le ocurrirá nada a Hortensio?

—Segurísima. Vamos.

Yara cogió la cesta del joven, que contenía el preciado tubérculo. Se mordió el labio, preocupada, y miró a Hortensio inconsciente, tendido en un rincón. Luego hizo un esfuerzo por apartar la vista y siguió a su hermana.

Gunnar cerraba la fila, con el corazón ardiente.

Lo que más lo quemaba no eran las heridas, sino el hecho de que Calengol le hubiera salvado la vida. ¿Por qué lo había hecho?, se preguntaba. Tal vez el elfo merecía una segunda oportunidad.

Llevaban varios minutos en un largo túnel distinto a los otros, mucho más estrecho y completamente redondo.

Tenían la sensación de estar recorriendo un tubo asfixiante, oscuro y muy caliente.

Sólo se entreveía una luz a lo lejos.

—Mildientes está ahí, al fondo —susurró Diamante, señalando con el dedo el punto donde el túnel se ensanchaba hasta formar un espacio circular.

—¡Vamos! —dijo Yara, muy resuelta.

Gunnar y Diamante intercambiaron una intensa mirada que significaba: tenemos que detenerla.

—Antes de presentarnos delante de él, me gustaría contaros su historia —dijo Diamante—. Mildientes no siempre ha sido la criatura que vais a ver ahora…

Gunnar era todo oídos. El principio de la historia le recordó la suya.

—Cuando nació, Mildientes era un simple ciempiés gigante, igual que el resto de animales de su especie. Él y su familia vivían felices y tranquilos en el subsuelo más oscuro, junto al resto de criaturas del reino, hasta que un día llegó el Viejo Rey. Era un hombre despiadado y sin escrúpulos, que no dudaba en servirse de la magia para conseguir más poder. Un día, decidió probar un hechizo prohibido cuyas consecuencias no conocía exactamente y lo experimentó con ese ciempiés. El hechizo lo transformó en un ser mucho más grande y cruel y el Viejo Rey lo utilizó durante un tiempo como guardián de su foso. De él se han escrito cosas terribles. Pero más adelante, cuando nuestro padre, el Rey Sabio, derrotó al Rey Malvado, tuvo piedad del ciempiés gigante, que no tenía la culpa de ser malo, y pensó cómo lo podía ayudar.

—No debió de tener éxito —dijo Yara—, porque, según parece, sigue siendo muy feroz.

—Es cierto, lo sé, pero en realidad, nuestro padre sí hizo algo por él. Descubrió que le encantaba una clase concreta de tubérculos, como el que encontraste con Hortensio y Zafira, buscó uno y se lo ofreció. Mildientes se amansó al instante; entonces, nuestro padre lo llevó ante la puerta de la Cueva del Fuego Fatal y lo dejó allí como guardián.

—Es decir, encontró una forma de que fuera útil —concluyó Gunnar—, sin matarlo y sin alejarlo del reino, porque era demasiado peligroso.

—Exacto. Cada uno tiene que dedicarse a lo suyo, decía siempre.

—Vuestro padre, princesas, era un hombre realmente excepcional.

Al oír el verbo en pasado, las dos hermanas se pusieron tristes, porque lo echaban muchísimo de menos.

Cuando los tres llegaron ante la entrada de la cueva, se detuvieron.

Mildientes estaba tumbado, con el cuerpo en forma de media luna, justo delante de la puerta. Ocupaba buena parte del espacio circular en el que se encontraba y no parecía tener intención de moverse. Su tamaño era impresionante, tanto como para atemorizar al más valiente de los caballeros.

Por suerte, estaba profundamente dormido.

—Saquemos el tubérculo antes de acercarnos —propuso Diamante—. Si nos ve, no dudará en devorarnos de un solo bocado.

Yara lo observó. Tenía las patas cortas y curvas; en ese momento tenía las fauces cerradas, pero seguro que en su interior cabía una persona entera sin ningún esfuerzo. En lo alto de la cabeza, redonda como un balón, se alzaban dos antenas, que vibraban en el aire inmóvil del túnel.

Su cuerpo era tan grueso como un tronco de árbol, negro y brillante, con una franja color rojo fuego en el dorso y estaba compuesto por multitud de anillas. Era espectacular.

—Es realmente enorme —comentó Gunnar, que no había visto un ciempiés tan grande en toda su vida.

—Sí y también es muy fuerte y rápido —añadió la princesa de la Oscuridad—. Así es que, Yara, esta vez no hagas ninguna tontería, ¿entendido?

—Sí, Diamante, tranquila.

Acto seguido, Yara extrajo el tubérculo del saco con suma cautela, utilizando un paño empapado en agua salada que Hortensio había metido con ese fin.

Antes de que la princesa acabara de sacarlo, el enorme ciempiés se despertó.

—¡No he hecho nada! —se defendió Yara.

—Creo que tiene que ver con el tubérculo —reflexionó Diamante—. Seguramente lo ha olido.

—Pero ¡si no huele a nada!

—Para ti no, pero para él tiene un aroma exquisito.

—Hum… se le hace la boca agua…

El animal comenzó a agitarse y se dio la vuelta hasta quedar de pie sobre sus patas.

—¿Qué hacemos? —preguntó Yara, inmóvil, con el tubérculo en la mano.

—Propongo que hagamos lo siguiente —sugirió Gunnar—: Yo me acerco con el tubérculo para atraer su atención. Se lo ofrezco y espero a que empiece a comérselo. Y, mientras tanto, vosotras pasáis sin que os vea.

—Está bien, lo haremos así —dijo Diamante—. Pero ten mucho cuidado.

—No te preocupes.

Gunnar cogió el tubérculo que sostenía Yara y se acercó a Mildientes. El animal lo miraba con sus ojos redondos y amenazantes.

Era una montaña negra y reluciente, una armadura colosal que chillaba delante de él.

—Tranquilo —le dijo el príncipe de los Hielos con voz serena—. Tengo algo para ti.

Y levantó el tubérculo.

Las antenas de Mildientes se irguieron al instante. Se levantó sobre las patas y se incorporó hasta rozar el techo.

La sala entera tembló.

—¡Yara! ¡Diamante! ¡Falta poco! ¡Estad atentas!

El ciempiés comenzó a moverse hacia el príncipe lentamente, como si quisiera tantear el terreno.

Gunnar no se detuvo hasta que lo tuvo enfrente. Llegaba a la mitad de la cabeza de Mildientes, que se movía con prudencia, como si sólo le interesara el tubérculo que su adversario llevaba en la mano derecha. Cuando el ciempiés abrió la boca, Gunnar tuvo que contenerse para no retroceder; no esperaba ver tan cerca semejante cantidad de dientes afilados. Pero consiguió no moverse. Aguardó y trató de adivinar cuál sería el siguiente movimiento de Mildientes. Las antenas lo buscaron unos instantes, haciéndolo estremecer, pero el príncipe permaneció en su sitio.

Al final, cuando comprendió que había llegado el momento oportuno, levantó ligeramente la mano con el tubérculo y lo lanzó entre los colmillos de Mildientes.

El ciempiés pareció agradecerlo mucho, sosteniéndolo entre los dientes. Luego comenzó a retroceder y se detuvo en una esquina de la estancia, para saborearlo en paz, dejando sin vigilancia la puerta de la cueva.

—¡Funciona! —exclamó Yara muy contenta.

En ese instante, el ciempiés alzó la cabeza y se detuvo.

—¡Oh, no! ¡Era una broma! Come, pequeño, no me hagas caso.

Por suerte, Mildientes siguió comiendo muy relajado e incluso emitió algunos gruñidos de satisfacción.

28
La Cueva del Fuego Fatal

Diamante, Yara y Gunnar se acercaron a la puerta con la máxima cautela. A pocos metros de ellos, Mildientes seguía comiendo su tubérculo, saboreando cada bocado. Ninguno de ellos estaba dispuesto a molestarlo, ni por todo el oro del mundo.

La puerta de la cueva era muy similar a las que habían ido encontrando hasta ese momento, aunque era redonda, como todo allí dentro.

—¿Por qué aquí todo es redondo? —preguntó Yara.

—En seguida lo entenderás. Creo —respondió la princesa de la Oscuridad. Luego, abrió la puerta con cierta dificultad, lo que significaba que estaba cerrada desde hacía mucho tiempo.

Se encontraron en un espacio sin antorchas, parecido a una cueva.

—Venid.

—¿Sabes qué debemos hacer, Diamante?

—Más o menos.

Yara y Gunnar la siguieron. Yara olfateó el aire, mucho más denso y cargado que el del exterior. Allí dentro también hacía calor, pero el ambiente era perfumado. Olía a tierra bañada por el sol, a flores y hojas, a resina y musgo… a todos esos aromas que ella echaba de menos.

—¿Mis sentidos me están engañando? ¿Este aroma es real?

Diamante asintió.

—Yo también lo huelo —dijo Gunnar. Creo que estamos en la cueva del Gran Árbol. ¿Cómo es posible?

—El Fuego calienta el mundo entero y da la vida, por eso contiene todos los olores.

—¿Y dónde está el Fuego? —preguntó Yara.

Diamante señaló un resplandor detrás de un saliente de roca, justo delante de ellos.

Todos avanzaron hacia la luz, aún débil.

Y lo vieron.

Era una esfera blanca, cegadora, rodeada por una llama que ardía sin producir ningún sonido.

Flotaba encima de un cristal alto y estrecho, como una piedra sobre un cetro real.

—¡Increíble! —exclamó Yara.

Diamante respiró hondo y luego se acercó a la esfera, como si quisiera cogerla con las manos.

—¡Cuidado!

—¿Qué pasa?

—¡Te quemarás!

Diamante negó con la cabeza. Recordó las palabras de su padre y respondió:

—No. Nosotras, las princesas, podemos tocarla sin hacernos daño. No tengas miedo.

Y la sostuvo entre las palmas de sus manos. En cuanto lo hizo, la esfera empezó a cobrar vida como por arte de magia. El fuego que la rodeaba se volvió más intenso y luminoso y ardió con más vigor.

La esfera comenzó a emitir una luz deslumbrante que iluminó toda la caverna.

Yara gritó y Gunnar se quedó sin aliento. Estaban al borde de un precipicio, en una caverna que parecía no tener fondo. Era inmensa, interminable, y llegaba hasta el corazón de su mundo. Las paredes eran como espejos, formadas por millones de cristales que brillaban como estrellas.

—Es precioso.

También Gunnar estaba fascinado y no dejaba de mirar a su alrededor.

—Bueno, ahora tengo que liberarlo…

Gunnar se dirigió a la puerta y observó a Mildientes. El ciempiés estaba en el mismo sitio, masticando tranquilamente.

—Bien, aún tenemos vía libre.

Diamante se reunió con él en la puerta y, de pronto, se detuvo.

—¿Por qué te paras? —quiso saber Yara.

—No puedo ir más allá. Tengo que lanzar la esfera desde aquí.

—¿Lanzarla?

—Exacto. Por eso el túnel es redondo, para permitir que el Fuego Fatal ruede de prisa.

—Pero…

—Esto es lo que va a suceder: cuando suelte la esfera, ésta empezará a rodar y a hacerse más grande, hasta ocupar todo el espacio de este túnel. Y correrá veloz en la dirección que yo le indique.

—¿Y qué dirección será ésa?

—Hacia Arcándida.

—¿Y cómo…?

Diamante se acercó la esfera a los labios y le susurró:

—¡Ve con Nives!

La esfera vibró y emitió destellos iridiscentes.

Luego, la princesa bajó las manos hasta cl suelo y, con un pequeño impulso, la proyectó hacia delante. La esfera rodó por el aire, se hizo un poco más grande, cada vez más, mientras su luz también aumentaba. La envolvieron lenguas de fuego gigantes y desaparecieron.

Gunnar y las dos princesas la observaron alejarse por el túnel, deslizándose a toda velocidad.

Diamante llamó a la última de sus mariposas y le dijo, acariciándole las antenas:

—¡Rápido, vete! Vuela hasta Tierranegra y avisa a Oropuro y a los demás, para que sepan que el Fuego ya

sigue su camino. Después, ve al Foso Turbulento y atraviesa el pasadizo mágico. Cuando llegues a Arcándida, dales este mensaje a mis hermanas.

Ató a la pata de la mariposa un rollo de papel que sacó de los pliegues de su vestido. Luego le acarició una ala y la soltó.

En el fondo de sus corazones, los tres príncipes esperaban que la mariposa supiese encontrar el camino hasta la superficie.

29
Un mensaje para Nives

En Tierranegra, todos aguardaban con mucha impaciencia.

Cuando Zafira divisó a lo lejos a la mariposa, dio orden a los topos de la guardia real de que cerrasen las puertas y las ventanas del palacio. Así, si algo salía mal, el Fuego no causaría ningún daño.

Luego corrió a avisar a su padre.

—¡Padre! El Fuego ya está en camino.

—Confiemos en que todo vaya bien —respondió Oropuro—. Ahora depende de la dirección que tome.

El Maestro de las Corrientes Oscuras cerró los ojos y guardó silencio. Tras unos instantes, los abrió y asintió con la cabeza, sin decir nada.

Oropuro y Zafira habían aprendido a descifrar los gestos mudos del sabio. Y en ese caso se sintieron reconfortados, porque su reacción era positiva.

Esperaban el regreso de la expedición, pero también pensaban en la corte del Reino de los Hielos Eternos, de la que tanto habían oído hablar y de la que ahora se sentían más cerca que nunca.

~*~

Al cabo de pocas horas, Gunnar, Yara y Diamante llegaron a las murallas de Tierranegra, agotados pero llenos de esperanza.

Diamante dio tres palmadas ante una de las doce puertas y ésta se abrió de repente.

Yara se dio cuenta de que no habían vuelto por la misma puerta por la que habían salido. Ésta estaba decorada con grabados de altas montañas, muy similares a los Montes Musgosos de su reino.

Diamante, al ver la mirada atenta de su hermana, dijo:

—Sí, es el Reino de los Bosques. Lo echas de menos, ¿verdad?

—Un poco. Pero sé que está en buenas manos.

—Claro, por eso estás aquí.

Yara sonrió.

Los tres se adentraron en el túnel de entrada, cruzaron la despensa y subieron hasta un gran balcón. Abajo, en el patio de armas, vieron unos topos haciendo guardia.

Diamante no dijo nada. Llegó al Salón del Trono, donde estaban Oropuro, Zafira y el Maestro de las Corrientes Oscuras.

—Queridos amigos —los saludó—, el Fuego Fatal ha sido liberado y he hecho todo lo posible para llevarlo en la dirección correcta. Ahora sólo podemos esperar.

—¡Yo regreso a Arcándida! —exclamó Gunnar.

—No puedes. Mientras el Fuego esté en movimiento, no habrá forma de acceder al Reino de los Hielos Eternos desde aquí.

La princesa lo dijo en tono solemne, velado por una leve emoción. Y Gunnar guardó silencio.

—A saber dónde está ahora el Fuego —murmuró Yara y se dejó caer en una silla, exhausta.

El Maestro de las Corrientes Oscuras movió las manos en el aire; ante él apareció una chispa minúscula, como una luciérnaga. La chispa corría rápidamente, describiendo formas increíbles.

El Maestro movió de nuevo las manos y, entonces la luz desapareció.

Todos se quedaron callados y los asaltaron pensamientos inquietos en los que la esperanza se confundía con la preocupación. El destino de Arcándida seguía siendo incierto y, además, la princesa no podía dejar de pensar en Hortensio. Había mandado a un grupo de topos de la guardia real a buscarlo, pero aún no tenían noticias de él.

De repente, una voz temblorosa interrumpió aquel silencio casi sepulcral:

—¿Se puede?

Todos los presentes miraron hacia la puerta.

—¡Hortensio! —exclamó Yara—. Hortensio, ¿eres tú?

La pregunta, fruto del nerviosismo y la alegría inesperada, era superflua. El experto horticultor del Reino de la Oscuridad estaba allí. Un poco pálido y entumecido, pero sano y salvo.

La joven princesa corrió hacia él y lo abrazó, sollozando.

Hortensio se sonrojó hasta la raíz del cabello y sólo fue capaz de farfullar unas palabras antes de que las lágrimas le ahogaran la voz:

—No sabéis cuánto me alegra veros… Cuando he recobrado el conocimiento, el murciélago… Calengol… han sucumbido…

La sonrisa que poco antes había iluminado el rostro de Gunnar se apagó de pronto. El príncipe de los Hielos bajó los ojos, mientras sentía una punzada en el corazón. Calengol se había arriesgado mucho para salvar el reino y, al final, había sacrificado su vida luchando contra el murciélago gigante. Gunnar ocultó la cara entre las manos y se reprochó haber cometido el grave error de no creer al elfo. Calengol acababa de convertirse en la enésima víctima de los malvados planes del príncipe Sin Nombre.

«Perdóname, Calengol —pensó—. Me equivoqué y no sabes cuánto me arrepiento. Pero ten por seguro que tu sacrificio no habrá sido en vano.»

—Ahora tenemos que descansar un poco —sugirió Diamante, rompiendo el silencio—. Todos estamos alterados y exhaustos. Más tarde sabremos si la carrera de la bola de fuego ha llegado a buen fin.

El grupo se separó y cada uno se fue a su habitación sin poner objeciones.

—Tú no —le pidió Diamante a Yara—. Tú vienes conmigo.

Y la cogió de la mano.

30
El claustro de las mariposas

Yara tenía ante sus ojos el espectáculo más increíble que había visto nunca.

Diamante la había llevado a un claustro donde reinaba un silencio absoluto, sólo roto de vez en cuando por el roce de las grandes alas de las mariposas. Del techo y del suelo nacían maravillosas estalactitas y estalagmitas que se unían formando extraordinarias esculturas naturales.

Las columnas del claustro estaban completamente cubiertas de Mariposas de Alas Aterciopeladas. Los grandes insectos se posaban unos junto a otros y formaban una especie de precioso revestimiento, blanco como la nieve.

—Es un lugar encantador —comentó Yara.

—Tienes toda la razón, hermanita. Y lo ha creado la naturaleza.

—¿En serio? ¿No lo han esculpido los hombres?

—No —negó Diamante—. Esto es roca, nada más. Una roca que tiene miles de años. Desde que nuestro padre dio vida a las mariposas, éstas se instalaron en esta cueva, la eligieron como hogar. Con el tiempo, el lento goteo del agua calcárea que corre por las rocas esculpió las estalagmitas y estalactitas del modo que ves.

Algunas de ellas, al unirse, crearon este maravilloso claustro, tan «artístico» que parece obra del hombre, pero es fruto del diseño de la mejor artista: la naturaleza.

—Sé por experiencia —dijo Yara— que la naturaleza es capaz de crear cosas tan bellas que el ser humano ni siquiera las puede imaginar.

En ese momento, una mariposa salió volando.

A continuación, otras la imitaron.

Fue un espectáculo de indescriptible belleza para los ojos de las princesas: grandes pétalos blancos dando vueltas, danzando por la cueva, como los copos de nieve del lejano Reino de los Hielos. El batir de las alas producía un sonido suave y delicado, casi un canto, una música que inundó de paz los corazones de Diamante y de Yara.

Las mariposas se posaron en una de las paredes de la cueva y sus alas aterciopeladas formaron el dibujo de una flor.

—¡Mira! —exclamó Yara fascinada—. ¡Parece una flor de la verdad!

—¿Qué es eso?

—Es una flor muy especial. Si la tocas después de haber dicho algo, la flor revela si has mentido o no.

—¿En serio? Me resultaría muy útil tener aquí unas flores de ésas —comentó Diamante con amargura.

—La próxima vez que venga a verte, te traeré unas cuantas.

—Claro y así descubriré todas las mentiras que me cuentas —rió su hermana.

Yara recordaba muy bien aquella risa cristalina y espontánea como una cascada. Cuando era niña, esa risa llenaba las estancias y los pasillos y transmitía alegría.

Las mariposas se movieron de nuevo y esta vez dibujaron un árbol. Luego, un animal parecido a un felino.

—Diamante, ¡es increíble! Están dibujando cosas que pertenecen a mi mundo…

—Es su forma de decirte que se alegran de que estés aquí.

—¡Qué amables! ¿Crees que vivirían bien en el bosque?

—Puede que alguna decida seguirte. Quién sabe.

La danza de las mariposas siguió hasta que las dos hermanas, cogidas de la mano, se quedaron dormidas.

31
El retorno de Helgi

En el palacio de Tierranegra reinaba un silencio absoluto.

En la cocina, los túneles y las salas no se oía un solo ruido.

Todos dormían, agotados por el cansancio y la tensión del día. Incluso Gunnar, tras contemplar durante horas el techo de roca sin dejar de pensar en Nives, había sucumbido a la fatiga.

Sólo había una persona despierta. Caminaba con paso lento y cansado en dirección al palacio, arrastrando los pies y cojeando. De vez en cuando, se apoyaba en las paredes del túnel para descansar; luego reanudaba el camino hasta la siguiente parada.

Poco a poco, el desconocido llegó ante una de las doce puertas y se dejó caer en el suelo, agotado.

En cuanto los dos topos de guardia lo vieron, uno de ellos se acercó con la lanza en la mano. Olfateó el aire y trató de adivinar a quién tenía delante. Cuando lo reconoció, gruñó en dirección al otro guardia y éste, a su vez, dio otro gruñido.

Luego, el primer topo golpeó tres veces el suelo con su lanza y la puerta se abrió.

El hombre miró el túnel que se abría ante él y se levantó. Entró, anduvo un buen trecho y, sólo al llegar al final del camino, cayó al suelo inconsciente.

~*~

Zafira fue la primera en despertarse.

No sabía qué hora era, pero tenía mucha sed y se dirigió a la cocina.

Caminaba por uno de los túneles del palacio, todavía medio adormilada, cuando de pronto tropezó con algo. Intentó ver con qué había tropezado, palpó a tientas y vio que se trataba de algo grande.

Era un hombre.

—¡Oh! —exclamó—. Pero si es… ¡Helgi!

Se acercó al jardinero. Le tocó la frente y notó que estaba ardiendo.

Olvidó la sed y corrió a avisar a su padre.

Oropuro siguió a su hija, jadeando. Poco después, llegó un fénec con una calabaza llena de agua colgada del cuello. El preceptor parecía muy preocupado.

—Ve a llamar al príncipe Gunnar, a las princesas y a Hortensio. Yo solo no puedo levantarlo del suelo.

Zafira salió corriendo. Entre tanto, Oropuro mojó la cara del jardinero y le dio de beber.

Helgi, muy aturdido, abrió la boca y bebió sin parar.

—¡Otro vaso! ¡Rápido!

Gunnar y Hortensio llegaron en seguida. Fue más difícil encontrar a Diamante y a Yara, que estaban en el claustro de las mariposas.

—¡Helgi! ¿Qué te ha pasado? —preguntó Diamante, muy nerviosa.

Gunnar y Hortensio trataron de levantarlo con delicadeza. En ese instante, el hombre abrió por fin los ojos.

—Helgi, ¿cómo estás? —quiso saber Diamante, esta vez esperando una respuesta.

—He… estado… mejor… princesa.

—Te ayudaré a levantarte —dijo Gunnar.

—Gracias, Gunnar, me alegro de veros.

Luego, posó la vista sobre Yara y sc animó de golpe.

—¡Tú eres Yara! ¡La pequeña Yara!

La princesa de los Bosques le sonrió.

Helgi tuvo que cerrar otra vez los ojos. Le costaba respirar.

—Id a llamar a los fénecs. Y traedme todas las medicinas del reino —ordenó Diamante. Después añadió—: Será mejor que lo llevemos a la Sala de los Pensamientos, allí hay sofás cómodos y podemos tenderlo.

Además, pensó la princesa para sus adentros, la sala era el lugar ideal para averiguar qué estaba ocurriendo…

32
La Sala de los Pensamientos

Diamante y los demás entraron en la Sala de los Pensamientos y tendieron a Helgi en un sofá.

Era una sala excavada en la roca, como todas las demás de palacio, con un techo en forma de cúpula, completamente esférico. En el suelo había varias tarimas de madera sobre las que habían colocado unos divanes de tela marrón con muchos cojines, mullidos como copos de algodón.

Diamante esperó a que Zafira le llevara el frasco de las sales y un paño para ocuparse del jardinero.

—¿Te sientes aún muy débil? —le preguntó al hombre, intentando ser lo más delicada posible.

—Ya no, princesa, muchas gracias.

Diamante asintió con una dulce sonrisa. Y de repente sucedió algo muy raro.

«Os quiero tanto, hijas mías.»

La princesa de la Oscuridad se sobresaltó.

El frasco le resbaló de las manos y se hizo añicos en el suelo.

Los demás se miraron con los ojos abiertos de par en par, llenos de miedo y asombro. ¿Quién había hablado?

Yara parecía la más incrédula y estupefacta. Estaba segura de haber oído las palabras, pero nadie había hablado, de eso también estaba segura.

Diamante miró a Helgi un instante y luego se concentró nuevamente en curarlo.

—Ya está… Ahora empezarás a sentirte mejor…

De nuevo, todos oyeron claramente:

«Queridas niñas, todo irá bien.»

Esta vez, nadie pensó que se tratase de un error.

Yara fue la primera en hablar:

—¿Lo habéis oído? ¿Quién ha hablado?

Entonces Diamante miró a Helgi directamente a los ojos.

—¿Padre? —preguntó con voz temblorosa—. ¿Padre? ¿Sois vos?

«Claro que soy yo, ¿quién iba a ser?», pensó Helgi mientras la sala repetía su pensamiento, de modo que, por tercera vez, todos oyeron nítidamente lo que le pasaba por la mente a Helgi, el jardinero.

Diamante se acercó a él y lo abrazó muy fuerte.

Yara en cambio no entendía nada.

—¿Qué esta pasando? Por favor, ¡que alguien me lo explique!

—Pues… veréis —empezó Oropuro, dando un paso adelante—, aquí, en la Sala de los Pensamientos, éstos son libres de vagar de una mente a otra. Por eso todos nosotros hemos oído esas frases…

—No puedo creerlo —dijo Yara con los ojos muy abiertos—. Habéis dicho «hijas mías»… o sea… que sois… ¿nuestro padre? —preguntó, tan emocionada que empezó a sentir vértigo. Buscó la ayuda de Gunnar y los demás, pero ellos no podían hacer ni decir nada—. Pero no os parecéis a él. Vuestra cara, vuestro cuerpo…

Helgi trató de ponerse en pie, haciendo un gran esfuerzo.

—Tienes razón, pequeña. Éste no es mi verdadero aspecto, pero… ¡Oh! ¡No sé cómo explicarlo!

—¡Padre! —exclamó entonces Yara y rodeó el cuello del rey con sus brazos. Quizá su rostro y su cuerpo habían cambiado, pero su voz, aquella voz era la misma que oía cada noche en sus sueños y sus recuerdos.

Él le acarició suavemente la cabeza. Experimentaba sentimientos encontrados. Se sentía cansado y feliz a un tiempo, satisfecho y preocupado por todo lo que le esperaba y por la forma inesperada en que había sido descubierta su verdadera identidad.

El rey llevaba mucho tiempo soñando con abrazar de nuevo a sus hijas, esperando poder mostrarse ante ellas como quien era. Y ahora que por fin lo estaba haciendo, su preocupación por lo que debían afrontar no le permitía disfrutar por completo del momento. No era así como lo había imaginado, pero era igualmente maravilloso.

—¿Qué te preocupa tanto? —le preguntó entonces Diamante.

—Me gustaría contaros una historia muy larga, si tenéis paciencia para escucharla y si puedo tener esperanzas de que podréis perdonarme.

Al oír sus palabras, Gunnar, Oropuro, Zafira y Hortensio se dispusieron a salir de la estancia, no sin antes hacer una profunda reverencia delante del Rey Sabio.

—Esperad —dijo él—. No tengo secretos para vosotros. Si mis hijas están de acuerdo, prefiero que lo escuchéis todo. Quedaos, por favor.

—Si así lo queréis —respondió Oropuro volviendo atrás—. Vuestros deseos son órdenes para nosotros.

Zafira y Hortensio también dieron media vuelta.

«¡Por mil zanahorias gigantes! Estoy delante de un rey de verdad. Si mis padres lo supieran…». El eco del pensamiento del joven resonó por toda la sala.

Y así, con una sonrisa para Hortensio, todos se dispusieron a escuchar.

33
El calor de los hielos

Muy lejos de Tierranegra, en la extensión helada de Arcándida, la princesa del Desierto se sentía bastante atormentada por una profunda inquietud.

Había pasado mucho tiempo desde que Gunnar y Yara se lanzaron al Foso Turbulento y hasta el momento no había ninguna novedad. El único cambio era que el hielo en el que estaban aprisionados Nives y su corte era cada vez más grueso. Se había puesto de un color azul oscuro muy preocupante.

Samah no soportaba la idea de seguir esperando dentro del gélido palacio y había decidido salir a tomar un poco el aire.

El calor de los hielos

—Por favor, no te alejes —le había suplicado Kalea—. El Fuego Fatal llegará de un momento a otro… ¡lo presiento!

—Con este frío, no iré muy lejos —respondió Samah, abrigándose con una capa muy gruesa.

Su hermana siempre había sido una chica muy sensible; en cambio, ella era práctica y concreta. Esperaba que el Fuego llegara lo antes posible, pero de momento no ocurría nada.

Afligida por estos pensamientos, se dirigió a la cancela y allí se encontró a Purotu montado sobre un lobo.

—¿Dónde has estado?

—He cabalgado largo rato por la llanura. Hacía mucho frío, pero ha sido fantástico —contestó el chico, con las mejillas enrojecidas por el aire helado.

—Entra antes de que pilles un resfriado.

—¿Alguna novedad, Samah?

Ella negó con la cabeza y luego se dirigió al puente levadizo, que en seguida bajó sobre el foso. La princesa se estremeció cuando una ráfaga de viento gélido le entró por debajo de la capa.

Se asomó al parapeto del puente y miró al vacío profundo y absorbente.

Recordó los últimos acontecimientos: la llegada de Gunnar y Kalea a Rocadocre, la huida de Daishan, Rubin Blue… Echaba mucho de menos al Abuelo, a sus primos y a su yegua *Amira*. Añoraba su reino, la arena cálida y el desierto inmenso; sólo esperaba que, muy pronto, todos los sacrificios que sus hermanas y ella estaban haciendo se vieran recompensados.

Con esa esperanza en el corazón, oyó un ruido a lo lejos. Levantó la cabeza y aguzó el oído y comprendió que el ruido venía del foso. Parecía un sonido de hojas mecidas por el viento. Era cada vez más fuerte. Samah se quedó mirando con curiosidad.

No tuvo que esperar mucho antes de ver cómo algo se iba perfilando entre la densa niebla que cubría el foso. Era una especie de luz, como un sol que se acercaba a toda velocidad e iba adquiriendo una forma cada vez más definida.

—¡El Fuego Fatal! —exclamó en voz alta, tratando de mantener la calma—. ¡Creo que es el Fuego Fatal!

Esperó un poco más, hasta que la luz estuvo más cerca y pudo confirmar sus esperanzas.

Sólo podía ser el Fuego Fatal, una esfera de luz rodeada de fuego, que empezaba a calentar el aire a su alrededor.

Se hizo a un lado y vio que la esfera llegaba al puente y luego corría aún más rápido en dirección al palacio. ¡Tenía que avisar a todo el mundo!

Samah abrió la puerta principal e irrumpió en la sala donde estaba el bloque de hielo que aprisionaba a la corte.

Tenía el ímpetu de una tormenta primaveral.

Purotu le estaba contando a Kalea su cabalgada.

—¡Ya está aquí!

—¿Qué ocurre? —preguntó Kalea, asustada.

—Ya ha llegado. ¡El Fuego está aquí! Está subiendo desde el foso.

Todos se pusieron alerta.

—¿Qué debemos hacer? Ahora no lo recuerdo.

—Lo primero, mantener la calma. Ninguno de nosotros sabe qué hay que hacer.

—Rápido, Purotu, avisa a Haldorr.

—Ahora voy, hermanita.

El chico salió disparado en busca del bibliotecario.

Entre tanto, el Fuego cruzó las puertas de Arcándida. Las dos princesas lo vieron entrar en la sala con un movimiento lento, rodando sobre el hielo como un ser vivo. Desprendía una luz cegadora y un calor muy intenso, pero que no quemaba. Calentaba el aire y los corazones apesadumbrados.

Samah y Kalea lo miraron y se acercaron la una a la otra, muy contentas. En seguida, llegaron Purotu y Haldorr.

—No puedo creer lo que ven mis ojos —dijo el bibliotecario, mirando la bola de fuego que permanecía inmóvil delante de ellos—. He leído mucho sobre el calor del mundo, pero nunca pensé que lo vería en persona, frente a mí.

—¿Y ahora qué hacemos? —preguntó Samah.

—Oh, nosotros nada. El Fuego se abrirá camino entre la capa de hielo. Es una lucha entre el espíritu del fuego y el espíritu del hielo. Y el que encuentre el punto débil del otro, poco a poco conseguirá derrotarlo.

—¿Hay alguna posibilidad de que no lo consiga?

—Sí, claro, siempre la hay. Pero si ha llegado hasta aquí…

—¡Estoy tan emocionada! —exclamó Kalea—. ¡Ánimo, Fuego! ¡Derrite el hielo!

—No eres tú quien debe convencerlo —explicó Haldorr, ajustándose las gafas—. El equilibrio del mundo le dirá qué debe hacer. Al menos, así está escrito en los libros.

Justo en ese momento, por una de las ventanas de la sala entró una maravillosa mariposa blanca.

34

Mensajes

La bola de fuego, grande y luminosa, llegó junto al bloque de hielo que aprisionaba a Nives.

En el punto más cercano al Fuego y más expuesto a su calor, la capa azulada empezó a deshacerse lentamente, pero de un modo constante. Los ojos de los presentes pasaban de esa imagen a la gran mariposa que se había posado en el respaldo de un sofá.

—¡La mariposa lleva algo atado a la pata! —exclamó Kalea.

Samah corrió a ver qué era: se trataba de un papel enrollado y atado con una cinta muy fina.

La princesa del Desierto lo cogió, lo llevó donde todos pudieran verlo y entonces lo leyó.

—Es de Diamante. Dice que, en cuanto se derrita el bloque de hielo, nos reunamos con ellos en el Reino de la Oscuridad.

—¿Quieres decir que nosotros también vamos a lanzarnos al Foso Turbulento? —preguntó Kalea, con un destello de miedo en la mirada.

—Sí, ¡por fin! —exclamó Purotu, impaciente por dar un nuevo paso, con la esperanza de volver pronto a casa.

—Es la única manera —contestó Samah, sonriendo ante la reacción del muchacho.

Su temperamento impetuoso le recordaba mucho a su hermana Yara y también a sí misma hacía algunos años.

—Escribámosle que, si el Fuego derrite el hielo… haremos lo que nos pide —propuso Haldorr.

Salió de prisa de la estancia y volvió poco después con un papel y un lápiz que le entregó a la princesa del Desierto.

Queridísima Diamante:

El Fuego ha llegado y esperamos poder abrazar muy pronto a Nives y a la corte.

Nos pondremos en camino tan pronto como nos sea posible.

Deseamos de todo corazón que estés bien,

Samah y Kalea

Kalea cogió la cinta y, con delicadeza, ató el mensaje a la pata de la mariposa. El insecto permaneció inmóvil hasta que la princesa de los Corales terminó.

—Parte ahora —le dijo Kalea.

La mariposa alzó el vuelo con la gracia de una bailarina; voló por la sala y se marchó.

~*~

Pasaron unos minutos. La sala estaba envuelta en una luz cálida y ambarina, que reconfortaba los corazones y los espíritus de quienes asistían a la lenta labor de la bola de fuego.

El Fuego empezó a moverse; giraba en torno al bloque de hielo, como para distribuirse más uniformemente por su superficie.

Poco a poco, el hielo se iba haciendo más fino; pasó del azul oscuro a un azul más claro y luego al celeste, como si algo le estuviera absorbiendo el color.

—Mirad, ¡hay agua en el suelo! —exclamó Samah.

Y era cierto; unos regueros de agua caían del bloque de hielo formando pequeños charcos que iban creciendo rápidamente.

—¡Se esta derritiendo! —gritó Kalea, entusiasmada.

—Eso parece —constató Haldorr, en tono dubitativo.

—Os veo perplejo —observó Purotu.

—Hasta que no lo vea derretido del todo, no estaré tranquilo.

—Todo irá bien, estoy segura —afirmó Kalea, con su innato optimismo.

En cambio, Samah miraba el hielo con expresión seria. Ella, al igual que el bibliotecario, no pensaba cantar victoria hasta que viera a Nives y la oyera hablar.

El agua estaba inundando todo el suelo, mojando los pies de los presentes, pero a nadie le importaba. Aquella agua era bienvenida, porque significaba que, muy pronto, los prisioneros serían libres del hielo.

35
La historia del Rey Sabio

El Rey Sabio estaba sentado en uno de los cómodos divanes de la Sala de los Pensamientos. A su alrededor, todos aguardaban a que empezara a hablar, sobre todo Yara y Diamante, que habían aceptado su papel de princesas y también soportado su destino de hermanas separadas pensando que era algo ineludible.

—Parte de la historia ya la conocéis, hijas mías, pero la repetiré para que todo el mundo la sepa. Años atrás, cuando aún erais unas niñas, derroté al Viejo Rey y dividí el reino en cinco partes, confiando su gobierno a cada una de vosotras. Utilicé la magia para dormir a la corte del Rey Malvado y para hacerla vagar en medio del mar, en una isla envuelta en la niebla, de modo que nadie pudiese encontrarla ni despertarla. Por desgracia, no todos estaban presentes el día en que canté la Canción del Sueño; no fui capaz de encontrar al hijo del rey, al que vosotros llamáis príncipe Sin Nombre. Creía que había muerto durante algún combate, pero, por lo visto, se había escondido. Con los años, el príncipe se convirtió en un hombre deseoso de venganza. Sólo tenía una forma de satisfacer su malvado deseo de revancha: gobernar de nuevo los Cinco Reinos, pero antes tenía que despertar a su padre y a la corte del sueño al cual yo los había inducido. ¿Cómo? Pues recuperando la letra de la Canción del Sueño para volver a cantarla. Transformando así el sueño en vigilia. Para ello, debía encontrar los cinco fragmentos de la canción, las estrofas… que yo os había entregado a cada una de vosotras. Os separé pensando que así nadie podría atacaros a las cinco juntas, pero me equivoqué. Y subestimé la crueldad del joven y el poder de su magia. Y ahora que tiene las estrofas… temo que, de un momento a otro, despierte a la corte malvada y…

Las palabras del rey quedaron suspendidas en el aire.

—Padre, también se llevó mi estrofa —confesó Yara, afligida.

—Lo sé.

—Y la de Samah.

—Que, unidas a las estrofas de Kalea, Diamante y Nives, suman cinco. ¡Todas están en sus manos!

—Y ahora ¿qué hacemos? —preguntó Yara.

—Tenemos que detenerlo justo donde él cree que no iremos nunca: la Roca del Sueño.

—Para eso bajaste a mi reino, ¿no es cierto? —preguntó Diamante.

—Sí, pequeña. Como ya sabes, el pasadizo para ir a la Roca del Sueño está aquí, en el Reino de la Oscuridad.

—¿En serio? —preguntó Yara, sorprendida.

El rey asintió.

—Sólo lo sabía Diamante. Cada una de vosotras conocía una parte de la historia y de los secretos del Gran Reino. Cuanto menos supierais, más seguras estaríais. Al menos, así lo creía yo.

—¿Y por qué decidiste

adoptar el aspecto de un jardinero? —inquirió la princesa Diamante.

—Soy consciente de que debe de pareceros muy raro ver al jardinero Helgi y creer que tras su aspecto estoy yo, el rey, vuestro padre. Durante mucho tiempo, a mí también me pareció muy raro observar a Nives, que vivía junto a mí, y no poder abrazarla como a una hija, tener que mantener siempre las distancias. Pero siempre he velado por ella y por todas vosotras, aunque lo haya hecho desde lejos.

—Ella siempre fue tu preferida —afirmó Diamante.

—¡No es cierto! ¡Ni se te ocurra pensarlo! Me vi obligado a utilizar la magia conmigo mismo, a transformarme en la persona que veis ahora, cuando descubrí que el hijo del Viejo Rey estaba escondido en alguna parte. Sabía que querría vengarse y pensé que trataría de amenazar a alguna de vosotras. No creía que os alcanzaría a todas, como en realidad ha hecho. En fin… lo hecho, hecho está. Decidí adoptar el aspecto de Helgi porque su carácter esquivo y solitario era una buena justificación para estar solo. Además, en la cueva del Gran Árbol hay un acceso secreto a los Cinco Reinos, con lo que podía desplazarme más fácilmente de un reino a otro, ver cómo os encontrabais y qué progresos estabais haciendo. Es un pasadizo largo y tortuoso, por eso he tardado más que Gunnar y Yara, aunque dejé el Reino de los Hielos Eternos mucho antes que ellos.

—Pero si tú no eres Helgi… ¿dónde está el verdadero Helgi? —preguntó Yara.

—Ésa es otra larga historia, pequeña, y ahora no hay tiempo suficiente para contarla. Pero un día lo haré, os lo prometo.

—Hay otra cosa que no entiendo —intervino Diamante—: ¿Adónde fuiste después de tu desaparición?

—Cuando comprendí que había llegado demasiado tarde y que el príncipe ya había robado la quinta estrofa, decidí ir a la Roca del Sueño yo solo, para no implicaros, pero no lo conseguí. Protegí el pasadizo hacia la Roca con enigmas, obstáculos y dificultades, pero el príncipc sc mc adelantó y colocó trampas que yo ignoraba. Lo hizo para protegerse e impedirme llegar hasta la Roca. Y, de momento, lo ha conseguido. Comprendí que necesitaba vuestra ayuda y por eso volví atrás. Si queremos ganar al príncipe, tenemos que ayudarnos entre todos.

En ese instante, el rey se interrumpió. Una mariposa blanca entró en la Sala de los Pensamientos.

—¡Ha vuelto! ¡Mi fiel amiga está aquí! —exclamó Diamante, mientras el insecto se posaba delicadamente en la palma de su mano—. ¡Noticias de Arcándida!

—¡Samah y Kalea! —dijo Yara.

La princesa de la Oscuridad se acercó a la mariposa y desató el rollo de papel.

Leyó el mensaje y luego lo encerró entre sus manos.

—¡Lo hemos conseguido! ¡El Fuego Fatal ha subido hasta Arcándida!

Todos aplaudieron y se abrazaron, muy contentos.

Al final, el rey se puso en pie.

—Hijas mías, siempre habéis sido muy valientes, pero ahora vais a necesitar más fuerza y determinación que nunca. Estáis a punto de enfrentaros a algo difícil y peligroso, quiero que seáis conscientes de ello. La partida contra el príncipe aún no está perdida.

—¡Dentro de poco llegarán nuestras hermanas! —exclamó Yara.

—Por fin juntas, después de tanto tiempo.

Nuestra madre... —empezó la princesa Diamante, pero dejó la frase inacabada.

—Sin ella no será lo mismo —comentó Yara—, pero en cualquier caso será mejor que ahora.

—Entonces, ¿me perdonáis lo que os he hecho? —preguntó el Rey Sabio antes de dar por terminada la conversación.

No eran necesarios los poderes de la Sala de los Pensamientos para oír la respuesta.

36

¡Libres!

Mientras en el Reino de la Oscuridad Yara y Diamante pensaban en la inminente reunión familiar, en el Reino de los Hielos la bola de fuego seguía con su labor lenta y constante. El bloque macizo en el cual el príncipe Sin Nombre había encerrado a Nives estaba casi derretido del todo. Las paredes, cada vez más finas, se habían convertido en su mayoría en regueros de agua que inundaban el suelo.

—Falta poco —dijo Samah, con la mirada fija en el poco hielo que aún quedaba y en las caras, todavía inmóviles.

—¡Lo conseguiremos! ¡Lo conseguiremos! —exclamó Kalea, con los ojos húmedos, ansiosa por acariciar de nuevo la cara de su hermana.

Haldorr, de un modo más discreto, también manifestaba su alegría con una sonrisa.

Purotu observaba la esfera de calor fascinado, era un objeto misterioso, el tesoro de la aventura más increíble. No conocía a la princesa Nives ni a su corte, pero tenía muchas ganas de hacerlo y se alegraba al pensar que, muy pronto, esa nueva parte de su familia podría hablar y responder a sus preguntas. Pensaba en Naehu, su hermano gemelo, que se había quedado en el Reino de los Corales. ¡Tendría muchísimas cosas que contarle cuando regresara a casa! Estaba seguro de que él convertiría su relato en un hermoso poema escrito en la arena de la Gran Playa.

—Purotu, ¿en qué estás pensando? —le preguntó Kalea, al verlo tan absorto.

—En muchas cosas, es difícil de explicar. Qué ganas tengo de que se derrita todo el hielo.

Kalea lo abrazó en un arrebato de afecto.

Ella también estaba impaciente.

Entonces ocurrió una cosa que, para los presentes, tenía algo de milagroso: una mano, liberada del hielo, movió un dedo.

—¿Lo habéis visto? —preguntó Kalea al instante.

—Sí, ¡se ha movido! —contestó Samah.

—Es la mano de Arla, una de nuestras cocineras —puntualizó Haldorr.

—Eso significa que está viva, que en seguida podremos hablar con ella y que los demás también…

—No te precipites, Kalea. Aún tenemos que esperar. Sólo cuando el hielo se haya derretido del todo, podremos alegrarnos de verdad —le advirtió Samah, tan práctica como siempre.

Su hermana no puso objeciones; siguió mirando la mano de la cocinera y, de vez en cuando, también observaba al resto del grupo.

El siguiente movimiento no se hizo esperar demasiado.

—¿Habéis visto? Esa otra mujer también ha movido una mano. ¿Cómo se llama, Haldorr? Ahora no lo recuerdo…

—Es Erla, princesa Kalea.

—¡Mirad! —exclamó Purotu—. ¡La princesa Nives se ha movido!

Era cierto. La cabeza de pelo rubio y finísimo de Nives se había inclinado ligeramente a la derecha, aunque sus ojos aún seguían inmóviles.

—Imagino que sus cuerpos necesitan algo de tiempo para «despertar» —observó el bibliotecario—. Deben de estar completamente entumecidos después de pasar tanto frío ahí dentro.

La corte empezaba a dar señales de vida. Primero débiles, luego movimientos cada vez más concretos y significativos. Hasta que el mayordomo Olafur abrió los ojos con dificultad, como si tuviera los párpados pegados.

—Olafur —lo llamó Haldorr y se acercó a él muy despacio.

El hombre lo miró y, con su calma proverbial, dijo:

—Buenos días, Haldorr. Me temo que hoy he dormido más de lo debido.

Poco a poco, los otros miembros de la corte del Reino de los Hielos Eternos empezaron a despertar dc su forzoso letargo. Todos menos la princesa Nives, que seguía con los ojos cerrados, haciendo leves movimientos con la cabeza.

Cuando el hielo se derritió por completo, la esfera de calor se detuvo. Todos la miraron, ansiosos por saber qué ocurriría a continuación. Estaba parada en medio de la sala, con las llamas que la rodeaban más contenidas y su calor menos intenso.

—¿Qué haces, Arla? —dijo Erla—. ¿No ves que me estás pisando un pie?

—No, querida —replicó Arla—. Lo que pasa es que tu pie se ha metido debajo del mío.

—¡Anda ya! Tal vez si comieras un poco menos…

—¡Basta ya, señoras! —intervino Haldorr—. ¿Acabáis de despertaros y ya estáis discutiendo?

Las dos mujeres intercambiaron una mirada interrogativa.

—Ya te dije que no debíamos comer sopa de ortigas azules —dijo Arla—. Te lo dije. Son narcotizantes.

—Pero… ¡si fue idea tuya!

—Eso no es cierto…

Las dos hermanas siguieron discutiendo unos instantes más antes de darse cuenta de que había más gente en la sala.

Cuando vieron a las dos princesas y a Purotu, abrieron los ojos de par en par y se callaron de golpe.

Mientras tanto, el resto de la corte se fue también despertando: tía Berglind, las primas Talía y Tina, Olafur y los pingüinos.

Miraban a su alrededor desorientados y algo aturdidos.

—¿Qué ha ocurrido? —preguntó tía Berglind, ansiosa—. Niñas, ¿estáis bien?

—Sí, tía —contestó Talía—, estamos bien.

Luego, la niña se volvió hacia su hermana menor.

Tina abrió la boca y soltó un grito muy fuerte. Todos se estremecieron, especialmente Kalea, Samah y Purotu, que no estaban acostumbrados a ese tipo de escenas.

Sin embargo, gracias al chillido, Nives abrió por fin los ojos.

—¡Princesa! —dijo Haldorr.

Ella entrecerró los ojos para acostumbrarse de nuevo a la luz. Después empezó a mirar a las personas que tenía delante.

Nives tuvo que parpadear varias veces antes de poder ver con claridad.

—Haldorr, ¿eres tú? ¿Y Gunnar? No lo veo.

—Es una larga historia, princesa, pero él está bien —le dijo para tranquilizarla. No sabía con certeza si el príncipe de los Hielos estaba sano y salvo, pero en el fondo de su corazón estaba seguro de que así era.

Nives tardó un poco en convencerse de que las dos chicas que tenía delante eran sus hermanas. Se había separado de ellas cuando eran niñas. Y ahora…

—¡Nives! —gritó Kalea, feliz y corrió a abrazarla.

Samah también avanzó hacia ella, silenciosa. Llevaba tanto tiempo esperando ese momento, que ahora le daba miedo que todo sucediera demasiado de prisa.

—No puedo creer lo que veo —dijo la princesa de los Hielos—. ¡Mis adoradas hermanas!

—¡Nives! —repitió Kalea, llorando de alegría.

Kalea se abrazó muy fuerte a ella, con todo el amor que le había guardado durante los largos años de ausencia.

—Oh, Samah —dijo Nives—, qué alegría volver a veros. Pero… si estáis aquí es porque ha ocurrido algo…

Entonces echó un vistazo a la sala. Su corte estaba allí, junto a ella. El agua cubría el suelo.

Ahora comenzaba a recordar.

Se apartó de Samah para cubrirse el rostro con las manos.

—¡Oh, no! —exclamó—. El príncipe Sin Nombre... La estrofa... Gunnar. ¿Dónde está Gunnar? Fue al Reino de los Corales para avisarte del peligro que suponía el príncipe, Kalea. ¿Lo viste? —inquirió bastante preocupada.

—Cálmate, Nives —intentó tranquilizarla Samah—. Gunnar está bien, te lo garantizo. Luego te hablaré de él, pero ahora tienes que contárnoslo todo, despacio.

—¿De verdad está bien?

—Sí, puedes estar tranquila.

—No sé qué haría si le ocurriese algo…

—¿Y a ti qué te ha sucedido, Nives?

Ella ordenó sus ideas durante unos segundos y luego comenzó su historia.

37

El relato de Nives

Nives empezó con el relato:

—Casi era la hora de acostarse. Lo recuerdo bien, porque aquel día estaba especialmente cansada y tenía ganas de irme a dormir. Me encontraba en esta sala y acababa de leer un libro cuando de pronto, oí pasos en el pasillo. Salí de aquí para ir a mi habitación y vi una silueta oscura. Avancé, convencida de que debía de ser Olafur o Haldorr, pero me equivocaba. Era un hombre al que no había visto nunca. Al menos, eso creí al principio, aunque luego reconocí sus ojos malvados y crueles. Eran los del príncipe Herbert de Lom, o por lo menos la persona que se hizo pasar por él aquí, en Arcándida.

—¿Qué quieres decir? —dijo Samah—. Explícate mejor.

—En realidad, todo empezó con la fiesta que tía Berglind decidió organizar para buscarme marido…

—Lo hice con las mejores intenciones —dijo su anciana tía desde el sofá—. Quién habría podido imaginar…

—Lo sé, tía. Lo sé. El caso es que mandamos invitaciones para la fiesta a doce príncipes, pero sólo se presentó uno, el príncipe Herbert de Lom. En seguida le noté algo raro en él que no me convencía. Era un hombre misterioso, en el fondo gélido, aunque a veces demasiado melifluo. Y tenía una mirada feroz. Al final, resultó ser un hombre malvado e intentó matar a mi Gunnar.

—¿Y qué hiciste al sorprenderlo otra vez en Arcándida? —preguntó Kalea, asustada.

—Grité para pedir ayuda.

—¿Y él qué hizo? —inquirió Samah.

—Me obligó a volver a la sala. Y me dejó gritar. Quería que reuniese aquí a toda la corte para llevar a cabo su plan. ¿Comprendéis? ¡Fui yo quien lo ayudó a atraerlos a todos hasta su trampa! —prosiguió Nives, reviviendo aquellos terribles momentos.

—No digáis eso, princesa —le rogó Olafur.

—Sí, Nives, tú hiciste todo lo posible —añadió tía Berglind.

El relato de Nives

—Y luego ¿qué ocurrió? —preguntó Samah.

—Cuando ya estábamos todos aquí… bueno, todos no. Además de Gunnar, también faltaba Helgi, que llevaba días desaparecido. En el fondo me alegré de que no se encontrara en la corte en ese momento, pero al mismo tiempo estaba preocupada.

—No hay motivo para ello, os aseguro que Helgi está bien —afirmó Haldorr, con una extraña luz en los ojos.

—Pues bien, como decía, estábamos en esta sala y el príncipe nos miraba con sus ojos rapaces. Entonces me reveló su verdadera identidad. Dijo que era el príncipe Sin Nombre, el hijo del Viejo Rey, enemigo acérrimo de nuestro padre, y que había venido con el único objetivo de apoderarse de mi estrofa. Me aseguró que, si se la entregaba, no nos haría ningún daño a mi corte ni a mí. Decidí obedecer. No tenía elección, ni medios para enfrentarme a él. Estábamos solos, los lobos se habían quedado fuera. No había nadie para protegernos. De modo que fui por la estrofa y se la di. Cuando cogió el cilindro de piel, me lanzó una mirada triunfante, dijo que me había portado bien y que me iba a dar la recompensa que merecía. Yo me sentí desfallecer. Presentía que iba a suceder algo terrible. Y así fue.

—¿Qué hizo? —preguntó Kalea, impaciente.

—Del bolsillo de la chaqueta se sacó un trozo de hielo que parecía una pequeña estalactita. Era muy raro, de color azul. Entonces lo lanzó contra nosotros, apuntando hacia abajo. El trozo de hielo se clavó en el suelo y empezó a soltar una especie de llovizna muy similar a los copos de nieve, sólo que muchísimo más fina. Pronto, la cortina de lluvia nos rodeó por completo y, sin que nos diéramos cuenta, se convirtió en una barrera de hielo cada vez más gruesa. A partir de ese momento no recuerdo nada más.

—Oh, pobre Nives —dijo Samah—. ¿Has sufrido mucho? ¿Tenías frío?

—No, no sentía nada. Es como si hubiera estado mucho tiempo dormida... ¿Y vosotros, cómo es que habéis podido derretir el hielo? El príncipe utilizó un hechizo contra nosotros.

—¡Los hechizos están prohibidísimos! ¿Cómo se ha atrevido...? —exclamó la condesa Berglind desde el sofá en el que se había tumbado para recuperarse de tantas emociones fuertes. Sus palabras los hicieron sonreír a todos, incluso en un momento tan difícil.

—Eso también es una larga historia —respondió Samah—. Digamos que el mérito es de la esfera —añadió, señalando el Fuego que, hasta ese momento, había permanecido colgado del techo, como una gran luz.

—Princesa Nives, acercaos a la esfera, por favor —le pidió Haldorr con el tono resuelto de quien sabe lo que hay que hacer.

Cuando Nives lo hizo, la bola de fuego perdió intensidad y dejó de crepitar. En un instante se hizo más pequeña, hasta adquirir el tamaño de una cereza, se aproximó a su vestido y se posó en él, justo en el centro del broche, como si fuera una piedra preciosa.

—Pero ¿qué ha ocurrido? —inquirió la princesa.

—El calor se ha unido al frío, el Reino de la Oscuridad al Reino de los Hielos —explicó el bibliotecario—.

De ahora en adelante, será así. Los reinos se están aproximando.

—¿Eso también está escrito en el libro? —preguntó Samah.

Haldorr asintió.

—¿Qué libro? —quiso saber Nives.

Haldorr no sabía qué contestar, pero Samah habló en su lugar:

—¿Ahora quieres escuchar tú una historia? Me refiero a la historia de cómo hemos llegado todas hasta aquí.

—Sí, claro… por supuesto…

Nives se acomodó en un sillón, junto a la chimenea.

Haldorr se apresuró a reavivar el fuego.

—¡Oh, qué horror! —gritó de pronto Arla—. ¿De dónde ha salido toda esta agua? ¿Has dejado abiertos todos los grifos de la cocina, Erla? ¡Mira que te lo tengo dicho!

—¡No! ¡Has sido tú!

—¡Ni hablar!

38

Un nuevo adiós

Nives escuchó pacientemente toda la historia.

—... Y así, gracias al libro, averiguamos cómo podíamos liberaros. Es un libro que escribió nuestro padre para ayudarnos en caso de necesidad.

—Él sí que conocía bien nuestros reinos —comentó Nives—. Ojalá no nos hubiera abandonado...

—Creo que, allí donde se encuentre, siempre vela por todos nosotros —intervino Haldorr.

Las tres hermanas asintieron.

—¿Y Yara? ¿Dónde está?

—Se ha ido a Tierranegra. Es una chica muy valiente y resuelta. Creo que ha sido en parte gracias a ella que el Fuego Fatal ha venido a liberarte.

—¿Lo dices en serio?

—Sí. Aunque, eso sí, sigue teniendo mucho carácter.

Las dos hermanas se echaron a reír y Kalea las imitó.

—A propósito de eso, quisiera presentarte a alguien —dijo la princesa de los Corales.

Nives sintió mucha curiosidad y sus ojos se fijaron en seguida en Purotu, el único rostro que no conocía.

—Él es Purotu, mi hermano pequeño.

—¿Hermano pequeño?

—Sí. Él y Naehu, su hermano gemelo, naufragaron en las playas de mi reino. Yo los acogí en Flordeolvido y, desde entonces, somos inseparables.

—Es un placer conoceros, princesa Nives —dijo el chico, con mirada orgullosa.

—Lo mismo digo, Purotu. Bienvenido a la familia —respondió ella con gran dulzura.

—Diamante y Yara nos están esperando —intervino Samah—. Tenemos que reunirnos con ellas en cuanto te sientas con fuerzas.

Había terminado el momento de los relatos.

—¿Tenemos que bajar al Reino de la Oscuridad?

Las princesas asintieron.

—Pues vayámonos en seguida. O, mejor aún, saltemos al Foso Turbulento. Si quieren que nos reunamos con ellos, debe de ser por un buen motivo. ¡No perdamos más tiempo!

—¿Crees que podrás? Estás agotada —dijo Kalea.

—Puedo, no te preocupes. ¿Ellos van a quedarse aquí? —preguntó, señalando a los demás.

—Sí.

—Yo… —balbuceó Purotu, mirando a Kalea con ojos suplicantes.

—No, hermanito, debes quedarte aquí, en Arcándida. Y, si es necesario, defenderás este reino.

—Siempre igual —protestó él—. Quiero ir con vosotros y luchar contra el príncipe Sin Nombre. ¡Y me dejáis aquí, donde no hay nada que defender!

—Por lo que veo, crcs un chico muy valiente —dijo Nives, acercándose a él—. Si te pedimos que te quedes, es porque aquí serás más útil. Mira a tu alrededor, sólo hay ancianos y niños. Tú eres fuerte y sabrás cómo protegerlos.

—Además, están los lobos —le recordó Samah—, tienes que ocuparte de ellos. No pueden estar sin un guía.

—Está bien, Nives —contestó Purotu, medio convencido—. Pero la próxima vez…

—Esperemos que no haya una próxima vez —concluyó Samah.

Un nuevo adiós

Había sido un día largo y agotador; la corte del Reino de los Hielos estaba contenta, pero exhausta. Con la esperanza de que todo se arreglaría pronto, los viajeros se despidieron rápidamente, prometieron volver pronto y mandarles noticias. Nives les dijo a sus primas que se portaran bien y no hicieran que tía Berglind se desesperase. Luego abrazó a la anciana condesa, a Haldorr y a las dos cocineras, que no paraban de discutir sobre quién debía ser la primera en despedirse.

A continuación, las tres princesas abandonaron la sala y se dirigieron al foso.

Fuera hacía frío, pero no importaba; el deseo de volver a ver a sus hermanas y salvar sus reinos era tan fuerte como para superar cualquier adversidad.

—¿Estáis listas? —preguntó Nives cuando ya estaban cerca del puente levadizo.

—¡Listas!

Samah y Kalea, situadas a ambos lados de ella, la cogieron de la mano y subieron juntas al parapeto del puente.

Entonces se miraron y dijeron al unísono:

—Uno, dos, tres… yaaa…

Y saltaron las tres a la vez, sin soltarsc las manos.

Nunca se habían sentido tan fuertes y unidas.

39

El viajero del desierto

Samah, Kalea y Nives, de camino por el Foso Turbulento, ni remotamente podían sospechar que quien les daría la bienvenida sería su adorado padre.

Por su parte, Diamante y Yara estaban impacientes por abrazar a sus tres hermanas.

—¿Van a tardar mucho? —preguntó Yara, muy inquieta.

—Ya llegarán, mi querida niña, no temas —respondió su padre.

—Es como decía la adivinanza —recordó Yara—. Cuanto más deseas algo, más largo se te hace el tiempo que debes esperar para obtenerlo.

Esperaron charlando de cosas sin importancia hasta que, inevitablemente, la conversación recayó en lo que debían hacer.

—Padre, cuando al fin estemos todos juntos y vayamos a la Roca del Sueño, lo resolveremos todo, ¿no es así? ¿Allí encontraremos al malvado príncipe Sin Nombre y haremos que se duerma junto con su corte?

—Si podemos, sí. Él podría cantar la Canción del Sueño antes que nosotros.

—Entonces despertaría a la corte…

—Sí, Yara. Aunque hay otra cosa que no sabéis: si el príncipe canta la canción, la corte se despertará, pero el mar engullirá la roca…

—¿Eso significa que el palacio quedará dcstruido?

—Exacto, Diamante.

—Entonces, ¿por qué no dejamos que simplemente cante la canción y que la corte se hunda?

—Pues… porque hay una cosa más, un detalle muy importante.

—¡No nos tengas en ascuas, padre, por favor! —lo exhortó Diamante.

Pero justo en ese instante, algo desvió la atención del rey. En el fondo del Salón del Trono acababa de aparecer un hombre.

Las princesas se volvieron para mirarlo.

—¡¿Rubin Blue?! ¿Qué hacéis aquí? —preguntó Diamante, tras levantarse de un salto.

El joven avanzó unos pasos.

—¡¿Rubin Blue?! —exclamó Yara, con los ojos muy abiertos por la sorpresa.

—¡Marchaos de aquí ahora mismo! —gritó Diamante.

Rubin Blue bajó la cabeza.

—Princesa Diamante —dijo a continuación—, os pido que escuchéis lo que he venido a deciros. Luego, si queréis, desapareceré para siempre de vuestra vida.

—¡Marchaos de una vez!

—Os pido sólo un minuto.

En ese momento, intervino el rey, que, con tono calmado, le aconsejó a su hija:

—Diamante, antes de echar a este hombre, es mejor escuchar lo que tiene que decirnos.

La princesa de la Oscuridad bajó la vista, respiró hondo y, mirando a Rubin Blue a los ojos, dijo:

—Está bien, pero daos prisa.

—Princesa Diamante —empezó él, poniéndose de rodillas—, estoy aquí por dos motivos: cl primero es pediros perdón.

—Nunca os perdonaré. Traicionasteis y engañasteis a esta corte y a mí. Os habéis comportado como un villano y eso no podré olvidarlo —respondió ella, con la voz alterada por el disgusto.

—Lo sé y no lo haré nunca más, os ruego que me creáis. Pero quiero que sepáis que todo el daño que os hice a vos y a vuestras hermanas no dependía de mi voluntad. El príncipe Sin Nombre me suministró una poción que me sometía a sus deseos. Luego me envió un insecto, un coleóptero que entraba en mis sueños cada noche y me hacía obedecer sus órdenes. Comprendo que todo esto puede parecer absurdo, pero creedme, es la pura verdad. Yo sólo era un instrumento impotente en manos de ese malvado ser. Estoy aquí para pediros disculpas, princesa, antes de ir a pedírselo también a vuestra hermana Samah.

¡Cuánta dignidad había en sus ojos! Y qué profundos eran. Y el tono de su voz… Aquel hombre podía ser espléndido. Era realmente encantador.

El rey había escuchado al joven con suma atención y, mientras hablaba, comprendió que Rubin Blue estaba diciendo la verdad.

—Os perdono con una condición —decidió al final Diamante, movida por un impulso.

—¿Cuál? —preguntó Rubin, esperanzado.

—Tenéis que marcharos y no volver nunca más a esta corte.

—Pero yo… no puedo.

—¿Por qué?

—Por el segundo motivo que me ha hecho volver.

—Creo que sólo podéis aspirar a mi perdón. Nada más.

—El segundo motivo es que desearía pedir vuestra mano, porque os amo, princesa Diamante, infinitamente…

Ella no podía creerlo.

—No, la respuesta es no —replicó bruscamente sin pensárselo.

—Entonces, ¿no me amáis?

En ese instante, algo ocurrió en el corazón de la princesa, como si se rompiese una barrera y, de pronto, los sentimientos fluyeran con total libertad. La princesa Diamante se conmovió sin advertirlo siquiera. Sentía un amor claro, nítido y rotundo que la empujaba hacia aquel hombre, pero su mente le ordenaba que se mantuviera alejada de él.

—No.

—¿No… no me amáis? —preguntó Rubin con un hilo de voz.

—No, no os amo —dijo ella de un tirón—. Yo… ¡oh, siempre os he amado!

—Y… ¿aceptáis ser mi esposa?

Diamante vaciló un instante. Él le tomó una mano entre las suyas.

Era cálida y tranquilizadora, como sus ojos azules.

En ese instante, Oropuro entró en el Salón del Trono, jadeando.

—Princesas, por favor, seguidme, ¡rápido! —gritó—. ¡Ya han llegado!

Diamante soltó las manos de Rubin Blue y corrió hacia fuera.

La princesa de la Oscuridad tenía una respuesta atrapada entre los labios y Rubin Blue aguardaba con el corazón lleno de esperanza.

Sí, ya lo sé. Queréis saber si Diamante aceptará casarse con Rubin o no. Pero no puedo decíroslo todo ahora, debéis tener paciencia.

Sólo puedo adelantaros que su amor es sincero y profundo, como todos los amores verdaderos… ¿Qué? ¿Os gustaría saber quién ha llegado? ¿Quién va a ser? ¡Las princesas Kalea, Samah y Nives, claro! Han encontrado el camino hasta Tierranegra y ahora están en palacio, impacientes por abrazar a sus hermanas.

En cuanto a los demás personajes de la historia… vamos a ver… El Rey Sabio, como ya habréis adivinado, guarda un gran secreto que aún no puede revelar. Y luego está el misterio en torno al verdadero Helgi. Ahora que la aventura está a punto de terminar, puedo revelaros que… encontraréis varias pistas repartidas por ahí… sobre todo en el Palacio Dormido.

Y ahora necesitaréis mucho valor, amigos, porque vamos a entrar en el pasadizo secreto que conduce del

Reino de la Oscuridad a la Roca del Sueño. Está lleno de trampas y obstáculos que ideó el príncipe Sin Nombre para alejar a los intrusos.

No olvidéis que capturó al sabio curandero del Reino de los Corales, que conoce numerosos hechizos y pociones mágicas. De modo que tened mucho cuidado y… ¡no se os ocurra tocar nada a lo largo del camino!

Os puedo contar una sola cosa más: cuando lleguemos al final del pasadizo, encontraremos una escalera muy larga y empinada. No miréis hacia abajo, porque si lo hacéis… En fin, no lo hagáis y punto.

Al llegar a la Roca os esperan grandes aventuras, os lo garantizo.

Pero antes de eso, comprobad que lleváis todo lo necesario para el viaje: una antorcha, una cuerda, un par de guantes…

¿Os preguntáis para qué os van a servir? No os preocupéis, os doy mi palabra de que os alegraréis de ha-

berlos llevado. Ah, y no olvidéis todo lo que necesitáis para daros un baño en el mar. ¡Lo vais a usar! ¡Palabra de Tea!

Y ahora, basta de cháchara. Pronto conoceréis el final de esta historia y cada secreto os será revelado. ¡Estoy ya tan emocionada!

¡Esperadme! ¡Dentro de poco estaré de nuevo con vosotros!

Tea Stilton

Índice

Primera parte

Segunda parte

GRAN REINO
Fuerte
de los Reyes
Roca
del Sueño
Isla
Errante
REINO
DE LOS BOSQUES
REINO DE
LA OSCURIDAD